Hanni Münzer
Solange es Liebe gibt

Das Buch

Bayern, 1932: Klara wächst ohne Mutter auf. Der Vater ist streng, die Brüder haben für sie nur Spott übrig. Das einsame Mädchen flüchtet in ihre eigene Welt und in die heimliche Liebe zu dem jungen Kaffee-Erben Friedrich. Um Friedrich für sich zu gewinnen, trifft sie eine folgenschwere Entscheidung ...

Berlin, 2010: Nach einem tragischen Schicksalsschlag findet die junge Julie lange nicht zurück ins Leben. Dann stirbt ihr Vater und sie muss in ihren bayerischen Heimatort reisen. Hier wird sie nicht nur mit ihrer herrischen Großmutter Klara konfrontiert, sondern auch mit den unbeantworteten Fragen ihrer Kindheit. Und nicht nur das: Plötzlich muss sie Verantwortung übernehmen für die Mitarbeiter der Kaffeemanufaktur, die seit Generationen im Besitz ihrer Familie ist ...

Die Autorin

Hanni Münzer ist eine der erfolgreichsten Autorinnen Deutschlands. Mit ihrer »Seelenfischer«-Reihe und der »Honigtot«-Saga erreichte sie ein Millionenpublikum. Ihre Bücher erscheinen mittlerweile in siebzehn Ländern, eine Verfilmung von »Honigtot« als Mehrteiler ist in Planung. Auch ihre jüngsten Romane, »Solange es Schmetterlinge gibt« und die beiden Bände der Heimat-Saga, »Heimat ist ein Sehnsuchtsort« und »Als die Sehnsucht uns Flügel verlieh«, eroberten die Bestsellerlisten. Mit »Solange es Liebe gibt« legt sie nun das Prequel zu ihrem SPIEGEL-Bestseller »Solange es Schmetterlinge gibt« vor.

Nach Stationen in Seattle, Stuttgart und Rom lebt Hanni Münzer heute mit ihrem Mann in Mittelerde.

HANNI MÜNZER

Solange es Liebe gibt

ROMAN

Deutsche Erstveröffentlichung bei
Tinte & Feder, Amazon Media EU S.à r.l.
38, avenue John F. Kennedy, L-1855 Luxembourg
Juli 2021
Copyright © der deutschsprachigen Ausgabe 2021
By Hanni Münzer

Umschlaggestaltung: zero-media.net, München
Umschlagmotiv: © wacomka/Shutterstock; © paranormal/Shutterstock;
© VolodymyrSanych/Shutterstock; © sumroeng chinnapan/Shutterstock;
© Chachamp/Shutterstock; © A-Digit/Getty
1. Lektorat: Myriam Welschbillig
2. Lektorat und Korrektorat: Media-Agentur Gaby Hoffmann,
www.profi-lektorat.com
Gedruckt durch:
Amazon Distribution GmbH, Amazonstraße 1, 04347 Leipzig /
Canon Deutschland Business Services GmbH, Ferdinand-Jühlke-Straße 7,
99095 Erfurt /
CPI books GmbH, Birkstraße 10, 25917 Leck

ISBN 978-2-49670-584-3

www.tinte-feder.de

Für Mami
Und Puppi, mein Seelenfell.

KATHARSIS

»Jedes Geschöpf ist mit einem anderen verbunden, und jedes Wesen wird durch ein anderes gehalten.«

Hildegard von Bingen

TEIL 1

Prolog I

Vergangenheit

Dinzing, im Sommer 1932

Sie war zwölf und bis über beide Ohren in Friedrich verliebt.

Er war fünfzehn, und er kannte noch nicht einmal ihren Namen.

Prolog II

Berlin

Es begann mit Zahnweh.

Gerade erst war Julie dem beschaulichen bayerischen Dinzing entflohen und ins ferne Berlin gezogen. Mit viel Glück hatte sie ein Zimmer in einer Studenten-WG ergattert. Kaum hatte sie sich in ihrer neuen Behausung eingerichtet, als ihr beim Essen ein Stück aus dem Backenzahn brach.

Da sie dazu neigte, Unangenehmes vor sich herzuschieben, ignorierte sie zunächst das Loch und auch das beginnende Ziehen. Schließlich hatte sie Wichtigeres zu tun. Sie musste sich immatrikulieren, ihren Stundenplan zusammenstellen und eine Menge Bücher besorgen. Außerdem galt es, diese neue, aufregende Stadt zu erkunden!

Den ersten Schmerz betäubte sie noch mit einer Paracetamol. Die Nacht darauf benötigte sie schon zwei. Tags darauf half dann gar nichts mehr. Plötzlich hatte Julie nur noch den einen Wunsch: den pochenden Hammer in ihrem Kopf abzustellen. Tobt der Zahn, schrumpfen die Welt und die Bedürfnisse.

Ein Kommilitone gab ihr die Adresse seines Zahnarztes.

Um nicht abgewiesen zu werden, sprach Julie dort ohne Termin vor. Mit der vagen Zusicherung, sie zwischendurch einzuschieben, nahm sie im Wartezimmer Platz.

Später fragte sich Julie oft, ob sie sich zuerst in die Stimme verliebt hatte oder in die ozeanblauen Augen, die sie über den Mundschutz hinweg angelächelt hatten. Wie auch immer: Es war passiert. Er hieß Jannik.

Kapitel 1

Gegenwart

Ich liebe dich, weil du so kitzelig bist.

Jannik

Berlin

»Igel, guck mal, was ich mitgebracht habe!«, rief Jannik, kaum dass hinter ihm die Wohnungstür ins Schloss gefallen war.

In der Küche klapperte ein Deckel. »Was ist das?«, fragte Julie, als sie auf den Flur trat. Sie sah aus, als käme sie geradewegs aus einer Kampfzone. Das Haar stand ihr in alle Richtungen, ihr Shirt war mit Flecken gesprenkelt und in ihren Gesichtszügen lag Erschöpfung.

Er fand sie wie immer hinreißend in diesem erledigten Zustand. Weil es ihn an lange gemeinsame Sonntagmorgen im Bett denken ließ …

Für Julies Mattigkeit gab es allerdings den schönsten Grund der Welt: die knapp einjährigen Zwillinge Sofia und Ben. Sie krabbelten zwischen den Füßen der Mutter hindurch aus der

Küche, erspähten das riesige Paket im Flur und hielten darauf zu, wie Eisenspäne auf einen Magneten.

»Schaukeln!«, verkündete Jannik strahlend. »Für den Garten!«

»Welchen Garten?« Da dämmerte es Julie, ihr Herzschlag beschleunigte sich. »Wir haben die Baugenehmigung?«, hauchte sie.

»Im Frühjahr geht es los!« Jannik nahm seine Frau in die Arme und küsste sie herzhaft. Dann linste er hungrig zum Topf auf dem Herd. »Was gibt es zu essen?«, erkundigte er sich.

»Spinat mit Kartoffeln und Spiegelei.«

»Oh-oh. Du machst ernst mit der Diät?«

Zur Antwort klopfte Julie ihrem Mann leicht auf den Bauch.

Der sah an sich hinunter und seufzte. Der Winter hatte zwar keinen Schnee gebracht, aber ihm definitiv ein paar Pfunde zu viel …

***

Im Jahr darauf war es so weit: Die Familie bezog ihr neues Heim am Rand von Berlin in der Döberitzer Heide. Julie fertigte aus Ton ein Schild mit der Aufschrift »Villa Kunterbunt« und brachte es über der Klingel an.

Einen ganzen Vormittag bohrte, hämmerte und schraubte Jannik im Garten. Dann stand die Zwillingsschaukel. Stolz wie ein Baumeister, der eine Kathedrale geschaffen hat, präsentierte er seiner Frau sein Werk. Die neueste Attraktion wurde von Ben und Sofia sofort jubelnd in Beschlag genommen.

Julie war glücklich. Verrückt glücklich. So erfüllt von Lachen und Überschwang, dass sie im Gras Purzelbäume schlagen wollte. Sie konnte sich nichts Schöneres vorstellen, als es sich an diesem sonnigen Maiwochenende mit einer erfrischenden

Ingwerlimonade auf der Terrasse gemütlich zu machen und Jannik und den Kleinen beim Herumtoben zuzusehen. Wenn die Schaukel auf- und abschwang und ihre Kleinen vor Freude jauchzten, erkannte sie darin auch ein Sinnbild ihres eigenen Daseins.

Bevor Jannik in ihr Leben getreten war, hatte sich ihr Inneres in einem steten Auf und Ab befunden, ohne Anker, ohne Ruhepunkt. Aber nun erfüllte sie ein vollkommenes Glück, fand sie sich im perfekten Einklang zwischen Leben und Wünschen. Manchmal glaubte sie, ihr Herz könne zerspringen. Selbst das leise Gefühl von Furcht, das sich hin und wieder einschlich, all das einmal verlieren zu können, wich dann zurück.

Jannik selbst kannte keine negativen Gefühle. Er vertrat die Ansicht, jedes Neugeborene sollte über der Wiege ein Schild hängen haben, auf dem stand: *Du hast es verdient, glücklich zu sein.* Für ihn war jeder Tag ein guter Tag, und er betonte stets, er ließe den Teufel nicht an sich rütteln. Jannik war ihr Lot und ihr Lotse. Mit Jannik an ihrer Seite konnten ihr die Untiefen des Lebens nichts anhaben. Nicht mehr.

Eine Woche später, Sofia und Ben waren endlich eingeschlafen und Jannik hatte gerade ein Glas Rotwein für sie beide eingeschenkt, meinte Julie nach einigen Minuten verträumt: »Weißt du, was uns noch fehlt?«

Jannik, der sich Julies Beine über die Knie gelegt hatte und sanft ihre Füße knetete, hob den Kopf: »Ein drittes Kind? Ich stehe zur Verfügung.« Er grinste schelmisch. Auch seine verboten blauen Augen lächelten sie an.

»Nicht so schnell, mein Lieber.« Sie wuschelte ihm durch sein dichtes braunes Haar. »Ich hätte wahnsinnig gerne einen Hund. Schon als kleines Mädchen habe ich mir immer einen gewünscht.«

»Reicht es nicht, wenn du mich hinter den Ohren kraulst?«, fragte Jannik treuherzig und reckte ihr seinen Kopf entgegen. Er liebte es, wenn sie ihm mit den Fingern durchs Haar fuhr.

Julie tat ihm gern den Gefallen. Jannik gab ein wohliges Geräusch von sich, wie ein Kater, der zufrieden schnurrte. Langsam wanderte seine Hand an ihrem Bein höher.

Just da erwachte das Babyfon zum Leben, eines der Kinder wimmerte.

»Das ist Ben«, sagte Julie sofort.

»Ich gehe«, entschied Jannik. »Trink du deinen Wein, Igel. Du bekommst so schöne rote Bäckchen davon.«

Zehn Minuten später war er zurück. Kein Laut drang mehr durchs Babyfon.

»Alles okay?«, erkundigte sich Julie mit den roten Bäckchen.

»Ben hatte sich freigestrampelt und Schnuffi ans Fußende befördert.« Schnuffi, das Schnuffeltuch, das bereits Baby Jannik als Einschlafhilfe gedient hatte. In der ersten Zeit ihrer Liebe hatte Julie manchmal einen geradezu absurden Neid auf die über dreißig Jahre alte Baumwollwindel empfunden. Jannik hatte sie sorgsam aufbewahrt und sogar als Glücksbringer auf ihre erste Urlaubsreise mitgenommen. Nun gehörte das Tuch Ben.

»Ich bin eifersüchtig auf Schnuffi«, bekundete Julie jetzt.

»Ich schwöre, Geliebte, es war zu Ende, bevor wir uns begegnet sind! Du bist die Eine!« Jannik warf sich wie ein mittelalterlicher Kavalier neben sie auf die Knie und rang flehend die Hände.

»Ich hatte nie ein Schnuffi«, klagte Julie gespielt traurig.

Jannik legte den Kopf schief. »Und jetzt hättest du gerne ein vierbeiniges Schnuffi? Du raffiniertes kleines Ding … Reichen für den Anfang nicht meine Fische?« Janniks Aquarium war aus seiner Junggesellenbude mit in ihre erste gemeinsame Wohnung gezogen und nun auch mit ins Haus übergesiedelt. »Wenn es vier Beine haben muss, warum fangen wir nicht klein an? Ich hatte als Junge Meerschweinchen. Die sind viel pflegeleichter als ein Hund. Und die quieken so schön.«

»Ein Hund wäre ein wunderbarer Gefährte für unsere Kleinen. Und sie würden früh lernen, was Verantwortung bedeutet«, hielt Julie dagegen.

»Aber sie sind gerade einmal zwei. Wäre das nicht ein wenig früh für Ben und Sofia?«, wandte Jannik ein. »Außerdem, so ein Hund steckt die Schnauze in jeden Dreck und mit ihren fürchterlich langen Zungen lecken sie alles ab. Wer weiß, was die so mit nach Hause schleppen.«

»Da spricht der Arzt …«

»Zahnarzt, bitte sehr!«, warf er sich in die Brust. »Und Hygieniker.«

»Ich denke an Treue und Kameradschaft und du an Keime«, seufzte Julie.

»Nein, ich denke nur an dich, mein Schatz.« Er nahm ihr das Glas aus der Hand und küsste sie. Lange. Länger. Bis das Thema von der Couch purzelte und darunter verschwand. Wo es dann für die nächsten Wochen liegen blieb.

Bis Jannik es ohne Julies Wissen von selbst wieder hervorholte.

***

Nachdem Julie Sofia und Ben in den Kindersitzen festgezurrt und ihrem Sohn ein letztes Mal die ewig triefende Rotznase geputzt hatte, bekamen ihre zwei Süßen noch einen Kuss auf die Pausbacken. Jannik lud derweilen den Zwillingskinderwagen in den Kofferraum sowie den ganzen erstaunlichen Kram, den man unterwegs für zwei Kleinkinder so brauchte.

Anschließend erhielt auch Jannik seinen Abschiedskuss – nebst einigen Ermahnungen, ohne die Mütter niemals auskamen, wenn die Väter alleine mit dem Nachwuchs loszogen.

Es war ein Samstag Ende Mai, das Wetter ideal, nicht zu warm, nicht zu kalt, und Julies Trio unternahm einen Ausflug in den Zoo.

»Viel Spaß und grüßt mir die Affen!«, rief Julie, als die bereits in die Jahre gekommene Familienkutsche vom Hof knatterte. Jannik winkte ihr übermütig aus dem herabgelassenen Fenster zu.

Julie wollte die freien Nachmittagsstunden nutzen, um endlich mit ihrer Doktorarbeit voranzukommen. Jannik ermunterte sie schon seit Längerem dazu. Nach ihrem Master in Psychologie hatte sie eine Stelle im Sozialreferat angetreten – bis sich nach drei Jahren die Zwillinge angekündigt hatten. Wenn im August ihre Elternzeit endete, würde sie noch weniger Muße für ihre Dissertation haben. Während ihre Kinder vormittags die Kita besuchten, würde sie halbtags ins Sozialreferat zurückkehren. Sie konnten den zusätzlichen Verdienst gut für die Ratenzahlungen gebrauchen. Scheinbar lag es in der Natur eines Hausbaus, dass er grundsätzlich mehr kostete als veranschlagt. Was hatte Jannik über die Rechnungen geflucht, das Haus als Geld verschlingendes Monster beschimpft und erklärt, wenn das so weiterginge, wäre er gezwungen, eine Niere auf dem Schwarzmarkt zu verkaufen.

Auf dem Weg ins Haus pflückte Julie ein Dreirad vom Rasen und stellte es ordentlich neben das zweite an die Hauswand.

Im Flur lag Bens Schnuffi. *O je …* Ohne sein Schnuffeltuch wurde Ben schnell quengelig. Kurz überlegte Julie, ob sie Jannik anrufen sollte, ließ es aber sein. Ben würde seinen Vater früh genug auf das Fehlen aufmerksam machen.

An ihrem Laptop klebte ein Post-it.

Ich liebe dich, weil du Überraschungen liebst!
XOXOXO J.

Julie lächelte. Sie besaß bereits eine ganze Schuhschachtel voll mit Janniks Post-its. Liebesbriefe waren seine Sache nicht, er fand, das Wesentliche passe auf ein kleines Stück Papier. Und die einzig wichtige Botschaft bestünde ohnehin nur aus drei Worten.

»Ich liebe dich auch«, flüsterte Julie. An dieser Stelle vollzog ihre Erinnerung einen Sprung und brachte ihr eine Episode zu Beginn ihrer Liebe zurück. »Warum liebst du mich?«, hatte sie Jannik gefragt.

Jannik, eben damit beschäftigt, sich mit den Lippen von ihrem Schlüsselbein zum Hals vorzuarbeiten, hatte den Kopf gehoben und ein »Oh-oh« ausgestoßen.

»Oh-oh?«

Jannik ließ die Lider flattern. »Fragst du mich das als Frau oder als angehende Psychologin?«

»Aus Neugier.«

»Ha! Dafür liebe ich dich! Für deine Schlagfertigkeit. Und natürlich für deine lustigen Geräusche.«

»Was denn für lustige Geräusche?« Misstrauisch hatte sie ihren Oberkörper aufgerichtet.

Jannik bewegte seine Finger schnell wie ein Klavierspieler, stimmte ein jähes Sturzfluggeräusch an und kitzelte ihren Bauch.

Julie zappelte unter ihm wie ein Fisch auf dem Trockenen. »Hör auf!«, japste sie und versuchte, seine Hände abzuwehren.

»Auch dafür liebe ich dich. Genauso japst du nämlich beim O...«

»Untersteh dich!«, keuchte Julie.

»Orgasmus, Orgasmus, Orgasmus ...« Jannik kicherte.

23

»Schuft!« Julie schnaubte und kämpfte weiter gegen seine frechen Finger.

»Ha! Dafür liebe ich dich auch. Dass du noch rot werden kannst! In Berlin wird keiner mehr rot«, erklärte Jannik grinsend.

Und diese Bemerkung schlug unweigerlich die Brücke zu einem noch früheren Erlebnis mit Jannik: ihrem ersten Mal.

Jannik hatte zunächst gar nicht glauben wollen, dass er ihr erster Mann gewesen sein sollte, und mit selig-blödem Bettgrinsen gemeint: »Was ist denn mit den Männern in Bayern los? Zu viel Fußball? Zu viele Feuerwehrfeste? Zu viel Bier?«

»Zu viele Klischees?«, hatte sie damals pariert.

»Jetzt gehörst du jedenfalls mir. Mit Haut und Haaren.«

Seit diesem fernen Tag hatte Jannik ihr noch viele schöne Geräusche entlockt. Sie gründlich auseinandergenommen und wieder zusammengesetzt, wie es nur ein mit Anatomie vertrauter Arzt zu tun vermochte.

Aber an jenem Sonntagmorgen hatten Julie und Jannik einen Pakt geschlossen: An jedem Tag ihres gemeinsamen Lebens würden sie sich einen Grund nennen, warum sie einander liebten. Neun Jahre, elf Monate und vier Tage dauerte bisher ihre gemeinsame Zeit. Das waren 3627 Gründe für »Ich liebe dich«. Jannik hielt die Zahl auf einer kleinen Kreidetafel in der Küche fest. Und seine heutige kryptische Liebeserklärung lautete eben: *Ich liebe dich, weil du Überraschungen liebst!*

Dafür liebte Julie ihn. Jannik sprudelte über vor schönen und verrückten Ideen. Jannik, ihr Wunderquell des Lebens. An ihrem Hochzeitstag hatte er sie mit dem Traumbrief überrascht: Sie sollten beide ihre Wünsche an das gemeinsame Leben aufschreiben. Einiges hatten sie bereits erreicht: ein Häuschen im Grünen, zwei wunderbare Kinder. An Sex in jedem Land der Welt arbeiteten sie noch ...

Bevor Julie den Laptop aufklappte, sammelte sie rasch Bens und Sofias Spielsachen auf, insbesondere die Legosteine, die überall wie kleine Tretminen herumlagen, weshalb sie es sich abgewöhnt hatte, im Haus barfuß herumzulaufen. Bei ihrer Schnitzeljagd erbeutete sie auch eine einsame Jannik-Socke auf seinem alten Klavier und ein zerknülltes Star-Wars-T-Shirt, das es unter die Couch geschafft hatte – genau jenes Shirt, das ihr Mann am Morgen gesucht hatte und deshalb wie ein aufgeregtes Trüffelschwein durchs Haus gejagt war. Dabei hatte er nicht nur den Wäschekorb auf den Kopf gestellt. Was ihr prompt in Erinnerung brachte, dass es noch Wäsche zu erledigen gab … Die Zwillinge dreckten sich in Rekordzeit ein und saubere Lätzchen waren schon wieder Mangelware.

Nun war es an ihr, den Korb umzustülpen. Dabei purzelte ihr ein Überraschungsei vor die Füße. *Jannik!* Bei Milchschokolade wurden sie beide schwach. Julie dachte an seinen Antrag vor einigen Jahren zurück: Er hatte den Ring im Inneren eines Schokoladeneis deponiert. Seither tauchte immer wieder mal ein Ei mit einer Liebesbotschaft auf; es war zu einem ihrer Rituale geworden. Eine neuerliche Welle des Glücks erfasste Julie, ein Drang, die ganze Welt zu umarmen. Vor Jannik hatte sie nicht einmal geahnt, dass es ein solches Glück geben könnte.

Als sie es ihm einmal gestand, hatte Jannik sie noch fester in seine Arme gezogen und an ihrem Ohr geflüstert: »*Du*, kleiner Igel, bist mein Glück …«

Julie beschloss, die Vorfreude auf den versteckten Inhalt zu verlängern. Zuerst wollte sie ein wenig Arbeit erledigen. Sie steckte das Ei in ihre Handtasche am Garderobenhaken, ein Ort, der sich bisher bewährt hatte, um den vorwitzigen Fingern ihrer Zwillinge zu entgehen.

Sie sortierte die Wäsche, füllte die Maschine und drückte den Start-Knopf.

Danach brühte sie sich ihren Lieblingstee. Roter Hibiskus. Ihren Computer klappte sie in der Küche auf, klickte ihre Arbeitsdatei an und vertiefte sich in ihr Thema: Montessori-Kindergärten versus Regelkindergärten – ein Vergleich sozio-emotionaler Kompetenzen von Vorschulkindern unter Einbezug des erzieherischen Verhaltens der Eltern.

Sie hatte bereits eine Stunde konzentriert gearbeitet, als sie jäh einen kalten Luftzug spürte. Als stünde irgendwo ein Fenster offen. Julie wechselte ins Wohnzimmer. Irritiert verharrte sie mitten im Raum, starrte Janniks betagtes Klavier an und fragte sich, was sie hier eigentlich gewollt hatte. Sie trat durch die Terrassentür ins Freie und betrachtete ihren erst in diesem Frühjahr angelegten Garten. Jannik und sie hatten den Rasen selbst angesät und sich wie zwei Schneekönige über das erste zarte Grün gefreut. Sie hatten Beete gezogen, Unmengen an Blumenzwiebeln in der Erde verbuddelt und neben diversen Büschen Dutzende Thujen als Hecke gepflanzt. Alles war noch im Wachsen und Werden. Leben!

Julie schlüpfte aus ihren Schuhen, überquerte die Terrasse und tappte über den Rasen zu dem noch jungen Baum mitten im Garten – eine Kastanie, kaum drei Meter hoch und durch einen Pfosten gestützt. Julie hatte sich die Kastanie ausdrücklich gewünscht, während Jannik sich für einen Apfelbaum entschieden hatte, der nun unter dem Schlafzimmerfenster stand. Eine Weile streifte Julie ziellos durch den Garten.

Es war lange her, dass sie zuletzt ein solch nervöses Unbehagen verspürt hatte. Jannik hatte Ruhe in ihr Leben gebracht und die Zwillinge hatten ihre Seele endgültig befriedet. Sie spürte das frische Gras unter ihren nackten Füßen, sog die Düfte der Natur in sich auf, die ein sanfter Wind aus dem nahen Naturschutzgebiet der Döberitzer Heide herantrug. Ihre innere Unruhe wollte nicht weichen. Sie überlegte, ob sie ein wenig Yoga machen sollte, eine Leidenschaft, die sie mit ihrer

Freundin Maxima teilte, die sie vor acht Jahren in einem Kurs kennengelernt hatte. Aber sie konnte sich nicht dazu durchringen. Vielleicht schaffte ja eine weitere Tasse Tee Abhilfe.

Das Wasser begann eben zu kochen, als es an der Tür läutete. Julie, die keinen Besuch erwartete, fürchtete, es könnte sich um Janniks Mutter Ilse handeln. Ausgerechnet heute … Ilse Bredows Lebensmelodie bestand aus einem einzigen Klageton. Zwar hatte sich ihr Verhältnis seit der Geburt der beiden Enkel gebessert, aber sich mit ihr zu unterhalten, erwies sich als mindestens so erquicklich wie ein Barfußlauf über Legosteine. Julie fühlte sich von ihr immer irgendwie ermahnt.

Ihre Schwiegermutter hatte ihren goldenen Prinzen alleine großgezogen, sich »aufgeopfert« für ihn, wie sie niemals müde wurde zu betonen, und sich mindestens eine monegassische Prinzessin als Schwiegertochter vorgestellt. Stattdessen bekam sie eine mittellose Waise vom anderen Ende der Republik vorgesetzt, die kein Berlinerisch verstand, weshalb sie Hochdeutsch reden musste, worüber sich Ilse bei ihrem Prinzensohn ebenfalls mokierte.

Aber wie fast allen Söhnen mangelte es auch Jannik an Vorstellungskraft, die eigene Mutter könnte der Schwiegertochter das Leben unnötig erschweren.

Julie begriff bald, dass Ilse Bredow nicht aus ihrer Haut herauskonnte. Deshalb verlegte sie sich auf eine Taktik, die sich bereits in ihrer Kindheit bewährt hatte, wenn sich Dinge ihrem Einfluss entzogen. Sie stellte bei Ilses Besuchen auf Durchzug und beschränkte sich darauf, ihrer Schwiegermutter in allem, was sie sagte, recht zu geben. Sobald Ilse keinen Gegenwind mehr bekam und sie ihre Segel nicht aufblähen konnte, wirkte sie immer etwas flügellahm, und ihre Besuche verkürzten sich auf ein erträgliches Maß.

Julie betrat den Hausflur. Durch die satinierte Tür zeichneten sich zwei Schatten ab. Als sie öffnete, fand sie sich zwei

Polizisten gegenüber. Etwas abseits, neben den Dreirädern, wartete eine ältere Frau, die sich wie ein Bauarbeiter eine orangefarbene Weste übergestreift hatte. Nicht die beiden Polizisten ließen Julies Puls höherschlagen, sondern der merkwürdig gemessene Gesichtsausdruck der Frau. Auf Julie wirkte sie wie ein Unheilsbringer, jemand, in dessen Fahrwasser Katastrophen lauerten.

Sie wich unwillkürlich zurück, trat auf einen vergessenen Legostein, stolperte und wäre gestürzt, hätte einer der beiden Streifenpolizisten nicht blitzschnell nach ihrem Arm gegriffen und sie gehalten.

Julie bedankte sich mit einem stummen Nicken bei dem noch sehr jungen Mann.

»Frau Julie Bredow?«, sprach sie der ältere Polizist an.

Julie nickte erneut. Sie wusste, was der Mann als Nächstes sagen würde. Es war, als hätte sie das alles schon einmal erlebt, in einem früheren Dasein. Sie wollte es nicht hören, wollte zurück ins Haus, die Tür schließen. Stattdessen verharrte sie an Ort und Stelle, von einer seltsamen Lähmung befallen.

»Frau Bredow, wir müssen Ihnen leider …«

Ab dem Moment drangen nur noch einzelne Satzfetzen zu ihr durch: »Ihr Mann … ein Lkw … die Kinder …«

Sie taumelte in die Wohnung zurück, floh vor der Wucht der Worte. Aber sie folgten ihr hinein, verwoben sich zu schwarzen Bändern, schlangen sich um sie und schnürten ihr den Atem ab. Ein letzter Satz entstieg Julies Lippen, bevor die Welt um sie herum dunkel wurde.

»Was hat sie gesagt?«, wunderte sich der ältere Polizist.

»Grüßt mir die Affen«, erwiderte der jüngere verständnislos.

♥ DER TRAUMBRIEF ♥

VON JULIE ∞ JANNIK AN IHREM HOCHZEITSTAG

Ein Haus mit Garten und einer Schaukel (Julie und Jannik)
Einen Kastanienbaum pflanzen (Julie)
Einen Apfelbaum pflanzen (Jannik)
Mindestens drei Kinder (Julie und Jannik)
Die Welt sehen (Julie und Jannik)
Sex in jedem Land der Welt (Jannik)
~~Sex auf einem Baum~~ (gestrichen von Julie)
Ewig währende Potenz (ohne Kommentar)
Das Taka-Tuka-Land entdecken (Julie)
Eine größere Praxis mit einem Kollegen als Vertretung (Jannik)
Den Nobelpreis für Zahnheilkunde gewinnen (Jannik)
Ein Hund (Julie)
Ein Esel (Jannik)
Meerschweinchen für die Kinder (Jannik: weil die so schön quieken)
Klavier spielen lernen (Julie)
Besser Klavier spielen lernen (Jannik)
Ein neues Klavier (Jannik)

Kochen lernen (Julie)

Mit sechzig noch alle Zähne haben (Jannik)

Eine Wunderpille erfinden, damit man so viel essen kann, wie man will, ohne dick zu werden (Jannik)

Eine Wunderpille erfinden, damit Kleinkinder am Wochenende bis mittags ausschlafen (Jannik)

Uns immer lieben ... (Julie und Jannik)

Fortsetzung folgt ...

Kapitel 2

Vergangenheit

Dinzing, 1932

Manchen Orten wohnt eine ureigene Macht inne, im Guten wie im Bösen.

Der Weiher im Dinzinger Forst war ein solcher Ort. Eine Menge Geschichten rankten sich um ihn. So erzählte man sich seit Jahrhunderten, Hexen seien einst in seinen Wassern versenkt worden. Es hieß, sie gingen noch immer im Schilf umher und in Vollmondnächten könne man ihr Wehklagen bis nach Dinzing hören. Irgendwann im letzten Jahrhundert sollte sich zudem im Bootshaus eine Tragödie abgespielt haben. Angeblich hatte ein gehörnter Ehemann dort seine Frau und den Liebhaber eingesperrt und die Hütte anschließend in Brand gesetzt. Das Gerücht über ein Dienstmädchen, das kurz vor dem Großen Krieg »ins Wasser gegangen« sei, trug ebenfalls seinen Teil zur örtlichen Mythenbildung bei.

Der Weiher besaß die Form einer langen Zunge, das nördliche und südliche Ufer umgaben hohes Schilf und Sumpfgräser, die sich sanft zur Melodie des Windes wiegten. West- und

Ostufer wurden überwiegend von Erlen, Ulmen und ausladenden Trauerweiden gesäumt, die ihre Äste tief dem Wasser zuneigten. Darunter schufen ihre Zweige geheimnisvolle Grotten, in denen die Enten nachts Zuflucht fanden.

Noch bis ins Jahr 1918 war der kleine verwunschene Weiher für alle Dinzinger zugänglich gewesen. Nach dem Großen Krieg hatte ihn dann die Familie Leyendecker zusammen mit weiteren Grundstücken von der verschuldeten Kommune erworben. Die Leyendeckers waren durch den Handel mit Kaffee zu Reichtum gelangt. Sie ließen ein neues Bootshaus mit Badesteg errichten. Seither warnte ein Schild am Zugangsweg alle Schwimmlustigen: »Privatbesitz. Unbefugten ist der Zutritt strengstens verboten.«

Alles, was sich südlich von Dinzing bis zum Alpenrand erstreckte, gehörte damit zum Besitz der Leyendeckers. Auch die Toten, die sich vielleicht auf dem Grund des Sees verbargen.

Weder Gruselgeschichten noch Verbote kümmerten das junge Mädchen, das an diesem schönen Frühlingstag durchs Unterholz schlich. Sie hatte den Weiher bei einer ihrer einsamen Fahrradtouren im letzten Herbst entdeckt. Seitdem kam sie häufig her. Hauptsächlich, weil sie hier auf keine anderen Menschen traf, denn sie war gern mit sich allein. Zu Hause, das bedeutete für sie Vater und Großvater, die ihr keine Beachtung schenkten, zwei ältere Brüder, die sie ständig hänselten, und eine mürrische Tante, der sie nie etwas recht machen konnte.

Früher war das anders gewesen. Aber da hatte ihre Mutter noch gelebt. Ihre Mutter, die ihr die Zöpfe geflochten, ihr Pfannkuchen mit Marmelade gebacken und ihr am Abend aus dem Märchenbuch vorgelesen hatte. Die ihr Pflaster auf das Knie geklebt, sie in den Arm genommen und getröstet hatte. Die im Gegensatz zu ihrem Vater gewusst hatte, dass es sie, Klara, gab. Nach ihrem Tod hatte der Vater seine ältliche, ledige Schwester

Gretel ins Haus geholt. Eine Frau, die für Herd, Küche und Kirche lebte und für die der örtliche Pfarrer Gottesstatus besaß.

Die Familie betrieb eine Metzgerei in der vierten Generation. Klaras Vater, Hubert Obermaier, war ein großer, kräftiger Mann mit lauter Stimme und einem stattlichen Schnurrbart. Seine Hände waren wie die des Großvaters vom jahrzehntelangen Fleischzerteilen in der Kühlkammer rot verfärbt, als klebte längst der Tod an ihnen. Klara fürchtete sich vor ihrem Vater, gleichzeitig hungerte sie nach seiner Aufmerksamkeit. Als Metzgermeister interessierte sich Hubert hingegen nur für seine beiden Söhne, die sein Handwerk erlernten und eines Tages mit ebenso roten Händen wie er ins Grab sinken würden.

Als Klaras Bruder Manfred jüngst eine Zwei in Deutsch erhalten hatte, wurde er vom Vater überschwänglich gelobt und bekam als Belohnung das beste Stück Fleisch auf den Teller.

Als sie die Woche darauf freudestrahlend eine Eins in Naturkunde heimbrachte, warf der Vater keinen Blick auf die Arbeit. Er brummte lediglich in seinen Schweinebraten: »Wozu muss ein anständiges Madl den Schmarrn können? Nähen und Stricken, das solltest du lernen!«

Selbstverständlich lernte Klara wie alle Mädchen in der Schule Handarbeiten. Aber das lag ihr nicht. Beim Nähen stach sie sich fortwährend in die Finger und die Stiche gerieten ihr krumm. Stricken? Das gleiche Grauen. Die Maschen lösten sich vor ihren Augen wie Wolken unter der Sonne auf. Wenig Freude bereiteten ihr auch Kochen und Backen, es mangelte ihr dazu an jeglichem Geschick. Die Tante zwang sie nichtsdestotrotz in die Küche, wich ihr nicht von der Seite und machte sie derart nervös, dass Klara ständig Dinge zerbrach oder Zutaten vergaß. Der Kuchen ging nicht auf, die Suppe schmeckte fad. Aber heute war ihr der Gugelhupf endlich einmal gelungen! Stolz trug sie ihn ins Esszimmer, um ihr Werk dem Vater zu präsentieren. Da schob sich ihr der Fuß des zweiten Bruders Siegfried in den Weg und sie stolperte. Der schöne Kuchen segelte durch den Raum und klatschte mit einem satten Geräusch auf den Boden. Sie kassierte eine Ohrfeige vom Vater und wurde auf ihr Zimmer geschickt. Dabei lockte draußen der erste richtig schöne Frühlingstag!

Vor ihrem Vater hielt Klara ihre Tränen wohlweislich zurück. Denn für Flennerei gab es im Hause Obermaier eine Backpfeife extra. Sie wünschte, sie wäre ein Junge. Ihre Brüder durften alles und wurden ständig bevorzugt, während sie für ihren Vater durchsichtiger war als Glas.

Klara warf sich in ihrer Dachkammer aufs Bett, weinte ihr Leid und ihre Einsamkeit in ihr Kissen, weinte um das Leben, das sie mit dem Tod ihrer Mutter verloren hatte. Endlich versiegte der nasse Strom. Mit dem Rockzipfel tupfte sie sich über die verquollenen Augen und hob jäh den Kopf. Die Tränen hatten einen neuen Gedanken frei gewaschen. Hatte sie die Aufmerksamkeit ihres Vaters nicht dadurch auf sich gelenkt, weil sie den Kuchen fallen gelassen hatte? War Aufmerksamkeit nicht gleich Aufmerksamkeit? Und war das nicht allemal besser, als ein Niemand zu sein, der von ihm übersehen wurde?

Sie lauschte. Vater und Großvater waren an ihre Arbeit in der Metzgerei zurückgekehrt, und ihre Brüder hatten sich mit ihren Fahrrädern davongemacht. Der Vater hatte erlaubt, dass sie sich mit ihren Freunden am Dinzinger Stadtbrunnen trafen. Gewöhnlich mussten sie nach der Schule im Geschäft helfen. Klaras Pflichten beschränkten sich auf die Hausarbeit, nur samstags wurde sie im Laden für den Verkauf eingespannt. Sie konnte gut rechnen.

Es war für Klara ein Leichtes, sich an der Tante vorbeizuschleichen, sich auf ihr Rad zu schwingen und einmal mehr zum Weiher im Wald zu flüchten.

Am Südufer erhob sich das neue Bootshaus mit Badesteg. Sie war noch nie dort gewesen, zog den nördlichen Uferstreifen vor. Ein versteckter, überwucherter Pfad führte dorthin, auf dem sie ihr Rad vorwiegend schieben musste.

Klara liebte es, am Wasser ihre nackten Füße in die feuchte Erde zu wühlen, mochte dieses herrlich matschige Gefühl, wenn der Schlamm zwischen den Zehen hervorquoll. Sie ließ Steine über den Teich springen, atmete den lebendigen Geruch von Erde und Moor ein, war umgeben von Wasser, Luft und Sonne. Der Himmel über ihr schien ihr so nahe, als müsste sie sich nur ein klein wenig strecken, um ihn zu berühren.

Wenn sie aufs Wasser blickte, auf das die Sonne glitzernde Diamanten streute, tauchte sie ein in die Illusion einer geheimen zweiten Welt. Eine Welt, in der sie alles sein konnte: eine berühmte Schauspielerin, eine todesmutige Trapezkünstlerin, eine geniale Wissenschaftlerin. Sie stellte sich vor, wie sie in schönen Kleidern um den Globus reiste, mit Zügen und Schiffen fuhr und in den neuen, modernen Flugzeugen flog. Jedermann läge ihr zu Füßen! Sie würde umschwärmt sein und beliebt. Geliebt.

Aber alles, was ihr die Teichoberfläche zurückwarf, war eine magere Zwölfjährige mit dünnen Zöpfen und zwei zu lang geratenen Vorderzähnen, die sie in der Schule zur Zielscheibe andauernder Spötteleien machten.

Klara tauchte ihre Finger ins Wasser, zerstörte ihr eigenes Bild und verfolgte, wie sich die Kräuselwellen ringförmig ausbreiteten. Sie zeichnete weitere Muster hinein. Das Nass beugte sich ihr willig. Wie so oft wünschte sich Klara wundersame Fähigkeiten, um das Wasser des Weihers verschwinden zu lassen und zu erkunden, welche Geheimnisse sich auf seinem Grund verbargen. Eine smaragdgrün schillernde Libelle surrte heran. Mehrere Sekunden stand sie still in der Luft und ließ Klara ihren anmutigen Körper bewundern, bevor sie weiterflog.

Alles an diesem verzauberten Ort war erfüllt von Leben. Blesshühner und Enten glitten mit ihrem Nachwuchs über den Weiher und gründelten auf der Suche nach Nahrung. Frösche hielten Konzerte, Insekten brummten, Grillen zirpten und in den Wipfeln jubilierten die Vögel. Als sänge der Chor des Sommers allein für sie … Klara ließ sich zurücksinken, blickte in den leuchtenden Himmel und überließ sich dem Gefühl, für eine kurze Zeit die Herrin der Welt zu sein.

Ein neuer Laut störte die Harmonie. Das Lachen eines Mädchens! Dort! Eine Bewegung am gegenüberliegenden Ufer.

Mit einer amphibiengleichen Bewegung glitt Klara ins hohe Schilf zurück. Vorsichtig drückte sie einige Halme auseinander und linste zum Bootshaus hinüber.

Drei Jungen und ein Mädchen betraten den Steg, der zum Bootshaus führte. Klara kannte die Jungen aus dem Dinzinger Lyzeum, alles Primaner und einige Jahre älter als sie. Das Mädchen hingegen sah sie zum ersten Mal, es musste erst kürzlich mit seiner Familie nach Dinzing gezogen sein. Es war ziemlich hübsch und wäre ihr in der Schule schon deshalb aufgefallen. Klara hegte sofort eine Antipathie gegen sie. Wäre sie so hübsch wie die Rothaarige auf dem Steg, dann würde ihr Vater sie sicher mehr beachten. Was für eine himmelschreiende Ungerechtigkeit, dass Jungen bevorzugt wurden, weil sie Jungen waren, und Mädchen, wenn sie aussahen wie die da!

Wütend biss sich Klara auf die Lippe, während sie beobachtete, wie die fröhlich lärmende Gruppe ihre Handtücher ausbreitete.

Dieser Ort gehörte seit Monaten ihr allein. Nun fühlte sie sich um ihre Idylle betrogen. Tränen des Zorns und der Enttäuschung brannten heiß hinter ihren Augen.

Die Invasoren entledigten sich ihrer Kleidung und stürzten sich ins Wasser. Die Jungen taten dies mit einem eleganten Hechtsprung, das Mädchen kreischte und hielt sich die Nase zu. Sein langer roter Pferdeschwanz schwang wie ein leuchtender Pfeil hinter ihm in der Luft, als es vom Steg abhob. Prustend kamen alle vier wieder an die Oberfläche, lachten und bespritzten sich gegenseitig. Die drei Jungen umkreisten das Mädchen wie Bienen eine Blüte. Dann schlug einer von ihnen, der Blonde, ein Wettschwimmen ans andere Ufer vor.

Klara zog sich noch tiefer ins Schilf zurück. Sie hatte den Blonden erkannt: Es war Friedrich Leyendecker, der Kaffee-Erbe! Seiner Familie gehörte das Land, der Weiher, das Bootshaus, der Steg.

Die Invasorin, das war sie.

KAPITEL 3

GEGENWART

Ich liebe dich, weil du im Schlaf so süß aussiehst.

Jannik

»Du musst etwas essen«, mahnte Ilse und platzierte den Teller mit der Leberwurststulle auf dem Nachttisch.

Julie mochte keine Leberwurst, allein der Geruch verursachte ihr Übelkeit. Sie drehte sich zur Wand, zog die Decke höher und presste Bens Schnuffi an ihre Brust. Sie wollte nichts essen und noch weniger wollte sie Ilse sehen. *Geh weg!*

»Frische Luft täte dir auch mal gut. Es mieft!« Tatkräftig zog Ilse die Jalousie hoch und riss das Fenster auf. »Und wie sieht es hier überhaupt aus!«

Janniks Mutter mäanderte durchs Schlafzimmer und las die Kleidung auf, die Julie achtlos von sich gestreift hatte, als sie vor drei Tagen von der Beerdigung ihrer Liebsten heimgekommen war. Seither hatte sie das Bett kaum noch verlassen.

»Auf dem Weg ist mir deine Freundin begegnet. Die von der Beerdigung mit dem komischen Namen. *Maxima?* Sie erzählte mir, sie habe bei dir geklingelt. Warum hast du ihr nicht aufgemacht? Und ans Telefon gehst du auch nicht! Verkriechen hilft nicht, ich weiß, wovon ich spreche. Denkst du, mir geht es besser als dir? Aber das Leben läuft weiter. Immer. Es nimmt keine Rücksicht auf unser Leid. Damals, als ich mit meinem Jannik schwanger war und mein Mann starb …«

Es folgte eine Litanei, die Julie längst in- und auswendig kannte. Ihr Gehirn schaltete ganz von allein in den Ruhemodus. Erst als Ilse sich beschwerte: »Sag mal, hast du gar keinen Kaffee im Haus? Ich konnte nicht eine Bohne finden«, klinkte sich ihr Verstand wieder ein. Nun funkte er allerdings Alarm.

Ilse schwadronierte unverdrossen weiter. »Übermorgen bringe ich uns Kaffee mit. Ach ja, und ich habe Janniks Fische gefüttert. Die sahen schon ganz traurig aus. Kannst du mich nachher noch zur Bushaltestelle bringen? Es ist immer eine Weltreise von Rüdersdorf bis hierher und du weißt doch, ich bin nicht mehr so gut auf den Beinen …«

Julie wäre am liebsten unter die Matratze gekrochen. Sie wollte, dass Ilse weder übermorgen noch an einem anderen Tag wiederkam, und mit Maxima wollte sie auch nicht sprechen. Mit niemandem. Sie hatte genug leere Worthülsen ertragen, empfand einen heftigen Widerwillen gegen andere Menschen. Sie wollte sich zurückziehen an einen sternenlosen Ort, wollte niemanden sehen, wollte ihren Schmerz alleine leben.

Ihre Schwiegermutter Ilse, Freunde und Kollegen, die Frau vom Kriseninterventionsteam, sie alle hatten sich angehört, als läsen sie vom gleichen Kondolenzblatt ab. Als auch noch der Pfarrer beim Trauergespräch davon faselte, dass trotz dieser dunklen Tage das Licht der Hoffnung nie völlig erlösche, war sie aufgesprungen und aus der Kirche geflüchtet. Sie wollte nicht, dass das Leben weiterging. Ein Leben ohne Jannik und ihre Babys. Sie wollte vergessen. Alles. Auch die guten Erinnerungen. Den Verstand ausschalten, nichts mehr fühlen, sich in ihrer Trauer verlieren. Sich selbst verlieren. Bis ans Ende ihrer Welt. Sich in die Leere hüllen, sich in schwarzer Erde suhlen und schrumpfen, bis nichts mehr von ihr übrig war.

Das Geplapper und der Aktionismus von Ilse zerrten an ihren Nerven. Schon die Vorstellung, wie Janniks Mutter in ihrer Küche herumkramte … Der Zorn blubberte in Julie wie Tausende kleiner Blasen. Sie hatte nicht gewusst, dass Trauer auch aus Wut gewebt war. Aber sie wurde dieses Gefühl einfach nicht mehr los. Es umhüllte sie wie ein fester Stoff, als sei sie in eine Form aus Wut gegossen. Bis zur Beerdigung hatte sie funktioniert, ein menschlicher Automat, der die erforderlichen Entscheidungen traf, über jedes bürokratische Stöckchen sprang und jene Riten vollzog, die eine Bestattung zwangsläufig mit sich brachte. Jede Handlung hatte sie für ihre Lieben ausgeführt, für Jannik, Ben und Sofia. So lange hatte sie die Verbindung zu ihnen noch spüren können. In dem Augenblick, als die Särge, der große und die zwei entsetzlich winzigen, in die Erde gesenkt und mit dunkler Erde bedeckt wurden, hatte sich auch auf Julie ein tonnenschweres Gewicht gelegt. Bei jedem Luftholen nahm sie schwarze Erde in sich auf, füllte sich ihr Inneres mit Nichtleben.

Nachdem Ilse sich endlich verabschiedet hatte, zutiefst gekränkt, da ihre Schwiegertochter ihre Freundlichkeiten ignorierte und einer »schwer arbeitenden Frau zumutete, zu Fuß zu gehen«, raffte sich Julie auf und stieg aus dem Bett. Sie zog sich etwas über, tappte nach unten, fuhr ihren alten Polo aus der Garage und parkte ihn zwei Straßen weiter. Die Garage blieb offen stehen, die Haustür sperrte sie jedoch von innen ab und ließ den Schlüssel stecken, damit Ilse nicht mehr hineinkonnte … Anschließend rollte sie alle Jalousien herunter, die Ilse bei ihrem Eintreffen hochgezogen hatte, sperrte das

Licht aus. Nur das Kinderzimmer überging sie, es zu betreten fehlte ihr die Kraft. Allein durch die Haustür kam tagsüber noch Helligkeit herein. Zuletzt stellte sie die Klingel ab und zog das Telefonkabel heraus. Nach dem Kappen der äußeren Lebensadern kroch sie zurück in ihr Bett, igelte sich erneut ein in ihr Nest aus Schmerz und Dornen.

Als Ilse zwei Tage später zurückkehrte, mit Kaffee und selbst gebackenem Rosinenkuchen im Korb, fand sie keinen Zutritt mehr. Sie registrierte die herabgelassenen Jalousien, bemerkte die leere Garage und zog verärgert von dannen.

Anschließend teilte sie ihren Kummer über die Schwiegertochter mit den Kolleginnen im Pausenraum des Supermarkts: »Warum lässt sie sich nicht helfen? Ich meine es ja nur gut. Ich hab schließlich auch meinen Jannik verloren und meine süßen Enkelschätzchen! Wir trauern doch beide«, schluchzte sie und ließ sich ein Taschentuch reichen. »Allein sein ist nicht gut. Darum geh ich auch wieder arbeiten! Aber soll sie ruhig sehen, wo sie ohne mich bleibt! Ich bewege mich da erst wieder hin, wenn sie mich darum bittet«, rief sie kräftig berlinernd und trocknete ihre Tränen. »Lässt unsereins mit den kaputten Beinen umsonst durch die Gegend rennen!«

»Sie wird sich schon melden, Ilse. Wirst sehen!«, lautete die einhellige Meinung der Damenrunde.

KAPITEL 4

VERGANGENHEIT

Dinzing, 1932

Den halben Nachmittag hockte sie still im Schilf und kämpfte mit dem hässlichen Gefühl des Verlustes. Der Wind trug ihr beständig Gesprächsfetzen und fröhliches Gelächter zu, als wolle er ihr bestätigen, dass der geheime Zufluchtsort ihr nicht mehr exklusiv gehörte.

Endlich packte die Gruppe zusammen und verschwand.

Klara verweilte noch, umschlang den Weiher in Gedanken wie die Sumpfpflanzen, die um ihre Füße strichen, sobald sie ins seichte Wasser watete. Aber das Band ihrer Verbindung war gekappt, weil andere Menschen jederzeit in ihr Idyll eindringen konnten. Heute war ihr etwas Unwiederbringliches genommen worden. Warum waren die guten Dinge nie von Dauer?

Sie schob ihr Rad den überwucherten Pfad entlang, über kriechende Wurzeln hinweg, während sich die schlechten Gefühle in ihr ausbreiteten wie die Kräuselwellen im Wasser.

Zu Hause angekommen, schlich sie sich in ihr Zimmer zurück. Keiner hatte ihre Abwesenheit bemerkt. Einer der wenigen Vorteile, wenn man ein Niemand war.

Sie legte sich aufs Bett und überließ sich ihrem Selbstmitleid. Warum, fragte sie sich, begünstigte das Schicksal die Menschen auf verschiedene Weise? Warum kamen die einen als reiche Erben mit Land und Weiher und Bootssteg zur Welt und andere wurden als Tochter in eine Metzgerfamilie hineingeboren? Darüber hinaus besaß Friedrich Leyendecker noch eine Mutter, während sie ihre vor vier Jahren verloren hatte.

Klara erinnerte sich gern an ihre erste Begegnung mit Friedrichs Mutter Adelheid. Sie hatte damals geglaubt, einem Wunderwesen zu begegnen. Zu jener Zeit lebte Edda noch, ihre eigene Mutter. Gemeinsam mit ihr hatte sie sich gerade unten im Laden aufgehalten, als Adelheid Leyendecker das Geschäft betrat – in einem seidig schimmernden Kostüm mit einer funkelnden Schmetterlingsbrosche am Revers, einem Hut, der eher ein Hütchen war, und einer schwarz glänzenden Krokohandtasche, die an ihrem Arm baumelte wie ein Schatzkästchen. Frau Leyendecker sah noch viel schöner aus als die Damen von Welt in den Farbmagazinen, die ihre Mutter manchmal heimlich mit nach Hause gebracht hatte. Vor ihrem Mann Hubert musste sie die Illustrierten stets verstecken, weil er für solchen Firlefanz nichts übrighatte. Seit dieser ersten Begegnung mit Adelheid Leyendecker träumte Klara davon, wie sie eine reiche und vornehme Dame zu werden.

Der Vater hatte Frau Leyendecker persönlich bedient. Das tat er nur bei wenigen, ausgesuchten Kunden. Zuvorkommend tänzelte er hinter dem Tresen und präsentierte ihr die besten Filetstücke, die die Metzgerei Obermaier anzubieten hatte.

Damals begriff Klara das erste Mal, dass Schönheit und Geld der Schlüssel waren, mit dem sich das Tor zur Welt öffnen ließ.

Schneller als gedacht fand sich Klara damit ab, dass sie den Weiher von nun an teilen musste.

Friedrich Leyendecker war der Grund für ihren Sinneswandel. Der Kaffee-Erbe übte eine seltsame Faszination auf sie aus, und in kürzester Zeit war sie schrecklich in ihn verliebt. Aus der Ferne ... Friedrich war wie ein Poesiealbum, in das sie fortan alle ihre Träume und Wünsche heften konnte. Sie zeichnete zudem gerne und hatte angefangen, Porträts von Friedrich anzufertigen.

Alle Mädchen in ihrer Klasse schwärmten für den gut aussehenden Leyendecker-Erben. Er galt als ausgezeichneter Sportler. Seit Kurzem ging das Gerücht, er habe Aussichten, als Läufer in die Olympiamannschaft aufgenommen zu werden!

Nach der Schule kam Friedrich nun häufig zum Schwimmen an den Weiher, stets begleitet von einer Clique fröhlicher junger Leute.

Klara kauerte dann stundenlang im Schilf und hatte nur Augen für ihn. Fortwährend dachte sie sich neue, fantastische Varianten aus, wie sie beide sich kennen- und lieben lernen würden. Stets rettete sie dabei Friedrich aus lebensbedrohlichen Situationen, bewahrte ihn vor dem Ertrinken, zog ihn aus dem brennenden Lichtspielhaus oder stieß ihn in letzter Sekunde vor der herannahenden Elektrischen weg von den Gleisen. Jedes Mal wachte er darauf in ihren Armen auf, bedankte sich bei seiner schönen Retterin, und ab diesem Tag waren sie unzertrennlich.

Zu ihrem Unglück war sie erst zwölf, und das bedeutete, sie und den fünfzehnjährigen Primaner Friedrich trennten ganze Galaxien voneinander. Vermutlich ahnte er nicht einmal etwas von ihrer Existenz.

Dafür zeigte er in letzter Zeit ein umso regeres Interesse an Flora Rosenbaum mit ihrem rot glänzenden Haar und den bunten Sommerkleidern. Wie schon beim ersten Mal war sie auch heute wieder mit von der Partie.

Klara wandte nun ihre Aufmerksamkeit der roten Flora zu. Eben schlüpfte das Mädchen leichtfüßig aus seinen Schuhen und knöpfte sein Kleid auf. Darunter kam ein himmelblauer Badeanzug zum Vorschein.

Alles an Flora wirkte leicht und grazil, ein Wesen wie aus Luft gewirkt. Und sie lachte gerne, wobei sie ihre schönen weißen Zähne zeigte. Das erinnerte Klara an ihre eigenen, zu langen Schneidezähne. *Hasenzähne ...* Wie so oft tastete sie mit der Zunge nach ihnen, ein selbstquälerischer Akt, dem sie nicht entkam.

Ein sehr hässliches Gefühl wallte in ihr auf. Sie verglich sich mit Flora, fasste sich an die eigenen blonden Zöpfe und empfand ihr Matrosenkleid, an dem sie bisher nichts auszusetzen gehabt hatte, als scheußlich und plump. In diesem Augenblick begriff Klara, dass sie niemals so sein würde wie Flora.

Verärgert bemerkte sie, dass Friedrich bei Flora auf der Decke sitzen blieb. Erst als die anderen Friedrich und Flora neckten, ob sie Angst vor dem Wasser hätten, nahmen sie sich bei der Hand und sprangen zusammen in den Weiher.

Klara knirschte mit den Zähnen. Das hässliche Gefühl in ihr schwappte über und ergoss sich wie eine Sturmflut über Flora. Und in dem Augenblick kam ihr unvermittelt eine Idee, wie sie Flora diesen Tag verderben konnte.

***

»Ich verstehe das einfach nicht«, ärgerte sich Flora. »Ich habe mein Kleid doch genau hier abgelegt.« Sie zeigte auf die Stelle neben ihren Sandaletten.

»Vielleicht hat der Wind es verweht?«, vermutete Friedrich.

»Diese leichte Brise?«, entgegnete Flora zweifelnd.

Eine Weile suchten sie gemeinsam das Gebüsch ab.

Plötzlich rief einer der Jungen: »Ich hab's!«, und warf etwas in Floras Richtung. Friedrich reagierte blitzschnell und fing den Gegenstand vor Flora aus der Luft ab. Eine Kröte! Er ließ das glitschige Tier fallen, das sofort im Weiher abtauchte.

»Ehrlich, du bist so ein Blödmann, Schorschi!«, schimpfte Friedrich und rieb seine Finger im Wasser, um den Krötenglibber loszuwerden. »Vermutlich hat ein Tier dein Kleid verschleppt«, versuchte er sich an einer weiteren Erklärung.

»Igitt!«, machte Flora und schüttelte sich.

Den Heimweg trat Flora in Friedrichs Hemd an, um die Hüfte ein Handtuch geschlungen.

***

In der Diele im Haus Obermaier hing ein großer Spiegel. Darin prüfte Metzgermeister Hubert Obermaier am Sonntag vor dem Kirchgang den Sitz von Hut und Joppe und neuerdings auch den der braunen Uniform, bevor er ins Wirtshaus zum Streiten ging.

Klara hätte sich furchtbar gerne in Floras Kleid darin betrachtet, traute sich aber wegen ihrer älteren Brüder nicht. Die beiden hatten meist nichts Besseres zu tun, als ihrer Schwester aufzulauern. Manfred und Siegfried waren von jeher eine Plage gewesen, aber seit dem Tod der Mutter hatte sich dies bis zur Unerträglichkeit gesteigert. Nicht auszudenken, sollten sie Klara mit Floras Kleid erwischen!

Deshalb posierte sie in ihrem Diebesgut vor dem Spiegel im Waschraum. Sie stieg auf einen umgestülpten Putzeimer und musterte sich. Irgendwie sah das Kleid an ihr völlig anders aus als an Flora. Es hing an ihr herab wie ein formloser Vorhang, selbst der bunte Stoff wirkte seltsam farblos. Kurzerhand stopfte sich Klara zwei Waschlappen in ihr Unterhemd, löste ihre blonden Zöpfe und bürstete ihr Haar. Es sah dünn und strohig aus, wie es sich so über ihre Waschlappenbrüste wellte. Sie stellte sich vor, ihr Haar wäre so dicht und rot glänzend wie das von Flora. Sie drehte sich zur Seite, begutachtete ihre schmächtige Silhouette.

In dieser Sekunde wurde an der Türklinke gerüttelt. »He, Hasenzahn! Bist du das?«, rief ihr Bruder Siggi.

Vor Schreck verlor Klara die Balance, der Eimer kippelte. Eine Ewigkeitssekunde gelang es ihr noch, sich wie ein Hochseilartist mit ausgestreckten Armen im Gleichgewicht zu halten. Dann brach der Eimer unter ihr weg, sie fiel und prallte mit dem Gesicht voran auf den Waschbeckenrand.

»He! Was treibst du da drin?« Eine Jungenfaust polterte gegen die Tür.

Hektisch warf sich Klara ihr eigenes Kleid wieder über und stopfte Floras Geblümtes ganz nach unten in den Wäschekorb. Sie würde es später holen. Sie öffnete die Tür, schlüpfte flink wie ein Reptil unter dem Arm ihres Bruders hindurch und flüchtete sich in ihr Zimmer.

Der Schmerz setzte verspätet, dafür aber umso heftiger ein. Plötzlich schien ihr gesamter Kopf zu pochen. Sie griff zum Handspiegel, der früher ihrer Mutter gehört hatte. Verdammt! Ihre Lippe war aufgeplatzt! Das Blut lief ihr übers Kinn zum Hals hinab und beschmutzte bereits ihren Matrosenkragen. Mit einem Taschentuch betupfte sie vorsichtig die Wunde. Da erst bemerkte sie den eigentlichen Schaden: Sie hatte sich beim Sturz den Schneidezahn abgebrochen. O weh! So konnte sie morgen niemals in die Schule gehen! Sie konnte die anderen schon hören, wie sie sich über sie lustig machten.

Hasenzahn ist jetzt Ohnezahn …

Klara beschloss, sich in ihrem Zimmer zu verbarrikadieren. Wenn sie schon Schmerzen leiden musste, dann wollte sie dafür nicht auch noch ausgelacht werden. Sie verriegelte die Tür.

Als ihre Tante Gretel sie zum Nachtmahl rief, behauptete sie, sie fühle sich nicht gut und habe keinen Hunger. Gretels Kümmergen für die Nichte reichte gerade so weit, dass sie nachfragte, ob sie Fieber habe. Als Klara dies verneinte, verzog sie sich wieder in die Küche.

Während Klaras Lippe pulsierte und ihr Magen hungrig rumorte, wuchs ihre Wut auf Flora.

Diese Kuh und ihr dämliches Blümchenkleid waren überhaupt erst an dem ganzen Schlamassel schuld!

KAPITEL 5

GEGENWART

Ich liebe dich, weil du so mutig bist.

Jannik

In ihrer Kindheit und sogar noch als junges Mädchen war Julie der Realität entflohen, indem sie sich Traumwelten erschaffen und Geschichten ausgedacht hatte. Als sie Astrid Lindgrens Erzählungen von Pippi Langstrumpf entdeckte, wurde Pippilotta Viktualia Efraimstochter Langstrumpf zu ihrer Heldin. Pippi, das mutterlose Kind, das die Zauberpille Krummelus gegen das Erwachsenwerden erfand. Pippi, das stärkste Mädchen der Welt, das sein Pferd Kleiner Onkel stemmen konnte und jede Träne bezwang. Sie wollte immer so sein wie Pippi. Aber sie war Julie. Sie war nicht stark und ihre eigene Geschichte war nun zu Ende. Die Wirklichkeit existierte für sie nur noch als ein schwammiges Etwas, das immer mehr in der Dämmerung zerfloss, die sie in ihrem Haus geschaffen hatte.

Nun hallte meist nur noch ein Wort durch ihr trübes Dasein: *Warum?* Ein Wort wie ein Schrei, das im Rhythmus ihres Herzens pochte. Ein Wort voller Zorn, das durch ihre Seele irrte. Ein Wort ohne Antwort.

Dafür schlich sich die Furcht in ihr Zimmer, saß nachts als Schatten an ihrem Bett und starrte sie an. Dann kauerte sie zitternd unter der Decke und wagte sich nicht mehr heraus, bis sie sich einmal sogar eingenässt hatte. Sie weinte, als sie die Wäsche wechselte.

Manchmal überkam sie wie aus dem Nichts eine rastlose Unruhe und sie geisterte durchs Haus wie ein Gespenst. So sah sie auch langsam aus. Im Spiegel begegnete ihr ein bleiches Wesen mit wirrem Haar und leerem Blick. War sie dabei, den Verstand zu verlieren? Was war Verstand? Das Wissen, dass ihre Liebsten nie mehr zurückkommen würden? Dass sich der Haustürschlüssel nie wieder im Schloss drehen, Jannik hereinschneien und »Igel, ich bin da!« rufen würde? Sie nie mehr ihren unternehmungslustigen Zwillingen hinterherjagen, keinen Brei mehr für sie anrühren, sie nie mehr füttern würde? Ihre Betten für immer leer blieben? Sie sehnte sich so sehr nach Jannik, Ben und Sofia, dass sie nie mehr an sie denken wollte.

Aber vor den eigenen Gedanken kann man nicht fliehen. Sie umkreisten Julie, schossen kleine Erinnerungspfeile ab, fügten ihr neue Schmerzen zu. Jeden Tag blickte sie in den Abgrund und wartete darauf, dass sie endgültig hineinfiel.

***

Indessen gammelte die Leberwurststulle vor sich hin, setzte weißen Flaum an, wurde zu einem Brot mit dem Haupthaar eines Greises.

Ausgerechnet der Anblick des wuchernden Schimmels weckte in Julie ein Hungergefühl. Sie war jung. Das Leben stahl sich nicht so einfach davon, nur weil man sich ins Bett legte und alles vergessen wollte. Und sie erinnerte sich auch an die Verantwortung für Janniks Fische. Sie konnte seine Lieblinge schließlich nicht verhungern lassen. Nachdem sie sie gefüttert hatte, kochte sie sich Tee gegen die Halsschmerzen, die sie seit einigen Tagen quälten. Die Wärme, die von der Tasse in ihre Hände floss, tat ihr ungewollt wohl.

Auch das Leben draußen vor der Tür ließ sich nicht einfach auf Knopfdruck abstellen. Das morgendliche Vogelkonzert mogelte sich ebenso durch die geschlossenen Fenster herein wie das tägliche Klappern des Briefschlitzes, wenn der Zeitungs- und der Postbote kamen.

Besonders der Zeitungsstapel wuchs beharrlich, häufte sich zu einem kleinen Berg. Mehrmals ging Julie durch den Kopf, Janniks Zeitungsabo zu kündigen, aber sie verschob es jedes Mal auf »morgen«. Es gab noch etwas, das ab und an als Fragment durch ihr Bewusstsein geisterte, etwas Wichtiges, an das sie sich erinnern sollte. Aber sie kam nicht drauf.

Ein ungewohntes Geräusch ließ Julie herumwirbeln und ihren Tee verschütten. Erst nachdem sich das Geräusch wiederholt hatte, konnte sie es zuordnen. Jemand klopfte gegen ihre Haustür. Nun erklang auch ein Ruf: »Frau Bredow?« Eine jugendlich-männliche Stimme.

Julie verharrte seltsam starr in der Küche, ihr gesamter Körper verkrampfte sich. Ein letzter Ruf, ein letztes Klopfen, danach gab der unbekannte Besucher auf. Es dauerte einige atemlose Minuten, bis sie Angst und Lähmung überwand. Auf den Schreck hin aß sie in der Küche ein paar Honigsmacks gleich aus der Packung. Jannik hatte das auch oft getan. Plötzlich sah sie ihn vor sich, wie er am Küchentresen lehnte, sich die Smacks aus der Packung fischte und sie sich mit zurückgelehntem Kopf in den Mund rieseln ließ. Manchmal warf er sie einzeln in die Luft und fing sie mit herausgestreckter Zunge auf. Sehr zum

Vergnügen der Zwillinge, die das sofort nachahmten. Die drei hatten einen Heidenspaß und ihr lautstarkes Herumalbern hatte sie damals in die Küche gelockt, wo sie prompt auf einen Smack getreten war.

Schon liefen wieder die Tränen, unaufhaltsam. Da hieß es immer, nach dem Tod blieben die Erinnerungen. Aber niemand verriet einem, wie sehr diese schmerzten. Dass Erinnerungen wie kleine Haken waren, die einen in die Vergangenheit zerrten und das letzte Stück Kraft aus dem Fleisch rissen.

Sie ließ die Packung mit den Honigsmacks fallen, als hätte sie sich daran die Finger verbrannt. Kopflos stolperte sie durch das abgedunkelte Haus, flüchtete vor dem grausamen Schmerz. Fand keinen Ausweg, drehte sich im Trauerkreis.

Die wilde Hatz endete im Kinderzimmer. Dort prallte Julie auf eine Welt aus Licht. Bei ihrem letzten Besuch hatte Ilse auch hier die Jalousien hochgezogen und das Fenster gekippt. Sie selbst hatte seither keinen Fuß mehr in diesen Raum gesetzt. Als gäbe es ihn nicht. So, wie es ihre Kinder nicht mehr gab.

Das leere Zimmer traf sie mit der Wucht eines Fausthiebs. Sie musste mehrfach blinzeln, weil ihre Augen zu lange der selbst geschaffenen Dunkelheit ausgesetzt gewesen waren. Überall lagen noch die Sachen verstreut, die sie am Tag der Beerdigung aus dem Schrank gezerrt hatte, weil die Kleinen, wie es der Bestattungsunternehmer ausdrückte, etwas für ihre »letzte Reise« benötigten.

Das hereinflutende Licht ließ die gelbe Wandfarbe aufleuchten, taufte den Raum mit Leben. Eine sanfte Brise spielte mit den hellen Gardinen und lenkte Julies Aufmerksamkeit zum Fenster. Am Gartenzaun zur Garage hin hatte sie eine Bewegung wahrgenommen. Tatsächlich entdeckte sie unten einen jungen Mann mit Rucksack. Er führte einen Labradorwelpen spazieren, dem es nicht schnell genug zu gehen schien und der deshalb ungestüm an der Leine zerrte. Als spürte er, dass er beobachtet wurde, hob der Hundebesitzer unvermittelt den Kopf. Erschrocken zuckte Julie vom Fenster zurück. Der junge Mann weckte in ihr eine vage Erinnerung, als sei sie ihm zuvor schon einmal begegnet. Aber es gelang ihr nicht, sein Gesicht einzuordnen.

Sie wandte sich wieder dem Raum zu. Wie eine Bordüre umliefen Sofias und Bens erste gemalte Geniestreiche die Wände. Sofia hatte Sonnen und Regenbogen geliebt, Ben hingegen Fantasietiere bevorzugt, die alle irgendwie geflügelten Elefanten ähnelten. An der Lampe drehte sich spielerisch ein Schmetterlingsmobile und zwischen den Betten mit Marienkäfermotiven ruhte eine Armee Plüschtiere im Arm von Papa Petzi – einem wahren Gulliver von Teddybär. Jannik hatte Papa Petzi eines Tages während ihrer Schwangerschaft als Vatervorfreudenkauf angeschleppt, mit einem Grinsen so breit wie der Äquator. Mit demselben Eifer hatte er ihr später die Zwillingsschaukel präsentiert. All diese mit so viel Liebe ausgesuchten Dinge, mit denen ihre süßen Kleinen nun nie mehr spielen würden … Dieses Zimmer sollte von Kinderlachen erfüllt sein, und jetzt stand es leer. Es war einfach nicht gerecht! Die Wut erfasste Julie wie eine Sturmwoge, spülte sie aus dem Zimmer und trieb sie nach unten.

Plötzlich stand sie vor Janniks Klavier. Seine letzte Eigenkomposition, die »Ode an den Zahn«, lag noch auf dem Ständer. Sie las die ersten Worte und sie klangen wie Hohn für sie: »Es lässt sich nicht vermeiden, heute müssen wir scheiden.«

Warum hast du mich allein gelassen, heulte sie innerlich auf. Ihr gesamter Zorn entlud sich in diesem Augenblick, und sie begann, wie von Sinnen auf das Klavier einzuschlagen. Später hockte sie vor ihrem Zerstörungswerk und konnte nicht fassen, was sie getan hatte. Ihr war ganz elend. Sie sammelte die herausgebrochenen Tasten vom Boden auf und legte Janniks »Ode an den Zahn« auf den Tisch.

Im Bad hielt sie ihren Kopf unter den kalten Wasserstrahl. Danach kroch sie zurück in ihr Bett, breitete das alte Schnuffeltuch über ihr Kopfkissen, bettete ihre Wange darauf und sank zurück in ihre Lethargie. Wegdämmern, vergessen.

Am folgenden Morgen erwachte sie, geweckt durch neuerliche Geräusche. Tatsächlich klangen Rufe von unten herauf, begleitet von energischem Klopfen gegen ihre Haustür. Schon wieder! Sie zog sich das Kissen über den Kopf, presste ihr Gesicht auf die Matratze. Ihr Herz hämmerte, als wolle es aus ihrer Brust ausbrechen. Sie wartete, dass wieder Stille einkehrte, die Störenfriede verschwanden. Ausgerechnet jetzt kam ihr in den Sinn, dem Friedhof einen Besuch abzustatten. Das erste Mal seit der Beerdigung. Aber sie konnte sich nicht dazu durchringen, vielleicht morgen. Nachdem sie das Zeitungsabo gekündigt hatte …

Sie erhob sich nur noch, um einmal pro Tag die Fische zu füttern und ein wenig mit ihnen zu plaudern. Dann machte sie sich einen Tee und knabberte irgendetwas, was sich noch im Schrank befand. Janniks Vorrat an Frühstücksflocken erwies sich als nahezu unerschöpflich. Sie hatte auch noch ein Regal voll mit Kindernahrung, Gläschen, Babykeksen, Saft. Aber nichts davon rührte sie an. Es zu essen, fühlte sich falsch für sie an. Genauso wenig würde sie von Janniks Rotwein kosten. Beides war mit zu vielen schmerzhaften Erinnerungen behaftet.

Das Erste, was nach sieben Wochen zur Neige ging, war das Fischfutter. Es half alles nichts, sie musste Nachschub besorgen. Sie brauchte einen ganzen Tag, um sich dazu aufzuraffen, während die vorwurfsvollen Blicke der Fische sie überallhin zu verfolgen schienen. Sie hatte sich in den letzten Wochen ab und zu sporadisch gewaschen oder die Zähne geputzt, vornehmlich, weil es bald dreißig Jahre Bestandteil ihrer täglichen Routine gewesen war. Ihr langes Haar hatte sie jedoch sträflich vernachlässigt. Inzwischen war es derart verfilzt, dass sie ihm mit Kamm und Bürste nicht mehr beikam. Sie hielt sich nicht lange damit auf, sondern setzte kurz entschlossen die Schere an. Strähne um Strähne landete im Waschbecken. Wie ungewohnt leicht sich ihr Kopf danach anfühlte! Aber schon diese kurze Aktion hatte sie ermüdet. Sich anzuziehen glich einem weiteren Kraftakt. Ihre Glieder kamen ihr vor wie Wasser, schienen vor ihren Augen zu zerfließen. War sie wirklich derart geschwächt?

Bevor sie das Haus verließ, schlang sie sich ein Kopftuch um. Über den angewachsenen Poststapel im Flur stieg sie achtlos hinweg. Die Tageszeitung hatte sie noch immer nicht abbestellt, so, wie sie den Besuch des Familiengrabs auf den jeweils folgenden Tag verschoben hatte. Mit jedem weiteren Aufschub verloren diese Vorhaben für sie an Bedeutung.

Nur beiläufig registrierte sie die roten Aufkleber auf einer Vielzahl der Briefe. Rot wie wichtig. Rot wie lästig.

Julie war bereits zur Tür hinaus, als ihr einfiel, dass sie Geld benötigte. In der Küchenschublade lag noch der Umschlag mit dem restlichen Haushaltsgeld, und in ihrer Börse fanden sich weitere sechzig Euro. Sie machte sich auf den Weg und investierte den gesamten Inhalt ihres Geldbeutels in Fischfutter, Milch und Frühstücksflocken.

Auf dem Rückweg schlug ihr alter Polo wie von selbst den Weg zum Friedhof ein. Aber als sie von Weitem Ilse erkannte, die am Grab mit einer Gießkanne hantierte, machte sie sofort kehrt und rannte zu ihrem Wagen zurück, als sei ihr der Teufel auf den Fersen. Die Welt war ihr fremd und feindselig geworden.

Sie stellte den Polo erneut zwei Straßen weiter ab. Ein Nachbar erkannte und grüßte sie, aber sie tat so, als habe sie ihn nicht bemerkt, und eilte mit gesenktem Kopf weiter. Zurück im sicheren Hafen ihres Hauses brauchte ihr wild schlagendes Herz lange, bis es wieder zur Ruhe kam.

Als Erstes fütterte sie Janniks Fische. Ob die Fische sich fragten, wo Jannik abgeblieben war? Konnten Fische Gesichter unterscheiden? Oder Stimmen? Träumten die Fische hinter ihren gläsernen Wänden vom Ozean, obwohl sie ihn nie gesehen hatten? So wie die Herzen der Menschen von der Liebe wussten, bevor sie ihnen begegnete?

Eine Weile beobachtete sie die Tiere, wie sie nach den Flocken schnappten. Es waren keine teuren, exotischen Exemplare, ein paar Goldfische, Neonsalmler und Guppys, immerhin das hatte sie sich gemerkt, und das Aquarium fasste auch nur hundertfünfzig Liter. Dafür hatte sich Jannik das computergesteuerte Biofiltersystem etwas kosten lassen. Unvermittelt packte Julie ein Energieschub, der Drang, etwas zu tun. Sie reinigte die Scheiben mit dem Aquariumschwamm und den Boden mit der Mulmglocke. Obwohl die digitale Anzeige angab, dass alles zum Besten stand, hatte Jannik das einmal im Monat so gehandhabt. Sie zupfte noch ein paar welke Blätter aus der Bodenlandschaft, dann ließ sie ein Drittel Wasser ab und ersetzte es durch frisches.

Anschließend lehnte sie ihre erhitzte Stirn gegen das Glas und wünschte, sie könnte wie die Fische sorglos im Aquarium treiben. Stattdessen hatte sie mit Jannik ihren Anker verloren und fand keinen Halt mehr. Sie war Treibgut im Meer des Lebens.

KAPITEL 6

VERGANGENHEIT

Dinzing, 1932

Das Tribunal erwartete Klara in der Stube. Der Vater hockte breitbeinig auf einem Stuhl, die Tante neben sich mit gefalteten Händen und einem tadelnden Blick, der Klara deutlich zu verstehen gab, ihr sei nicht mehr zu helfen.

»Mach den Mund auf!«, befahl der Vater streng.

Klara schüttelte den Kopf. Hinter sich hörte sie ihre Brüder feixen, diese elendigen Petzen!

Der Vater fackelte nicht lange. Er griff nach Klaras Kinn und drückte fest zu, worauf sie keuchend den Mund aufriss.

»Au!«

»Jesus!«, rief die Tante und schlug die Hände vors Gesicht.

»Sieh dich an!«, schimpfte der Vater und ließ sie los. »Wie hast du das bloß wieder angestellt?«

»Ich bin gestolpert und hingefallen«, lispelte Klara.

»Hasenzahn ist zu doof zum Laufen!«, tönte der vierzehnjährige Manfred.

»Es hilft nix, Hubert. Das Kind muss zum Zahnarzt«, erklärte die Tante, die selbst eine fürchterliche Angst vor Dentisten hatte und lieber die Schmerzen ertrug, bevor sie ihren Fuß in eine Praxis setzte.

»Nix da!«, polterte Hubert Obermaier. »Dieser Halsabschneider sieht von mir keinen roten Heller!« Klaras Vater hegte einen allgemeinen Hass auf Ärzte; er beschuldigte sie, seine Edda selig umgebracht zu haben.

»Du willst doch Bürgermeister werden«, erinnerte ihn seine Schwester. »Die Leute werden sich das Maul zerreißen, wenn deine Tochter so rumlaufen tut!«

Der Vater schnaubte erst wie ein Stier, dann zupfte er an seinem Schnurrbart. »Also gut«, brummte er. »Gehst halt mit ihr hin, Gretel. Aber lass dir vorher ganz genau sagen, was es mich kosten wird. Dann halbierst den Preis. Hörst?«

Dr. Rosenbaum, der neue Zahnarzt von Dinzing, war richtig freundlich zu ihr. Er sagte, das kleine Fräulein Obermaier solle sich nicht sorgen, nach der Behandlung würde sie noch viel hübscher aussehen als vorher. Der Doktor brachte ihren abgebrochenen Schneidezahn auf Normallänge und schliff den anderen passend dazu ab. Als er fertig war, reichte er Klara lächelnd einen Spiegel.

Klara konnte das Wunder kaum begreifen. Plötzlich sah sie nicht mehr aus wie Fräulein Hasenzahn!

Den gesamten Nachhauseweg fuhr sie sich immer wieder mit der Zunge über ihre neuen Zähne. Zum ersten Mal wurde ihr die Erfahrung zuteil, dass aus einem Unglück auch etwas Gutes erwachsen konnte.

Aber zu Hause erwartete sie gleich der nächste Schreck. Der Vater zitierte sie erneut in die gute Stube.

Ihre Brüder drückten sich in der Diele herum und blickten schadenfroh. Klaras Herz, eben noch vor Freude pochend, sank.

Da sie vor der Tür verharrte, schubste Manfred sie kurzerhand über die Schwelle. Wie festgenagelt blieb sie am Eingang stehen.

Ihr Vater blickte ihr streng entgegen, über seine Knie hatte er einen geblümten Stoff drapiert.

Klaras schnappte nach Luft. Floras Kleid! Sie hatte es im Wäschekorb vergessen!

Das Verhör begann: »Wie kommst du zu diesem schamlosen Kleid?«

»Ich habe es gefunden«, erklärte sie zitternd und fügte dem Diebstahl noch eine Lüge hinzu.

»Gefunden?«, donnerte der Vater und fixierte sie mit stechendem Blick. Er glaubte ihr kein Wort. »Wo?«

Diesmal fiel Klara nichts Besseres als die Wahrheit ein.

»Am Weiher.«

»Am Weiher? An welchem Weiher? Beim Anger?«

»Nein, beim Dinzinger«, hauchte Klara kleinlaut.

»Du warst am Dinzinger Weiher? Was hattest du da zu suchen?«, mischte sich Großvater Alois ein. Klara bemerkte seine Anwesenheit erst jetzt. Er saß reglos auf dem Kanapee am Fenster, die roten Hände umklammerten den Spazierstock zwischen seinen Knien.

»Schwimmen.«

»Ha!«, schnaubte ihr Vater. »Du hast das Kleid also einer Badenden gestohlen!«

Besiegt ließ Klara den Kopf sinken. Erwartete ihre Strafe.

»Komm her!«

Klara trat näher heran und der Vater verabreichte ihr eine schallende Ohrfeige, die sie halb herumschleuderte.

»Hör mir zu! Du wirst das Kleid seiner Besitzerin zurückbringen und dich entschuldigen. Eine Obermaier stiehlt nicht!«

»Ja, Vater.«

»Wem gehört es?«, fragte der Großvater.

»Flora Rosenbaum ...« Klara weinte und dachte dabei vor allem an Friedrich. Er würde von ihrem Diebstahl erfahren, und dann ...

»Der Kleinen vom Zahnarzt? *Der Jüdin?*«, sagte der Großvater betont. Er erhob sich vom Kanapee und griff nach dem Kleid. Befummelte den dünnen, farbenfrohen Stoff und beäugte die durchgehende Knopfleiste.

Endlich tat er in dem Ton kund, in dem er sonntags am Mittagstisch aus der Bibel zitierte: »Das ist nicht das Kleid einer anständigen Frau.« Mit einem Ruck riss er es vorn entzwei. Ein Dutzend Knöpfe sprang davon und verteilte sich klackernd im Raum. Darauf tätschelte Großvater Alois Klaras Kopf und verkündete: »Es ist kein Verbrechen, einen Juden zu bestehlen, Kind. Aber es ist dennoch verboten. Besser, du lässt dich dabei nicht erwischen.«

KAPITEL 7

GEGENWART

Ich liebe dich, weil du mir Einstein und Zweistein geschenkt hast.

Jannik

Ein neuer Tag. Die Fische brauchten Futter. Allmählich entspann sich daraus eine Routine.

Julie blieb bis etwa zehn im Bett liegen, stand auf, putzte sich die Zähne und fuhr einmal mit dem Kamm durch ihre stoppeligen Haare. Anschließend setzte sie Teewasser auf. Während der Tee zog, streute sie Trockenfutter in das Aquarium und tauschte ein paar Worte mit den Fischen, die ihre stummen Mäuler gegen die Scheibe drückten. Danach trank sie ihren Tee und knabberte Honigsmacks oder ähnlich gepuffte Frühstücksflocken. Ihren Angstattacken begegnete sie mit Spaziergängen in der umliegenden Döberitzer Heide. Bereits als Kind war sie gerne in der freien Natur herumgestreunt.

Möglichen Begegnungen ging sie aus dem Weg, indem sie das Haus über die Terrasse verließ und über den kleinen Zaun kletterte. Kurz darauf wanderte sie bereits querfeldein. Auf diese Weise gelang es ihr auch weiterhin, den Briefstapel im Hausflur zu ignorieren, der zunehmend anklagend ihrer harrte. Manchmal träumte sie von ihm und dann besaß die Post Augen, die ihr überallhin folgten.

Wenigstens das Thema Tageszeitung hatte sich zwischenzeitlich von allein erledigt. Sie wurde nicht mehr zugestellt.

Demnächst stand erneut ein Einkauf an, ihre Vorräte gingen zur Neige. Genauso wie ihr Haushaltsgeld. Als sie zwei Tage später Geld abheben wollte, spuckte der Automat keines aus, stattdessen behielt er ihre Karte ein. Sie zögerte lange, Janniks Portemonnaie in die Hand zu nehmen. Die Polizei hatte es ihr noch vor der Beerdigung in einem durchsichtigen Beutel ausgehändigt, zusammen mit den übrigen Habseligkeiten: Schlüsselbund, Handy, Uhr, Ehering sowie dem kleinen blutverschmierten Notenheft, in dem Jannik seine verrückten Texte und Kompositionen festgehalten hatte. Zu diesem Zeitpunkt hatte sie noch völlig unter Schock gestanden und konnte sich nun nicht mehr erinnern, wo sie den Beutel abgelegt hatte. Nach langem Suchen fand sie ihn im Kleiderschrank unter ihrer Yogamatte. Aus Janniks Brieftasche flatterte ihr ein Ultraschallbild entgegen. Das erste ihrer Zwillinge. Als die Gynäkologin sie lächelnd auf die beiden Herzschläge hingewiesen hatte, hatte Jannik gejubelt: »Hurra, Einstein und Zweistein!« Die jähe Erinnerung entzog ihr allen Sauerstoff, erst stockte ihr Herz, dann begann es zu rasen. Sie sank zitternd zu Boden und umklammerte ihren Kopf, als könnte sie auf diese Weise alles darin einschließen, den grausamen Schmerz zurückdrängen.

Erst am folgenden Tag konnte sie sich dazu aufraffen, erneut nach Janniks Börse zu greifen. Im Fach für die Scheine steckte ein Kontoauszug. An seinem Todestag hatte ihr Mann noch tausend Euro abgehoben, aber in der Brieftasche fanden sich nur knapp dreihundert. Julie hielt sich gar nicht erst mit dem Gedanken auf, was mit dem restlichen Geld geschehen war. Es war nicht mehr wichtig.

Sie fuhr zum Supermarkt.

Nach ihrer Rückkehr sortierte sie die Waren ein, brühte sich frischen Tee und zog sich mit der Tasse in ihr Bett zurück. Kein Ort im Haus vermittelte ihr mehr Sicherheit als diese drei Quadratmeter. Das Einkaufen, die Begegnung mit anderen Menschen, der Lärm des alltäglichen Lebens, es zehrte an ihrer Substanz.

Zwischendurch hatte sie ihre Bettseite frisch bezogen – irgendwann hatte sie sich selbst nicht mehr riechen können. Janniks Bettzeug hingegen rührte sie nicht an. Nachts wühlte sie sich hinein, spürte den letzten verbliebenen Partikeln seiner Gegenwart nach, auf der Suche nach Trost und Wärme. Weil er Fische geliebt hatte, begann sie, Janniks Fischkundebücher zu lesen. Nach »Welcher Fisch ist das?« vertiefte sie sich nun bei Kerzenlicht in das »Handbuch der Ichthyologie«, einen sperrigen Wälzer, fast so groß wie das Aquarium. Sie war kaum über das Vorwort hinausgekommen, als es unten gegen ihre Haustür klopfte.

Eine laute Stimme rief: »Frau Bredow? Sind Sie da? Hier ist der Postbote. Ich habe ein dringendes Einschreiben für Sie. Frau Bredow? Hallo?«

Verschreckt rutschte Julie im Bett hinab und tat, was sie immer machte, sobald die Außenwelt versuchte, in ihr Leben einzudringen: Sie zog die Decke über den Kopf, rollte sich darunter ein wie ein Embryo und wartete am ganzen Leibe zitternd ab, bis die Gefahr gebannt war. Erst nach einer Ewigkeit wagte sie sich wieder hervor.

Monate waren vergangen, seit ihr das Liebste genommen worden war. Julie hatte schlechte Tage und noch schlechtere Tage. Als ihre Periode ausblieb, war in ihr der kurze Hoffnungsschimmer aufgekeimt, sie könnte nochmals ein Baby erwarten. Aber sie war nicht schwanger. Die Entbehrungen, die sie sich selbst zumutete, ließen ihren Körper auf diese Weise reagieren. Sie dachte auch nie darüber nach, was aus ihr werden sollte. So wie sie mit den Jalousien das Innen vom Außen trennte, gab es auch eine Barriere in ihren Gedanken, die das Heute vom Morgen schied. Sie lebte von Tag zu Tag, mit Janniks Fischen als Gesellschaft. Sie waren stumm, sie waren genügsam. Von ihnen wurde nichts erwartet. Fische bekamen keine Einschreiben.

Sie versteckte sich in ihrem eigenen Haus, reagierte weder auf Post noch Postboten und verkroch sich jedes Mal, wenn es an die Haustür klopfte.

So auch eine Woche später. Julie stand gerade im Begriff, die Fische zu füttern. Vor Schreck ließ sie die Dose fallen und flüchtete sich nach oben ins Schlafzimmer. Das Rufen hörte nicht auf, wurde lauter, wurde penetrant und stahl sich zu ihr unter die Decke. Wenig später erklang ein Bohren. Es erinnerte sie an Janniks Zahnarztpraxis. Halluzinierte sie?

Im nächsten Moment vernahm sie Stimmen und auch Schritte, und plötzlich standen fremde Menschen in ihrem Schlafzimmer!

»Da! Im Bett liegt wer!«, rief jemand erschrocken.

»Nein, nein, Hilfe«, wimmerte Julie. »Lassen Sie mich … gehen Sie weg. Ich will nicht … Hilfe!« Julie war nur noch ein zitterndes Bündel Mensch.

»Frau Bredow? Sind Sie Julie Bredow?«, fragte eine neue Stimme. »Bitte beruhigen Sie sich, Frau Bredow. Hören Sie, niemand hier will Ihnen etwas Böses. Meine Herren«, wandte sich der Mann an die für Julie unsichtbaren Begleiter, »bitte verlassen Sie den Raum. Sie machen Frau Bredow Angst.« Die ruhige Souveränität des Mannes veranlasste Julie schließlich, unter ihrer Decke hervorzublinzeln.

»Wie geht es Ihnen? Benötigen Sie Hilfe? Einen Arzt?«, erkundigte sich der ungebetene Besucher. Er hielt respektvoll zwei Meter Abstand zu ihr.

Julie musterte den älteren Herrn. Sein Haar war ebenso verblichen wie der Nadelstreifenanzug, der seine lange, hagere Gestalt unterstrich. Obwohl ihm jene Unerschütterlichkeit von Amtspersonen anhaftete, die mit der gesamten Palette menschlichen Elends vertraut waren, blickten seine Augen hinter der Brille offen und freundlich. Und mit der bunt karierten Fliege um seinen Hals leistete er sich darüber hinaus eine kleine, lebensbejahende Extravaganz.

»Wer sind Sie? Was machen Sie in meinem Haus?«, rief Julie misstrauisch.

»Mein Name ist Oskar Plaschke und ich bin hier in meiner Eigenschaft als öffentlich bestellter und vereidigter Gerichtsvollzieher des Landes Berlin.« Aus seiner Aktenmappe zog er ein Dokument. »Darf ich?« Höflich wartete er auf Julies Zustimmung, bevor er näher trat und ihr das Papier überreichte.

»Was ist das?«, fragte Julie, der die Buchstaben vor den Augen verschwammen.

»Das ist ein Pfändungsbeschluss ihrer kreditgebenden Bank, Frau Bredow. Sie sind für das Haus mit den Ratenzahlungen im Rückstand. Und das sind nicht Ihre einzigen Verbindlichkeiten. Bedauerlicherweise haben Sie auf keinen einzigen Mahnbescheid reagiert. Ich bin befugt, alles von Wert zu pfänden«, leierte er nun in einem amtlich-kühlen Ton herunter.

Auch seine Worte verschwammen für Julie ineinander. »Hören Sie, ich will nur meine Ruhe!«, erwiderte sie müde und ließ sich zurücksinken. Erneut rollte sie sich ein und zog die Decke wie einen schützenden Kokon eng um sich.

»Es ist gut, Frau Bredow, bleiben Sie hier in diesem Zimmer. Aber bitte erschrecken Sie nicht, ich muss mir jeden Raum im Haus genau ansehen. Ich werde die Gegenstände von Wert auflisten und Ihnen meine Aufstellung anschließend zur Unterschrift vorlegen. Die entsprechende Verfügung lasse ich Ihnen hier auf dem Nachttisch. Falls Sie Ihre Verbindlichkeiten bis zum zwanzigsten November beglichen haben sollten, gehen die gepfändeten Wertsachen selbstverständlich wieder in Ihren Besitz über. Wenn nicht, werden diese versteigert und von Ihren Bankschulden abgezogen. Die Zahnarztpraxis Ihres Mannes wird ebenfalls mit heutigem Datum versiegelt. Als alleinige Erbin erging der Beschluss …« Oskar Plaschke redete noch weiter, aber Julie hörte nicht mehr zu.

Irgendwann verschwand der Gerichtsvollzieher.

Erst Stunden später wagte sich Julie wieder aus ihrem Bett hervor. Dass Fremde einfach so in ihr Haus und in ihr Schlafzimmer eingedrungen waren … Angst und Demütigung ließen sie zittern, als sei ihr gesamter Körper unter Strom gesetzt worden.

Die Haustür wies keine sichtbaren Schäden auf, die staatlichen Invasoren hatten das Schloss wieder eingebaut. Sie sperrte von innen ab, obschon sie nun wusste, wie trügerisch diese vermeintliche Sicherheit war.

Als Nächstes sah Julie nach den Fischen. Jemand hatte die Dose aufgehoben. Sie ließ Trockenfutter in das Aquarium rieseln, danach kochte sie sich einen Tee. Der Schock saß tief. Bisher hatten Trauer und Schmerz sie von allem isoliert. Nun aber drängten erstmals Sorgen in den Vordergrund. Mit den

Fremden war nicht nur die Außenwelt in ihr Haus eingedrungen, sondern auch die bittere Realität. Der Gedanke, dass sie bald ihr Zuhause verlieren würde, ließ sich nicht mehr so ohne Weiteres abschütteln. Wo sollte sie hin? Der Gerichtsvollzieher hatte ein Datum genannt: 20. November. Ein wenig Zeit blieb ihr ja noch. Sie würde morgen darüber nachdenken.

KAPITEL 8

VERGANGENHEIT

Dinzing, 1932

Es gibt Träume und Wünsche, und es gibt das Leben und die Wirklichkeit …

Seit Wochen strich die Sonne mit glühendem Hauch über das Land und dörrte es aus, bis jeder Atemzug nach Staub schmeckte.

Klara stahl sich nach dem Mittagessen aus dem Haus und bestieg ihr Rad. Es zog sie zum Weiher. Allerdings weniger, um sich darin zu erfrischen.

Das kleine Städtchen ließ sie rasch hinter sich und bog in den Feldweg zum Dinzinger Forst ein. Sie trat tüchtig in die Pedale, genoss das freie Gefühl, das sich dann stets bei ihr einstellte. Außer einem einsamen Bauern, der mit seinen Gehilfen das Heu auf dem Feld wendete, begegnete sie in dieser Gluthitze nicht einer Menschenseele.

Endlich tauchte sie in den moosgrünen Schatten des Forstes ein und fühlte sich sofort von seinen Geheimnissen umgeben. In diesem Wald war sie nicht die Tochter des Metzgermeisters

Hubert Obermaier, sondern eine wunderschöne Elfenprinzessin auf dem Weg zu ihrem Wasserschloss.

Am Verbotsschild stieg sie vom Rad und gab sich den Anschein, umkehren zu wollen. Nachdem sie sich vergewissert hatte, dass niemand sie beobachtete, schwang sie sich zurück in den Sattel und setzte ihre unerlaubte Fahrt fort.

Nur wenig später passierte es. Eine kleine Unaufmerksamkeit, und Klara rutschte auf einer Wurzel ab. Sie segelte vom Rad und landete unsanft auf dem harten Untergrund. Gleichzeitig fuhr ein scharfer Schmerz in ihren Knöchel. Verdammt! Sie versuchte aufzustehen. Erst mit einigen Verrenkungen und Flüchen gelang es ihr schließlich, sich in eine aufrechte Position zu hieven.

Da stand sie nun wie ein Reiher auf einem Bein. Als sie probierte, mit dem verletzten Fuß aufzutreten, trieb ihr der unmittelbare Schmerz die Tränen in die Augen. Warum passierte all das immer nur ihr? Erst die Sache mit dem Zahn und jetzt das. *Das gibt wieder einen Krach mit dem Vater …* Einige Minuten machten sie Schmerz und Wut über ihr Geschick kopflos. Ihr Knöchel pochte und begann zusehends anzuschwellen.

Als sich der rote Nebel in ihrem Kopf lichtete, sah sie nach ihrem Rad und fand es nicht weit von sich auf dem Weg. Sie würde es zurücklassen müssen, da sie unmöglich gleichzeitig hüpfen und schieben konnte.

Unbeholfen hangelte sich Klara bis zum nächsten Baum, fand einen Stock als Stütze und kämpfte sich zurück auf den Pfad.

Sie hatte kaum hundert Meter bewältigt, als ihr jemand auf dem Weg entgegenkam: Friedrich Leyendecker, in Turnerhemd und kurzen Hosen bei einem Trainingslauf. *Ausgerechnet …* Klaras Gesicht begann zu glühen. Ohne den verletzten Knöchel hätte sie sich mit einem Hechtsprung in die Büsche gerettet.

Seit Monaten hatte sie nichts sehnlicher herbeigewünscht als eine persönliche Begegnung mit Friedrich. Aber doch nicht so!

Er hatte sie erreicht. »Was ist passiert? Bist du gestürzt?«, fragte er etwas kurzatmig.

Verlegenheit und Scham schnürten Klara die Kehle zu. Sie bekam weder einen Ton heraus, noch konnte sie ihm in die Augen sehen. Zum ersten Mal in ihrem Leben wünschte sie sich, tatsächlich ein unsichtbarer Niemand zu sein …

»Sag, bist du nicht die Kleine vom Obermaier?«

Wenigstens brachte sie nun ein Nicken zustande.

»Armes Mädchen, das muss arg wehtun. Diese Kriechwurzeln sind tückisch. Ich bin hier auch schon gestürzt. Komm, setz dich und zeig mir deinen verletzten Fuß.«

Leichthändig tasteten seine Finger über die Schwellung, es tat überhaupt nicht weh. Oder sie spürte den Schmerz nicht, weil sie ihn wie verzaubert anstarrte. Er kannte sie. Er sprach mit ihr! Er war freundlich um sie besorgt!

»Du hast dir den Knöchel verstaucht«, stellte Friedrich fest. »Vielleicht sogar gebrochen. Ein Arzt sollte sich das ansehen.«

Die Erwähnung eines Doktors katapultierte Klara zurück in die Wirklichkeit. »Nein, kein Arzt!«, platzte es aus ihr heraus. Schon wieder Kosten! Das würde ihren Vater noch mehr erzürnen.

»Komm, nimm meinen Arm. Ich helfe dir nach Hause.«

Klara begann zu weinen, weil Friedrich sich so nett um sie kümmerte.

»Mein Fahrrad«, stammelte sie.

»Oh, du bist mit dem Rad gestürzt? Wo ist es?«

Sie zeigte hinter sich. »Vielleicht hundert Meter?«, erklärte sie unsicher.

»Warte hier. Ich hole es.«

Und so kam es, dass Friedrich Klara aufs Rad hob und den gesamten Weg nach Hause schob. Kein Wort verlor der junge

Mann darüber, dass er sie unerlaubt auf dem Leyendecker-Gelände angetroffen hatte.

Seit diesem Erlebnis grüßte Friedrich Leyendecker Klara stets freundlich in der Schule.

Dass Friedrich hin und wieder das Wort an sie richtete, blieb auf dem Pausenhof nicht unbemerkt. Bald färbte die uneingeschränkte Beliebtheit des Leyendecker-Erben auf Klara ab. Plötzlich wollten auch andere mit ihr sprechen, Mädchen holten sie in ihre Gruppen. Klara begriff, dass man sich an beliebte Menschen halten musste, wollte man selbst beachtet werden.

Die Tatsache, dass der Kaffee-Erbe Friedrich Leyendecker sie an jenem Freitagnachmittag nach Hause gebracht und die Tante dies durch das Küchenfenster beobachtet hatte, ersparte Klara zudem den Tadel ihres Vaters. Zu einem Arzt schickte er sie nicht. »Du hast junge Knochen, das heilt von selbst«, lautete sein fachmännisches Urteil. Und so wurde sie auch nicht von ihren Pflichten befreit. Wie jeden Samstag stand Klara hinter der Fleischtheke. Erst als mehrere Stammkundinnen schimpften, das arme Kind könne ja kaum laufen und quäle sich, entband der Vater Klara von der Arbeit. Als Geschäftsinhaber konnte er sich im Ort kein Gerede leisten.

Nach zwei Wochen konnte Klara den Fuß zwar wieder belasten und nach einer weiteren Woche gehen, ohne zu humpeln, doch das linke Bein würde ihr zeitlebens Schwierigkeiten bereiten. Bei feuchtem Wetter stach es sie im Knöchel, und sie konnte nie etwas anderes als flaches Schuhwerk tragen.

KAPITEL 9

GEGENWART

Ich liebe dich, weil du am Morgen so gut riechst.

Jannik

Inzwischen gelang es Julie recht gut, ihren Verstand auszuschalten, weder ans Gestern noch ans Morgen zu denken, am Rande der Niemandszeit dahinzugleiten. Zunehmend verlor sie jedes Gefühl für Raum und Zeit. Ein ereignisloser Tag glich dem nächsten, zerfloss in der Flüchtigkeit der Gegenwart. Aus Tagen wurden Wochen, aus dem Sommer Herbst. Die Natur begann sich zu verfärben, der Wald zeigte sich in seinen schönsten Farben, bevor er sich der winterlichen Melancholie ergab. Die Bäume verloren ihre Blätter, und über den Wipfeln in der Döberitzer Heide sammelte sich der Nebel.

Mit der herbstlichen Kühle kehrte auch der Gerichtsvollzieher Oskar Plaschke zurück.

Julie war nicht vorbereitet, aber das musste sie auch nicht sein. Während unten kräftig gegen die Tür geklopft wurde, stieg sie aus dem Bett. Während die Tür aufgebohrt wurde, zog sie sich an und verfasste eine kurze Notiz. Auf dem Bett sitzend, die Handtasche vor sich auf dem Schoß wie ein Schutzschild, erwartete sie die neuerlichen Eindringlinge.

Wieder wurde sie belehrt und ihr ein amtliches Schriftstück präsentiert. Da sie zwischenzeitlich keiner Forderung nachgekommen war, müsse sie nun das Haus verlassen; es würde versiegelt und zur Versteigerung freigegeben werden.

Julie reichte dem Gerichtsvollzieher die Notiz. Er gab mit einem Nicken sein Einverständnis.

Trotz aller amtlichen Professionalität nahm Herr Plaschke Anteil an Julies Schicksal. Er ließ ihr den alten Polo und »übersah« ihre Handtasche. Er steckte Julie sogar eine Adresse zu, wo sie kurzfristig unterkommen könnte, falls sie nicht wisse, wohin. Verstand sie überhaupt, was er zu ihr sagte?

Julie zerrte ihren Koffer aus dem Schrank. Wahllos warf sie ein paar Kleider hinein, dazu die Tüte mit Janniks Klaviertasten. Sie nahm ihre Decke und ein Kissen und ging. Warf keinen Blick zurück, drehte sich nicht einmal um. Ließ alles hinter sich. Ihr letzter Besitz war der Schmerz.

Sie marschierte zu ihrem Wagen, parkte einige Kilometer weiter und legte sich auf den Rücksitz. Sie zog die Decke über den Kopf und schloss die Welt ein weiteres Mal aus.

Erneut schrumpfte ihr Dasein. Aus drei Quadratmetern Bett wurde ein Quadratmeter Rückbank.

Julie besaß noch hundertachtzig Euro. Dennoch verschwendete sie keinen Gedanken daran, was aus ihr werden würde, sobald alles aufgebraucht wäre. Sie lebte im Jetzt ihrer Trauer. Das Morgen kümmerte sie nicht.

Der November schob den Winter noch ein wenig vor sich her und schenkte den Menschen tagsüber Sonnenschein und nachts milde Temperaturen. Anfang Dezember setzte der Frost ein. Im Polo wurde es bitterkalt, die Scheiben überzogen sich mit Eis.

Tagsüber lief Julie durch Einkaufszentren oder ging spazieren. Ansonsten schlief sie viel. Je mehr sie schlief, umso müder wurde sie. Hin und wieder nahm sie eine Dusche im nächsten Hallenbad. Das war alles, was sie ihrer zunehmenden Verwahrlosung entgegensetzte.

Manchmal klopfte ein Anwohner gegen ihre Scheibe, um sie zu verjagen. Im Großen und Ganzen war man in Berlin jedoch daran gewöhnt, dass Menschen in ihren Autos lebten. Dennoch suchte sie sich jeden zweiten oder dritten Tag einen neuen Parkplatz. Der Zeiger der Tankuhr sprang auf Reserve. Sie füllte für zehn Euro nach.

In der zweiten Adventswoche klemmten ein paar Handschuhe hinter der Windschutzscheibe. Kurz darauf eine Norwegermütze. Dinge, an die Julie beim Packen nicht gedacht hatte und die ihr aufmerksame Wohltäter nun zukommen ließen.

Weihnachten kam und ging, ebenso Silvester. Mitte Januar fing sie sich eine böse Erkältung ein. Ihre Augen tränten und die gesamte Brust schmerzte ihr vom Husten. Sie verlor jeden Appetit, lebte von Leitungswasser, das sie aus öffentlich zugänglichen Sanitäranlagen zapfte, und Frühstückscerealien. Selten gönnte sie sich einen Tee an Alis Kiosk. Das türkische Betreiberpaar hieß sie inzwischen wie eine Tochter willkommen. Es akzeptierte die Bezahlung für die erste Tasse, nur um darauf zu bestehen, sie auf eine weitere einzuladen. Alis Frau Dilek konnte Julie ab und an sogar dazu bewegen, ein paar Gabeln von dem zu probieren, was sie für ihre Kunden kochte.

Mitte Februar schaute Julie aus ihrem Wagen und glaubte, einer Halluzination zu erliegen. An der Hand einer Frau, die aussah wie die Drachenkönigin Daenerys, trippelte ein kleines Mädchen in einem gelb-schwarz gestreiften Gewand, auf seinem Blondschopf wippten Fühler. Weitere seltsam gekleidete Personen kreuzten Julies Blickfeld. Es war Karneval! Jannik hatte die fünfte Jahreszeit geliebt und sein Kostüm immer schon Wochen im Voraus geplant. Die Erinnerung an seine kindliche Begeisterung bohrte sich wie ein Stachel in ihr Herz. Ein vertrauter Schmerz, der still in der dunklen Leere ihres Inneren wohnte.

Aber so konnte es nicht weitergehen. Sie hielt es nicht mehr aus, dieses Nichtleben, gepresst wie eine verdorrte Blume zwischen den Seiten eines Buches, das einmal ihre Geschichte gewesen war. Ihr fehlte der Mut zu leben, aber auch der Mut, den Tod zu suchen. Worauf wartete sie noch? Dass der Tod sie an die Hand nahm und sagte: *Komm mit?* Nein, sie musste dem Ganzen selbst ein Ende bereiten. Endlich ihre Schwäche überwinden, die sie weiter an dieses unwürdige Leben kettete.

Der Schlauch, der die Abgase in ihren Wagen leiten sollte, lag bereits seit Weihnachten in ihrem Kofferraum. Sie würde es tun! Heute Abend! Der Gedanke wärmte ihre kalten Glieder. Auch ihr innerer Dämon schien ausnahmsweise zufrieden und schwieg. Sie vergaß Hunger und Durst, rollte sich wieder ein wie eine Kugel, dämmerte weg.

Ein unangenehmes Geräusch riss Julie aus dem Schlaf. Wie meist hatte sie wirres Zeug geträumt. Panisch fuhr sie auf, schmeckte die Angst in ihrem Mund. Die Eisschicht auf den Fenstern versperrte ihr die Sicht nach draußen. Aber jemand schaffte gerade Abhilfe und kratzte die Windschutzscheibe frei. Zitternd tastete Julie nach ihrem Schlüssel und kletterte nach vorne, um den Wagen starten. Der Zündschlüssel entglitt ihren klammen Händen und verschwand im Fußraum.

Durch das entstandene Guckloch äugte nun ein junger Streifenbeamter ins Wageninnere. Julie gab ihm durch ein Zeichen zu verstehen, dass sie sofort wegfahren würde. Er antwortete mit einem Kopfschütteln, trat an die Fahrertür und fragte laut: »Geht es Ihnen gut, Frau Bredow?«

In diesem Moment erkannte sie ihn. Zusammen mit einem Kollegen hatte er ihr die Todesnachricht überbracht. Und einmal, sie erinnerte sich nun auch daran, hatte sie ihn vor ihrem Haus gesehen, als er seinen Hund spazieren führte.

Sie ließ seine Frage unbeantwortet, bekam endlich den Schlüssel zu fassen und betätigte den Anlasser. Aber ihr Polo, ihr guter alter Freund, der sie bisher nie im Stich gelassen hatte, reagierte lediglich mit einem kurzen Wimmern und erstarb dann mit einem Laut, der wie ein letzter Seufzer klang. Sie versuchte es wieder und wieder, drehte den Schlüssel, gab Gas. Nichts. Stille.

Der Polizist klopfte mehrmals gegen ihre Scheibe. Endlich erreichten seine Worte ihren Verstand: »Ich habe Sie gesucht, Frau Bredow.«

Fünf Minuten später saß Julie neben dem jungen Uniformierten in einem geheizten Streifenwagen am Straßenrand. Der zweite Kollege war unterwegs zu Alis Kiosk, um heiße Getränke zu besorgen.

»Ich habe mich damals nicht vorgestellt«, begann der Polizist. »Mein Name ist Jason Samuel. Leider muss ich Ihnen noch einmal eine traurige Nachricht überbringen. Ihr Vater ist gestorben.«

»Mein Vater ... ist tot?«, stammelte Julie. Der Gedanke war für sie nicht gleich fassbar. Zu unwirklich erschien ihr die eigene Vergangenheit, als hätte eine andere Person als sie dieses ferne Leben geführt. »Wann?«

»Vor zwei Tagen.«

Julies Blick verirrte sich kurz nach draußen. Passanten trieben auf dem Bürgersteig vorüber, kostümierte Mütter und Väter, die kleine Cowboys und Prinzessinnen, Superhelden und

Mini-Bibi-Blocksbergs zur nächsten Karnevalsparty begleiteten. Ebenso unbeschwert wäre sie jetzt mit ihren aufgeregt plappernden Zwillingen unterwegs gewesen, hätte das Schicksal nicht derart grausam zugeschlagen. Sie löste sich aus der Gedankenfolter. »Wie haben Sie mich gefunden?«

Jason Samuel reagierte ein wenig verlegen. »Mein Kollege und ich eskortierten den Gerichtsvollzieher zur Zwangsvollstreckung. Was mit Ihnen geschah, hat mich sehr erschüttert. Als Sie später das Haus verließen, bin ich Ihnen gefolgt und habe beobachtet, wie Sie in Ihren Polo stiegen. Ich notierte mir das Nummernschild.« Samuel räusperte sich kurz. »Ihr Fall hat mich nie richtig losgelassen, Frau Bredow. Also recherchierte ich ein wenig und fand heraus, dass Sie noch Familie in Bayern haben. Am Nikolaustag rief ich spontan dort an.«

»Sie haben meinen Vater angerufen?«, stammelte Julie fassungslos.

»Ich weiß, dass ich damit meine Kompetenzen überschritten habe. Aber ich musste einfach wissen, wie es Ihnen geht. Seit mir Ihr Vater in jenem Gespräch mitgeteilt hatte, dass Sie den Kontakt zu Ihrer Familie vor elf Jahren abgebrochen haben, hielt ich nach Ihrem Polo Ausschau.«

Julie zweifelte nicht an seiner ehrlichen Anteilnahme. »Wie konnten Sie so schnell von seinem Tod erfahren?«, wunderte sie sich.

»Ich hinterließ Ihrem Vater für alle Fälle meine Telefonnummer. Gestern meldete sich dann eine Edith Karolus bei mir. Und heute entdecke ich zufällig Ihren Polo! Wenn das nicht Fügung ist!«

Julie sah den Eifer in seinem Gesicht, den unbedingten Willen, an das Gute zu glauben. Aus ihr löste sich ein Seufzer. Der letzte Idealist, und er musste ausgerechnet ihr über den Weg laufen … Dieser junge Polizist würde nicht mehr lockerlassen. Dabei wollte sie einzig und allein in Frieden gelassen werden! Sie hatte sich an ihr Nichtleben gewöhnt, an ein stilles Dasein, in dem sie keine Entscheidungen zu fällen hatte. Bis auf jene letzte …

Er hingegen schien sich auf absurde Weise für sie verantwortlich zu fühlen. Dieser Jason Samuel würde nicht einfach zusehen, wie sie zurück in ihren Polo kroch. Weil er selbst so voller Lebenshunger steckte, dass er gar nicht begreifen konnte, dass sie längst lebenssatt war.

Jasons Kollege kehrte mit dem Kaffee und einem Tee für Julie zurück. Während Julie teilnahmslos an ihrem Becher nippte, übernahmen die beiden Polizisten die Initiative. Der Abschleppdienst wurde gerufen und Julies bescheidenes Hab und Gut wechselte aus dem Polo in den Streifenwagen. Da ohnehin ihr Dienstschluss anstand, setzte der ältere Kollege den jüngeren mit Julie vor einem gepflegten Villenanwesen in Dahlem ab.

Ein aufgeregtes Hundetrio empfing sie bereits am Gartentor: eine riesenhafte, getüpfelte Dogge, ein schokobrauner Labrador und ein winziges Fellbündel, das wie ein Gummiball auf und ab hüpfte und nur durch die von ihm eingeschlagene Richtung erkennen ließ, wo sich vorne und hinten befand. Jason konnte sich nur mit Mühe ihrer stürmischen Liebesbekundungen erwehren, während Julie an seinen Arm geklammert den gepflasterten Weg wie in Trance dahinstolperte.

Schwanzwedelnd folgten ihnen die Hunde ins Haus.

Eine ältere Dame nahm Julie gleich in der Eingangshalle in Empfang und steckte sie ohne viel Federlesens in die Badewanne. Anschließend hüllte sie sie in einen flauschigen Bademantel und setzte sie vor einen Teller mit dampfender Suppe.

Wie ein kleines Kind fügte sich Julie ins Geschehen. Ihr Verstand blockierte gerade alles, was nicht Gefühl war. Denn Julie fühlte. Sie fühlte Wärme, sie fühlte Güte, sie fühlte Freundlichkeit. Sie wurde umsorgt. Ohne es zu wollen, ließ sie los und fiel mitten hinein in eine Wolke aus herrlich weicher Behaglichkeit. So fühlte sich auch das Bett an, in dem sie die nächsten zwölf Stunden tief und traumlos schlief.

Feuchte Wärme weckte sie. Julie schlug die Lider auf und fand sich Auge in Auge mit dem schokobraunen Labrador wieder. Er hockte vor ihrem Bett, die Schnauze nah an ihrem Kissen und blies ihr seinen Atem sanft ins Gesicht.

Erschrocken fuhr Julie auf. Sofort tappte der Hund zwei Schritte zurück, die braunen, seelenvollen Augen weiter auf sie gerichtet. Erst da bemerkte Julie, dass dem Tier der rechte Hinterlauf fehlte. Es bewegte sich so geschickt, dass es nur bei näherem Hinsehen auffiel.

»Was ist dir denn passiert, hm?« Julie spürte sofort eine tiefe Verbundenheit zu dem versehrten Tier. Sie streckte die Hand aus, worauf sich der Hund wieder näherte und sich genussvoll den Kopf kraulen ließ. Als Julie die Beine aus dem Bett schwang, drängte er gegen ihre Knie, damit sie weitermachte. »Du bist ein echter Nimmersatt, was?«, murmelte sie.

Der Labrador gab einen wohligen Laut von sich, und die Erinnerung an Janniks zufriedene Brummlaute, wenn sie ihm die Haare gekrault hatte, fuhr ihr wie ein Blitz in die Glieder. Plötzlich fühlte sich ihre Kehle an, als hätte sie ein glühendes Kohlenstück verschluckt. Sie schluchzte kläglich, krümmte sich nach vorne und weinte bittere Tränen. Als würde ein Damm brechen und ihre aus Schmerz erbaute Mauer mit sich nehmen.

Irgendwann fuhr ihr eine lange, raue Zunge über die Wange. Der Hund betrachtete sie mit einer Tiefe im Blick, als wollte er ihr mitteilen: *Hey, Mensch, heul dich bei mir aus, ich versteh dich!*

Wie zuvor die Tränen strömten nun auch die Worte aus Julie heraus. Sie sprach über ihre Liebe zu Jannik, über ihre Zwillinge Ben und Sofia, von ihrem einstigen Lebensglück und ihrem Verlust.

Hätte der Hund sie fragen können, ob es ihr jetzt besser gehe, sie hätte darauf keine Antwort gewusst. Vielleicht hatte sie sich auch schon zu sehr an den Geschmack von Trauer gewöhnt. An das Unglücklichsein. An einen Atem ohne Licht. Trotzdem vermochte sie die Konturen des Lebens ein wenig klarer zu sehen, als hätten die Schleier der Dunkelheit an Dichte eingebüßt.

Auf einem Stuhl lagen frische Kleider für sie bereit. Daneben standen ihr Koffer und ihre Handtasche. Das, was von ihrem Leben übrig war.

Dem Zimmer schloss sich ein Bad an. Die Monate auf der Polorückbank hatten sie den unermesslichen Luxus fließenden Wassers gelehrt. Sie duschte heiß, und als sie danach den beschlagenen Spiegel frei wischte, zuckte sie vor dem eigenen Anblick zurück. Das sollte sie sein? Dieses gerupfte, verhärmte Wesen? Wenn Jannik sie so sehen würde … Ein Gedanke wie ein Lebensfunke. Plötzlich konnte sie sich wieder an den Klang seiner Stimme erinnern, hörte ihn schimpfen: *Du hast den Teufel an dir rütteln lassen!* Sie wandte sich schnell ab, als fürchtete sie, er könnte neben ihr im Spiegel auftauchen.

Neben dem Rest ihrer verschmutzten Kleider war auch ihre Mütze verschollen. Keine Möglichkeit, sich und das, was aus ihr geworden war, darunter zu verbergen.

Sie verließ ihr Zimmer und betrat den Korridor. Die gerahmten Fotografien an den Wänden waren ihr gestern entgangen. Sie zeigten fast ausschließlich Szenen aus Ballettaufführungen. Aufnahmen von Solotänzern und vom Ensemble, und immer wieder ein Paar von verwirrender Schönheit, das selbstvergessen und mit Hingabe einen Pas de deux tanzte.

Am Treppenabsatz zögerte Julie. Sie fürchtete sich davor, den Bewohnern des Hauses zu begegnen. Ihren Fragen und ihren Erwartungen. Leise Musik wehte zu ihr herauf, zusammen mit dem Duft von frisch gebrühtem Kaffee. Sie setzte ihren Weg fort, tastete sich die Stufen hinab. Der Hund tappte neben ihr her.

Die silberhaarige Frau, die sich gestern so tatkräftig um sie gekümmert hatte, kam ihr lächelnd aus der Küche entgegen. Ihr leuchtend roter Morgenmantel umfloss sie wie eine Flamme. Julie fand ihr vom Leben gereiftes Gesicht bemerkenswert und erkannte in ihr sogleich die anmutige Tänzerin von den Fotografien wieder.

»Guten Morgen! Möchten Sie Kaffee?«, begrüßte ihre Gastgeberin sie mit einer unerwartet rauen Stimme.

Julie hätte Tee bevorzugt, fühlte sich jedoch zu gehemmt, um einen Wunsch zu äußern. Und so kam es, dass sie nach langen Jahren freiwilliger Abstinenz wieder eine Tasse Kaffee trank. Wohlige Wärme durchströmte ihren Magen, breitete sich von dort in ihrem Körper aus und machte sich daran, das Eis ihres selbst gewählten Winters zu schmelzen. Manchmal bekam man nicht das, was man wollte, sondern das, was man brauchte.

Der Küchentisch war liebevoll gedeckt, das Frühstück reichhaltig – Himbeer- und Aprikosenmarmelade, Honig, Wurst und Käse, ein Krug mit Orangensaft, zwei Sorten Brot und traumhaft frische Croissants. Plötzlich schoss der Labrador davon. Die Haustür fiel ins Schloss und gleich darauf stand ein verschwitzter Jason in Sportkleidung in der Küche, eingerahmt von der getüpfelten Dogge und dem kleinen weißen Fellbündel. »Hey, guten Morgen, Frau Bredow! Gut geschlafen?«, rief er unanständig munter.

Julie nickte befangen und bedankte sich leise murmelnd. Die Dogge und das Fellknäuel beschnüffelten sie nur kurz, um sich sofort ihren Näpfen zuzuwenden.

Jason beugte sich inzwischen zu Julies Gastgeberin hinab und gab ihr einen Kuss auf die ihm huldvoll dargereichte Wange. »Morgen, *grand-mère*! Ich hüpfe nur kurz unter die Dusche. Zehn Minuten. Und sorry für Charoú.« Jason sah Julie direkt an, während er den Kopf des Labradors tätschelte. »Sie wollte heute Morgen partout nicht mit zum Joggen, sondern bestand darauf, vor Ihrer Tür zu wachen«, erklärte er ungefragt. »Ich hoffe doch, sie hat Sie nicht geweckt?«

»Nein«, log Julie. Der Hund namens Charoú trabte darauf zu ihr zurück und blickte sie an, als teilten sie ein Geheimnis.

»Ich bin übrigens Julie«, sagte sie verschämt zu ihrer Gastgeberin, als Jason weg war. »Und ich möchte mich bei Ihnen bedanken.«

»Nichts zu danken. Ich finde es immer faszinierend, wenn mein Enkelsohn ein Mädchen mitbringt. Ich bin Jasons Großmutter Alma.«

Julie hätte gerne nachgefragt, was sie daran faszinierte, aber sie getraute sich nicht. Auch Alma schien nicht an übermäßiger Neugier zu leiden. Ihre einzige Frage, bis Jason wieder auftauchte, lautete: »Stört es Sie?«, wobei sie auf eine Schachtel Zigarillos deutete.

Als Julie verneinte, griff sie danach, zündete sich einen Glimmstängel an und lehnte sich bequem zurück. Ihr Teller blieb unangetastet. Sie trank lediglich Kaffee, ansonsten schien sie ihr Frühstück zu rauchen. Allerdings mit beneidenswerter Eleganz.

Mit Jasons Rückkehr schwappten Energie und jugendlicher Überschwang in die Küche. Und reichlich Appetit. Er langte kräftig zu, als sei dies seine erste Mahlzeit seit Tagen. »Laufen macht hungrig«, erklärte er mit einem schalkhaften Blinzeln.

Julie fiel erstmals das blendende Aussehen des jungen Mannes auf und mit wie viel natürlichem Charme und Sicherheit er auftrat. Wie Jannik. Dabei schätzte Julie den Polizisten auf kaum zwanzig Jahre. Ihr gefiel auch die liebevolle Art, wie er mit seiner Großmutter umging. Ob er die ganze Zeit bei ihr lebte? Was war mit seinen Eltern? Erschrocken bremste sich Julie selbst aus. Wie kam sie dazu, Gedanken über Jason anzustellen?

»Ich habe heute Mittag leider Dienst und kann mir nicht so kurzfristig freinehmen. Wir sind wegen des Karnevals ohnehin unterbesetzt. Sonst hätte ich Sie gerne selbst nach Dinzing gefahren. Aber es gehen beinahe stündlich Züge von Berlin nach München und von da kommen Sie bequem mit der S-Bahn weiter nach Dinzing.«

Was redete er da, fragte sich Julie alarmiert. Weshalb in aller Welt sollte sie nach Hause fahren?

»Hier«, Jason schob ihr einen Zettel über den Tisch, »ist die Telefonnummer von Edith Karolus.«

Verwirrt legte Julie die Hand auf die Notiz. »Wer soll das sein?«

»Soweit ich es verstanden habe, ist sie … war sie«, berichtigte sich Jason, »die Sekretärin Ihres Vaters. Sie ist es auch gewesen, die mich vorgestern angerufen und verständigt hat.«

Julie fiel ein, dass Jason den Namen der Frau tatsächlich schon erwähnt hatte. Die Lücken in ihrem Gedächtnis schlossen sich langsam, sie erinnerte sich wieder. *Ihr Vater war tot!* Nein, nein, nein! Sie wollte nicht zurück nach Dinzing! Niemals! Ausgerechnet der Tod zwang sie nun aus ihrem Nichtleben.

Dennoch brachte sie nicht die Kraft auf, sich dagegen zu wehren, wie Jason ihr Leben weiter in die Hand nahm. Womöglich wollte sie das auch gar nicht. Vielleicht hatte sie es verlernt, bewusste Entscheidungen zu treffen, als das Schicksal dies vor acht Monaten für sie übernommen hatte. Vielleicht hatte sie unbewusst darauf gewartet, dass etwas passierte, das ihrem Leben eine neue Wendung gab. Und jetzt hatte das Schicksal prompt geliefert. Ihr Vater war tot. Sie würde sich nun nie mehr mit ihm streiten können, sich nie mehr mit ihm aussöhnen. Eine Endgültigkeit, die sie hinnehmen musste. Und musste sie dies nicht auch mit dem weit schwereren Verlust ihrer

Kinder und ihres Mannes tun? Der Schmerz, den sie bei diesem Gedanken wieder in sich spürte, zeigte ihr, dass sie noch nicht so weit war, sich mit sich selbst oder mit ihrer Vergangenheit auseinanderzusetzen. Aber vielleicht war der Abschied von ihrem Vater ein Schritt in diese Richtung?

Und so ließ sie es zu, dass Jason sie zum Lehrter Bahnhof fuhr und eine Fahrkarte für sie löste. Das nachfolgende Geschehen zog Julie mit sich fort, als sei sie an die Schnur eines Luftballons gebunden, der in Richtung Dinzing trieb. Ebenso unvermittelt, wie sie sich im weichen Bett einer Villa in Dahlem wiedergefunden hatte, saß sie zwei Stunden später in einem Zug in Richtung München.

Offenbar hegte Jason die Befürchtung, sie könne unterwegs aussteigen, denn er veranlasste bei Frau Karolus auch, dass sie in München direkt am Bahnsteig abgeholt wurde. Und so stand Julie eine Stunde nach ihrer Ankunft in München vor der elterlichen Villa, wo Frau Karolus sie an der Tür in Empfang nahm. Auf gewisse Weise fühlte sich Julie von Berlin nach Dinzing durchgereicht.

KAPITEL 10

»Wie schön, Sie kennenzulernen, Frau Bredow. Mein Beileid zu Ihrem Verlust«, begrüßte Frau Karolus Julie mit aufrichtiger Anteilnahme. Dabei sah sie mit ihren tief verschatteten Augen selbst aus, als benötige sie Trost.

Was für eine zerbrechliche Person, dachte Julie, als Frau Karolus ihr die blasse Kinderhand reichte. Die dunkle Wollmütze betonte das magere Gesicht, und der unförmige Anorak verschluckte die schmale Gestalt geradezu. Als steckte sie in den Kleidern ihrer großen Schwester.

Julie betrat ihr Elternhaus. Ein Schritt zurück in ihr altes Leben. Und nichts geschah. Weder stürzte das Dach über ihr ein, noch tat sich der Boden unter ihren Füßen auf. Keine Donnerschläge, keine Blitze.

Als Julie Dinzing den Rücken gekehrt hatte, hatte sie sich mit der Melodramatik ihrer jungen Jahre geschworen, nie mehr einen Fuß in ihre Heimatstadt zu setzen. Selbst Jannik hatte sie nie die Wahrheit über ihre Herkunft erzählt und dafür die Geschichte von der Vollwaise ersonnen. Jahrelang hatte sie diese Lüge vor sich hergeschoben. Nun war es zu spät für die Wahrheit. Ihre Lüge hatte sie eingeholt und der Tod hatte sie hierher zurückgebracht.

»Die Beerdigung Ihres Vaters ist für morgen angesetzt«, erklärte Frau Karolus in die entstandene Stille hinein.

Julie reagierte nicht. Verloren verharrte sie in der weitläufigen Halle der Jugendstilvilla, in ihrer Erinnerung ein düsterer Raum mit musealem Charakter, der Besucher eher abwies als willkommen hieß. Aber zwischenzeitlich hatte er eine gründliche Umgestaltung erfahren. Die dunkle Deckentäfelung war abgenommen und ein Teil der Wände hell gestrichen worden, der grüne Teppich der doppelläufigen Treppe war entfernt worden, sodass das schöne Mahagoni ihrer Stufen wieder zum Vorschein kam. Auch die schweren flämischen Gemälde am Aufgang waren verschwunden. Julie hatten sie nie sonderlich gefallen, diese ernst dreinblickenden Gesichter, die entweder hochmütig oder leidend aussahen und denen Lachen und Freude fremd zu sein schienen. Sie hatte sich immer gefragt, ob die Maler die Menschen nicht gemocht hatten. Heute glaubte sie zu wissen, dass die Künstler einfach nur traurig gewesen waren.

»Ich zeige Ihnen, wie Sie die Alarmanlage an der Tür deaktivieren und wieder scharf schalten können.« Frau Karolus nannte ihr den fünfstelligen Code, den sich Julie merken sollte. »Für die Bestattung ist bereits alles organisiert, Frau Bredow«, erklärte sie weiter. »Sie müssen sich um nichts mehr kümmern. Möchten Sie etwas trinken oder vielleicht eine Kleinigkeit essen? Leider hat uns die letzte Haushälterin im Januar verlassen, und eine geeignete Nachfolgerin wurde noch nicht gefunden. Aber ich habe den Kühlschrank entsprechend für Sie bestückt.« Frau Karolus dirigierte sie in die Küche.

Julie glaubte zu spüren, dass Frau Karolus die Stille mit Aktivitäten füllen wollte, weil sie sonst in Tränen auszubrechen drohte.

Auch die Küche war einer Komplettrenovierung unterzogen worden. Kücheninsel und Schränke leuchteten in

Provence-Blau, die weiße Marmorarbeitsplatte und die glänzenden Edelstahlgeräte bildeten hierzu einen wunderbaren
Kontrast.

»Was darf ich Ihnen anbieten?« Frau Karolus machte eine
Geste, die sowohl den Kühlschrank mit integrierter Eismaschine
wie auch die italienische Dampfkaffeemaschine einschloss.

Langsam glaubte sich Julie im falschen Haus. Ihr Vater, der
Traditionalist, der sich gegen alles Moderne gesträubt hatte,
und nun das?

Plötzlich erwuchs vor ihr ein weiterer Schemen ihrer
Vergangenheit. Im Licht des Todes schwinden viele Dinge,
anderes drängt aus seinem Schatten. Julie taumelte einen
Schritt zurück. Ihre Großmutter! Wo war sie? Die unnahbare,
strenge Großmutter, die einen erheblichen Anteil an ihrem
Entschluss gehabt hatte, ihr Elternhaus für immer zu verlassen!
Erst ihr Psychologiestudium hatte Julie richtig zu Bewusstsein
gebracht, wie viel Schaden ihrer Kinderseele durch die lieblose
Distanziertheit ihrer Großmutter tatsächlich zugefügt worden
war. Dennoch sollte das kein Grund sein, um sie völlig aus
ihrem Gedächtnis zu tilgen. Julie schämte sich angesichts Frau
Karolus, die sichtlich ein großes, mitfühlendes Herz besaß.

»Bitte, wo ist meine Großmutter?«, erkundigte sie sich leise,
während sie so tat, als interessiere sie sich für die chromblit-
zende Kaffeemaschine. Deshalb entging ihr, dass Frau Karolus
vor ihrer Antwort kurz durchatmete.

»Es tut mir leid, aber ich habe noch eine schlechte
Nachricht für Sie, Frau Bredow. Ihre Großmutter befindet sich
seit Dezember in einem Pflegeheim in Rosenheim. Sie hatte
sich zuvor bei einem Treppensturz das Becken gebrochen und
ist seither überwiegend auf den Rollstuhl angewiesen. Darüber
hinaus trat bei ihr in den letzten Wochen eine vermehrte
Desorientiertheit auf. Laut der behandelnden Ärztin handelt
es sich um beginnende Demenz. Bei seinem letzten Besuch

erkannte Frau Leyendecker selbst ihren eigenen Sohn nicht. Aber sie hat auch klare Momente.« Frau Karolus senkte ihren Blick, das Thema bereitete ihr sichtlich Unbehagen.

Weshalb, fragte sich Julie unwillkürlich. Ihr selbst fiel es allerdings schwer, sich ihre anspruchsvolle Großmutter in einem Heim vorzustellen. Diese stets so beherrschte Frau, die nach dem Prinzip »*Noblesse oblige*« lebte, kühler als jeder Marmor war und unnachgiebig von ihrer Umgebung dieselbe Disziplin und Haltung einforderte.

»Hat sie denn verstanden … ich meine, weiß sie, dass …« Julie konnte den Satz nicht beenden.

»Ja, sie weiß Bescheid. Ihre Großmutter hat zu verstehen gegeben, an der morgigen Beerdigung teilnehmen zu wollen. Aber falls Sie sie heute noch sehen möchten, Frau Bredow, dann fährt Herr Lanz Sie gerne nach Rosenheim. Ich muss ihn nur verständigen.«

»Herr Lanz ist der Fahrer?«

»Nein, entschuldigen Sie. Richard Lanz ist ein enger Freund Ihres Vaters und seit letztem Jahr stellvertretender Geschäftsführer der Leyendecker Kaffeemanufaktur. Ursprünglich ist er Architekt; er führte die Umbauten in der Villa durch. Er zeichnet auch verantwortlich für den Neubau auf dem Firmengelände.«

»Aha«, machte Julie, die weder für den Freund ihres Vaters noch für das Unternehmen sonderlich Interesse aufbrachte. Sie verspürte ebenfalls wenig Drang, ihre Großmutter noch heute aufzusuchen. Ihr Bedarf an Menschen und Begegnungen war gedeckt. Obwohl Frau Karolus einen angenehm unaufdringlichen Charakter besaß und durchaus eine Person war, in deren Nähe man sich wohlfühlen konnte, empfand Julie ihre Gegenwart zunehmend als störend. Sie wollte endlich allein sein. Nach der Beerdigung ihres Vaters würde sie diesen Ort sofort wieder verlassen. Bis morgen musste sie durchhalten. Über dieses Morgen reichte ihre Planung nicht hinaus.

Eine Pause war eingetreten. Frau Karolus schien auf etwas zu warten.

Julie fiel ein, dass sie ihr ja noch eine Antwort schuldete. Sie war den Umgang mit anderen Menschen nicht mehr gewohnt. »Nein, ich bleibe heute lieber hier. Ich werde meine Großmutter morgen früh ohnehin sehen.«

Falls Frau Karolus ihre Entscheidung missbilligte, sie gar für gefühllos hielt, ließ sie es sich nicht anmerken. Auf jeden Fall schien sie Julies Stimmungsumschwung zu spüren. »Gut, dann gehe ich jetzt. Hier ist meine Telefonnummer.« Sie legte eine Visitenkarte auf den Tresen. »Rufen Sie jederzeit an, wenn Sie noch etwas benötigen sollten, Frau Leyendecker, oh … entschuldigen Sie, Frau Bredow natürlich. Ansonsten würde Herr Lanz Sie morgen früh um neun Uhr zur Beerdigung abholen, wenn es Ihnen recht ist.«

Julie fiel noch eine Frage ein. »Wird Herr Lanz auch meine Großmutter abholen?«

»Nein, Doktor Schumacher hat sich dazu erboten. Sie erinnern sich sicher an ihn?«

»Natürlich. Er ist der langjährige Anwalt meines Vaters.«

Frau Karolus zögerte ein, zwei Sekunden, bevor sie sich endgültig zum Gehen wandte. Vielleicht erwartete sie, dass Julie noch etwas sagen würde. Aber die jüngere Frau hatte ihr bereits den Rücken zugekehrt und blickte durch das Fenster über der Spüle in den Garten.

Die Grünanlage befand sich in einem tadellosen Zustand, die Stauden und Büsche waren zurückgeschnitten, die Wege geharkt, die empfindlicheren Pflanzen mit Schutzhüllen umwickelt. Julie entdeckte auch einen neu angelegten Rosengarten mit einer bezaubernden Laube als Mittelpunkt. Die blasse Wintersonne tauchte alles in ein mattes Licht.

Julies Augen wandten sich dem englischen Gewächshaus zu, einem verspielten Bau aus dem 19. Jahrhundert. Dahinter ragte eine riesige Kastanie empor.

Ihr Anblick wirkte auf Julie seltsam tröstlich. Der Baum hatte ihre Kindheit gesehen, ein zweihundert Jahre alter Herr, der seine Arme schützend über sie gebreitet hatte. Ihre Mutter hatte für die kleine Julie einst eine Schaukel an einem Ast anbringen lassen. Ob sie womöglich noch immer dort hing? Gleichsam zögerte sie nachzusehen, fürchtete sich davor, dass ihre Erinnerungen sie endgültig einholen und mitreißen würden. Bleiben oder weglaufen? Zu viele verwirrende Gefühle. Sie verließ die Küche und kehrte in den Eingangsbereich zurück. An der Treppe blieb sie stehen wie vor einem Hindernis. Endlich legte sie ihre Hand auf das Geländer und stieg hinauf.

Auch im langen Korridor, von dem die einzelnen Schlafräume abgingen, setzte sich die Neugestaltung fort. Die verblichenen Tapisserien waren einer freundlichen, blau gemusterten Tapete im Toile-de-Jouy-Druck gewichen und die düsteren Gemälde durch eine Reihe Tierstudien hinter Glas ersetzt worden.

Wenigstens Julies ehemaliges Kinderzimmer hatte keine Veränderungen erfahren. Dennoch erschien es ihr fremd. Die geblümte Bettwäsche verströmte einen ebenso frischen Duft wie der Strauß gelber Rosen auf der Kommode. Sicherlich in bester Absicht von Frau Karolus arrangiert, aber Julie war nicht empfänglich für diese Atmosphäre des Willkommens. Sie fühlte Abwehr. Erst recht, als sie den dunklen Hosenanzug entdeckte, der am Schrank hing. Offenbar hatte Jason Frau Karolus bei ihrem Telefonat darauf aufmerksam gemacht, dass Julie nicht über die passende Kleidung für eine Beerdigung verfügte. Man sprach also über sie und entschied einfach über ihren Kopf hinweg, dachte sie erbost.

Julie schloss die Fensterläden, tappte im gewohnten Zwielicht zum Bett und setzte sich darauf. Sie erschrak, als die Federn quietschten. Der vertraute Laut war von solch eindringlicher Realität, dass sie erst in diesem Augenblick richtig begriff, dass sie tatsächlich nach Dinzing zurückgekehrt war. Panik erfasste sie. Als sei der Luftballon geplatzt und sie mitsamt der Leine zu Boden gestürzt. Erneut klammerte sie sich an den Gedanken: *Ich muss nur bis morgen durchhalten! Morgen ist alles vorbei.*

Sie zog Schnuffi aus ihrer Tasche und legte sich mitsamt Anorak und Schuhen und ihrer auf wundersame Weise im Koffer wiederaufgetauchten Norwegermütze aufs Bett. Genauso hatte sie auch die letzten Monate in ihrem kleinen, kalten Auto verbracht.

Haus und Zimmer waren jedoch gut geheizt und bald wurde es ihr zu warm. Sie streifte die Kleidung ab und rollte sich erneut zusammen. Wartete auf den Schlaf, wartete auf den Schmerz. Aber sie blieb wach und starrte mit leeren Augen an die Decke. Irgendetwas fehlte. Erst nach Stunden kam sie darauf, dass sie die leise gurgelnden Geräusche der alten Heizung vermisste. Ihre Mutter hatte ihr erzählt, in den Rohren lebe ein kleines, scheues Volk, das nur nachts zu Aktivitäten erwache. Diese Geräusche hatten sie stets beim Zubettgehen begleitet. Aber auch die Heizung war modernisiert worden, man hatte die alten Rohre ausgetauscht. Alle Dinge konnten erneuert oder repariert werden. Menschen hingegen verschwanden. *Für immer.*

Und so verharrte sie im dunklen Haus, von Schatten umgeben, und wartete auf die Phantome ihrer Vergangenheit.

Noch vor der Morgendämmerung erhob sie sich, kochte sich einen Tee und erkundete mit der Tasse in der Hand nun doch den parkähnlichen Garten. Sie liebte die besondere Stille am Morgen an der Schwelle zwischen Nacht und Tag. Für einen unsterblichen Moment verharrte die Welt in Unschuld, war das lautlose Herz des Universums spürbar. Bald zeichneten sich im ersten Tageslicht die von Nebel umhüllten Alpen mit ihren schneeweiß getupften Spitzen ab. Erneut regte sich etwas in Julie. Aber ihr Innerstes tastete sich nur zögerlich an lang verschüttete Erinnerungen heran, zu fest hatte sie sie in ihrer verletzten Kinderseele weggeschlossen.

Vor der Kastanie blieb sie stehen. Ihre Augen suchten den Boden ringsum ab, ob sich noch eine der braun glänzenden Früchte fand, die sie früher mit kindlicher Begeisterung gesammelt hatte. Der Gärtner hatte leider keines der Baumkinder übersehen. Auch die Schaukel war nicht mehr vorhanden, aber sie entdeckte die einstige Aufhängung. Man könnte eine neue Schaukel besorgen und … Sie ließ den Gedanken nicht ausreifen und kehrte ins Haus zurück.

Erst sieben Uhr. Noch zwei Stunden, bis sie abgeholt werden würde. Von diesem Herrn … Vergeblich kramte sie in ihrem Gedächtnis nach seinem Namen. Sie entsann sich lediglich der Bemerkung von Frau Karolus, er sei mit ihrem Vater befreundet gewesen. Das fand sie ungewöhnlich. Ihr Vater hatte zwar mit einer Vielzahl an Geschäftspartnern im In- und Ausland verkehrt, aber sie konnte sich an keinen echten Freund erinnern. Vielleicht Dr. Konrad Schumacher, der langjährige Unternehmensanwalt. Als Kind hatte sie ihn sogar »Onkel Konrad« genannt. Doch da ihr Vater gerne betonte, dass Geld und Freundschaft zu trennen seien, kam er nicht infrage.

KAPITEL 11

Ich liebe dich, weil jeder deiner Küsse nach Erdbeeren schmeckt.

Jannik

Richard Lanz klingelte Punkt neun Uhr am Villentor. Julie, die einen Mann im Alter ihres Vaters erwartet hatte, fand sich stattdessen einem attraktiven Enddreißiger gegenüber.

Herr Lanz bekundete seine ehrliche Anteilnahme an ihrem Verlust. Schon die ersten Worte verrieten seine amerikanische Herkunft. Sein Blick war aufmerksam, seine Freundlichkeit unaufdringlich, darüber hinaus belästigte er sie nicht mit Fragen, sondern respektierte während der gesamten Fahrt Julies Schweigen.

Neun Monate waren vergangen, seit Julie in einer stillen Trauerfeier ihre Liebsten zu Grabe getragen hatte. Als Richard Lanz nun vor der barocken Dinzinger Kirche vorfuhr und seinen Wagen auf einen reservierten Parkplatz lenkte, glaubte sich Julie zunächst auf der falschen Veranstaltung.

Auf dem Vorplatz war eine dreißigköpfige Blaskapelle angetreten und intonierte einen getragenen Marsch. Nahebei wartete eine Gruppe Fahnenträger auf ihren Auftritt, während sich ein gutes Dutzend kleiner Kinder gegenseitig über den Platz jagte, von ihren Müttern eher nachsichtig ermahnt. Ein ortsansässiger Florist lieferte soeben Kränze an, groß wie Wagenräder. Flüchtig registrierte Julie einige Inschriften auf den Satinbändern, die dem Verblichenen wahlweise »Ewige Ruhe« wünschten oder ihm in Dankbarkeit verbunden waren. Fast alle Anwesenden trugen bajuwarische Tracht: die Männer Janker mit Trauerschleife, Haferlschuhe und wippenden Gamsbart am Hut, die Frauen Lodenkostüme. Julie sah auch einige ältere Frauen in langen Dirndlkleidern, gewebt aus schweren schimmernden Stoffen, um die Schultern ein wärmendes Wolltuch, auf den Köpfen kleine samtene Barette. Weitere Trauergäste strömten dem Kirchplatz zu. Wer waren alle diese fremden Menschen?

Richard Lanz stieg aus, lief um den Wagen herum und öffnete ihr die Tür. Aber Julie zögerte, den sicheren Wagen zu verlassen. Nach den langen Monaten in Stille und Dunkelheit kam es ihr vor, als betrete sie nun als Solistin die Bühne eines voll besetzten Theaters.

Ihre Ankunft blieb nicht unbemerkt. Als würde ihr Wagen von einem Scheinwerfer beleuchtet, sahen nun alle zu ihnen herüber. Die Blaskapelle stellte ihr Spiel ein, die Gespräche verstummten.

Richard sprach Julie leise zu. »Ich weiß, wie schwer das für Sie sein muss, angesichts all dieser Menschen. Aber Ihre Großmutter wird da sein. Und Sie erinnern sich sicher auch an Pfarrer Brauchitsch. Er sagt, er kennt Sie seit Ihrer Taufe. Kommen Sie, ich helfe Ihnen. Wir stehen das gemeinsam durch.« Richard streckte ihr die Hand entgegen.

Sekundenlang starrte Julie auf seine langen, kräftigen Finger, die ihr Halt versprachen. Sie griff nach ihnen wie nach einem Rettungsanker und fühlte, wie sich seine Hand warm und tröstlich um die ihre schloss. Während der gesamten Dauer der Begräbnisfeierlichkeiten ließ sie sie nicht mehr los.

An Richards Seite betrat sie das Kirchenschiff. Einsam vor dem Altar stand ein Rollstuhl. »Dort ist Ihre Großmutter«, sagte Richard leise.

Ja, da war sie, Klara Leyendecker, die Mutter ihres Vaters und Wohltäterin von Dinzing. Die Frau, die sich in unzähligen Komitees und Stiftungen unermüdlich für die Schwächsten der Gesellschaft einsetzte: die Kinder. Nur die eigene Enkelin hatte sie zeitlebens kein einziges Mal in den Arm genommen. Selbst nicht nach dem frühen Tod von Julies Mutter Helena. Für das Kind Julie fand die viel beschäftigte Klara nie Zeit. In ihrer Gegenwart war sich Julie stets überflüssig vorgekommen.

Etwas anders verhielt es sich mit ihrem Vater Friedrich. Er hatte zwar immer viel gearbeitet, aber die Wochenenden verbrachten die Eltern gemeinsam mit der Tochter. Im Winter gingen sie Ski laufen, im Sommer unternahmen sie Ausflüge zum Weiher oder in den Zoo, veranstalteten Picknicks und fröhliche Spiele unter der Kastanie. Es gab Lachen und Liebe. Nach dem Tod von Julies Mutter hatte Friedrich Leyendecker nichts anderes mehr als seine Arbeit gekannt, sich sieben Tage die Woche in seinem Büro vergraben und sein Heim lediglich zum Schlafen aufgesucht.

Keiner bemerkte oder wollte bemerken, wie das Kind Julie durch die fehlende menschliche Wärme langsam verkümmerte. Eine kleine Blume, die verdorrte. Julie lernte nie, sich wertvoll zu fühlen. Ein knappes Jahr nach dem Tod ihrer Mutter wurde Julie endgültig in ein Internat abgeschoben.

Ein Schwindel erfasste sie nun und sie wäre getaumelt, hätte Richard sie nicht gehalten. Sie war auf die Heftigkeit ihrer Gefühle nicht vorbereitet. Zu sehr erschreckte sie der Anblick ihrer Großmutter. Statt der Respekt einflößenden Grande Dame, die den Menschen stets mit einem spöttischen

Zug um den Mund begegnet war, saß ihr nun ein zusammengekrümmtes Elend mit dünnem, plustrigem Haar und zittrigen Greisenhänden gegenüber.

Was war aus der Frau geworden, die ihr Leben lang höchsten Wert auf ihre Außenwirkung gelegt hatte? Die sich täglich einen Friseur ins Haus bestellt und Kleidung und Schmuck mit einer Sorgfalt ausgewählt hatte, als ginge es zu einem Fototermin? Die Antwort fand sich in Klara Leyendeckers Augen: Sie zeigten eine erschreckende Leere. War das die von Frau Karolus erwähnte Verwirrung oder ein Schock, ausgelöst durch den Tod ihres einzigen Sohnes?

Plötzlich dauerte Julie die alte Frau in ihrem Leid und sie griff spontan nach deren Hand. Sie blieb kalt und leblos in der ihren.

Pfarrer Brauchitsch näherte sich ihnen. In dem Mann, der ihn begleitete, erkannte Julie Konrad Schumacher, den Firmenanwalt. *Onkel Konrad …* Beide Männer sprachen Julie ihr Beileid zum Verlust ihres Vaters aus. Der Pfarrer verabschiedete sich, um die letzten Vorbereitungen für die Totenmesse zu treffen, und Julie nahm in der vordersten Reihe ihren Platz ein, zwischen Richard Lanz und Konrad Schumacher.

Es folgten die Messe und die Ansprache des Pfarrers, die Bestattung mit einem halben Dutzend Grabrednern, deren Abschiedsworte ein für Julie fremdes Bild des Mannes zeichneten, den sie als ihren Vater gekannt hatte. Das nicht enden wollende Defilee der Dinzinger Honoratioren und der Belegschaft, die ihr alle ihr Beileid bekundeten. Der Aufmarsch der Blaskapelle und die Ehrenbezeugung der Fahnenträger. Auch der Schützenverein präsentierte seine Gewehre, verzichtete aber erfreulicherweise aufs Schießen.

Ganz Dinzing schien gekommen, um ihrem Vater die letzte Ehre zu erweisen. Die Kränze türmten sich auf seinem Grab, aber Julie sah sie nicht. Sie hatte sich wieder völlig in sich selbst zurückgezogen, absolvierte die gesamte Trauerfeier mit gesenktem Kopf, den Blick auf die Schuhspitzen gerichtet. Sie bemerkte auch Edith Karolus nicht in der Reihe der Trauergäste.

Erst auf dem Parkplatz neben dem Wagen ließ Julie Richards Hand wieder los. Geschafft! Nun wünschte sie sich einzig fort von diesem Ort.

Da sagte Richard: »Nur noch der Leichenschmaus, Frau Bredow. Dann haben Sie den heutigen Tag überstanden.«

KAPITEL 12

»Komm herein«, begrüßte Edith Richard. »Möchtest du auch einen …« Weiter kam sie nicht.

Ein kleiner Derwisch fegte durch den Flur, jubelte: »Onkel Richard!«, und hopste diesem geradewegs in die Arme.

»*Damn!*«, fing Richard den Jungen lachend auf. »Das nenne ich mal eine stürmische Begrüßung!«

»Niki hat auf dich gewartet und wollte partout nicht ins Bett. Ich habe wirklich alle Register gezogen«, erklärte Edith schmunzelnd. Aber selbst ihr Lächeln konnte die Spuren tiefer Erschöpfung in ihrem Gesicht nicht verwischen.

»So, kleiner Mann«, sagte sie zu ihrem fünfjährigen Sohn, »jetzt hast du Onkel Richard noch gesehen. Nun ist Schlafenszeit.«

Der Junge protestierte lautstark, aber Richard bestach ihn mit dem Versprechen einer Gutenachtgeschichte. Er hob den Kleinen auf seinen Arm und trug ihn die Treppe nach oben in sein Zimmer.

»Schläft er?«, fragte Edith, als Richard eine halbe Stunde später in ihr Wohnzimmer trat. Sie hatte es sich inzwischen mit einer Tasse Kräutertee auf dem Sofa gemütlich gemacht.

»Wie ein kleiner Engel.« Auf dem Couchtisch erwartete Richard ein Tablett mit einer zweiten Tasse Tee und einem Stück Butterkuchen.

Er ließ sich auf den Sessel neben sie fallen. »Wie kommst du zurecht?«, fragte er mitfühlend.

»Es wird schon gehen. Weil es muss.«

»Kann ich etwas für dich tun?«

»Du tust schon so viel für mich und Niki. Ich möchte dir danken, Richard.«

»Wofür? Wir sind Freunde.«

»Deshalb kann ich mich trotzdem bei dir bedanken, oder? Dafür, dass du da bist. Dafür, dass du mir nicht sagst, wie schlecht ich aussehe.« Edith hatte ihre Strickmütze abgenommen und fuhr sich über den kahlen Kopf.

Wäre Edith nicht Edith gewesen, hätte man meinen können, sie kokettiere mit ihrer Krankheit. Aber Richard war nie zuvor ein authentischerer und grundanständigerer Mensch als sie begegnet. Er empfand es als ungerecht, dass sie so viel Leid und Schmerz ertragen musste. Wie immer verspürte er einen Anflug von Wut angesichts ihres Schicksals. Was er sich ihr gegenüber allerdings niemals anmerken lassen würde. Edith brauchte Zuversicht, kein Mitleid. Er griff nach dem Tee und sah sie an.

»Wann hast du vor, Niki zu sagen, dass Friedrich gestorben ist?«, erkundigte er sich behutsam.

Edith stellte ihre Tasse ab, als sei sie ihr plötzlich zu schwer geworden. »Es ist alles noch so … frisch. Ich muss erst etwas Kraft sammeln. Auf jeden Fall werde ich es in den nächsten Tagen tun, bevor Niki es von seinen Kameraden in der Kita aufschnappt. Gott sei Dank sind gerade noch Ferien. Das verschafft mir ein wenig Luft.« Kurz verirrte sich Ediths Blick in eine unbestimmte Ferne. Sie schaute durch Richard hindurch, als sei er gar nicht da. Ihre Augen begannen verdächtig zu schimmern.

Er trank seinen Tee und aß ein Stück von ihrem Kuchen, weil er wusste, dass es Edith freuen würde. Ruhig wartete er ab, bis sie zurück in die Gegenwart fand, zurück zu ihrer Fassung.

Ediths Blick war wieder vollkommen klar, als sie diesen erneut auf ihn richtete. »Du hast Friedrichs Tochter zurück in die Villa gebracht?«

Richard nickte. Von seinem jähen, unverständlichen Impuls, der ihn in dem Moment überkommen hatte, als er Julie allein in der Villa verschwinden sah, nämlich, diese traurige Frau wie eben Niki zu Bett zu bringen und dafür zu sorgen, dass ihr ein ruhiger Schlaf beschert war, erzählte er aus gutem Grund nichts.

»Was sagst du zu Julie?«

Richard lehnte sich zurück. »Ich bin in meinem ganzen Leben nie einem derart verängstigten Menschen begegnet. Sie ist wie ein verschrecktes Reh.«

»Armes Ding. Man möchte sie am liebsten einmal fest in die Arme nehmen. Sie muss furchtbar unter dem Verlust ihres Mannes und der Zwillinge leiden, und nun hat sie auch noch ihren Vater verloren. Sie hat sich heute an dich geklammert wie an eine Rettungsleine. Über was habt ihr euch unterhalten?«

»Im Grunde über nichts. Sie hat kaum ein Wort herausgebracht. Als ich den Leichenschmaus erwähnte, wurde sie geradezu panisch. Sie fürchtet sich vor allem und jedem.«

»Ich denke, sie fürchtet sich vor dem Leben an sich. Weil es ihr bisher nicht viel Gutes gebracht hat«, sagte Edith leise. Wieder zog sie sich in sich selbst zurück, in eine ferne Erinnerung, als ihre eigene Welt noch voll von Glück und Träumen gewesen war.

Erneut haderte Richard mit dem ungerechten Schicksal. Da war Edith, die sich nach dem Leben sehnte, und Julie, die nichts mehr vom Leben erwartete. Edith, die das Leben so sehr liebte, die ihren Sohn aufwachsen sehen und vielleicht einmal ihren Enkel im Arm halten wollte, aber der die Ärzte wenig Raum für Hoffnung ließen. Und dann Julie, die noch junge, verzweifelte Witwe, hoffnungslos eingesponnen in ihren Trauerkokon. Richard spürte, wie sich in ihm ein Druck aufbaute, der starke Wunsch keimte, beide Frauen zu retten. Aber das stand nicht in seiner Macht.

»Julie gab mir nach der Beerdigung zu verstehen, dass sie gleich morgen früh wieder abreisen möchte. Sie war wenig erfreut, von mir zu erfahren, dass hier noch einige Verpflichtungen auf sie als Erbin warten.«

»Ich kann sie verstehen. Vermutlich würde ich auch erst einmal Reißaus nehmen wollen, wenn ich plötzlich ein Unternehmen mit hundertachtzig Mitarbeitern am Hals hätte.«

Richard schüttelte den Kopf. »Das ist es nicht. Bis zu dem Moment, in dem ich es erwähnte, war ihr das Erbe überhaupt nicht bewusst gewesen. Sie wollte einfach nur schnell wieder fort aus Dinzing.«

»Wie hast du sie zum Bleiben überredet?«

»Ich bat sie, im Haus nach dem Testament zu suchen. Es werde benötigt, um die Erbformalitäten rascher abzuwickeln.«

Dazu sagte Edith nichts. Sie kannten beide die Wahrheit. Laut Notar hatte Julies Vater Friedrich weder bei ihm noch beim Amtsgericht ein Testament hinterlegt, und Richard als von Friedrich eingesetzter und bevollmächtigter Geschäftsführer hatte bereits in Haus und Büro vergeblich danach gesucht.

Edith beugte sich zum Fußende, um dort nach der Wolldecke zu greifen. Richard war schneller. Er sprang auf, nahm die Decke und breitete sie sorgsam über Edith. Sie bedankte sich. »Weiß Julie schon von dem Termin mit der Bank nächste Woche?«

»Nein, ich wollte sie nicht gleich komplett überfallen.«

»Armes Ding«, seufzte Edith. »Sie erbt vor allem Probleme. Unglaublich, wie schnell die Bank ihre Fühler ausgestreckt hat.«

»Wir werden eine Lösung finden«, versicherte Richard und strich über Ediths Hand. Eine Geste, die sagte: *Ich bin da. Mach dir nicht zu viele Sorgen.*

»Was ist das bloß für eine Geschichte zwischen Julie und ihrer Großmutter?«, grübelte Edith, als spräche sie mit sich selbst. »Sie ist über ihren Zustand erschrocken, aber ansonsten hat sie ihre Anwesenheit kaum zur Kenntnis genommen.«

»Das habe ich mich auch schon gefragt. Friedrich hat nie ein Wort darüber verloren. Hast du versucht, das Thema bei ihm anzuschneiden?«

»Natürlich, mehrmals. Aber er machte immer sofort dicht.« Edith unterdrückte ein Gähnen. Das Signal für Richard, sich zu verabschieden.

»Ruh dich aus, Edith. Soll ich dir nach oben helfen?«

»Nein, ich bin zwar müde, aber ich glaube nicht, dass ich so bald schlafen kann. Ich bleibe noch eine Weile hier unten und schaue Fernsehen. Im Dritten bringen sie einen Film mit Spencer Tracy und Katherine Hepburn.«

»Welchen denn?«, fragte Richard interessiert, der ihre Leidenschaft für alte Hollywoodfilme teilte.

»›Rat mal, wer zum Essen kommt?‹«

»Na, wenn das nicht auf mich zutrifft ...«

»Warum bleibst du nicht und siehst ihn dir mit mir gemeinsam an?«

»Gerne.«

Der Blick, den sie tauschten, verriet, dass sie beide heute Nacht ungern alleine sein wollten.

KAPITEL 13

Ich liebe dich, weil du jede meiner Socken findest.

Jannik

Den gesamten Tag hatte sich Julie an einen Gedanken geklammert: *Nach der Beerdigung setze ich mich sofort in den nächsten Zug nach Berlin.* Der Moment, in dem sie begriff, dass sie nicht einfach aufbrechen und Dinzing hinter sich lassen konnte, schmetterte sie nieder. Außerdem, wo sollte sie überhaupt hin? Jetzt, da ihr selbst ihre letzte Zuflucht, ihr kleiner Polo, nicht mehr zur Verfügung stand? Erst hatten die Umstände sie dazu gezwungen, hierher zurückzukehren, und nun musste sie bleiben, um Angelegenheiten zu klären, die sie nicht interessierten. Vorerst saß sie in Dinzing fest.

Ziellos wanderte sie durchs dunkle Haus. An ein Dasein im Dämmerlicht gewöhnt, fühlte sie sich darin sicher. Bis ihr einfiel, dass sie nach dem Testament suchen wollte. Sie knipste die Lampen an. Stundenlang wühlte sie sich durch Schränke und Schubladen. Fündig wurde sie nicht. Ein Zimmer sparte sie aus: die ehemaligen Räumlichkeiten ihrer Mutter. Dafür fühlte sie sich nicht stark genug.

Sie trug nach wie vor den Hosenanzug von der Beerdigung, als sie sich gegen vier Uhr früh auf dem Wohnzimmersofa unter einer flauschigen Wolldecke einrollte wie ein kleines Kind. Bald wurde ihr darunter fürchterlich heiß. Nach und nach zog sie sich bis auf die Unterwäsche aus. Durch die breite Fensterfront blickte sie auf den Park hinaus und beobachtete, wie die Sterne am Himmel allmählich verblassten, die Sonne hinter den gepuderten Bergspitzen emporstieg und sie mit ihrem Licht überzog. Sie wünschte, sie wäre dort oben auf dem fernen Berg und könnte ihr Gesicht in das Sonnengold tauchen. Sie döste ein.

Als sie die Augen wieder öffnete, stand ein kleiner Junge vor dem Fenster. Wegen der dichten langen Locken hielt sie ihn zunächst für ein Mädchen. Unbeweglich und mit seltsam starrem Blick schaute er herein. Wie lange beobachtete er sie schon? Oder träumte sie ihn etwa nur? Julie blieb ruhig liegen und wartete darauf, dass das Kind sich wie ein Traumbild auflöste.

Nichts dergleichen geschah. Der Junge blieb, rührte sich nicht und starrte weiter angestrengt durch die Scheibe.

Langsam wurde es Julie doch unheimlich zumute. Sie erhob sich und steuerte auf das Fenster zu. Sie ging langsam, um ihren jungen Besucher nicht zu erschrecken. Sofern er wirklich real sein sollte …

Der Junge reagierte nicht auf sie. Erst, als sie den Hebel betätigte und die schwere Tür etwas aufschob, kam Leben in ihn. »Vorsicht!«, rief er. »Du könntest ihm wehtun oder ihn erschrecken!«

»Wen?«, fragte Julie überrascht.

»Na, den Schneckenkönig!«, rief er.

»Schneckenkönig?«, wiederholte Julie. Rasch musterte sie ihr Umfeld, als stünde irgendwo eine Gestalt herum, die sie bisher übersehen hatte.

»Na, dort!«, erwiderte der Kleine ungeduldig und deutete auf das Fenster. In der Tat klebte in Augenhöhe des Jungen eine kleine Schnecke mit Gehäuse an der Scheibe.

Julie beugte sich herab und begutachtete die Schnecke, als suche sie nach einer Krone. Kinder überraschten einen ständig und besaßen einen natürlichen Spürsinn für Wunder. Aber für sie sah das Tier nach genau dem aus, was es war: eine gewöhnliche Schnecke.

Der Junge lächelte nachsichtig und ein kleines bisschen altklug. Als wollte er sagen: *Typisch Erwachsene!*

»Guck doch!«, forderte er sie eifrig auf und war wieder völlig Kind. »Die Schnecke hat ein linksdrehendes Gehäuse!«

»Aha«, entgegnete Julie ratlos. Sie hatte sich zwar jüngst in Fischkunde schlaugemacht, aber ihr Wissen über Schnecken beschränkte sich auf die Erfahrung, dass sie Salatfressmaschinen waren.

»Linksdrehend kommt viel seltener vor als ein vierblättriges Kleeblatt! Eins unter einer Trillion«, erklärte der Junge weiter.

Julie widmete sich erneut der Schnecke und bewunderte ausgiebig ihre Einzigartigkeit.

»Wer bist du?«, fragte der Junge sie nun.

»Ich bin Julie.«

»Wie der Monat?« Er gluckste wie ein Kobold.

»Fast. Mit ›ie‹ am Ende.«

»Ui! Mein Opa heißt August. Ich bin Niki«, erklärte er. »Wohnst du jetzt hier?«

»Äh, ja«, stammelte Julie überrumpelt. »Aber nur kurz.«

»Wo wohnst du dann?«

»Das weiß ich noch nicht.«

»Du kannst bleiben. Das Haus ist riiiesig!« Der Junge riss die Arme hoch, damit sie die Dimension des Riesigen ja richtig verstand.

»Äh, danke.« Julie stand mit hängenden Schultern da. Als wüsste sie nichts mit sich selbst anzufangen. Sie wollte die Fenstertür schließen, zurück ins Wohnzimmer, zurück in ihr eigenes kleines Schneckenhaus. Jäh wurde sie sich ihrer Blöße bewusst. Sie stand nur in Unterwäsche vor dem Kind! Auch wenn der kleine Junge in keinster Weise Verwunderung erkennen ließ, erhitzte die Scham ihre Wangen. Rasch griff sie nach ihren Kleidern, fuhr in Hose und Bluse.

»Hast du Krebs?«

»Was?« Julie zuckte zusammen.

Er blickte sie mit kindlichem Ernst an.

Himmel! Was weiß ein Kind vom Herbst? Es kennt nur den Sommer des Lebens. Erschrocken entdeckte sie nun in Nikis großen klaren Kinderaugen eine Tiefe, die ihr bisher entgangen war. Warum fragte er sie nach dieser Krankheit? Er selbst schien vor Gesundheit nur so zu strotzen.

»Weil du keine Haare hast«, lieferte er freimütig eine Erklärung.

Julies Hand fuhr verlegen zu ihrem Kopf. »Oh, das. Nein, ich habe sie mir nur selbst geschnitten.«

»Du bist ganz schön dünn. Meine Großmutter Josefi sagt, auf deinen Rippen kann man Klavier spielen. Magst du Fleischpflanzerl? Ich kann dir welche mitbringen. Meine Mama macht die besten der Welt.«

»Das … äh, das ist sehr nett. Aber … nein, danke«, stammelte Julie verlegen. Sie fahndete verstohlen nach ihrer Strickmütze, konnte sie aber nirgendwo entdecken.

»Magst du Kakao?«, bohrte Niki weiter, den dunklen Wuschelkopf wie eine listige kleine Eule schief gelegt.

»Ja, schon …«

»Au fein! Ich auch!« Der Kleine witschte an ihr vorbei ins Haus.

Verdutzt folgte ihm Julie in die Küche.

In seinem Eifer stieß Niki versehentlich gegen den hochbeinigen Hocker vor der Theke, auf dem Julie ihre Handtasche geparkt hatte. Sie purzelte herab und ihr Inhalt verteilte sich auf dem Boden.

Niki fuhr zu Julie herum, die Augen weit aufgerissen.

Julie kannte diesen Ausdruck. Genauso hatte ihr kleiner Sohn Ben sie immer angeschaut, wenn er in seiner ungestümen Art etwas heruntergerissen hatte. Julie barst beinahe das Herz, als sie Niki ansah und sein Gesicht mit dem des jüngeren Ben verschmolz. Ein verlorenes Lächeln stahl sich auf ihre Lippen. »Macht doch nichts. Passiert mir andauernd.«

Sofort ging in Nikis Gesicht wieder die Sonne auf. Er half ihr, die Sachen aufzusammeln. Plötzlich hielt er etwas hoch. »Uiii! Ein Überraschungsei!«

Die Süßigkeit sah ziemlich lädiert aus, mit sichtbaren Dellen unter der Zellophanverpackung. Julies Verstand brauchte zwei Sekunden, bis er ihr signalisierte, woher das Ei stammte und wann es den Weg in ihre Handtasche gefunden hatte: an ihrem letzten schönen Morgen, in ihren letzten unbeschwerten Stunden.

Niki hingegen wollte die unverhoffte Gelegenheit auf ein Stück Extraschokolade keinesfalls verstreichen lassen. Er hielt ihr das Ei entgegen und verließ sich ganz auf seinen Bettelblick. Er wirkte.

»Du kannst es gerne haben«, sagte Julie erstickt.

Im Nu war die Süßigkeit ausgepackt. Eine Hälfte der Schokolade verschwand sofort in Nikis Mund.

»Hebst du mich hoch? Bitte?« Er streckte ihr die dünnen Arme entgegen und Julie setzte ihn auf den Thekenhocker. Darauf verharrte sie unschlüssig.

Eifrig machte er sich daran, den Inhalt des Plastikeis zu erforschen. »Ein kleiner Hund!«, freute er sich und ließ das Plastikspielzeug über die Theke hüpfen.

»Toll«, versicherte Julie und deponierte ihre Handtasche neben sich.

Niki wurde unruhig. »Weißt du nicht, wie man Kakao macht?« Er beäugte sie mit dem gleichen intensiven Blick wie zuvor den Schneckenkönig. Vielleicht vermutete er in ihr ja ein ebenso interessantes Studienobjekt.

»Äh, schon …«

»Du musst zuerst die Milch heiß machen«, erklärte er geduldig. »Und dann rührst du den Kakao hinein.«

Julie setzte sich in Bewegung. Sie öffnete den gut gefüllten Kühlschrankgiganten, nahm die Milch heraus, goss sie in einen Topf, heizte den Herd an. Der Junge beschrieb ihr, wo sie die Packung Kakaopulver finden würde, und sie rührte sorgfältig jeden Klumpen aus der Milch. Ihre Bewegungen flossen plötzlich wieder natürlich dahin und sie zelebrierte das Ritual des Kakaokochens, als hätte es nie eine Pause gegeben.

Wenig später saßen sie einträchtig an der Theke und schlürften herrlich aromatischen Kakao. Niki übernahm das Reden. »Ich komme heuer in die erste Klasse«, plapperte er. »Aber ich kann schon alle Zahlen bis zwanzig schreiben und das Alphabet aufsagen!«

Julie lauschte der munteren Jungenstimme gerne. Als trippelten kleine Füße über ihre Seele. Vielleicht hätte sie ihn fragen sollen, wer seine Eltern waren und wie er auf ihre Terrasse kam. Außer, um dort linksdrehenden Schneckenkönigen nachzuspüren. Aber für Antworten fühlte sie sich noch nicht bereit. Fürs Erste genügte ihr die Gesellschaft des Jungen. Und der Kakao war einfach wunderbar. Eine Geschmacksexplosion auf ihrer Zunge.

»Kakao schmeckt noch viiiel besser mit Keksen«, versicherte Niki mit Schokoschnute und musterte Julie.

Seine Raffinesse und sein Charme entlockten Julie ein weiteres Schmunzeln. »Stimmt«, pflichtete sie ihm bei.

Wo sich die Dose mit den Schokocookies befand, die wie selbst gebacken aussahen, wusste Niki auch und stopfte sich sofort einen ganzen Keks in den Mund. Er passte kaum hinein, und dem kleinen Kerl dabei zuzusehen, wie er mit vollen Backen damit kämpfte, trieb Julie Tränen in die Augen. Sie versenkte ihr Gesicht in die Kakaotasse und rang die Anwandlung nieder.

Niki spülte die Keksmasse mit Kakao hinunter. Seine Hand streckte sich ein weiteres Mal nach der Dose aus, aber er besann sich rechtzeitig seiner Manieren. »Darf ich?«

Julie nickte und kostete selbst ein Cookie. Sie hatte vergessen, wie gut Süßes schmeckte, es fühlte sich gerade wie eine völlig neue Erfahrung an.

Nachdem Niki einen zweiten und dritten Keks vertilgt hatte, lächelte er sie breit und in vollkommener Unschuld an: »Danke schön! Ich durfte noch nie drei Cookies auf einmal essen!« Er rutschte vom Hocker. »Auf Wiedersehen!« Im nächsten Moment rannte er aus der Küche. Kurz darauf schlug die Haustür, während Julie immer noch verblüfft auf ihrem Hocker saß, einen angebissenen Keks in der Hand.

Erst als sie die Tassen spülte und Kakaopackung sowie Plätzchendose in den Schrank zurückstellte, fiel ihr auf, dass der Junge nicht nur zielsicher die Küche angesteuert, sondern auch bestens darüber Bescheid gewusst hatte, wo Kakao und Cookies aufbewahrt wurden.

KAPITEL 14

Ich liebe dich, weil du mich liebst.

Jannik

Die Begegnung mit dem Jungen hatte Julie seltsam belebt. Den langen Monaten der Lethargie folgte ein jäher Tatendrang. Sie faltete die Decke im Wohnzimmer zusammen, fand darunter ihre Mütze wieder, richtete die Kissen, schuf Ordnung. Danach räumte sie auch das Büro ihres Vaters auf, das sie auf der Suche nach dem Testament durchwühlt hatte. Achtlos hatte sie dabei Schubladen und Schränke offen stehen lassen. Es war nicht direkt so, dass sie sich etwas vornahm oder plante, die Aktionen reihten sich einfach aneinander.

Als es nichts mehr für sie zu tun gab, duschte sie und kleidete sich an. Sie schritt eben die Treppe hinunter, als das Telefon klingelte. Sofort schlug ihr das Herz bis zum Hals. Nachdem das Läuten verebbt war, lauschte sie noch eine Weile angespannt. Sie traute der Stille nicht, als sei der Telefonapparat ein lebendiges Wesen, das sie aufstöbern konnte.

Tatsächlich setzte das Läuten erneut ein. Eben noch hatte sich die Welt für Julie einen Spaltbreit geöffnet, nun schloss sich ihre innere Falltür aufs Neue. Sie nahm die letzten Stufen wie im Flug, fuhr in ihre Stiefel, griff nach ihrem Anorak und floh vor dem Telefon ins Freie.

Wie von selbst fanden ihre Füße den Weg zum Dinzinger Weiher. Er war schon immer ihr Lieblingsort gewesen. Hierher hatte sie sich oft geflüchtet, wenn sie die vergiftete Atmosphäre zwischen ihrem Vater und der Großmutter nicht mehr ausgehalten hatte.

Unwillkürlich hielt Julie Ausschau nach dem unsichtbaren Schloss am westlichen Ufer. Die Feenschwestern, die den Weiher bewachten, lebten darin. Sie versteckten sich vor den Erwachsenen, Kinder hingegen begrüßten sie stets freundlich. Als kleines Mädchen war sie den Feen einige Male begegnet.

Der Weiher im Wald war damals zu ihrer geheimen Zuflucht geworden; sie liebte seinen Zauber zu jeder Jahreszeit. Im Frühling, wenn nach der Winterstarre das Leben neu erwachte. Im Sommer, wenn alles in Licht getaucht war und sein weiches Wasser sie wie eine Umarmung empfing. Im Herbst, wenn er der Melancholie des Vergehens mit leuchtenden Farben trotzte. Und jetzt im Winter, wenn er still unter dem ausgebleichten Himmel ruhte und darauf wartete, dass der Frühling an seinen Ufern strandete. Der Weiher war vor allem ein Ort, mit dem sie sprechen konnte. Geduldig hatte er sich über die Jahre ihren Kummer angehört und in seine Tiefen aufgenommen. Danach fühlte sie sich stets gereinigt wie nach einem Tränengewitter.

Erst vor zwei Tagen hatte sie Jasons Hund Charoú ihr Herz ausgeschüttet. Nun hockte sie sich ans Ufer, umschlang ihre Knie und erzählte auch dem Weiher von Jannik und ihren Babys Sofia und Ben. Die Worte flossen von ihren Lippen ins Wasser und trieben wie kleine Trauerlichter davon. Der Schmerz war noch in ihr, mit all seinen Widerhaken. Aber sie konnte wieder atmen, ohne den Geschmack von schwarzer Erde im Mund zu schmecken. Stattdessen nahm sie einen Hauch von Kakao wahr. Ein Lächeln trat in ihr Gesicht, als sie an den kleinen Niki dachte. Kinder waren magisch. Sie wurden mit Magie geboren, deshalb konnten sie auch die Feen sehen. Erst als Erwachsene verschoben sich die Blickwinkel und die Märchen gingen verloren.

Sie sah zum gegenüberliegenden Ufer mit seinem neuen Bootshaus. Es als neu zu bezeichnen, traf zwar nicht ganz zu, da es auch schon wieder gute dreißig Jahre auf dem Buckel hatte. Sein Vorgänger war vor mehr als siebzig Jahren abgebrannt. Kurz nach der Heirat ihrer Eltern hatte ihr Vater auf Wunsch der Mutter ein neues Bootshaus errichten lassen.

Auch ihre Mutter Helena hatte den Weiher geliebt und gemeinsam mit der kleinen Julie viel Zeit dort verbracht. Der Weiher gehörte zu Julies frühesten Kindheitserinnerungen. Und zu den wenigen, die sie überhaupt in ihrem Herzen bewahrte. Erinnerungen waren eine trügerische Angelegenheit. Julie konnte sich nur an einige rare Episoden mit ihrer Mutter entsinnen. Meist führte die Landkarte ihrer Erinnerungen ins Nirgendwo, zu vieles aus ihrer Kindheit lag im Nebel, als trennte sie ein Vorhang von ihrer Vergangenheit. Nur selten lüftete sich der Schleier. Schon einmal hatte sie den bitteren Schmerz des Verlusts erfahren, damals, als ihre Mutter gestorben war. Es hatte sich anders angefühlt, nicht nach etwas Dunklem, das sich durch ihr Inneres fräste, bis sie das Licht nicht mehr sehen konnte. Ihre Mutter war fort, aber sie würde wiederkehren. Sie musste nur auf sie warten. Sie hatte Hoffnung. Mit sieben Jahren begriff sie den Tod nicht als etwas Absolutes. Mütter sind Heldinnen, sie sind stärker als der Tod, und die Erklärung ihres

Vaters, sie sei nun im Himmel, bedeutete ihr nichts. Das glaubten nur die Erwachsenen, weil sie es nicht besser wussten. Sie konnten schließlich auch das Wasserschloss nicht sehen und die Feen, die darin wohnten.

Lange wartete Julie auf die Rückkehr ihrer Mutter. Bis auch sie das Wasserschloss nicht mehr sehen konnte und die Feen genauso verschwunden waren wie ihre Mutter.

Erinnerungen waren Zeitreisen. Urplötzlich drehte sich das Rad der Vergangenheit und kam an jenem Tag zum Stillstand, als ihre Mutter und sie am Weiher von einem sommerlichen Regenguss überrascht worden waren. Bei den ersten Tropfen war Helena aufgesprungen und hatte sich dem Himmelsnass mit ausgebreiteten Armen gestellt. Sie war so voller Leben und Lachen gewesen. Und Liebe. Mehr noch als an das Bild ihrer Mutter im Regen erinnerte sich Julie an ihre Gefühle für sie. Dachte sie an ihre Mutter, spürte sie Wärme und Geborgenheit. Erneut brannten heiße Tränen hinter ihren Augen. »Mama«, flüsterte Julie mit der Stimme eines kleinen, verlassenen Mädchens. Sie rappelte sich hoch und schlug den Weg zum Bootshaus ein.

Es war von berückendem Charme, rot gestrichen, mit weißen Einfassungen um Tür und Fenster; es hätte ebenso gut an einem schwedischen See stehen können. Seine Fassade blätterte etwas, aber im Großen und Ganzen wirkte es intakt. Julie fand die Tür verschlossen und rüttelte probeweise an den Fensterläden. Zu ihrer Überraschung ließ sich einer öffnen. Neugierig linste sie durch die Scheibe. Die karierten Vorhänge waren nur nachlässig zugezogen und erlaubten ihr einen Blick ins Innere. Seit damals schien sich nichts verändert zu haben. Sie entdeckte den Tisch, zwei Stühle und an der Wand den orientalisch anmutenden Diwan. Ein bezaubernder Rückzugsort. Eine Tür im hinteren Bereich führte in das tiefer gelegene eigentliche Bootshaus. Ob der alte Kahn immer noch dort lag?

Sie betrat den Steg, spürte die Planken unter ihren Schuhen leicht wanken, hörte das Ächzen des Holzes und das leise Plätschern des Wassers gegen die Pfosten. Der Weiher, das Bootshaus, alles wirkte so unendlich vertraut auf sie, als wäre sie gestern noch hier gewesen. Plötzlich schien ihre Welt auf einen kleinen Ausschnitt zu schrumpfen, als täte sich vor ihr ein neuer Weg auf. Aber noch war sie nicht bereit, diesen zu beschreiten.

Zu ihrer Freude begann es zu schneien. Wie ihre Mutter breitete sie die Arme aus, um das sanfte Himmelsnass zu empfangen. Die Flocken streichelten ihre Wangen wie der Flügelschlag eines Engels. Julie fühlte eine innerliche Regung, die ihr zwar noch keinen Frieden versprach, aber vielleicht ein Stück weit weniger Schmerz.

**

Edith hatte keinen Hunger. Richard zuliebe knabberte sie dennoch an einem Stück Brezel. In der prall gefüllten Bäckertüte, die er mitgebracht hatte, steckten auch frische Semmeln und Butterhörnchen, die so fantastisch mit der Erdbeermarmelade schmeckten, die sie im letzten glücklichen Sommer gekocht hatte. Als sie noch nichts von ihrer Erkrankung wusste. Als Friedrich noch lebte … Edith unterdrückte den Seufzer, der emporsteigen wollte. Sie wandte sich der unmittelbaren Gegenwart zu, auch wenn diese gleichfalls für einen Seufzer taugte: »Niki ist heute früh ausgebüxt.«

Richard, der sich eben aus dem Brotkorb bediente, entfuhr es ungläubig: »*Damn!* Das hat er doch noch nie gemacht! Wo ist er denn gewesen?«

»Das wollte er nicht verraten. Er sagte, das sei ein Geheimnis zwischen ihm und der Schneckenprinzessin …«

Richard stutzte und las den unausgesprochenen Gedanken in Ediths Miene. »Du glaubst, er ist in der Villa bei Friedrichs Tochter gewesen?«

»Fällt dir eine bessere Erklärung ein?«

»Nein, ich finde, unser Niki trifft damit den Nagel auf den Kopf. Schneckenprinzessin, das passt zu ihr. Himmel!«, rief Richard. »Sie hat ihm hoffentlich nicht vom Tod ihres Vaters erzählt?«

»Nein. Das hätte ich Niki angemerkt. Aber warum hat er das getan? Denkst du, er ahnt etwas?«, fragte Edith ängstlich.

Richard schloss für mehrere Sekunden die Augen. Eine vertraute Eigenart, die Edith zeigte, dass ihr Freund seine Antwort sorgfältig abwog. Er blickte sie wieder an: »Ich weiß, du willst alles richtig machen, Edith. Und es ist absolut verständlich, dass du Niki schonen willst«, erklärte er mit Bedacht. »Er hat erst Anfang des Jahres von deiner Krankheit erfahren. Ob du es ihm heute mitteilst oder morgen, macht keinen Unterschied. Es wird Niki so oder so wehtun. Aber mit jedem Tag, den du wartest, riskierst du, dass er es von anderen aufschnappt. Wo ist der kleine Ausreißer jetzt? Bei Josefine?«

»Ja. Mutter hat ihn vorhin abgeholt. Sie wollte mit Niki in den Märchenwald nach Wolfratshausen.« Edith legte die angebissene Brezel zurück. »Ich werde es ihm morgen früh sagen.«

»Möchtest du, dass ich dabei bin?«

»Ja, bitte«, erwiderte Edith schlicht, griff nach der Kanne und schenkte Richard Kaffee nach.

»Willst du nachher wirklich mit in die Firma kommen?«, erkundigte sich Richard, während er das Salz seiner Brezel auf den Teller krümelte und sie daraufhin großzügig mit Butter bestrich.

»Selbstverständlich. Die Arbeit lenkt mich ab. Zu Hause würde ich nur die Wände anstarren.«

»Ich durchschaue dich, Edith Karolus …« Richard kniff die Augen zusammen. »Du willst nur den Aufpasser spielen, damit Doktor Schumacher und ich uns nicht wieder in die Haare geraten.«

»Weil ich euren Zwist für unnötig halte«, tadelte Edith leise. »Du solltest Konrad endlich darüber aufklären, dass die neue Kaffee-Erlebniswelt ursprünglich Friedrichs Idee gewesen ist und du dich ausdrücklich gegen seinen riskanten Finanzierungsplan ausgesprochen hattest.«

Richard zuckte mit den Achseln. »Wer sich verteidigt, klagt sich an«, zitierte er den Kirchengelehrten Hieronymus. »Mir ist die Meinung unseres Doktors egal, soll er doch denken, was er will. Jetzt zählt allein, sich den kommenden Herausforderungen zu stellen, und vor allem, sie zu bewältigen.«

»Und Julie?«, erinnerte ihn Edith. »Besser, sie wird durch dich über die finanziellen Schwierigkeiten des Unternehmens aufgeklärt als durch den Firmenanwalt …«

»Genau das habe ich vor. Sie sollte wissen, welche Pflichten durch das Erbe auf sie zukommen, und das möglichst bald. Was ja auch der Zweck meines heutigen Treffens mit Doktor Schumacher ist. Wir bereiten die Zahlen für Frau Bredow auf und legen unsere Strategie gegenüber der kreditgebenden Bank fest. Danach werde ich mich mit Frau Bredow in Verbindung setzen und um ein Treffen bitten.«

»Es ist jetzt kurz nach neun«, meinte Edith mit Blick auf die Uhr. »Ich würde sie gerne anrufen und fragen, wie es ihr geht.«

»Und hören, ob Niki bei ihr war?« Auf Richards Gesicht zeigte sich ein Lächeln.

Edith erwiderte es. »Es tut gut, einen Freund wie dich zu haben«, sagte sie warm. Sie nahm ihr Handy und wählte die Nummer der Leyendecker-Villa. Sie ließ es lange klingeln. »Sie antwortet nicht.«

»Versuch es auf ihrem Handy.«

»Sie besitzt kein Mobiltelefon. Das hat mir Jason Samuel, der junge Polizist aus Berlin, verraten. Ich probiere es gleich noch mal.« Edith betätigte die Wahlwiederholung. Auch dieser Anruf verhallte. »Vielleicht ist sie noch unter der Dusche?«, überlegte sie.

»Oder sie möchte nicht ans Telefon gehen«, mutmaßte Richard. »Lass uns nachher auf dem Weg zum Büro an der Villa vorbeifahren.«

***

Edith blieb im Wagen sitzen, als Richard eine halbe Stunde später am Tor klingelte. Niemand öffnete, die Tageszeitung steckte noch im Briefkasten.

Edith ließ das Fenster herab: »Mir ist nicht wohl bei der Sache«, meinte sie zu Richard.

»Warum?« Er trat zu ihr und forschte in ihrem Gesicht. »Nein, das glaubst du nicht wirklich, oder?«, horchte er auf. »Du meinst …?« Richard brach ab.

»Ach, ich weiß auch nicht«, erwiderte Edith unsicher. »Sie wirkte so verloren. Als ob ein Windhauch sie umwerfen könnte.«

»Ein Windhauch wie der Tod ihres Vaters? Nein.« Richard schüttelte den Kopf. »Daran glaube ich nicht. Sie hat bereits das Schlimmste überlebt, was einer Mutter zustoßen kann.« Er setzte sich erneut hinters Steuer, ohne den Wagen zu starten. »Was schlägst du vor, was wir tun sollen? Wäre dir wohler, wenn wir hineingingen und nachsehen würden?«

Edith hielt den Schlüsselbund bereits parat, wirkte jedoch unschlüssig. »Vielleicht schläft sie noch oder will einfach nur allein sein?«, suchte sie nun selbst nach einer Erklärung.

»So wird es sein. Sie ist erwachsen, Edith. Sie kann tun und lassen, was sie möchte. Fahren wir ins Büro. Sie hat unsere Telefonnummer, wenn sie etwas braucht.«

»Ich werde trotzdem nochmals versuchen, sie zu erreichen.«

Richard drückte Ediths Hand. »Tu das.« Er ließ den Motor an.

KAPITEL 15

Nach fünfminütiger Fahrt kam bereits die Leyendecker Kaffeemanufaktur in Sicht.

Das imposante, mehrstöckige Ziegelsteingebäude, das der erste Friedrich, der Großvater von Friedrich Leyendecker im Jahre 1890 in Auftrag gegeben hatte, beherbergte noch immer die ursprüngliche Rösterei. Als die Deutschen in den Fünfzigerjahren endgültig ihre Liebe zu Kaffee entdeckten und dies dem Unternehmen rasant steigende Umsätze bescherte, entschied sich der älteste Sohn des Firmengründers, der Familientradition folgend ebenfalls auf den Namen Friedrich hörend, für einen Neubau im gleichen architektonischen Stil. Im jüngeren Backsteingebäude, das dem ersten an Größe nicht nachstand, waren im Erdgeschoss die Verpackungs- und Versandstation untergebracht sowie die Umkleideräume und eine Kantine für die stetig wachsende Belegschaft. Im ersten Stockwerk befand sich die Verwaltung, während die Firmenleitung unter dem Dach residierte. Das Café mit Gartenterrasse hingegen, welches zehn Jahre später dem Neubau gefolgt war, hatte man im damals modernen Bungalowstil der Sechzigerjahre errichtet.

Eine durchgehende Glasfront öffnete sich zur Terrasse hin und bot den Gästen an klaren Tagen einen überwältigenden Ausblick auf das nahe Karwendelgebirge. Küchenausstattung und Geräte entsprachen selbstverständlich längst den neuesten Standards, alles andere jedoch hatte man in seinem Ursprungszustand belassen. So versprühte das Café mit seiner orangefarbenen Resopalmöblierung und dem glänzenden Linoleum inzwischen einen aparten Retrocharme. In diesem besonderen Ambiente genossen die Gäste Kaffee aus röstfrischen Bohnen ferner tropischer Länder, Torten aus der firmeneigenen Konditorei und ausgewählte Snacks.

Neben Café und Bohnenladen entstand derzeit das neue Herzstück des Unternehmens, in dem sich künftig ebenfalls alles um Kaffee drehen sollte: die Leyendecker Kaffee-Erlebniswelt. Zweitausendfünfhundert Quadratmeter mit vielfältiger Gastronomie, kleinen Läden und dem künftigen Kulturzentrum, ein zweihundert Plätze fassender Saal mit einer Bühne für Veranstaltungen und Events. Die Räumlichkeiten für die Gastronomiebetriebe und fast alle der geplanten kleinen Läden waren bereits gut vermietet. Neben der lokalen Politprominenz hatte sich für die im September geplanten Eröffnungsfeierlichkeiten auch der bayerische Ministerpräsident angesagt, Dinzings berühmtester Sohn. Die Kaffeemanufaktur war mehr als nur eine Rösterei, sie war beinahe schon ein kleines Dorf für sich. Das Reich der Kaffeedynastie Leyendecker, die pünktlich zur Eröffnung der neuen Kaffee-Erlebniswelt auch ihr hundertfünfundzwanzigjähriges Bestehen feiern würde.

Trotz des Freitagmorgens war der Firmenparkplatz leer gefegt wie an einem Sonntag, wenn lediglich die Notbesetzung arbeitete.

»Was ist denn hier los?«, wunderte sich Edith.

»Ich habe der Belegschaft heute freigegeben«, erklärte Richard. »Gestern war ein schlimmer Tag für uns alle.«

Edith senkte den Kopf. Es kam ihr alles so unwirklich vor. Die Firma ohne Friedrich? Fast wunderte sie sich, dass alles noch genauso aussah wie vor einer Woche, als sie das letzte Mal hier gewesen war. Als hätte sie damit gerechnet, dass sich mit Friedrichs Tod auch sein Lebenswerk auflösen würde. Plötzlich schien sich alles um sie zu drehen. Sie stieß einen kleinen, erbarmungswürdigen Laut aus und klammerte sich Hilfe suchend an das Handschuhfach.

Richard reagierte augenblicklich. »Hast du Schmerzen? Wo sind deine Medikamente?« Er fasste nach Ediths Handtasche auf dem Rücksitz.

»Nein, mir ist nur schwindelig. Es ist …« Sie begann neu und zeigte auf die Backsteingebäude. »Es sieht alles so normal aus, genauso wie immer, als, als … Ach, ich weiß auch nicht …«, brach Edith ab und barg ihr Gesicht in den Händen.

»Ich verstehe dich«, sagte Richard leise und legte den Arm um sie. »Die Firma ist ohne Friedrich kaum vorstellbar. Er war der Motor. Dennoch müssen wir versuchen, den Laden auch ohne ihn am Laufen zu halten. Hundertachtzig Angestellte verlassen sich auf uns.«

»Ich weiß«, wisperte Edith und richtete sich auf. »Gehen wir hinein«, entschied sie tapfer. »Es gibt viel zu tun. Wann kommt Doktor Schumacher?«

»Da ist er schon.« Richard wies mit dem Kopf in Richtung des Firmenjustiziars. Dessen dunkle Mercedeslimousine kam neben ihrem Fahrzeug zu stehen. Unmittelbar darauf nahm ein Sportwagen schwungvoll den nächsten Parkplatz in Besitz. Als Richard im Fahrer des Porsche Schumachers Sohn Arndt erkannte, verzog er das Gesicht. *Der Kronprinz* … Arndt Schumacher hatte Betriebswirtschaft studiert und war danach als rechte Hand von Friedrich Leyendecker ins Unternehmen eingestiegen. Deshalb war er bereits als designierter Nachfolger gehandelt worden. Bis er, Richard, vor gut drei Jahren den

121

Schauplatz betreten hatte. Zunächst als Architekt, der die Ausschreibung für das neue Leyendecker-Bauvorhaben gewinnen und bald auch Friedrichs Vertrauen und Freundschaft erringen konnte. Im vergangenen Jahr hatte ihm Friedrich schließlich die Geschäftsführung übertragen.

Arndt Schumacher hatte sich nicht ganz zu Unrecht übergangen gefühlt und entsprechend reagiert. Es gab hässliche Wortgefechte und Streitigkeiten, in die sich auch Arndts Vater Konrad einschaltete. Zwei Wochen später setzte Arndt dem selbst ein Ende. Er kündigte und wechselte zu einer Bank in Rosenheim.

Seither waren sich die beiden Kontrahenten nicht mehr begegnet. Erst auf der Beerdigung hatte Richard Arndt in Begleitung seiner Eltern wiedergesehen.

Die Schumachers waren den Leyendeckers seit der Unternehmensgründung verbunden. Bereits Konrad Schumachers Großvater Wilhelm hatte der Familie Leyendecker als Anwalt zur Seite gestanden. In den Augen der Schumacher-Sippe war Richard ein Eindringling und Erbschleicher. Deshalb ließ Arndts Vater Konrad keine Gelegenheit verstreichen, um Richard spüren zu lassen, dass mit Arndt die Schumachers bereits in vierter Generation für die Leyendeckers tätig waren.

Vater und Sohn Schumacher glichen sich nicht nur extrem, sie unterstrichen ihr duales Erscheinungsbild noch durch ähnliche Brillengestelle, die gleichen dreiteiligen, grauen Anzüge und dunkle Wollmäntel. Wenig übrig hatte Richard für die auffälligen Siegelringe und Arndts exklusives Rasierwasser. Er schien darin zu baden.

Zu Beginn des Treffens rückte Dr. Schumacher seine Brille zurecht, ließ seinen Habichtblick von Richard zu Edith wandern und erklärte mit süffisantem Unterton: »Ich nehme an, Julie Leyendecker ist die – nennen wir sie – familiäre Situation unbekannt und Sie haben sie deshalb von dieser Besprechung ausgeschlossen?«

Richard und Edith wechselten einen schnellen Blick. Edith wirkte verunsichert, weshalb Richard kurz seine Hand beruhigend über ihre legte.

Dr. Schumacher taxierte die Geste, als hätte sich dadurch sein Verdacht bestätigt. Arndt schaute unbeteiligt.

»Wovon sprechen Sie?«, fragte Richard mit erhobener Stimme, obwohl er natürlich eine Vermutung hegte.

Konrad Schumacher lehnte sich zurück. »Wie Sie wünschen! Lassen wir die Spielchen und legen die Karten auf den Tisch. Wie wir wissen, war Friedrich irrtümlicherweise davon überzeugt, er sei der Vater von Frau Karolus' Sohn Nikolaus.«

»Was …?«, hauchte Edith entsetzt. Sie sah aus, als hätte sie eben einen Hieb in den Magen erhalten.

Damn! Dieses arrogante A… Richard schwoll der Kamm, dabei hatte er sich zuvor fest vorgenommen, sich auf keinen Fall provozieren zu lassen. Aber hier ging es nicht um ihn.

»Was wollen Sie damit andeuten?«, entgegnete er scharf, während er Edith rasch ein Glas Wasser einschenkte.

Dr. Schumacher spielte mit seinem Füller. Lächelte überlegen. Genoss seine Rolle als Herr der Situation. »Sie beide mögen vielleicht Friedrich getäuscht haben, aber mir können Sie nichts vormachen, Herr Lanz. Wer auch immer der Vater von Nikolaus ist, Friedrich war es nicht! Sie«, sein Finger zeigte auf Edith, »sollten sich schämen, meinen Freund Friedrich derart ausgenutzt und hinters Licht geführt zu haben!«

Edith sackte in sich zusammen. Sie war durch Krankheit und Verlust zu geschwächt, um Konrad Schumachers böswilliger Unterstellung noch etwas entgegenzusetzen.

Richard hingegen hatte sich erhoben und fixierte Dr. Schumacher von seiner erhöhten Position herab. »Nein, Sie sollten sich schämen«, sagte er schneidend. »Abgesehen davon, dass Ihre Anschuldigung völlig haltlos ist, ist sie auch sinnlos. Denn selbst ohne Testament, mit dem Friedrich das Erbe seines Sohnes Nikolaus geregelt hätte, kann Edith den Anspruch ihres gemeinsamen Kindes jederzeit nachweisen.«

»Sie erwägen tatsächlich einen Vaterschaftstest? Das ist infam! Das ist Leichenschändung!«, empörte sich der alte Schumacher, nun ebenfalls laut werdend.

»Ach, hören Sie doch auf mit Ihrem moralischen Getue!«, platzte Richard endgültig der Kragen. »Ich sage Ihnen, worum es hier wirklich geht. Es gibt ein Testament und Sie haben es! Sie haben wissentlich gelogen, als Sie danach gefragt worden sind. Ich hätte gute Lust zu prüfen, ob die Familie Leyendecker Sie dafür strafrechtlich belangen kann.«

»Nein, ich habe etwas viel Besseres als ein Testament«, verkündete der alte Schumacher und zeigte sein falsches Gebiss. Als hätte er genau diesen Moment abgewartet, präsentierte er Richard ein Dokument aus seiner Aktentasche. »Lesen Sie!«

Richard ließ sich während der Lektüre nichts anmerken, obwohl ihn der Inhalt niederschmetterte. Mit dieser Vollmacht rückte Konrad Schumacher in die Geschäftsführung auf. »Und was ist mit dem Testament? Mit welchem Recht halten Sie es zurück?«, hakte er nach.

»Wir haben das Testament nicht. Wie oft sollen wir das noch sagen?«, brachte sich erstmals Schumachers Sohn Arndt in das Gespräch ein.

»Das nehme ich Ihnen beiden nicht ab!«, knurrte Richard. »Ich weiß, dass es eines gibt. Friedrich hat es mir selbst gesagt.« Er streckte die Hand aus. »Geben Sie mir das Testament, Doktor Schumacher.«

»Sie haben hier gar nichts zu melden«, erwiderte der ältere Schumacher, ohne diesmal die Stimme zu erheben. »Selbst wenn es sich in unserem Besitz befände, beträfe dieses allein die Familie Leyendecker. Sie sind lediglich der bestellte

Geschäftsführer. Meiner Pflicht als Anwalt der Familie obliegt es primär, die Rechte von Friedrichs Tochter Julie zu wahren.«

Edith hatte sich so weit wieder gefangen. Aber sie war immer noch totenblass, als sie sagte: »Ich möchte gehen.«

Richard sprang sofort auf. »Natürlich, ich fahre dich nach Hause.« Er bot ihr seinen Arm und sie griff dankbar danach.

An der Tür drehte sich Richard noch einmal um. »Ich bin in einer halben Stunde zurück. Differenzen hin oder her, wir müssen unsere Strategie gegenüber der Bank abstimmen.«

»Wir warten hier auf Sie«, erwiderte Dr. Schumacher, ohne Richard dabei eines Blickes zu würdigen. Der Anwalt fasste in seine Aktentasche und förderte einen dicken Packen Dokumente zutage.

»Was für ein verlogener Mistkerl«, machte sich Richard draußen Luft und schickte einige derbe englische Flüche hinterher.

Edith hingegen mangelte es an Kraft, über das soeben Erlebte zu sprechen. »Lass gut sein, Richard«, bat sie.

Schweigend setzten sie sich in den Wagen. Erst vor Ediths kleinem Häuschen unternahm Richard einen neuen Anlauf: »Vergiss Doktor Schumacher. Damit kommt er nicht durch. Wir beide kennen die Wahrheit. Niki *ist* Friedrichs Sohn.«

Edith, die die Fahrt über dumpf vor sich hin gebrütet hatte, senkte den Kopf. »Ich glaube, ich kann das nicht«, wisperte sie.

»Was kannst du nicht?«

Edith zeichnete mit der Hand eine Geste in die Luft, die eine vielfache Interpretation erlaubte. Bevor sie antwortete, atmete sie tief aus, als wollte sie angestauten Trübsinn ablassen. »Vorhin, bei Friedrichs Villa, sagtest du, wer sich rechtfertigt, klagt sich an. Aber bedeutet ein Vaterschaftstest nicht genau das? Ich will nichts beweisen müssen. Mir genügt es zu wissen, von wem Nikolaus stammt. Das geht sonst niemanden etwas an.«

»Ich verstehe dich. Aber was ist mit Niki? Es ist sein Anspruch und sein Erbe«, gab er behutsam zu bedenken.

Edith rieb sich müde die Augen. »Das weiß ich wohl. Aber ich habe keine Kraft für diese Sorte Kampf. Was ich will, ist, meinen Niki aufwachsen zu sehen und meine Zeit nicht mit irgendwelchen Nichtigkeiten zu verschwenden oder mit Menschen wie den Schumachers. Niki und ich haben alles, was wir brauchen. Wenn er größer ist, werde ich es ihm erklären. Er wird es verstehen.«

Richard beließ es vorerst dabei und kehrte in die Firma zurück.

Dr. Schumacher äußerte erneut sein Befremden, dass diese Besprechung ohne die Erbin Julie Leyendecker stattfand.

Richard sah davon ab, Dr. Schumacher auf den Ehenamen Bredow hinzuweisen, und zeigte auf das Telefon. »Gut. Dann rufen Sie sie an und bitten sie hierher«, schlug er vor.

Dr. Schumachers Augen huschten kurz zu seinem Sohn Arndt.

»Ach, Sie haben das bereits versucht?«, deutete Richard den stummen Austausch richtig. »Lassen Sie mich raten: Sie hat entweder abgelehnt und oder Sie haben sie gar nicht erst erreicht.«

Statt einer Antwort wies Dr. Schumacher auf den Stapel Akten: »Beginnen wir mit der Arbeit.«

Richard klappte seinen Laptop auf und öffnete die Datei mit der vorbereiteten Präsentation.

Dr. Schumacher erläuterte zunächst die steuerlichen Verpflichtungen, die dem Unternehmen durch den Tod des Inhabers entstanden waren. Richard kam nicht umhin festzustellen, dass Dr. Schumacher tatsächlich in erster Linie daran gelegen zu sein schien, die Interessen von Friedrichs Tochter Julie zu wahren. Das war es auch, was Friedrich Leyendecker zuallererst an Konrad Schumacher geschätzt hatte: seine Korrektheit, die an Pedanterie grenzte.

Was Richard weniger behagte, war, dass der alte Schumacher seinen Sohn Arndt zu diesem Treffen mitgebracht hatte. Zwar erwies sich Arndt als versierter als sein Vater in der Handhabung der Firmenzahlen, aber Richard bezweifelte, dass dies der alleinige Grund für seine Anwesenheit war.

Vier Stunden lang sichteten sie Papiere, listeten Zahlen auf und bereiteten sich auf den Banktermin vor. Während der Besprechung wahrten die drei Männer professionelle Distanz. Als sich die beiden Schumachers endlich verabschiedet hatten, riss Richard allerdings sofort alle Fenster weit auf, um Arndts aufdringliches Rasierwasser mitsamt den letzten Molekülen der Schumacher'schen Existenz aus dem Konferenzraum zu vertreiben.

Erstaunt bemerkte er, dass es begonnen hatte zu schneien. Er beugte sich über die Fensterbank und atmete den besonderen Geruch von Schnee ein. Erinnerungen an seine Kindheit wurden wach, und ihm war, als sei er wieder zehn. Er streckte die Hand aus, fing einige Schneesterne auf und beobachtete, wie sie viel zu schnell auf seiner Haut schmolzen. Als Junge hatte er oft Schneekristalle unter dem Mikroskop betrachtet. So wunderschön und so vergänglich. Dabei hatten die Flocken eine lange Reise hinter sich. Dennoch währte ihr Tanz in der Freiheit nur kurz.

Es klopfte. Durch die Glastür erkannte er Ambrosius Hofanger. Der Mittdreißiger hatte vor knapp zwanzig Jahren bei Kaffee-Leyendecker als Lehrling begonnen und leitete seit Kurzem die Rösterei. Richard schätzte ihn sehr. Achtzig Prozent der Belegschaft wies eine Betriebszugehörigkeit von zwanzig Jahren und mehr auf, einige waren schon seit vierzig Jahren dabei – fast ihr gesamtes Leben.

»*Einmal Leyendecker, immer Leyendecker!*«, lautete der Firmenslogan. »Das trifft auch auf meine Mitarbeiter zu!«, pflegte Friedrich Leyendecker gerne zu sagen. Er war stolz darauf gewesen, in seinem Unternehmen jeden Mitarbeiter persönlich mit dem Namen ansprechen zu können. Täglich hatte er seinen Rundgang durch die Produktionshallen und die Büros absolviert und die Mitarbeiter dazu angeregt, sich mit ihren Anliegen jederzeit an ihn zu wenden. So wie er es von seinem Vater gelernt hatte und der von seinem. Vermutlich deshalb hatte es in den hundertfünfundzwanzig Jahren seit Bestehen der Leyendecker Kaffeemanufaktur innerhalb der Belegschaft nie Ambitionen gegeben, einen Betriebsrat zu gründen. Allerdings wusste Richard, dass der Röstmeister bereits seit einiger Zeit die Funktion eines inoffiziellen Sprechers der Belegschaft innehatte.

Richard winkte seinen Besucher herein. »Grüß Sie, Ambrosius«, sagte er freundlich. »Möchten Sie einen Kaffee? Etwas anderes?«

Hofanger schüttelte den Kopf; Richard selbst gönnte sich eine Tasse Frischgebrühten. Schon vor seiner Tätigkeit für Friedrich war er ein ausgesprochener Kaffeeliebhaber gewesen. Nun konnte er zwischen neun verschiedenen Sorten wählen. »Was kann ich für Sie tun, Ambrosius?«

Hofanger hielt seinen feuchten Filzhut in der Hand, zupfte nervös an einem losen Faden.

Richard konnte sich ausrechnen, was den Röstmeister an diesem Freitag hierhertrieb: Schon zu Friedrichs Lebzeiten hatte das Gerücht kursiert, der Neubau verschlinge Unsummen und das gesunde Unternehmen gerate dadurch in Schieflage. Für Richard bestand kein Zweifel daran, wer dieses Gerücht in die Welt gesetzt hatte: Konrad Schumacher, beziehungsweise sein Sohn Arndt, der sich vermutlich ohne den Segen seines Vaters nicht einmal die Schuhe zuband. Allerdings kam das Gerücht nie richtig in Schwung, die Mitarbeiter vertrauten ihrem Chef. Kaum jedoch befand sich Friedrich nicht mehr an der Spitze, schien das Gerücht wieder aufzuleben. Vermutlich, weil die Schumachers es munter unter die Leute streuten – wie Schneeflocken, die vom Himmel taumelten. Anstatt jedoch zu schmelzen, trieben die Kristalle Blüten und brachten Unruhe in die Belegschaft.

Richard wurde zornig, als ihm dämmerte, dass er den alten Schumacher unterschätzt hatte. Dieser verfolgte offenbar schon länger einen eigenen Plan.

Das lenkte seine Gedanken zurück auf das fehlende Testament. Nun, da er wusste, dass Klara Leyendecker ihre Stimmrechte dem Anwalt überlassen hatte, sah er sich in seinem Glauben bestärkt, dass Konrad Schumacher Friedrichs Testament hatte verschwinden lassen. Womöglich rechnete er sich gute Chancen aus, auch Julie dazu überreden zu können, ihm eine Vollmacht zu erteilen. Falls aber Friedrich seinem Sohn Niki über den gesetzlichen Anspruch hinaus zusätzliche Firmenanteile vermacht hatte, würde dies das Erbe von Julie Bredow, geborene Leyendecker, schmälern. In Richards Augen war das ein begründetes Motiv für Dr. Schumacher, Friedrichs Testament zu unterschlagen.

Und nun sah er sich erneut mit dem Gerücht konfrontiert, die Leyendecker Kaffeemanufaktur befinde sich in Schwierigkeiten und sei deshalb gezwungen, Mitarbeiter zu entlassen.

Richards Besucher fasste sich ein Herz: »Sie müssen schon entschuldigen, Herr Lanz«, sagte er und bemühte sich um ein gemäßigtes Bayerisch. »Ich will nicht indiskret sein, aber die Leute machen sich Sorgen, wie's weitergeht. Jetzt, wo unser Chef so plötzlich g'storben ist.«

»Sie müssen sich nicht entschuldigen, Ambrosius.« Richard probierte den Kaffee, eine ganz neue Sorte aus Peru mit einer herben, schokoladigen Note. Er setzte die Tasse ab. »Um ehrlich zu sein, ich kann derzeit selbst wenig dazu sagen. Außer, dass unsere Auftragsbücher voll sind und der Betrieb morgen normal weiterlaufen wird. Auch unser Café wird wieder geöffnet sein.«

Ambrosius trat näher, ohne sich zu setzen, obwohl Richard ihm einen Platz angeboten hatte. Vielleicht fühlte sich der Röstmeister im Stehen sicherer. »Wird die Tochter vom Chef jetzt unsere neue Chefin?«, stellte Ambrosius die Frage, die ihn am meisten bewegte. Unter seinen nervös knetenden Händen verlor der Filzhut seine Form.

Auch Richard fiel es schwer, sich Julie Bredow in der Rolle einer Managerin vorzustellen. Allerdings befand sie sich in einem Ausnahmezustand, und persönlich empfand er es als unfair, ihr nach dem ersten Eindruck bereits Führungskompetenzen abzusprechen. »Es ist alles noch sehr frisch, Ambrosius. Frau Bredow hat gerade erst ihren Vater verloren. Wir sollten ihr etwas Zeit zugestehen, um sich mit der neuen Situation vertraut zu machen.«

Ambrosius Hofanger nickte betroffen.

»Es ist verständlich, dass die Belegschaft sich Gedanken über die Zukunft macht. In der nächsten Woche werde ich eine Betriebsversammlung einberufen und unsere Mitarbeiter über die künftige Ausrichtung der Leyendecker Kaffeemanufaktur informieren«, fuhr Richard fort. »Alle Fragen werden beantwortet werden, mein Wort darauf. Das können Sie gerne so an die Kollegen weitergeben.«

Er verabschiedete Hofanger und trat erneut ans Fenster. Noch immer rieselten Schneeflocken zur Erde, zu wenige, um liegen zu bleiben. Schade, denn er liebte verschneite Landschaften. Schnee machte die Konturen weicher, nahm allem die Härte. Er war in einer Gegend in den USA aufgewachsen, in der es noch richtige Winter gab. Seine Kindheit verband er mit unbeschwerten Schneeballschlachten, Schlittenfahrten und dem Bau von Iglus – und verdrängte dabei gerne, wie oft er als Erwachsener später den Schnee verflucht hatte, wenn er am frühen Morgen vor der Arbeit die Auffahrt hatte freischaufeln müssen oder der Strom ständig ausfiel.

Er schloss das Fenster und kurz warf die Scheibe sein Bild zurück. Aber er sah nicht sich selbst darin, sondern die traurige, resignierte Julie Bredow. Ein Gesicht, das das Lachen verlernt hatte.

Erneut packte ihn das Mitgefühl, der unbedingte Wunsch, ihr zu helfen. Er griff zum Hörer, um sie anzurufen, und ließ die Hand wieder sinken. Er war nie ein spontaner Mensch gewesen und neigte nicht zu unüberlegten Handlungen.

Doch nun erlag er einer jähen Eingebung. Er nahm seinen Schlüssel und rannte beinahe aus dem Gebäude.

KAPITEL 16

VERGANGENHEIT

Dinzing, 1932

Der Mai kleidete sich in sein schönstes Gewand, die Sonne schien, die Erde duftete. Zwei lange Wochen fand der Frühling ohne Klara statt. Sie verfluchte ihren Knöchel, haderte mit ihrem Schicksal. Warum musste ihr dieses Missgeschick ausgerechnet zu Beginn der Pfingstferien passieren? Während die anderen Kinder die schulfreien Tage genossen, mit dem Rad fuhren oder sich im Stadtbad trafen, reduzierte sich ihr Dasein auf die Größe einer stickigen Kammer unter dem Dach.

Dort, am kleinen Fenster, das zur Straße hinausging, vertrieb sie sich die Zeit damit, ihre wenigen Bücher ein zweites Mal zu lesen. Wenn sie mit ihrer Nase nicht gerade zwischen den Seiten steckte, zeichnete sie Friedrich und vertraute ihre Gedanken einem Heft an, das sie vor ihren Brüdern unter einer Bodendiele versteckte. Während Klaras Tage auf den Ausschnitt ihres Zimmerfensters schrumpften, wuchsen ihre Träume und Sehnsüchte ins Unermessliche.

Die Tante schimpfte, weil sich die Nichte kaum aus ihrer Kammer rührte, wo sie doch hinter dem Haus den großen, schönen Garten hatten! Dem Vater hingegen war es egal, wo die Tochter herumhockte. Hauptsache, sie stand ihm nicht im Weg.

In der Tat schloss sich hinter dem Haus ein weitläufiger Nutz- und Obstgarten an. Im Hause Obermaier mangelte es deshalb nie an frischen Tomaten und Gurken, an Äpfeln, Birnen und Pflaumen. Den Zaun entlang wuchsen Sträucher, die sich unter der Last der Johannisbeeren, Stachelbeeren und Himbeeren bogen und deren jährlicher Ertrag für volle Marmeladengläser in der Speisekammer sorgte. In einer Ecke zog die Tante Gemüse und Salat, die andere teilten sich ein Hühnerhaus und Kaninchenställe.

Zwei der Kaninchen, Max und Moritz, gehörten Klara und waren nicht für den Verzehr gedacht. Max war ein Albino, Moritz war mit einem verkrüppelten Bein zur Welt gekommen. Beide Tiere hatte sie damals ihrer Mutter abgeschwatzt, als ihr Vater sie gleich nach der Geburt hatte töten wollen. Um Max und Moritz zu füttern und ihnen ein wenig Auslauf zu ermöglichen, quälte sich Klara auch mit dem verletzten Fuß jeden Morgen in den Garten. Ansonsten mied sie ihn wie der Teufel das Weihwasser. Das lag an der Obermaier'schen Schlachterei, die sich an das Wohnhaus anschloss und deren Fenster das ganze Jahr über geöffnet blieben. Dadurch wurde der Garten mit dem dauerhaften Geruch des Todes geflutet, in den sich die angstvollen Schreie der Tiere mischten.

Tante Gretels ohnehin meist mürrische Laune wurde noch übler, als sie während dieser Ferien Klaras samstägliche Pflichten an der Wursttheke übernehmen musste. Sie hasste es, andere Leute zu bedienen, sie diente allein ihrem Bruder Hubert. Am liebsten werkelte sie in der Küche und hätte vermutlich auch dort genächtigt, wenn der Bruder dies nicht missbilligt hätte.

Gretel bestand darauf, dass ihr Klara trotz der Fußverletzung bei der Hausarbeit zur Hand ging. Sie wurde nicht müde zu betonen, sie habe noch keinen Tag in ihrem Leben wegen Krankheit gefehlt. »Solange du nach den blöden Viechern schauen kannst«, geiferte sie, »kannst du auch die Wäsche waschen und das Gemüse schälen.« Jeden Tag fand die Tante eine neue Beschäftigung für die Nichte. Am letzten Ferientag ließ sie Klara die Böden im Obergeschoss schrubben.

Zur Essenszeit tischte Gretel Braten auf, absolut untypisch für einen Freitag. Klara wunderte sich. Der Speiseplan im Haus Obermaier war so fest gefügt wie das Amen in der Kirche und sah für heute Schlachtplatte vor. Da fielen ihr die Blicke ihrer Brüder auf. Manni und Siggi schauten so komisch. Sicher hatten sie wieder etwas ausgeheckt. Misstrauisch suchte Klara die Umgebung ihres Tellers ab. In der Vergangenheit hatte sie dort einmal eine tote Spinne entdeckt. Meist fand sie die aber in ihrem Bett oder in ihren Schuhen vor.

Vater Hubert schnitt nun den Braten an, während Manni sich in die Brust warf und in bester Wilhelm-Busch-Tonart deklamierte: »Hoppel, hoppel. Erst der Max, dann der Moritz, schlitz, schlitz.«

Siggi gluckste dazu laut.

Klara begriff. Übelkeit schoss in ihr hoch und ein glühender Zorn, der ihr die Brust sprengte. Mit einem wütenden Schrei stürzte sie sich auf Manni.

»Ja, was sind denn das für Manieren!«, brüllte der Vater, packte Klara wie eine Katze am Nacken und zerrte sie von Manni fort.

Klara schrie noch immer wie von Sinnen und schlug wild um sich.

Der Vater verabreichte ihr eine schallende Ohrfeige. »Schluss jetzt! Manni und Siggi haben das gut gemacht. So ein Theater wegen der alten Viecher!« Sie wurde auf ihr Zimmer geschickt und Tante Gretel drehte den Schlüssel um. Klara verbrachte das gesamte Wochenende eingesperrt.

Aber auch die längsten Ferien fanden ein Ende. Gleich nach dem ersten Unterrichtstag machte sich Klara auf zum Dinzinger Weiher. Zuvor hatte sie im Schulgebäude überall Ausschau nach Friedrich gehalten, ihn aber nirgendwo entdecken können. Sie hoffte, ihn am Weiher anzutreffen.

Sie schob ihr Rad den Pfad entlang, während ihr Knöchel die Anstrengung mit Schmerz quittierte. Als der Weiher in Sicht kam, keuchte sie vor Anstrengung, und ihr gesamtes Bein pochte im Rhythmus ihres Herzschlags. Sie ließ sich an ihrer Lieblingsstelle am Nordufer nieder, mitten im Schilf. Der Gesang einer Amsel stieg in den Himmel, als wollte sie das Mädchen willkommen heißen. Klara kühlte ihren Fuß im Wasser und genoss den Schlamm zwischen ihren Zehen. Mit einem Stock zeichnete sie bizarre Figuren in den Uferboden.

Eine Ente glitt an ihr vorbei, gefolgt vom zahlreichen Nachwuchs in V-Formation. Klara notierte dreizehn Küken.

Eine volle Stunde tat sich nichts am Badesteg. Dann kamen sie. Klara vernahm ihre fröhlichen Rufe schon von Weitem.

Dieses Mal handelte es sich um eine Fünfergruppe, drei Jungen, zwei Mädchen. Natürlich war Flora mit von der Partie, in dem anderen erkannte Klara Friedrichs jüngere Schwester Helga.

An Friedrichs Seite betrat Flora den Steg. Mit ihrem roten Haar und dem leuchtend gelben Kleid sah sie aus wie eine Blume.

Missmutig beobachtete Klara, wie sich Friedrich und Flora nach dem Baden ein Handtuch teilten und die Köpfe zusammensteckten.

Zu gern hätte sie sich näher an die Gruppe herangeschlichen, um den Gesprächen noch besser lauschen zu können. Aber wegen ihres lädierten Knöchels musste sie heute darauf verzichten. Ohnehin konnte sie ihrer Unterhaltung nichts Interessantes abgewinnen. Es ging schon wieder um Fußball, genauer um den FC Bayern. Die Diskussion nahm an Lautstärke zu, als die drei Jungen auf das Spiel um die deutsche Meisterschaft am kommenden Wochenende zu sprechen kamen. In Nürnberg trafen die Bayern auf Eintracht Frankfurt.

»Lasst uns mit dem Rad hinfahren!«, rief Friedrich.

»Das sind hundertfünfzig Kilometer!«, wandte sein Freund Schorschi ein.

»Na und?«, hielt Friedrich dagegen. »Es ist ein gutes Training! Wir nehmen unsere Schlafsäcke mit, schauen das Spiel und übernachten irgendwo im Freien. Lasst es uns tun!«

Friedrichs Vorschlag wurde angenommen. Als Klara am darauffolgenden Montag dem Gespräch auf dem Steg lauschte, gab es für das Jungentrio nur ein Thema: das Spiel vom 12. Juni. Der FC Bayern hatte mit 2 : 0 gesiegt und damit seine erste deutsche Meisterschaft errungen. Begeistert riefen sich die Jungen gegenseitig die Spielzüge zu und schwelgten in ihrem anschließenden Sturm auf das Feld, gemeinsam mit Tausenden von jubelnden Anhängern, um die Spieler auf ihren Schultern vom Platz zu tragen.

Klara konnte sich nichts Öderes als Fußball vorstellen, bestenfalls die Gespräche darüber, die sie auch zu Hause ertragen musste, da Vater und Brüder ebenfalls enthusiastische Fußballanhänger waren. Allerdings kreiste bei ihnen alles um den zweiten großen Münchner Verein, die Sechziger.

Klara mochte es viel lieber, wenn Friedrich tiefgründigere Themen anschnitt. Dann spitzte sie die Ohren. Es konnte vorkommen, dass sie nicht den Sinn von allem, was sie belauschte, verstand. Meist ging es dann um Philosophie, aber in letzter Zeit sprach Friedrich häufiger auch politische Themen an. Für Letzteres interessierte sich Klara sogar noch weniger als für Fußball. Zumal bei ihr zu Hause die Politik neuerdings großen

Raum bei Tisch einnahm. Unaufhörlich schimpften Hubert Obermaier und sein Vater Alois auf die »Saudeppen in Berlin«.

Am besten gefiel es ihr, wenn Friedrich mit seiner schönen Stimme Gedichte vorlas.

An einem brütend heißen Tag im August, als jeder Schritt Staub aufwirbelte und die Vögel im Schatten der Bäume dösten, erschienen Friedrich und Flora das erste Mal allein zum Baden. Vom Rest der Gruppe keine Spur.

Erst schwammen die beiden eine Runde, danach ruhten sie sich auf dem Steg aus. Friedrich holte ein Buch aus dem Rucksack.

Klara verließ ihren Platz im Schilf, um sich näher an die beiden heranzuschleichen.

»Was liest du?«, fragte Flora und wrang ihr nasses Haar über der Schulter aus.

»Nietzsches ›Zarathustra‹.«

»Ach herrje«, seufzte sie.

»Ach herrje, weil du es schon gelesen hast, oder ach herrje, weil es dir noch bevorsteht?«

»Ach herrje, weil mein Vater bei jeder Gelegenheit daraus zitiert.« Flora sprang auf, stellte sich in Positur und deklamierte: »*Ich sage euch: Ihr habt noch Chaos in euch. Wehe! Es kommt die Zeit, wo der Mensch keinen Stern mehr gebären wird. Wehe! Es kommt die Zeit des verächtlichsten Menschen, der sich selber nicht mehr verachten kann.*«

»Ach herrje …« Nun grinste Friedrich. »Mein Vater kennt daraus nur einen Satz: ›*Du gehst zu Frauen? Vergiss die Peitsche nicht!*‹« Mit einem Augenrollen ergänzte er: »Ich wette, er weiß nicht einmal, von wem der Spruch stammt.«

»So schlimm?« Flora setzte sich neben ihn. Die Stimmung hatte sich jäh gewandelt. Als hätte sich eine Wolke vor die Sonne geschoben.

Friedrich zuckte mit den Achseln. »Die Philosophie meines Vaters ist das Geld. Er denkt nur an sein Unternehmen. Er versteht nicht, dass ich mich auch für andere Dinge interessiere.«

»Weiß er denn von deinem Plan, nach dem Abitur Literatur und Geschichte zu studieren?«

»Noch nicht. Dafür erzählt er allen und jedem, ob er es hören mag oder nicht, dass ich Wirtschaft studieren und in der Firma in seine Fußstapfen treten werde. Erst am Wochenende wieder diesem Politiker Hitler und seinen Begleitern, den Hanfstängls.«

»Du sprichst von Adolf Hitler? Puh, mein Vater schimpft jedes Mal auf den Mann, sobald er nur die Münchner Nachrichten aufschlägt. Was hat er denn bei euch gewollt?«

»Geld für seinen Wahlkampf natürlich. Mein Vater hält Hitler für den kommenden Mann. Er ist sogar in dessen Partei eingetreten. Meine Eltern haben für ihn am Samstag eine große Gesellschaft gegeben. Bei der Gelegenheit überreichte Hitler meinem Vater persönlich den Mitgliedsausweis. Ich finde, er ist eine seltsame Type. Erinnerst du dich an die Kröte? Als ich ihm zur Begrüßung die Hand geben musste, hatte ich das gleiche schleimige Gefühl.«

»Mein Vater behauptet, Hitler sei ein gefährlicher Mann. Ein Kriegstreiber ...«

»Krieg? Nein, den wird es nicht mehr so schnell geben, Flora. Nicht nach dem, was der Weltkrieg angerichtet hat«, erklärte Friedrich bestimmt. »Wir sind jetzt eine Demokratie und haben ein Parlament. Keine Könige und Kaiser mehr, die allmächtig über uns entscheiden.«

»Du hast sicher recht«, sagte Flora und lehnte ihren Kopf an Friedrichs Schulter.

Den gesamten Sommer hindurch trafen sich Friedrich und Flora fast täglich am Weiher, selbst wenn das Wetter nicht zum Baden einlud. Eine junge Liebe war sich selbst Sonne genug, und Regen ein willkommener Grund, um sich in das Bootshaus zurückzuziehen.

Dies sehr zum Missfallen von Klara, die jede graue Wolke zu hassen begann. Wie sollte das junge Paar auch ahnen, dass sie eine Liebe zu dritt führten, die sich in den Augen von Klara spiegelte? Denn Klara sah alles, hörte alles und notierte das Erlebte abends vor dem Zubettgehen in ihrem Tagebuch. Sie beobachtete Friedrich und Flora bei ihrem ersten Kuss und ihrer ersten Liebesstunde, lauschte zufrieden ihrem ersten Streit, nur, um sich über die anschließende Versöhnung der beiden zu ärgern. Leidenschaft und Stürme; und immer war Klara als stumme Zeugin dabei.

Klara wünschte sich nicht nur an Floras Stelle, sie sah sich an Floras Stelle. In Gedanken trug sie deren Kleider und Schuhe, ahmte ihre Frisuren nach und wiederholte die Worte, die sie zu Friedrich sagte. Da sie es nicht wagte, Flora ein zweites Mal zu bestehlen, kaufte sie sich von ihrem Ersparten heimlich einen Badeanzug in Himmelblau, wie ihn ihre Rivalin trug.

Gegen Ende des Sommers wurde der Trieb übermächtig, etwas zu besitzen, was Friedrich gehörte. Während die beiden badeten, nahm sie Friedrichs Gedichtband von Lord Byron an sich, aus dem er Flora so oft vorgelesen hatte.

Das Büchlein hütete Klara fortan wie einen Schatz. Ihre Freude kannte keine Grenzen, als sie entdeckte, dass Friedrich ihm auch mehrere eigene Gedichte anvertraut hatte. Nachts bettete sie es unter ihr Kopfkissen und lauschte Friedrichs Stimme, die den Seiten flüsternd entstieg. Immer tiefer geriet Klara in den Sog der von ihr geschaffenen Wirklichkeit, immer mehr verwischten sich für sie die Grenzen zur Realität.

Neben dem Dichten und Lesen frönte Friedrich einer weiteren Leidenschaft: dem Fotografieren. Oft brachte er seinen Fotoapparat mit zum Weiher. Die Gruppe fotografierte sich gegenseitig, jedes Motiv schien ihnen recht zu sein. Aber

Friedrichs liebstes Modell blieb natürlich Flora. Wenn er mit ihr allein war, was mit dem fortschreitenden Sommer immer häufiger vorkam, verschoss er Film um Film.

An einem der letzten heißen Septembertage, als die kühleren Nächte bereits vom Ende des Sommers kündeten, wurde Klara Zeuge, wie Flora ihren Badeanzug ablegte und nackt vor Friedrichs Kamera posierte. Anschließend tollte das Paar im Wasser, neckte und küsste sich.

Klara nutzte den Moment, um die Kamera zu stehlen.

Kapitel 17

Gegenwart

Ich liebe dich, weil du noch rot werden kannst.

Jannik

Julie beobachtete die zarten Flocken, die auf den Teich trafen und sofort an seiner Oberfläche schmolzen. Sie wünschte sich, es würde richtig schneien. Sie wünschte sich Schneegestöber und wirbelnde Flocken, wünschte sich, dass alles um sie herum in reinem, unschuldigem Weiß versank.

Sie trat den Heimweg an.

Vor der Villa parkte eine dunkle Limousine. Sie blieb abrupt stehen, erwog, einfach umzukehren. Doch dafür war es zu spät, der Fahrer war bereits ausgestiegen und hielt nun mit wehendem Mantel auf sie zu.

Zögerlich setzte sich Julie wieder in Bewegung. Was wollte Konrad Schumacher von ihr? Seine Anteilnahme hatte er ihr bereits gestern ausgesprochen. Während der Beerdigung war er ihrer Großmutter nicht von der Seite gewichen. Hatte womöglich sie ihn zu ihr geschickt?

»Grüß Gott, Julie«, begrüßte sie der Anwalt und streckte ihr die Hand entgegen.

Es widerstrebte Julie, sie zu ergreifen, als stimme sie damit irgendeiner unlauteren Verbindung zu. Früher hatte sie sich beim Händeschütteln nichts gedacht, es war eine Selbstverständlichkeit gewesen. Nun empfand sie Berührungen dieser Art als furchtbar intim. Dennoch hatte sie gestern gegenüber Richard Lanz keinen vergleichbaren Unwillen verspürt. Vermutlich weil ihre Furcht vor dem Menschenauflauf auf dem Kirchplatz alles andere überschattet hatte, selbst ihre Verletzlichkeit. Sie tat, als bemerke sie seine Geste nicht.

Dr. Schumacher schien das zu irritieren und er wandte sich kurz in Richtung seines Wagens. Die Beifahrertür öffnete sich. Julie erkannte nun auch Arndt Schumacher, ihren Jugendfreund ... und Beinahe-Verlobten. Sie verkrampfte sich. Am liebsten hätte sie den beiden den Rücken gekehrt, wäre der Situation entflohen wie ein kleines Kind.

»Grüß dich, Julie«, sagte Arndt. »Mein aufrichtiges Beileid zu deinem Verlust.«

Julie missfiel, wie er sie dabei anschaute. Sie fand in seinen Augen denselben Ausdruck wie früher, einen Blick, der sagte: *Du gehörst mir, und eines Tages wirst du das auch begreifen.* Sie hatte es nie begriffen und Arndt und Dinzing am Ende verlassen.

Arndt lächelte nun. »Auch wenn der Anlass ein trauriger ist, freue ich mich sehr, dich wiederzusehen, Julie«, fuhr er fort, als hätten sie sich niemals im Streit getrennt, als wäre sie damals nicht ohne ein Wort verschwunden. Auf der Beerdigung gestern hatte sie Arndt nicht gesehen, vielleicht hatte sie ihn auch einfach nicht wahrgenommen, seine Existenz bis zu diesem Augenblick verdrängt.

Ihm nun so unvermittelt gegenüberzustehen, machte sie weniger verlegen als wütend. Sie senkte leicht den Kopf, blieb auf Distanz bedacht.

Arndt kannte da weniger Hemmungen. Bevor sie sein Vorhaben begriff, hatte er bereits seine Arme um sie gelegt und sie an seinen harten Körper gezogen. Julie japste überrascht und löste sich sofort energisch von ihm. Arndts Geste fühlte sich an, als hätte er ihr Gewalt angetan. Der Zorn färbte ihre Wangen rot. Was wollten Vater und Sohn von ihr? Ihr fiel das wiederholte morgendliche Telefonklingeln ein. Wahrscheinlich waren sie das gewesen. Das hatte sie davon. Schob man Probleme vor sich her, potenzierten sie sich nur. Und jetzt stand sie da, in die Zange genommen von gleich zwei Schumachers. Unglaublich, wie sehr Arndt inzwischen auch seinem Vater glich.

Als sie ihn verlassen hatte, war er dreiundzwanzig gewesen. Trotz seiner bevorzugt sportlichen Kleidung hatte er bereits damals älter als seine Jahre gewirkt. Sie entsann sich ungern der verbissenen Ernsthaftigkeit, mit der er seine Karriere geplant und sich die passenden Strategien zurechtgelegt hatte. Als sei das Leben ein Schachspiel.

»Wir würden gerne mit dir sprechen, Julie«, eröffnete ihr Arndt.

»Worüber?«

»Nicht auf der Straße. Gehen wir hinein.« Arndt nickte zur Villa hin.

Julie störte sich an seiner Selbstgewissheit.

Dr. Schumacher brachte mehr Feingefühl auf. »Es ist wichtig. Es geht um dein Erbe, Julie«, erklärte er. »Du solltest den Erbschein so rasch wie möglich beim Nachlassgericht beantragen.«

Julie schluckte die scharfe Bemerkung hinunter, die ihr auf der Zunge lag. »Hat das nicht Zeit? Herr Lanz informierte mich, dass dazu am Mittwoch ein gemeinsamer Termin stattfindet.«

»Das ist korrekt. Wir treffen uns mit der kreditgebenden Hausbank. Aber wir sollten uns zuvor schon zusammensetzen. Andererseits verstehe ich, wenn dir das alles im Moment zu viel wird, Julie. Darum mein Vorschlag: Du erteilst mir eine Vollmacht, damit ich dir künftig alle Formalitäten abnehmen kann. Meine Zulassung als Notar berechtigt mich …« Er sprach weiter, aber Julie hörte ihm nicht mehr zu. Sie hatte an den Schultern der beiden Schumachers vorbei einen Wagen auf die Zufahrt einbiegen sehen. Richard Lanz steuerte ihn. Der Freund und Geschäftsführer ihres Vaters kam gerade zur rechten Zeit.

»Entschuldigt mich«, unterbrach Julie die Ausführungen des Anwalts. »Leider bin ich verabredet.« Rasch lief sie Richards Auto entgegen, riss die Beifahrertür auf und hüpfte hinein. »Fahren Sie!«

Das ließ sich Richard nicht zweimal sagen und trat tüchtig aufs Gas. Zwei verblüffte Schumachers blieben vor dem Villentor zurück.

Julie fühlte sich erleichtert wie eine Gefangene, der gerade die Flucht gelungen war.

»Wohin?«, wollte Richard auf der Landstraße wissen.

»Weiß nicht«, murmelte Julie, plötzlich verlegen. Da hatte sie sich glatt von einer unglücklichen Situation in die nächste manövriert.

»Wie wäre es mit Venezuela? Die liefern nicht aus«, sagte Richard mit Gangsterstimme.

»Was?«, schreckte Julie auf.

Richard bremste, bog in einen Feldweg ein und stoppte. Es war derselbe Weg, der zum Dinzinger Weiher führte. Die vertraute Umgebung besänftigte Julies inneren Aufruhr ein wenig.

Richard lächelte ihr zu. Julie bemerkte den Unterschied zu Arndt. Es lag keine Berechnung in Richards Zügen, nur Freundlichkeit und Verständnis.

»Puh«, machte Richard. »Ein Schumacher ist schon zu viel, und gleich zwei davon ... Als bekäme man eine Überdosis Paragrafen verabreicht.«

»Die beiden haben vor der Villa auf mich gewartet. Ich ... ich ...« *Ich mag es nicht, wenn man mich einfach so überfällt,* hätte sie beinahe gesagt. Aber das ging ihn nichts an, was sie mochte und was nicht.

»Ich habe mich mit den Schumachers am Morgen in der Firma getroffen, um den Banktermin vorzubereiten. Eigentlich hatten wir uns darauf geeinigt, Sie heute nicht mehr mit erbschaftlichen Belangen zu belästigen.«

Julies Blick verirrte sich aus dem Fenster, wo das offene Land im blassen Winterlicht ruhte. Seit ihrer Kindheit hatte sich hier wenig verändert. Sie erinnerte sich an sonnendurchglühte Sommer, an wogende Weizenfelder und blühenden Raps, an hoch stehenden Mais und endlose Reihen Sonnenblumen am Ackerrand, um die Vögel von den Feldfrüchten fernzuhalten. Kurz streifte Julie der Gedanke hierzubleiben, den Frühling abzuwarten und zuzusehen, wie das erste Grün durch die Erde brach. Neues Leben. »Und weshalb wollten *Sie* dann vorhin zu mir?«, entgegnete sie nun nicht ohne Scharfsinn.

Immerhin besaß ihr Gegenüber den Anstand, die Lider zu senken.

»Geschenkt«, winkte Julie ab. Ihr Erbe interessierte sie nicht. Aber das Thema totzuschweigen schaffte es auch nicht aus der Welt. »Was ist, wenn ich es nicht will?«

»Wie meinen Sie das?«

»Das Erbe. Ich will es nicht.«

»Sie wollen es ausschlagen?«

»Ja.«

Richard wirkte darauf etwas ratlos. Aber irgendwie auch nicht überrascht. Es passte zu dieser seltsamen Kindfrau.

»Haben Sie das den Schumachers so gesagt?«, erkundigte er sich vorsichtig.

»Nein, wir haben uns nur kurz unterhalten. Doktor Schumacher schlug vor, ich sollte den Erbschein beantragen. In dem Moment sind Sie aufgetaucht. Warum?«

Richard antwortete nicht gleich, schien seine Worte genau abzuwägen. »Die Angelegenheit ist nicht unproblematisch«, erklärte er nach kurzer Überlegung. »Sollten Sie ablehnen, wird das mit großer Wahrscheinlichkeit weitere Komplikationen auslösen. Darüber hinaus bin ich mir nicht sicher, ob Sie auf Ihr Erbe einfach so verzichten können, Frau Bredow. Allerdings bin ich auch kein Experte in Erbschaftsfragen.«

»Ich meine aber, irgendwo gelesen zu haben, dass es jederzeit möglich sei, sein Erbe auszuschlagen.« Oder hatte Jannik ihr das erzählt? In letzter Zeit geriet ihr vieles in der Erinnerung durcheinander.

»Als Privatperson zweifellos«, bestätigte Richard. »Aber als Erbin eines großen Unternehmens … Es könnte durchaus sein, dass hier andere Gesetze greifen. Aber wie gesagt, ich bin kein Fachmann.«

»Großartig«, rief Julie in einem Anfall von Sarkasmus. »Da müssen wir wohl am Ende doch Doktor Schumacher zurate ziehen.«

Richard schwieg, fand die Aussicht aus seinem Fenster plötzlich ebenfalls interessant.

Wenn ein Mann und eine Frau in einem Wagen auf einem Feldweg parken, umgeben von Natur und Stille, stellt sich beinahe zwangsläufig eine gewisse Intimität ein. Plötzlich war sich Richard der Nähe Julies sehr bewusst. Allerdings weniger auf einer körperlichen Ebene, auch wenn sich ihre Ellbogen auf diesem engen Raum fast berührten. Sein Empfinden ähnelte vielmehr einem Déjà-vu, als sei er schon einmal mit Julie hier gewesen. Das Gefühl ging ihm durch und durch und verwirrte ihn. Er wünschte, er könnte sie in den Arm nehmen, ihr Trost spenden und sagen, dass alles gut werden würde. Aber mit achtunddreißig Jahren hatte er ausreichend Erfahrungen gesammelt, um zu wissen, dass einem das Leben oftmals Wunden schlug, die man nicht so einfach wegtrösten konnte, dass man den gesamten Weg gehen und den Schmerz wie auch die Vernarbungen ertragen musste. Die einzige Wahl, die einem das Schicksal ließ, war, daran zu zerbrechen oder sich für das Leben zu entscheiden. Er hatte damals das Leben gewählt und sein Geburtsland verlassen. Er hatte einen Ozean zwischen sich und seinen Schmerz gebracht und war nach Deutschland übergesiedelt, in die Heimat seiner Vorfahren.

Durch Edith hatte er erfahren, dass Julie als junges Mädchen den Weg nach Berlin eingeschlagen hatte. Schon bei ihrer ersten Begegnung hatte sie keinen Zweifel daran aufkommen lassen, wie sehr ihr die Rückkehr nach Dinzing widerstrebte. Seitdem grübelte er über ihre Gründe nach. Was war damals vorgefallen? Hatte es mit Arndt Schumacher zu tun?

Richards Schweigen machte Julie nervös. So hatte sie sich das nicht vorgestellt. Sie war wegen der Beerdigung ihres Vaters nach Dinzing heimgekehrt. Keine Sekunde hatte sie dabei an ihr Erbe gedacht. Nun wurde sie deshalb von allen Seiten vereinnahmt, mit Erwartungen fast erstickt und zu Entscheidungen gedrängt. Aber wenn sie sich schon damit herumschlagen musste, wollte sie die Angelegenheit lieber mit Richard Lanz besprechen als mit den Schumachers. Je eher sie das Thema hinter sich brachte, umso früher konnte sie wieder verschwinden. Auch wenn sie sich inzwischen fragte, wohin sie danach gehen sollte. Plötzlich war ihr Berlin sehr fern. Als hätte sich die Tektonik ihrer Gefühlswelt verschoben. Sie wandte sich wieder dem gegenwärtigen Problem zu. »Diese Streitigkeiten, worum handelt es sich da?«

Richards Miene verriet, wie unangenehm es ihm war, sie damit zu belasten. »Es geht um die Aufsplittung der Unternehmensanteile nach dem Tod Ihres Vaters. Ihrem Vater gehörten zweiundfünfzig Prozent, achtundzwanzig Prozent Ihrer Großmutter. Die übrigen zwanzig Prozent hat Ihnen Ihre verstorbene Mutter vererbt. Letzten Dezember jedoch erteilte Ihre Großmutter Klara Doktor Schumacher die Vollmacht über ihre achtundzwanzig Prozent. Damit verfügt er über das Stimmrecht ihrer Firmenanteile.«

»Und mein Vater war damit einverstanden?«

»Selbstverständlich nicht.« Richard behielt für sich, wie sehr Julies Vater seiner Mutter deshalb gezürnt hatte. »Aber da die Anteile Ihrer Großmutter gehören, kann sie damit tun und lassen, was sie möchte. Heute nun hat mir Doktor Schumacher ein Dokument vorgelegt, in dem er zum gesetzlichen Vormund Ihrer Großmutter bestellt wird. Eine Patientenverfügung lag ebenfalls bei. Ihre Großmutter hatte das offenbar schon im Vorjahr in die Wege geleitet.«

Julie zeigte sich wenig beeindruckt. »Er verfügt also über ihre Anteile. Ich sehe darin kein Problem«, erklärte sie kurz angebunden.

»Wenn Sie das Erbe ausschlagen, wird es zu einem werden.«

»Für wen?«

Die einfache Frage ließ Richard zusammenzucken. Bereits mit ihrer vorherigen Bemerkung zu seinem unangemeldeten Besuch hatte sie Scharfsinn erkennen lassen. Aus ihrer Sicht gab er ihr recht. Sie interessierte sich nicht für ihr Erbe, weshalb sollten sie die daraus folgenden Komplikationen berühren? Die Schwierigkeiten hatte er zu meistern, nicht sie. Dennoch unternahm er einen Erklärungsversuch. »Ihnen gehören bereits zwanzig Prozent der Anteile. Dem Gesetz nach erben Sie nun auch alle Anteile Ihres Vaters. Schlagen Sie Ihr Erbe jedoch aus, fällt es automatisch dem nächsten gesetzlichen Erben zu. In dem

Fall wäre das Ihre Großmutter. Als ihr Vormund könnte Doktor Schumacher damit über achtzig Prozent der Firmenanteile verfügen.«

Julie schreckte dieser Gedanke keineswegs. Unterm Strich bedeutete das null Verantwortung für sie. Eine bequeme Lösung und *kein* Problem. Im Grunde konnte ihr gar nichts Besseres passieren als diese Konstellation. Dr. Schumacher würde die Firma einfach weiterführen. Sicher zusammen mit seinem Sohn Arndt. Arndt hatte die Firma immer gewollt. Vermutlich hatte er sich nur aus diesem Grund überhaupt um sie bemüht. Und, überlegte sie weiter, sie müsste sich nicht einmal mehr mit ihrer Großmutter auseinandersetzen, da diese ihre Wahl bereits getroffen hatte. Damit betrachtete Julie das Thema für sich als erledigt.

Richard schien da anderer Meinung zu sein. Ihre Reaktion enttäuschte ihn sichtlich. Ihr fiel auf, wie fest seine Hände das Lenkrad umklammerten. Julie schwieg, weil sie fand, es sei alles gesagt. Richard schwieg, weil er nicht zu viel sagen wollte. Sonst hätte er erneut das fehlende Testament ansprechen und Friedrichs kleinen Sohn erwähnen müssen. Aber es lag an Edith, darüber mit Julie zu reden, nicht an ihm.

Julie begegnete der Situation, wie sie allem begegnete, seit der Tod ihr Leben bestimmte: Sie wich ihr aus. »Bitte, fahren Sie mich zurück zur Villa.«

Richard löste seine Hände vom Steuerrad. »Haben Sie keinen Hunger?«

»Was?« Sie sah ihn an, als hätte er ihr Koks angeboten zwecks gemeinschaftlichen Konsums.

Sie war wirklich nicht von dieser Welt. Wie ging man mit einer Frau um, die abseits irdischer Belange existierte und sich jeglicher Berechenbarkeit entzog? Die keine Rücksichten kannte, am wenigsten gegenüber sich selbst? Sie war wohl ein bisschen verrückt. Wäre die Situation eine andere gewesen, er hätte geschmunzelt und vielleicht etwas Launiges, Geistreiches von sich gegeben. Aber nichts dergleichen schien ihm in ihrer Gegenwart angemessen. Zu vieles bewegte ihn selbst derzeit, der Tod Friedrichs und die Furcht um Edith genauso wie der sich abzeichnende Streit um die Firma und das künftige Schicksal der Mitarbeiter. Dabei fühlte es sich für ihn an, als potenziere sich alles noch in Gegenwart dieser von ihrer Trauer vollkommen absorbierten Frau. Fast, als spiegele er sich in ihrem Leid. Er hätte gerne mehr Zeit mit ihr verbracht, mehr über sie erfahren. Aber er respektierte ihre Bitte und startete den Wagen.

Als er vor der Villa hielt und Julie ausstieg, wandte sie sich noch einmal zu ihm um.

»Wie viel Zeit habe ich, um das Erbe auszuschlagen?«

»Ich weiß es nicht genau, vermutlich ein paar Wochen. Aber ich erkundige mich gerne für Sie nach der Frist, Frau Bredow.«

»Danke.« Julie drehte sich um und ging.

Richard fuhr die Scheibe herab und rief ihr hinterher: »Ich hole Sie dann am Mittwoch um halb zehn hier ab. In Ordnung?«

»Ist gut.« Sie schaute nicht zurück, beschleunigte ihren Schritt.

Er blickte der schmalen Gestalt in Jeans und Anorak hinterher. Ihn dauerte dieses zarte Geschöpf, das von Einsamkeit umhüllt wurde wie eine dunkle Wolke. Eine jähe Welle der Melancholie erfasste Richard, als sei er in den Sog von Julies Einsamkeit geraten. Oder verletzte es ihn, weil sie so offensichtlich aus seiner Nähe floh? Nein, diese Art von Eitelkeit war ihm fremd. Er beobachtete, wie sie nach ihren Schlüsseln suchte, die Tür öffnete und rasch hineinhuschte, als gäbe es außerhalb dieser Tür keine Sicherheit für sie. Er stellte sich vor, wie sie sich aus ihrem Anorak schälte und die norwegische Strickmütze vom Kopf zog, die sie ständig trug. Selbst auf der Beerdigung und beim anschließenden Leichenschmaus hatte sie sie nicht abgesetzt. Welche Haarfarbe verbarg sich darunter? Ihre feinen

Brauen waren hell, über ihre Augen hatte er noch nicht entschieden. Je nach Tageslicht schimmerten sie in den verschiedensten Goldtönen, als seien sie aus Bernstein gemacht. Ein winziges Lächeln stahl sich in seine Mundwinkel. Julie Bredow rief in ihm ein Gefühl hervor, das ihm beinahe fremd geworden war, wie das Echo eines fernen Glücks.

***

»Wie viel Zeit bleibt uns?«, wollte Edith wissen, nachdem Richard sie über die Ereignisse des Tages in Kenntnis gesetzt hatte.

Von der Villa war er direkt zu ihr gefahren. Von unterwegs hatte er einen Anwalt für Erbschaftsrecht angerufen und die entsprechenden Auskünfte eingeholt. »Wir haben sechs Wochen, um Julie zu überzeugen, ihr Erbe anzunehmen. Was riecht hier so gut?« Er schnupperte.

»Ich habe Fleischpflanzerl auf dem Herd.«

Wie verlockend! Richard liebte die bayerische Variante der Berliner Bulette. Allerdings wollte er Edith keine Umstände bereiten und sich noch weniger ein weiteres Essen bei ihr erschleichen. Beschämt stellte er fest, dass er die letzten Abende alle bei Edith verbracht und dabei jedes Mal ein sehr gutes Mahl genossen hatte.

»Ich akzeptiere keine Ablehnung«, erklärte Edith bestimmt, bevor er überhaupt Einwände erheben konnte.

»Wo ist denn Niki? Noch immer mit Josefine unterwegs?«

»Meine Mutter rief eben an. Sie sind auf dem Heimweg und müssten eigentlich jeden Moment eintreffen.« Edith hatte den Satz kaum beendet, als Josefine mit ihrem eigenen Schlüssel hereinschneite. Wie so oft trug Ediths Mutter ein gewagtes

Farbenspiel zur Schau: gelber Mantel, pinkfarbene Hose, lila Mütze und Fellstiefel. Josefine konnte nur bunt.

»Du schon wieder? Ziehst du jetzt hier ein?«, zog Josefine Richard lachend auf. Umstandslos drückte sie ihm einen Luftballon mit Rumpelstilzchens Konterfei und einen klebrigen, kandierten Apfel in die Hand und wirbelte gleich wieder davon, da zu Hause der eigene Mann auf eine warme Mahlzeit wartete und vermutlich längst in den Küchentisch biss.

Der kleine Niki war zum Platzen gefüllt mit den Ereignissen des Tages, die nun wie kleine Murmeln aus seinem Mund strömten. Munter plapperte er drauflos und stolperte dabei ständig über die eigene Zunge, da er alles auf einmal loswerden wollte. Edith und Richard lauschten seinen aufgeregten Schilderungen und tauschten zwischendurch ein Lächeln. Ihr eigenes Gespräch kam dabei zu kurz.

Die Fleischpflanzerl schmeckten wieder köstlich, dazu reichte Edith Kartoffelstampf mit gerösteten Brotwürfeln und Gurkensalat. Richard langte tüchtig zu. Eigentlich war es ja beschämend, aber je aufgewühlter er sich fühlte, umso mehr konnte er essen.

»Es ist eine Form der Absorption«, erklärte er Edith nach seinem vierten Fleischpflanzerl. Niki kaute mit dicken Backen, versuchte, mit Richard mitzuhalten, und verlangte mit vollem Mund sein drittes Pflanzerl. »Erst isst du das Pflanzerl auf, das du noch auf deinem Teller liegen hast, junger Mann«, sagte Edith streng.

Aber der kleine Schelm kannte sehr wohl den Unterschied zwischen echter und gespielter Strenge. Er schob sich noch einen Brocken in den Mund und sah nun aus wie ein Eichhörnchen, das die siebte Vorratsnuss im Mäulchen bunkerte.

Edith fand ihren Sohn unwiderstehlich, hütete sich jedoch, es ihm gerade jetzt auf die Nase zu binden. Sie erlaubte sich lediglich, ihm kurz über den dunklen Wuschelschopf zu fahren.

Niki ließ darauf die Gabel sinken, rückte an sie heran, legte ihr die Arme um den Hals und drückte ihr einen ziemlich fettigen Pflanzerlkuss auf die Wange. Anschließend nahm er sein Wettessen mit Richard wieder auf.

Als es für Niki Zeit wurde, ins Bett zu gehen, wiederholte sich das Ritual des vorangegangenen Abends. Erst Richards Versprechen einer Gutenachtgeschichte konnte den Jungen dazu bewegen, in seinen Schlafanzug zu schlüpfen. Bevor er die Treppe nach oben hüpfte, umarmte Niki seine Mutter fest und gab ihr einen weiteren herzhaften Schmatz auf die Wange.

»Was hast du Niki erzählt?«, wollte Edith wissen, nachdem sich Richard wieder zu ihr ins Wohnzimmer gesellt hatte.

»Die Geschichte vom kleinen Drachen, der Feuerwehrmann werden möchte.«

»Das meinte ich nicht. Habe ich die zusätzlichen Umarmungen und Küsse dir zu verdanken?«

Richard setzte ein unschuldiges Gesicht auf: »Ich habe Niki lediglich gesagt, dass die Mama jetzt besonders viel Liebe braucht. Der Rest ist Niki pur.«

Edith lächelte auf eine Art, zu der die einzige Alternative Tränen waren. »Er ist ein Schatz«, murmelte sie.

Was sie nicht sagte, konnte Richard in ihrem von Kummer gezeichneten Gesicht lesen. *Wenn ich sterben sollte, hinterlasse ich etwas Gutes in der Welt.*

***

»Gott, ist das schwer«, klagte Edith. Ihre großen Augen schimmerten feucht in dem blassen, mageren Gesicht. Ihre Finger suchten nervös das kleine Kreuz um den Hals und umschlossen es fest.

Richard schwieg. Er war hier, um stillen Beistand zu leisten. Was hätte er auch sagen können, was sie zuvor nicht längst besprochen hatten? Edith trug die Bürde. Kein Wort konnte ihren Schmerz lindern oder dem Augenblick die Schwere nehmen. Niki musste erfahren, dass sein Vater gestorben war und nicht mehr von seiner Reise heimkehren würde.

Sie riefen den kleinen Kerl herein und sagten es ihm.

Aber Niki überraschte sie. Wie so oft klaffte ein Riesenschlund zwischen der Erwachsenen- und der Kinderwelt. Niki legte seine kleine verschmierte Hand an Ediths Wange. »Nicht weinen, Mami. Ich weiß das schon.«

Seiner Mutter verschlug es kurzzeitig die Sprache. In ihrer Verblüffung sah sie selbst aus wie ein kleines Mädchen. »Was …? Wie …?«, stotterte sie.

»Der Schneckenkönig hat es mir verraten.«

Edith hatte sich noch immer nicht gesammelt. »Du redest mit Schnecken?«, fragte sie verblüfft.

»Oma Josefi spricht doch auch mit ihren Katzen! Mehr als mit Opa.«

Rat suchend blickte Edith zu Richard. Der zuckte mit den Achseln. Auf die Lippe biss er sich auch. Dieser kleine, bezaubernde Schurke …

»Bist du denn nicht traurig?« Edith merkte zu spät, dass dies keine sonderlich zielführende Frage war. Und wurde erneut überrascht.

»Nein. Der Schneckenkönig sagt, wenn ich traurig bin, wäre Papa das auch. Ich soll fröhlich sein, dann ist Papa auch fröhlich. Und Oma Josefi findet das auch«, schloss Niki seine Erklärung.

»Du hast mit Oma Josefi gesprochen?« *Himmel!* Was hatte sie ihrem Sohn noch erzählt? Dass Friedrich in einer anderen Dimension weilte? Ihre Mutter konnte so viele Räucherstäbchen verbrennen und Esoterik beschwören, wie ihr der Sinn danach stand, und sie gönnte ihr auch das Haschtütchen zwischendurch. Aber sie hatte mit ihr verabredet, Niki mit ihren

154

verschwurbelten Ansichten nicht durcheinanderzubringen. Vermutlich hatte ihre Mutter ihr deshalb verschwiegen, dass Niki längst Bescheid wusste!

Richard spürte Ediths explosive Stimmung. Er griff nach ihrer Hand und hielt sie kurz fest.

Nikis Ruf erscholl nebenan aus der Küche: »Kann ich einen Kakao haben, Mami? Und einen Schokoladenkeks?«

Richard konnte sich ein erleichtertes Grinsen nicht mehr verkneifen. »Dein Sohn will ein Leckerli.«

Edith strich sich eine verirrte Träne aus dem Gesicht. »Na so was.« Mehr fiel ihr dazu nicht ein. Außer, dass sich alles unvermittelt nicht mehr ganz so bedrückend anfühlte. Traurigkeit besaß ein eigenes Gewicht. Edith meinte zu spüren, wie sich etwas in ihr löste und mit einer anderen Dimension verschmolz. *Wenn du traurig bist, bin ich es auch,* flüsterte Friedrichs Stimme in ihrem Herzen.

Am folgenden Morgen, nachdem sie Niki in der Kita abgeliefert hatte, stattete sie ihrer Mutter einen Besuch ab. Ihre Wut mochte abgeklungen sein, für ein wenig Hühnchenrupfen reichte es dennoch. Josefine öffnete ihr im Bauchtanzkostüm, im Hintergrund dudelte orientalische Musik. Aus der Kellerwerkstatt ihres Vaters, des ewigen Heimwerkers, schallten Hammerschläge herauf. Vermutlich noch ein Vogelhaus. Flüchtig registrierte Edith die nackten Füße ihrer Mutter, jeder Zeh in einer anderen Farbe lackiert.

»Oh-oh«, machte Josefine und legte den Kopf schief. »Du hast dein Wir-müssen-reden-Gesicht. Und erst deine Schwingungen! Du brauchst dringend eine Reinigung.«

»Ich brauche keine Reinigung, sondern eine Erklärung, warum du mir verschwiegen hast, dass Niki …«

»Erst einmal guten Morgen«, unterbrach ihre Mutter und lief leichtfüßig die Treppe hoch. Auf gefühlt jeder zweiten Stufe saß oder döste eine Katze.

»Mutter, ich rede mit dir!«

»Das kannst du oben auch«, scholl es unbekümmert zurück.

Edith folgte ihr hinauf ins Schlafzimmer, das aussah, als hätten Einbrecher es über Nacht verwüstet. Ihre Mutter kniete vor dem offenen Schrank und wühlte in einer Schachtel mit Nylons.

»Was suchst du?«

»Meinen Freudenspender.«

»Was soll das sein?«

»Na, meinen Dildo!«

»Himmel, Mutter! Du bist sechsundsiebzig!«

»Na und? Da kann man schon mal was verlegen. Keine Sorge, ich habe keine Demenz. August hat ihn bloß wieder versteckt. Er bekommt seine Eifersucht nicht in den Griff«, erklärte sie sichtlich amüsiert.

»Vielleicht braucht *er* eine Reinigung?«, bemerkte Edith zuckersüß.

Ihre Mutter lachte laut auf. »So gefällst du mir schon besser, mein Bienchen. Du musst mehr stechen! Das kräftigt deine Aura. Ha, da ist er ja!« Ihre Mutter schwenkte triumphierend einen rosaroten Vibrator. Sie tippte darauf herum. »Habe ich es mir doch gedacht«, murmelte sie.

»Was?«

»Dein Vater hat die Batterien herausgenommen. Er lernt dazu.« Sie legte den Freudenspender weg. »Jetzt mach nicht so ein Gesicht, mein Bienchen. Es ist alles gut, wie es ist.«

»Nichts ist gut«, brach es aus Edith hervor. »Friedrich ist tot und ich habe Krebs.« Sie sank aufs Bett, ein schmales Elend, das von Schluchzern geschüttelt wurde.

Josefine setzte sich zu ihr und legte den Arm um sie. Sie roch nach Vanille und Patschuli, nach Liebe und Geborgenheit. Das war es, wonach Edith gesucht hatte, nicht nach Erklärungen.

»Ich weiß, mein Liebes.« Ihre Mutter küsste sie auf die Schläfe. »Alles erscheint so ungerecht. Das Leben ist kein gerader Weg und manches, was uns lieb und teuer ist, müssen wir am Wegesrand zurücklassen. Bis wir eines Tages begreifen, dass unser Weg ein Kreis ist und alles zu uns zurückkehrt. Friedrich ist in jedem Licht und in jedem Flüstern des Windes. Du musst nur hinsehen und zuhören, dann kannst du auch erkennen, dass er dir hinter jeder Wolke zulächelt.«

Edith hob den Kopf. Tränenfeucht flüsterte sie: »Das hast du zu Niki gesagt?«

»Nein, Niki wusste das. Kinder werden mit diesem Wissen geboren. Ihre Aura ist intakt. Das schützt sie. Je älter wir werden, umso durchlässiger wird unsere Aura, und das Unwissen dringt in uns ein. Komm«, ihre Mutter lächelte tröstlich, »gehen wir hinunter. Eine Tasse Tee ist immer eine gute Lösung.«

Kapitel 18

Ich liebe dich, weil du für mich Stinkerkäse kaufst
(obwohl dir vom Geruch übel wird ...)

Jannik

Am folgenden Mittwoch fand sich Richard zur vereinbarten Zeit am Villentor ein. Nachdem auf sein Klingeln keine Reaktion erfolgte, versuchte er es ein zweites und ein drittes Mal. Ein Blick zum Briefkasten verriet ihm, dass er seit Tagen nicht geleert worden war, die Zeitungen stapelten sich darin. Wo war Julie?

Unschlüssig drehte er sich um. Zu seiner Erleichterung sah er sie auf sich zukommen.

Sie schien von einem frühen Spaziergang zurückzukehren. Angesichts der Freizeitkleidung – Jeans, Anorak und die obligate Wollmütze – kam er sich in Anzug und Trenchcoat ziemlich overdressed vor. Allerdings ein durchaus angemessenes Outfit für ihren Banktermin. Er lief der schmalen Gestalt einige Schritte entgegen.

»Guten Morgen, Frau Bredow«, begrüßte er sie und bot ihr die Hand. Es schmerzte ihn zu sehen, wie sie kurz vor ihm zurückzuckte. Dabei hatte sie sich vor wenigen Tagen noch an ihm festgehalten …

Julies Stimme klang dünn, als sie seinen Gruß erwiderte. Seine ausgestreckte Rechte übersah sie.

Er zog sie deshalb rasch zurück und steckte sie in die Hosentasche. Eine linkische Geste, wie er merkte, und riss sie sofort wieder heraus. *Damn*, auch nicht viel besser. Plötzlich schienen seine Hände nicht länger mit seinem Kopf verbunden, er wusste nichts mehr mit ihnen anzufangen. Er brachte gerade noch ein »Fahren wir?« heraus. *Idiot*, schimpfte er mit sich. *Warum erkundigst du dich nicht danach, wie es ihr geht?*

Julie rührte sich nicht von der Stelle. »Ist meine Anwesenheit heute wirklich erforderlich?«

Unterschwellig hatte er die Frage erwartet. Er musste sich erst die Kehle frei räuspern. »Ohne Sie macht es keinen Sinn. Es ist jetzt Ihre Firma.« *Und Verantwortung …*

»Noch nicht.«

Sie klang trotzig wie ein Kind und unvermittelt kämpfte er mit einem schlechten Gewissen. Verlangte er zu viel von ihr? Julie wollte ihr Erbe nicht. Und er schmiedete Pläne, wie er sie dazu überreden konnte. Aber wenn Julie das Erbe nicht annahm, würde man es ihr stehlen! Und Niki auch. Sein Freund Friedrich hätte gewollt, dass seine Kinder das Familienunternehmen erbten, anstatt es den Schumachers zu überlassen, die es vermutlich zerschlagen würden. Ohnehin saß er in der Zwickmühle. Zum einen hatte der heutige Termin bei der Bank ohne Julie Bredow wenig Sinn, da diese in ihr die Haupterbin sah. Zum anderen würde Julie dadurch erstmalig erfahren, wie hoch sich ihr Vater für sein Großprojekt in Schulden gestürzt hatte. Er fürchtete, das würde sie so sehr erschrecken, dass es sie in ihrem Entschluss, das Erbe abzulehnen, bestärken würde. Er wünschte, sie hätte zugelassen, ihn vorher zu treffen, damit er ihr alles hätte erklären können. Dass die Zahlen auf den ersten

Blick viel schlimmer aussahen, als sie es in Wirklichkeit waren. Aber Julie hatte seine gestrige telefonische Anfrage abgeblockt. Und nun versuchte sie, ihn erneut abzuweisen …

In ihrer Gegenwart kam er sich irgendwie reduziert vor, als dächte er in den falschen Dimensionen. Was berechtigte ihn überhaupt dazu, sie zu etwas zu überreden, was sie partout nicht wollte und was ihr sichtlich Unbehagen bereitete? Es war ihr Leben. Manchmal musste man einfach akzeptieren, dass andere Menschen andere Gewichtungen und andere Vorstellungen davon hatten.

»Es ist Ihre Entscheidung, Frau Bredow«, erklärte er nun leise.

Vielleicht war es gerade diese Art, sie nicht zu bedrängen, die in Julie einen Schalter umlegte und sie bewog, ihren Teil der Abmachung einzuhalten: »Also gut, ich komme mit.«

Richards Brust weitete sich vor Erleichterung. Er öffnete für Julie die Beifahrertür, schloss sie nach ihr sorgfältig, lief um den Wagen herum und fuhr los.

Ein Gespräch kam nicht in Gang. Julie flüchtete sich wieder in ihr Schweigen. Richard konnte sich ausrechnen, dass er Julie weder für eine oberflächliche Konversation noch für eine Diskussion zum anstehenden Termin gewinnen konnte. Dass ihr noch fast sechs Wochen blieben, um ihr Erbe abzulehnen, wusste sie bereits aus ihrem kurzen Telefonat.

***

Julie trat aus der Bank. Erleichtert sog sie frische Luft in ihre Lungen. Alles fügte sich. Sie musste sich um nichts mehr kümmern – bis auf einen Termin beim Nachlassgericht, um dort ihr Erbe abzulehnen.

Arndt wechselte noch schnell einige Worte mit seinem Vater, bevor er sich ihr näherte: »Was hältst du davon, wenn wir gleich am Nachmittag zum Gericht fahren? Ich kenne die Sekretärin im Amt. Wenn ich sie anrufe, kann sie für uns heute noch einen Termin beim zuständigen Beamten arrangieren.«

Auch wenn Julie den Gedanken verlockend fand, sogleich vollendete Tatsachen zu schaffen, hatte der Bankertermin ihren Bedarf an menschlichen Kontakten für heute gedeckt. Zwar war sie durch Richard Lanz im Vorfeld auf etwaige Streitigkeiten vorbereitet gewesen, dennoch hatten die verbalen Angriffe der Schumachers auf Richard sie erschreckt. Die Rivalität zwischen den Parteien war hin und her geflossen wie ein steter Strom, hatte sich ähnlich einem Blitzgewitter ständig ent- und wieder aufgeladen. Erst hatte ihr nur der Kopf von den Argumenten und Zahlen geschwirrt, dann bekam sie Kopfschmerzen.

Sie lehnte deshalb Arndts Angebot ab. »Nein, danke, ich fühle mich nicht gut. Eine Migräne.« Das war nur die halbe Wahrheit. Ihr graute davor, mit Arndt allein in einem Wagen zu sitzen. Mit Sicherheit würde er versuchen, alte Erinnerungen und Geschichten aufzuwärmen. Schon der Gedanke lag ihr wie ein Stein im Magen.

Arndt gab sich nicht geschlagen und bot ihr an, sie am folgenden Morgen abzuholen. Worauf sie vage antwortete, dass sie sich bei ihm melden würde.

»Gut«, entgegnete er selbstgewiss. »Und am Sonntag führe ich dich zum Essen aus. Ich hole dich um sieben Uhr ab.«

Julie nickte lediglich, ließ ihn stehen und steuerte wie selbstverständlich Richards Wagen an.

Sie sehnte sich danach, sich die Schicht von Überdruss und Unwillen von der Haut zu waschen. Am besten mit einem heißen Wannenbad.

Bei ihrer Rückkehr blinkte der Anrufbeantworter. Ein Abschleppdienst erklärte, der verunfallte Wagen von Friedrich Leyendecker sei ab sofort von den Behörden freigegeben. Man bitte um Genehmigung für die Verschrottung. Julie verschob den Rückruf auf den folgenden Tag.

***

»Da bist du ja endlich. Ich wollte dich gerade anrufen«, sagte Edith, als sie Richard die Tür öffnete.

Sie hatten ausgemacht, dass er nach dem Termin bei ihr vorbeikommen sollte, mit oder ohne Julie. Wie nicht anders zu erwarten hatte Julie Richards Einladung ebenso ausgeschlagen wie Arndts Angebot. Sie ließ sich von ihm vor der Villa absetzen. Mehr als ein leises »Danke schön« hatte er ihr nicht entlocken können.

Wieder einmal hockte Richard in Ediths kleiner, gemütlicher Küche.

»Du siehst aus, als könntest du einen Schnaps vertragen«, meinte Edith mitfühlend.

Genau das brauchte er jetzt. Nikis Großvater August, Josefines Mann, brannte ihn selbst »mit einer Prise Hölle«. In der Tat ein wahrhaftiges Teufelsgesöff, das einem ein Loch in den Magen ätzte. Das Gute daran war, dass man sekundenlang nichts anderes mehr fühlte. Oder dachte. Edith verzichtete wegen ihrer kürzlich erfolgten Chemotherapie darauf, Richard beim Trinken Gesellschaft zu leisten.

»Es war eine Metzelei«, erklärte Richard, leerte das Glas in einem Zug und prustete: »*Damn!*« Die unmittelbare Wirkung des Höllengebräus ließ bald nach, das Feuer in seinem Magen schrumpfte auf ein erträgliches Maß. Er schielte auf die Flasche mit dem Etikett »Sapperlot«. Seinen Namen verdankte der Schnaps Josefine, die nach dem ersten Probeschluck lediglich ein gekeuchtes »Sapperlot« hervorgebracht hatte – das bayerische Pendant zu seinem »*Damn*«.

»Arndt Schumacher«, schnaubte Richard, »hat am Montag glatt vergessen zu erwähnen, dass er vor einigen Wochen zu unserer Bank in Rosenheim gewechselt hat.« Der Ärger brannte in Richard genauso heiß wie der Schnaps.

Edith riss die Augen auf. »Hätte er dann überhaupt an der Strategiebesprechung in der Firma teilnehmen dürfen?«

»Eben nicht! Es ist ein glatter Interessenkonflikt und ein Vertrauensbruch. Das hätte ich dem alten Konrad nicht zugetraut. Man kann über ihn sagen, was man will, aber er hat sich bisher stets korrekt verhalten.«

»Es ist eine Menge Geld im Spiel. Das verändert den Menschen«, erwiderte Edith leise.

»Die beiden haben jede Gelegenheit genutzt, um mich vor Julie in ein schlechtes Licht zu rücken. Angeblich habe ich den Bau dilettantisch geplant, ständig nachgebessert und zu viel Geld verschwendet. Sie warfen mir vor, durch meine Schuld stünden die Zukunft der Firma und hundertachtzig Arbeitsplätze auf dem Spiel. Die alleinige Lösung für die Leyendecker Kaffeemanufaktur sei der Verkauf an einen Investor. Nur so könne ein Teil der Arbeitsplätze erhalten bleiben.«

»Unfassbar! Es war doch Friedrich, der dich mit immer wieder neuen Einfällen und Erweiterungen fast zur Verzweiflung gebracht hat!«, regte sich Edith auf. »Und dass man unerwartet auf Fels stieß beim Aushub, damit konnte auch niemand rechnen. Man kann nicht alle paar Zentimeter eine Probebohrung machen. Hast du ihnen das gesagt?«

»Das hätte nichts gebracht.« Richard winkte ab. »Glaub bloß nicht, dass sie das nicht alles selbst wüssten. Den beiden Schumachers lag nur daran, mich bei Julie Bredow zu diskreditieren. Sie haben die Tatsachen wissentlich verdreht oder unterschlagen. Sie haben ihr absichtlich Angst gemacht, damit sie aufgibt.«

»Sie wollen Julie dazu bringen, die Firma ihres Vaters zu verkaufen?«, folgerte Edith entsetzt.

»Sie ist ihnen prompt in die Falle gegangen, indem sie erklärte, sie habe ohnehin vor, ihr Erbe abzulehnen.« Die Erinnerung an den unverhohlenen Triumph in den Augen der Schumachers ließ Richard auf die Flasche schielen. Er liebäugelte mit einem zweiten Glas.

»Ach, verflucht!«, brach es aus Edith heraus. Sie stand auf, holte sich auch ein Glas und goss ein. »Mehr als die Chemo kann er auch nicht schaden.« Beide kippten den Hochprozentigen hinunter. Nun schnappten beide nach Luft. »Es ist wirklich ungerecht!«, schimpfte Edith. »Die Schumachers ertrinken fast in ihrer Gier, und Julie weiß gar nicht, was hier gespielt wird. Wir müssen etwas tun, Richard! Damit dürfen die beiden nicht durchkommen!« Sie schwenkte das leere Glas wie ein Schwert, ihre Augen blitzten kampfeslustig.

Sapperlot! Richard betrachtete Edith fasziniert. »Was hast du vor?«

»Julie aus ihrer Lethargie reißen.«

»Wie?«

»Keine Ahnung. Aber mir fällt bestimmt was ein. Noch ein Stamperl?«

KAPITEL 19

VERGANGENHEIT

Im März 1933 änderte sich Klaras Leben. Auslöser war die neue Politik. Sie verstand nichts davon. Seit Jahren hörte sie ihren Vater auf die saudummen Armleuchter in Berlin schimpfen, und dass nichts verloren wäre, wenn man sie alle zusammen am nächsten Laternenpfahl aufknüpfte.

Die belauschten Gespräche zwischen Flora und Friedrich hatten ihr stets den Eindruck vermittelt, Politik sei etwas Unheilvolles. Nun lernte sie, dass Politik alles besser machte.

Ihr Vater wurde zum Bürgermeister von Dinzing ernannt und sie besaß plötzlich eine Menge Freundinnen. Anfangs genoss sie es, sonnte sich im braunen Ruhm ihres Vaters. Auch die neue Uniform gefiel ihr, der schwarze Rock, die helle Bluse und das hübsche Halstuch, alles echte Schneiderware, nichts Selbstgenähtes aus einem aufgetrennten Kleidungsstück, dessen Stoff auf der Haut kratzte. Besonders großartig fand sie, dass sie zur Jungmädelführerin gewählt wurde und nun das Sagen hatte.

Bald jedoch machte sie Bekanntschaft mit den Tücken des Systems Freundschaft. Hatte man Freundinnen, war man nie allein; sie leisteten einem ungefragt Gesellschaft, mischten sich ständig ein und wollten alles wissen. Kurzum, sie verhielten sich mindestens so neugierig und aufdringlich wie ihre beiden Brüder Manni und Siggi. Außerdem bedeuteten die Zusammenkünfte der Jungmädelschaft Pflichten. Allzu schnell wurde es Klara langweilig, die ewig gleichen Dinge zu verrichten: Führerworte vorlesen und auswendig lernen, Marschlieder singen, nähen, sticken. Nein danke! Damit konnte man sie schon in der Schule jagen. Und Sport treiben wurde auch von ihr verlangt. Sie aber wollte schwimmen und Rad fahren, wenn sie dazu Lust hatte, und nicht, wenn andere es von ihr verlangten und dabei auf die Stoppuhr sahen.

Sie wollte ihre Freiheit zurück!

Längst lockten der Frühling und der Weiher. Sie wollte sich an sein Ufer setzen, die Füße in den weichen Schlamm graben, sich in Flora verwandeln und in Friedrichs Armen liegen.

Sie wollte keine schwatzhaften Freundinnen, die ihr hinter-herspionierten. Sie war jetzt beliebt und es war ihr lästig.

Kapitel 20

Gegenwart

»Als Erstes«, führte Edith in ihrem besten Verschwörerton an, »gilt es zu verhindern, dass Julie nach Rosenheim fährt, um ihr Erbe ganz offiziell auszuschlagen.«

»Wie stellst du dir das vor? Wir können sie kaum zu Hause festbinden.« Richard spielte mit dem Flaschenkorken.

»Wir müssen Zeit schinden. Ruf Julie an und schlag ihr vor, mit ihr am Dienstag zum Nachlassgericht zu fahren. Damit bleiben uns fünf Tage, um sie zu überzeugen, ihr Erbe anzunehmen. Falls wir es bis dahin nicht geschafft haben, fingierst du am Dienstag eine Reifenpanne auf dem Weg.«

Richards Augen weiteten sich. »Ich entdecke ganz neue Seiten an dir, Edith Karolus«, sagte er lächelnd. »Und was wäre das Zweite?«

»Sie muss die Mitarbeiter kennenlernen. Sehen, dass es sich hier um Menschen handelt. Um Schicksale. Nicht um Ware, die man an Investoren weiterveräußern kann.«

»Du hast doch erlebt, wie menschenscheu sie ist. Ich bezweifele stark, dass wir sie zu einem Besuch in der Manufaktur bewegen können, geschweige denn, sie zu besichtigen.«

»Dann müssen wir die Firma eben zu ihr bringen!«, rief Edith.

Richard tippte gegen die Flasche. »Sicher, dass das nur Schnaps ist?«

»Sicher, dass du kein Bedenkenträger bist?«, konterte Edith.

»Schon gut. Weih mich in deinen Plan ein. Du hast doch einen Plan?« Er blinzelte zu ihr hinüber.

Edith beugte sich vor, als stünde sie im Begriff, ihm ein Geheimnis anzuvertrauen. »Hör zu.«

»Ich sage nicht, dass es klappt«, meinte Richard anschließend. »Ich sage aber auch nicht, dass es nicht klappt. Einen Versuch ist es allemal wert. Ich spreche mit Ambrosius Hofanger und den anderen.«

KAPITEL 21

Ich liebe dich, weil dein Kopf perfekt in meine Armkuhle passt.

Jannik

Umgeben von einer Wolke aus Schaum, die einen angenehmen Lavendelduft verströmte, rekelte sich Julie in der Wanne.

Noch vor einer Woche hatte sie in Berlin auf der schmalen Rückbank ihres Polos gehaust. Alles war in solch einem atemberaubenden Tempo geschehen, dass ihr Verstand Mühe hatte, den Ereignissen zu folgen. Die Besprechung heute war das beste Beispiel. Auf welches Ergebnis oder welchen Beschluss hatten sie sich am Ende geeinigt? Alles, woran sie sich erinnern konnte, waren laute Stimmen, gegenseitige Vorwürfe, Streit. Kein Wunder, dass sie davon Kopfschmerzen bekommen hatte.

Menschen waren anstrengend. Wenn etwas in dieser Welt gerecht verteilt ist, überlegte Julie, dann das unbedingte Bedürfnis der Menschen, im Recht zu sein. Sie schienen nur aus Wünschen und Forderungen zu bestehen – beherrscht vom Ich, das nach immer mehr verlangte, immer mehr wollte. So ermüdend – und so weit weg von ihr. Sie hatte das Mehr losgelassen und sich für das Weniger entschieden.

Die Ironie ihres Selbstgesprächs wurde ihr im gleichen Augenblick bewusst, als sie dem luxuriösen Schaumbad entstieg, ihre Füße im tiefen Vorleger versanken und sie sich in ein weiches Handtuch wickelte. *Bin ich eine Heuchlerin*, fragte sie den beschlagenen Spiegel. *Nein*, antwortete der. *Du bist Julie, und du bist allein.*

Sie streifte den Gedanken ab wie das Handtuch, das sie achtlos auf den Boden fallen ließ, bevor sie nackt in ihr Bett schlüpfte. Wannenbad, Duftessenz, Frottiertuch, alles nur Dinge, die sie nutzte, weil sie sich zufällig in ihrer Reichweite befanden. Sie brauchte sie nicht, sie wollte sie nicht. Sie hatte die Welt der Wünsche hinter sich gelassen.

Julie glitt in ihr Nichtleben zurück, ließ sich treiben. Sie hatte den Ort gewechselt, aber nicht ihr Selbst; ignorierte das Klingeln des Telefons und das der Haustür – wenn sie es überhaupt wahrnahm. Sie schaltete kein Licht ein, überließ sich der Dämmerung einer raumlosen Zeit. In der zweiten Nacht schreckte sie plötzlich hoch. Die Fische! Sie hatte vergessen, die Fische zu füttern! Panisch sprang sie aus dem Bett, verfing sich in dem vergessenen Handtuch, stürzte schwer auf die Knie.

Der Schmerz brachte sie zur Besinnung. Janniks Fische waren nicht mehr ihre Sorge. Erleichtert kletterte sie zurück in ihre Fluchtburg aus Matratze, Kissen und Decke. Aber ein Zuviel an Adrenalin hielt sie nun wach, außerdem spürte sie ein Kratzen im Hals. Ihr Geist mochte das Land der Wünsche verlassen haben, ihr Körper hingegen funktionierte an ihrem Verstand vorbei und forderte seine Rechte ein.

Sie warf sich ihren alten Morgenmantel um und tappte hinunter in die Küche, um sich einen Tee zu brühen. Die Schachtel war leer. Sie ging zum Vorratsraum, entdeckte das gut gefüllte Weinregal und darin Janniks bevorzugten Roten, einen Tignanello. Statt mit Tee setzte sie sich mit der Flasche ins Wohnzimmer und starrte hinaus ins Dunkel. In der Stille der Nacht kam sie zur Ruhe, und irgendwann holte der Schlaf sie wieder ein.

Sie träumte das erste Mal seit langer Zeit. Mutterseelenallein eilte sie durch eine tief verschneite Winterlandschaft. Der Schnee fiel in dichten Flocken vom Himmel und hüllte sie in seinen weißen Mantel. Sie verfolgte die Spuren von Jannik, Ben und Sofia. Irgendwo da vorne liefen sie! Sie rannte, so schnell sie konnte, kämpfte um jeden Schritt und kam einfach nicht vorwärts. Immer tiefer versanken ihre Füße im Schnee, immer tiefer wurde ihre Verzweiflung. Sie erwachte schreiend auf dem Sofa, in Schweiß gebadet und splitternackt. Sie angelte nach dem fortgestrampelten Frotteemantel am Fußende und rappelte sich hoch. Taumelnd wie eine Fieberkranke stieg sie die Treppe hoch zu ihrem Zimmer und kroch zurück in ihr schützendes Nest.

Bis zum folgenden Morgen. Ein infernalischer Krach hebelte sie aus dem Bett. *Mein Gott, was ist das?* Erschrocken griff sich Julie an den schmerzenden Kopf. So musste sich ein Kater anfühlen! Sie hatte nie das Bedürfnis nach Alkohol verspürt; erst Jannik, der ein Glas Rotwein in gemütlicher Atmosphäre schätzte, hatte sie auf den Geschmack gebracht. Er war davon überzeugt gewesen, ein Essen ohne Wein sei eine Todsünde. Gestern hatte sie nur ein Glas zu seinem Andenken trinken wollen. Sie erinnerte sich noch an ihre Verblüffung, als sie plötzlich die leere Flasche in der Hand gehalten hatte.

Der Krach unter Julies Fenster dauerte an. Mittlerweile hatte sie begriffen, dass er einer Blaskapelle zuzuschreiben war. Was hatte die in ihrem Garten zu suchen? Das konnte einem auch nur in Bayern passieren … Sie schlüpfte in ihren Morgenmantel, hob die Gardine ein Stück weit an und linste vorsichtig nach unten.

Himmel, da draußen formierte sich gerade eine Art Volksfest! Nicht nur, dass eine ganze Blaskapelle angetreten war, nein, die Musikanten schienen ihre gesamte Verwandtschaft mitgebracht zu haben! Eben betrat noch Pfarrer Brauchitsch den Rasen.

Mit pochendem Herzen presste sich Julie gegen die Zimmerwand. Hätte sie es gekonnt, sie wäre hinter die Tapete gekrochen, um ein Dasein als Blümchenmuster zu beginnen. Eine Blaskapelle! Der Pfarrer! Die Situation überforderte sie völlig. Der blecherne Lärm setzte ihr mehr zu, als es jeder Kanonendonner gekonnt hätte. Hilflos hob sie die Hände und bedeckte ihre Ohren. Alles wurde still. Wunderbar! Sie atmete erleichtert aus. Bis sie begriff, dass die Kapelle nur eine Pause eingelegt hatte. Damit sie den einsetzenden Kinderchor nicht verpasste, der just intonierte: »Zum Geburtstag viel Glück, zum Geburtstag viel Glück ...«

Das musste ein Scherz sein! Oder doch wenigstens ein Albtraum? Sie ahnte, selbst wenn sie zurück ins Bett kriechen und sich die Decke über den Kopf ziehen würde, gäbe es kein Entrinnen vor dem Spektakel in ihrem Garten. Ihr Geburtstag? Er war ihr genauso fern wie das Leben.

Sie musste von hier fort. Nur noch wenige Tage, nur noch bis Dienstag, bis zum Termin mit Richard Lanz beim Nachlassgericht in Rosenheim musste sie durchhalten. Am Dienstag erhielt sie ihre Freiheit zurück. Der Gedanke, dass es bald vorbei sein würde, verlieh ihr Auftrieb. Sie lief ins Bad, schlüpfte rasch in ihre Sachen und stülpte sich zuletzt die Norwegermütze über wie eine Perücke. Da erklang schon die markante Dreiton-Haustürglocke.

Julie öffnete und fand sich Edith Karolus gegenüber. Sie trug einen Henkelbehälter mit einer Torte. Ihre Besucherin sah ein wenig schuldbewusst aus. »Herzlichen Glückwunsch zum

Geburtstag! Ich weiß, es ist früh. Hoffentlich haben wir Sie nicht geweckt.«

»Nein«, log Julie aus purer Verlegenheit. Wenn die Menschen sie in Ruhe ließen, müsste sie sie auch nicht belügen, dachte sie trotzig. Erneut wurde ihr bewusst, wie unbehaglich, ja geradezu deplatziert sie sich in Gegenwart anderer Menschen fühlte. Hier, wo sie aufgewachsen war, erwies sich die Kluft als noch sehr viel breiter als in Berlin. Sie gehörte nicht hierher.

»Alle Gute zum Geburtstag, Julie«, jubilierte eine Kinderstimme. Niki drängelte sich vor und schwenkte ein Geschenk unter Julies Nase. Das Papier war ziemlich verknittert, die Schleife krumm, aber das Gesicht des Kindes leuchtete. Julie ging vor Niki in die Knie und nahm sein Päckchen lächelnd in Empfang. Ein fremdes, vergessenes Gefühl rührte sich in ihr: Freude. Sie freute sich, den kleinen Schneckenliebhaber zu sehen, hatte insgeheim sogar gehofft, dass er sie wieder besuchen würde. Sie konzentrierte sich ganz auf das Kind und sein Geschenk, schüttelte es, hielt es an ihr Ohr und klopfte es auf seltsame Geräusche ab, während Niki aufgeregt von einem Bein aufs andere hüpfte: »Mach es auf, mach es auf!«

Julie wickelte es aus und betrachtete ihr Geschenk: ein Bild des Schneckenkönigs.

»Ich hab's für dich gemalt. Mit Fingerfarben!«, rief Niki eifrig.

»Es ist wunderschön. Danke, Niki«, presste Julie hervor, weil ihre Kehle plötzlich zu eng für Worte war. Zu sehr erinnerte sie diese Zeichnung an jene im Zimmer ihrer Zwillinge. Geschenke für ihre Mutter, gemalt in den Farben kindlicher Begeisterung und mit ganz viel Liebe. Und sie hatte sie alle dort zurückgelassen! Ein jäher Zorn packte sie und erdrückte sie beinahe von innen.

Sie beugte sich spontan zu Niki hinab, ohne zu wissen, was sie eigentlich vorhatte. Niki wusste es. Ohne Scheu schlang er die Arme um ihren Hals, presste sein kleines, heißes Gesicht gegen ihres und schmatzte ihr einen dicken Kuss auf die Wange. »Los«, forderte er gleich darauf. »Du musst es aufhängen!«

Das brachte Julie in neuerliche Verlegenheit. Kinderbilder verliehen Wänden eine Bedeutung, machten aus ihnen ein Zuhause. Der einzige Platz in der Villa, der als vorläufige Bleibe für den Schneckenkönig in Frage kam, wäre ihr altes Zimmer.

Diesen Raum verband sie mit ihren ersten Kindheitsjahren, den guten Zeiten, als ihre Mutter noch gelebt hatte. Jeden Abend hatte sie an ihrem Bett gesessen und ihr aus ihrem Lieblingsmärchenbuch vorgelesen, damit die kleine Julie in schöne Träume fand. So hatte sie es später auch mit ihren Zwillingen gehalten.

Unschlüssig hielt Julie Nikis Geschenk in der Hand. Sie fürchtete, dass es auf eine seltsame Weise erst Besitz von dem Raum und danach von ihr ergreifen würde, wenn sie es in ihr Zimmer trug.

Edith überbrückte. »Sei nicht immer so ungeduldig, Niki!« Sie zupfte ihm eine kleine Daune vom Anorak. »Julie wird es später aufhängen. Sag, hast du nicht noch etwas vergessen?«

Niki patschte sich sofort mit der Hand gegen die Stirn. »Menno, mein Gedicht!« Er stellte sich in Pose und begann zu deklamieren:

> »Mein Gedicht reimt sich nicht.
> Oder doch! Reingelegt!
> Heute ist dein Geburtstag.
> Darum wünsche ich dir Glück
> und ein gaaanz grooofes Kuchenstück.«

Er breitete seine Arme aus, genauso wie bei seinem ersten morgendlichen Besuch. Sein sommersprossiges Gesicht glühte vor Eifer. »Ich hab's selbst gedichtet. Ist gut, oder?«

»Aber, Niki, man lobt sich doch nicht selber«, tadelte Edith, deren Mundwinkel dabei verdächtig zuckten.

»Mama! Du hast doch gesagt, *jeder* braucht Lob«, pochte Niki auf sein Recht und stemmte die Arme in die Hüften. Er sah drollig aus.

»Also, ich brauche jetzt ein groooßes Kuchenstück«, sagte Julie laut und blinzelte etwas weg, von dem sie nicht wusste, ob es sich um Rührung handelte. Zu lange hatte sie sich von den eigenen Empfindungen abgekoppelt, sich ausschließlich Trauer und Zorn überlassen. Doch so, wie Richard ihr am Tag der Beerdigung seine Hand gereicht und ihr den nötigen Halt gegeben hatte, war es nun Niki, der ihre Hand ergriff und sie mit sich hinters Haus zog. Julie wurde von Nikis Dynamik völlig überrumpelt. Sie hatte an eine kleine Kuchenrunde zu dritt in der Küche gedacht und die Gratulanten hinter dem Haus bereits ins gedankliche Abseits gestellt. Aber Ediths stürmischer kleiner Sohn, der glaubte, ihr eine besondere Freude zu bereiten, würde es kaum verstehen, dass fremde Menschen sie dermaßen in Furcht versetzten und sie ihren Geburtstag lieber in Stille verbringen wollte. Allein, ohne Feier, ohne Gratulanten.

Dabei handelte es sich bei den Versammelten im Garten größtenteils gar nicht um Fremde. Viele der Angestellten ihres Vaters kannte sie seit ihrer Kindheit!

Kaum war sie an der Hand von Niki in der Tür erschienen, setzte der Kinderchor wieder ein. Niki blieb an Julies Seite, und sie war ihm dankbar dafür. Am Ende der musikalischen Darbietungen trat die hochschwangere Chorleiterin auf sie zu. »Grüß dich, Julie. Alles Gute zu deinem dreißigsten Geburtstag, und ab heute sollst du nur noch schöne Tage erleben, das wünsche ich dir von ganzem Herzen«, sagte sie warm.

»Angelika? Geli?«, hauchte Julie, als sie ihre Freundin wiedererkannte. Einst waren sie unzertrennlich gewesen, bis die vierzehnjährige Geli mit ihren Eltern nach Amsterdam gezogen war. Eine Weile hatten sie sich noch geschrieben, dann verloren sich Briefe und Freundschaft in der Distanz.

»Ja, ich bin zurück in der Heimat«, erklärte Geli und zog ihre Freundin fest in die Arme. Julie fühlte Gelis Kugelbauch an ihrem Körper.

Der Schock traf sie unvorbereitet und löste ein Flashback aus. Sie wurde um Jahre zurückkatapultiert in die Praxis ihres Gynäkologen. Es war der Tag, an dem sie erstmals den Herzschlägen ihrer Zwillinge gelauscht hatte. Bumm-bumm, bumm-bumm, bumm-bumm. Viel zu schnell schlugen die kleinen Herzen. Dies sei völlig normal, versicherte ihre Ärztin. Im Mutterleib würden die Herzen der Ungeborenen immer so schnell schlagen. Julie dröhnte der Herzschlag ihrer Babys in den Ohren, er steigerte sich zu einem schmerzhaften Trommeln, um dann abrupt abzureißen. Verstummt. Für immer. Plötzlich hatte sie wieder den Geschmack von Erde in ihrem Mund. Kein Atem. Kein Licht. Gleichzeitig war da diese Gewissheit, dass nur eine dünne Hautschicht sie von neuem Leben trennte. Sie wünschte sich ganz weit fort, wollte möglichst viel Abstand zwischen ihren Schmerz und diesen lebensprallen Bauch legen, in dem ein kleines Wesen im Werden war, ein neuer Herzschlag in die Welt drängte.

Geli schien ihre Panik nicht zu bemerken, vielleicht wollte sie es auch nicht, war als junge Mutter dagegen gefeit, geschützt durch das neue Leben, das sie in sich trug. »Es tut so gut, dich zu sehen, Julie. Ich habe von deinem Verlust erfahren. Es tut mir unendlich leid um deine Familie und natürlich auch um deinen Vater. Wenn du mich brauchst, ich bin für dich da.« Geli drückte sie nochmals mitfühlend an sich. Und da war auch noch Niki, dessen kleine Hand weiter in ihrer ruhte und sie auf merkwürdige Weise erdete und mit dem Leben verband.

Ein Mann löste sich nun aus der Gruppe der Musiker und trat zu ihnen. »Das ist Severin. Wir haben letztes Jahr geheiratet.«

Julie schmerzte der liebevolle Blick, den die beiden Eheleute tauschten. *Glück ist ein Luxus … Besser, du glaubst nicht daran, dann wirst du weder enttäuscht, noch musst du leiden.* Die Worte ihrer Großmutter Klara.

»Gratulation, auch zu eurem Baby«, formulierte Julie nicht ohne Mühe. Es kostete sie Kraft, diese Worte auszusprechen. Insofern schaffte sie es auch nicht, sich zu erkundigen, ob es ein Mädchen oder Junge werden würde. Eine peinliche Sekunde lang hing das Gespräch in der Luft. Julie ahnte, dass von Severin als Nächstes ein Satz über ihren verstorbenen Vater folgen würde. Hilflos suchte sie nach einem Ausweg, um der Situation zu entfliehen, und entdeckte Richard Lanz unter den Anwesenden. »Entschuldigt mich«, murmelte sie und strebte davon, Niki nach wie vor an der Hand.

Richard löste sich seinerseits aus der Unterhaltung mit einem älteren Herrn und kam ihr einige Schritte entgegen. »Ich hoffe, wir haben Sie nicht zu sehr erschreckt«, entschuldigte er sich und sah tatsächlich ein wenig zerknirscht aus. »Die Mitarbeiter wollten Ihnen gerne ein Ständchen bringen und Ihnen damit zeigen, dass sie für Sie da sind und in Ihrer schweren Zeit an Sie denken. Aber keine Sorge, niemand hat eine Rede vorbereitet.«

»Das ist … beruhigend«, stammelte Julie.

Niki zappelte neben ihr. »Ich mag Reden auch nicht. Das dauert immer sooo lange. Können wir jetzt Kuchen essen?«

Julie griff dankbar nach diesem rettenden Strohhalm. »Gut, dass uns Niki an das Wesentliche erinnert. Geburtstag ohne Kuchen ist wie ein Himmel ohne Sterne.«

Auch wenn es ein furchtbar anstrengender Vormittag für sie wurde, Julie überstand ihn. Einige bekannte Gesichter kamen auf sie zu, aber sie wurde von niemandem bedrängt. Sie nahm erneut Beileidsbezeigungen und gleichzeitig auch gute Wünsche zu ihrem Ehrentag entgegen, was der gesamten Veranstaltung einen höchst surrealen Anstrich verlieh. Man trauerte um den Chef und spielte gleichzeitig zum Dreißigsten der Tochter auf.

Ein großer Teil der Versammlung löste sich bald auf, aber was vom Tage übrig blieb, war echtes Mitgefühl. Diese Menschen sorgten sich ehrlich um sie. Sie hatten allerdings auch ihre Erwartungen, und das rief weiterhin Julies Unwillen hervor. Er pochte wie ein zweiter Puls unter ihrer Haut, ließ sie zunehmend ungeduldig werden. Wiederholt spähte sie auf die Uhr.

Die ersten Gratulanten hatten sich bereits verabschiedet, die Mitglieder der Blaskapelle verstauten ihre Instrumente und die Mütter zogen mit ihren Kindern heimwärts, als nochmals Gäste eintrafen: Dr. Konrad Schumacher fuhr mit Julies Großmutter vor. Julie bemerkte die Neuankömmlinge nicht gleich. Erst als die Gespräche ringsum verstummten, wandte sie sich um und entdeckte den Anwalt, der den Rollstuhl mit der Großmutter auf sie zuschob. Klaras knotige Hände umkrampften ein Päckchen.

»Zum Geburtstag«, sagte ihre Großmutter und reichte Julie das Päckchen. Ihre Hand zitterte, ihre Stimme war brüchig, aber sie wirkte nicht mehr apathisch wie am Tag der Beerdigung ihres Sohnes.

»Danke«, murmelte Julie kaum hörbar. Das Geschenk, klein und flach wie Nikis, wog bleischwer in ihrer Hand, als sei es getränkt mit den Geschehnissen der Vergangenheit, mit allen ungesagten Worten und angestauten Gefühlen.

»Ich muss … mit dir reden«, brachte die Großmutter hervor. Sie klang wie jemand, der die Sprache verloren hatte und sie sich nun mühsam zurückeroberte.

Jetzt? Worüber, fragte sich Julie. Unsicher sah sie sich um. Richard nickte ihr unmerklich zu.

»Gehen wir hinein!« Julie wandte sich zum Haus.

Richard half Dr. Schumacher, den Rollstuhl über die Terrassenstufen zu tragen, und folgte ihnen wie selbstverständlich ins Wohnzimmer.

»Ich muss … mit dir reden«, wiederholte ihre Großmutter mit schwerer Zunge. »Allein.« Sie sah dabei zu Richard. Julie verstand. Ihre Großmutter wollte, dass sie ihn hinausschickte. Sie mochte körperlich geschwächt wirken, aber ihr Inneres bestand nach wie vor aus Eisen.

»Er bleibt.« Mit Blick auf Dr. Schumacher, der sich hinter ihrer Großmutter wie ein Wächter positioniert hatte, ergänzte sie: »Es sei denn, du bittest Doktor Schumacher auch hinaus.« Sie verschränkte die Arme und dankte ihrem hochkochenden Zorn. Er nahm ihr die Befangenheit, die sie sonst stets in Klaras Nähe befiel.

Ihre Großmutter beharrte nicht weiter darauf. »Du willst … dein Erbe nicht?«

»Nein.«

»Nein, du willst … es nicht, oder nein, das … stimmt nicht?«

»Ich will mein Erbe nicht.«

»Dann sprich … in ganzen Sätzen.«

Jedes Wort ein Kraftakt, aber es reichte noch, um ihre Enkelin vor Zeugen abzukanzeln. »War es das?«, fragte Julie unwillig.

»Wie?«

»War es das, was du von mir wissen wolltest?«

»Du bist unhöflich.«

Julie presste die Lippen zusammen. Nichts hatte sich geändert, sie redeten aneinander vorbei. »Ich weiß nicht, was du von mir willst, Großmutter.« *Wie sie das alles leid war!*

»Du benimmst dich … wie ein kleines Kind.«

Julie ließ sich hinreißen. »Nein, *du* behandelst mich wie ein kleines Kind! Aber ich bin eine erwachsene Frau und du hast mir gar nichts mehr zu sagen!«

Der zufriedene Ausdruck, der sich nun auf Klaras Gesicht abzeichnete, verwirrte Julie. Begrüßte sie den Ausbruch ihrer Enkeltochter? *Wie sollte man mit so jemandem eine vernünftige Unterhaltung führen?* Julie unterdrückte einen Seufzer und tat so, als studiere sie die Vitrine mit der kostbaren Sammlung ihrer Großmutter. Nichts symbolisierte in Julies Augen den Überfluss anschaulicher als dieses antike Porzellan und die filigranen, mundgeblasenen venezianischen Vasen. Schön anzusehen, jedoch zu nichts sonst zu gebrauchen, dazu verurteilt, ein Leben hinter Glas zu führen. Warum wollte niemand begreifen, dass sie nichts besitzen wollte? Seit sie von ihrem Erbe wusste, hing es ihr wie eine massive Kette um den Hals, die jeder fester zurren wollte, während sie einfach nur danach strebte, diese Bürde abzustreifen.

»Dein letztes Wort?«

»Was?« Julie zuckte zusammen.

»Dein letztes Wort?«, wiederholte ihre Großmutter mit großer Anstrengung.

»Ja, das ist mein letztes Wort. Ich verzichte auf mein Erbe.«

Als legte sie all ihre verbliebene Kraft hinein, straffte sich ihre Großmutter und hob das Kinn. In ihren Augen glomm ein rätselhafter Funke. Was wollte sie? Julie wappnete sich unwillkürlich, indem sie ihre Füße etwas auseinanderschob, als würde sie einen Sturm erwarten, der sie hinwegfegen könnte.

Nichts dergleichen geschah. Alles, was sie sagte, war: »Konrad, wir fahren.«

Julie fühlte sich danach wie zerschlagen. Was in Gottes Namen hatte das gesollt? Was bezweckte ihre Großmutter mit ihrem Besuch? Der Tag war anstrengend genug gewesen, wann war ihr endlich Ruhe vergönnt?

»Guck mal«, rief Niki, der sie offenbar gesucht hatte. »Ein Hund!«

Der Satz war noch nicht zu ihr durchgedrungen, als das Tier bereits an Julie hochsprang. Sie stolperte zurück und prallte gegen die Vitrine.

Jason war sofort zur Stelle, fasste Charoú am Halsband und zog sie zurück.

»Entschuldige bitte den Überfall. Ich hoffe, du nimmst mir unser Kommen nicht übel, aber Charoú wollte dich unbedingt wiedersehen. Alles Liebe und Gute zum Geburtstag, trotz … na ja, du weißt schon.«

Erneut wechselte ein kleines Päckchen den Besitzer. Verblüfft starrte Julie es an. So vieles war in kurzer Zeit auf sie eingestürmt, dass sie völlig vergaß, sich zu bedanken. »Was machst du hier?«

»Ich besuche übers Wochenende Freunde in München und dachte, ich könnte auch einen kurzen Abstecher hierher machen. Als ich dich telefonisch nicht erreicht habe, rief ich bei Frau Karolus an. Sie erzählte mir von deinem Geburtstag, und hier bin ich!«

»Aha.« Julie sah nicht Jason an, sondern den Labrador, der mit heraushängender Zunge neben ihm hockte. Julie kniete sich hin, um ihn zu kraulen. Das verschaffte ihr die Zeit, um sich wieder so weit zu sammeln. Die Szene mit ihrer Großmutter hatte vieles in ihr aufgewühlt. Sie ertappte sich bei dem Gedanken, dass es jetzt schön wäre, mit Charoú hinaus zum Weiher zu spazieren.

Jason brachte sie wieder in die Realität zurück.

»Ich soll dir liebe Grüße von meiner *grand-mère* ausrichten. Sie sagt, du kannst sie jederzeit anrufen, wenn dir das Bayerische zu viel wird.«

An der Tür entstand Bewegung. »Oh, Kollegen!«, sagte Jason interessiert, als zwei Streifenpolizisten ins Zimmer traten.

Julie wurde bleich wie ein Gespenst. Zu sehr erinnerte es sie an jenen Tag vor neun Monaten, als ihr zwei Beamte die Hiobsbotschaft überbracht hatten. Alles schien plötzlich wie in Watte gepackt, es drangen keine Geräusche mehr zu ihr durch, ihr Umfeld verschwamm.

Jason drückte ihre Hand und bugsierte sie in den nächstbesten Sessel. »Ich mache das«, versprach er mit ruhiger Stimme und steuerte auf die Uniformierten zu.

Der Raum begann sich um Julie zu drehen, immer schneller, bis sich alles in einem vorbeiwirbelnden Nebel auflöste. Doch da spürte sie Charoús Kopf auf ihrem Schoß, und der Nebel lichtete sich wieder.

Jason kehrte zu ihr zurück. »Kein Anlass zur Sorge. Der stille Alarm der Vitrine wurde ausgelöst.«

»Was?«, stammelte Julie.

Jason wiederholte seine Worte.

»Das war ich. Ich stieß vorhin dagegen«, stammelte Julie und brach in Tränen aus.

Als etwas später die letzten Besucher das Haus verlassen hatten und sie endlich allein war, brachte ihr das dennoch nicht die erhoffte Erleichterung. Klaras Auftritt wollte ihr nicht aus dem Kopf, er verfolgte sie wie ein unheilvoller Komet.

***

Nicht nur Julie beschäftigte sich mit Klara Leyendecker.

Nach der Geburtstagsfeier hatte Edith Richard und Jason noch zu sich nach Hause zu Kaffee und Kuchen eingeladen.

Edith freute sich, Jason nach ihren diversen Telefonaten endlich auch persönlich kennenzulernen. Niki verzog sich sofort mit Charoú in den kleinen Garten. Edith, die die zwei durch die Terrassentür im Blick behielt, entlockte ihr wildes Spiel ein Schmunzeln. Nun aber wandte sie sich ihren Gästen zu: »Was ist los, Richard? Du siehst so ernst aus?«, bemerkte sie.

»Ich frage mich die ganze Zeit, was Doktor Schumacher mit diesem Auftritt bezweckte.«

»Ich fand Julies Großmutter ziemlich interessant.« Jason gabelte sich ein großes Stück Kuchen in den Mund.

»Ja, sicher. Wenn man sie nicht so gut kennt«, meinte Edith trocken.

Jason spülte mit einem Schluck Kaffee nach: »Ich bin ihr zwar nur kurz begegnet, aber mir sind ihre erweiterten Pupillen aufgefallen. Sie nimmt wohl starke Medikamente?«

»Dazu kann ich wenig sagen«, antwortete Edith. »Die alte Dame lebt seit einigen Monaten im Pflegeheim.«

»Was fehlt ihr denn genau?«

»Sie hat sich Anfang Dezember das Becken gebrochen. Die Heilung verlief schlecht, seither kann sie kaum mehr laufen. Darum der Rollstuhl.«

»Meiner Großmutter ist vor Jahren etwas Ähnliches passiert. Damals erhielt sie zeitweilig hoch dosierte Schmerzmittel und war teilweise wie auf Dope«, berichtete Jason und ließ sich ein zweites Stück Torte auf den Teller geben.

»Klara hat sich eigentlich nicht über Schmerzen beklagt. Aber das ist auch nie ihre Art gewesen«, fiel Edith ein.

»Worauf willst du hinaus, Jason?«, erkundigte sich Richard aufmerksam.

»Nichts, nur so ein Gedanke.«

»Wenigstens war sie heute ansprechbar. Arme Julie. Klara hat ihr ganz schön zugesetzt«, seufzte Edith.

»Was war denn genau los?«, fragte Jason interessiert. »Ich kam leider zu spät und konnte nur noch helfen, den Rollstuhl die Vordertreppe hinunterzuheben.«

»Sie hat wohl erfahren, dass ihre Enkelin das Erbe ablehnen möchte. Ich nehme an, sie wollte es persönlich von Julie hören.«

»Geht es um Schulden?« Jason schob sich das letzte Stück seines Kuchens in den Mund.

»Wie kommst du darauf?«, fragte Richard.

»Bei einem Bekannten war es so. Er hat sein Erbe abgelehnt, weil er sonst zu viele Schulden mitgeerbt hätte.«

»Nun, es sind natürlich Schulden vorhanden, Kredite, die zu bedienen sind. Aber demgegenüber stehen eine Menge Aktiva. Die Gebäude, Ländereien. Leider hat die Bank versucht, die Situation Julie gegenüber weit dramatischer darzustellen, als sie tatsächlich ist.«

»Ah«, machte Jason und zeigte mit der Gabel auf Richards vollen Teller, »die Bank will wohl ein Stück vom Kuchen abhaben?«

»Du hast es erfasst.«

»Wo Geld, da Gier, pflegt meine *grand-mère* zu sagen.«

»Julie ist Gier fremd. Im Gegensatz zu Doktor Schumacher und seinem Sohn Arndt.« Richards Verdruss war nicht zu überhören.

»Wer sind diese Schumachers und was haben sie mit Julie zu schaffen?«

»Doktor Schumacher ist der langjährige Justiziar der Leyendecker Kaffeemanufaktur.«

»Und er genießt das uneingeschränkte Vertrauen von Klara Leyendecker?«

»Die Schumachers und Leyendeckers verbindet eine lange Geschichte. Mit Konrad Schumacher ist bereits die dritte Generation als Anwalt für das Unternehmen tätig.«

»Wer erbt denn das Ganze, wenn Julie es nicht haben will?«

»Die Großmutter.«

»Sonst gibt es keine Verwandten mehr?«

»Nein«, sagte Richard, dessen Schulterblätter sich jäh anspannten.

Jason sah von ihm zu Edith. »Verstehe … Deshalb ist der alte Knabe so besonders rührend um die Großmutter besorgt.«

»Klasse kombiniert, Sherlock. Darüber hinaus ist er auch Klaras Vormund.«

»Ach was?«, staunte Jason. »Das heißt, er könnte dann über alles bestimmen?«

»Es heißt genau das.«

»Und Julie weiß darüber Bescheid?«

»Natürlich, wir haben es ihr gesagt. Aber es ist ihr egal.«

Jason nickte nachdenklich, sein Blick verirrte sich kurz in Richtung Garten, wo Niki mit Charoú Stöckchen apportieren übte.

»Was hast du, Jason?«, mischte sich Edith ein. »Weißt du etwas, was wir nicht wissen?«

»Nur Vermutungen«, antwortete Jason mit einem Achselzucken.

»Nur zu, raus damit. Jetzt bin ich nämlich angespitzt.« Richard beugte sich interessiert vor.

»So einfach ist das nicht. Ich bin Polizist in der Ausbildung und studiere derzeit neben anderem Psychologie.«

»Und was heißt das jetzt? Du wirst uns doch nicht ernsthaft mit Schweigepflicht oder so was in der Art kommen wollen, oder?« Richard lachte heiser auf.

»Du hast Julie erlebt, Jason«, brachte sich Edith ein. »Sie hat sich vollkommen in sich selbst zurückgezogen. Wir unternehmen derzeit alles, um ihr da herauszuhelfen. Wenn du etwas weißt, was uns dabei unterstützen könnte, verrat es uns, bitte.«

»Die Blaskapelle ist also deine Idee gewesen?«, erriet Jason. Edith lächelte verschämt.

»Nicht schlecht, wenn man Tote wecken will. Also gut. Ich habe im Kofferraum von Julies Auto einen Schlauch und eine Rolle Malerband gefunden.«

»Ja und?«, rätselte Edith.

Richard war ihr einen Schritt voraus. »Jason vermutet, dass Julie sich mit Autoabgasen umbringen wollte.«

Edith schüttelte fassungslos den Kopf. »Das arme Ding. Mein Gott … sich umbringen?«

»Wer bringt sich um? Gott?«, fragte Niki, der plötzlich wie ein Phantom neben seiner Mutter auftauchte. Edith lächelte gezwungen. »Hast du Durst?«, lenkte sie ab.

»Ich glaube, Charoú könnte etwas Wasser vertragen«, meinte Jason. »Ich habe ihren Napf im Wagen.« Er sprang auf.

»Nö, Charoú hat schon aus der Regentonne geschlabbert«, erklärte Niki. »Bringt Gott sich wirklich um?«

»Nein, mein Schatz, das habe ich nur so dahingesagt.«

»Oh, dann hast du geflucht?«

»Und darum sollten Kinder nicht in die Kirche gehen«, bemerkte Richard trocken.

»Du bist Atheist?«, erkundigte sich Jason interessehalber.

»Voll und ganz.«

»Was ist ein … Atti…?«, wollte Niki sofort wissen.

»Das«, erklärte Richard und stupste Nikis Nasenspitze an, »musst du den Pfarrer fragen.«

»Richard«, ermahnte ihn Edith leise.

Nikis Auftauchen hatte das Gespräch beendet. Jason leinte Charoú an, bedankte sich bei Edith für Kaffee und Kuchen und verabschiedete sich nach München.

Kapitel 22

Ich liebe dich, weil man dich so herrlich triezen kann.

Jannik

Jannik hatte einmal zu ihr gesagt: »Plane etwas, und Gott und der Teufel lachen sich krumm.«

Der plötzliche Tod ihres Vaters hatte ihren Plan, ihrem Leben ein Ende zu setzen, zunichtegemacht. Statt alles hinter sich zu lassen, war sie nun mittendrin und musste sich hochleben lassen. Mit Musik und Kinderchor! Was bedeutete es überhaupt, dieses »Hochleben«, fragte sich Julie. Auch der rätselhafte Besuch der Großmutter machte ihr weiterhin zu schaffen. Warum das Geschenk, wenn sie ohnehin nur vorhatte, sie vor allen Anwesenden zu demütigen? Sie hatte Klaras Präsent ungeöffnet weggelegt, als enthielte es die Übel dieser Welt.

Bisher hatte sie alles über sich ergehen lassen, sich von den Ereignissen treiben lassen, weil es ohnehin keine Rolle mehr spielte. Sie hatte bereits einen Fuß auf die Schattenlinie gesetzt, nur noch ein kleiner Sprung trennte sie von ihren drei Liebsten.

Doch nun schwoll ein lebendiger Zorn in ihr heran wie eine unaufhörlich steigende Flut.

Die Vitrine ihrer Großmutter rückte in ihr Blickfeld. Sie hätte längst den Alarm wieder einschalten sollen, stattdessen riss sie die Tür auf, packte einen Gegenstand nach dem anderen und schmetterte alles in einem Akt ungeheurer Zerstörungswut auf den Boden. Handbemaltes Bone-China-Porzellan, filigrane italienische Glasvasen, Figuren aus Meißener Porzellan – die kostbaren Sammlerstücke zerschellten vor ihren Augen. Das Finale ihrer Scherbenorgie bildete Großmutter Klaras Augenstern, das wertvollste Objekt ihrer Sammlung: ein Fabergé-Ei aus dem Besitz des letzten Romanow-Zaren. Ihr Vater hatte es zeitlebens als Fälschung bezeichnet. Von außen unterschied es sich wenig von einem großen, gewöhnlichen Ei. In seinem Inneren jedoch versteckte sich eine mit rosa Diamanten besetzte Henne, die mit ihrem Schnabel einen Saphir aus einem Nest pickte. Julie nahm das Zeugnis meisterhafter Juwelierkunst, holte aus und schleuderte es gegen die Wand. Es zerbarst und die einzelnen Diamanten verteilten sich wie rosa Regentropfen über den Boden. Danach sank Julie auf die Couch, starrte zur Decke und lauschte ihrem rasenden Herzen. Was sie getan hatte, war falsch, dennoch hatte es wohlgetan. Als hätte sie sich von einer ungeheuren Last befreit. Stunde um Stunde lag sie da, gefangen in einem merkwürdig schwerelosen Zustand. Sie fühlte sich zu matt, um aufzustehen und zu Bett zu gehen. Auch nicht, als sich die Abendschatten stetig weiter im Zimmer ausbreiteten. Sie sah den Mond aufgehen und beobachtete die Sterne, wie sie über das Himmelszelt zogen.

Ein Geräusch schreckte sie auf. War sie doch eingeschlafen? Sie horchte in die Dunkelheit. Da war es erneut. Es klang wie ein leises Wimmern.

»Ist da jemand?«, rief Julie und richtete sich auf. Sie versuchte, das Zwielicht zu durchdringen. »Ist da jemand?«, wiederholte sie.

»Ich bin es«, ertönte eine kleinlaute Kinderstimme.

»Niki?« Julie schwang ihre Füße herum.

»Ich bin gestolpert und hab mich geschnitten.«

O Gott, die Scherben! »Bleib, wo du bist«, rief Julie scharf. »Rühr dich nicht vom Fleck, hörst du! Auf dem Boden liegen überall Glassplitter. Ich schalte das Licht ein.« Sie robbte ans Ende der Couch und betätigte den Schalter der Stehlampe. Licht flammte auf. Niki kauerte vor dem Fenster. Er blutete an der Hand und am Knie, wo er sich die Hose aufgerissen hatte.

Julie stieg über die Scherben hinweg, hob Niki auf und trug ihn aus dem Wohnzimmer. »Weißt du, wo das Verbandszeug ist, Niki?«

»Klaro. In der Küche.«

»Zeig's mir.«

Zum Glück hatten sich keine Glasscherben in Nikis Haut gedrückt. Julie desinfizierte seine Wunden und klebte ein großes Pflaster über die Stellen, die bereits nicht mehr bluteten. »Tut es sehr weh?«, fragte sie mit schlechtem Gewissen.

»Das fragst du schon das dritte Mal«, erwiderte er mit einem unwilligen Stirnrunzeln, als sei ihm ihre Vergesslichkeit nicht ganz geheuer. »Wirklich, es tut gar nicht weh«, versicherte er nochmals.

»Oh, ich verstehe. Ein Indianer kennt keinen Schmerz?«

Niki grinste schlau. »Gibt es Kakao und Kekse?«

»Sollten wir nicht lieber deine Mutter verständigen?«

Niki sah mit einem Mal ziemlich ertappt aus.

»Bist du etwa ausgebüxt?« *Warum fiel ihr das erst jetzt ein?*

»Vielleicht.« Er zeigte sein freches, ganz und gar unwiderstehliches Lächeln. Es machte Julie wehrlos. Sie fühlte, wie etwas in ihrem Inneren schmolz, wie lange vergrabene Seelensplitter wieder hervortraten und sich zu einem Ganzen zusammenfügten, zwar von Narben durchzogen, aber ein Stück weit weniger schmerzdurchlässig. »Ich denke trotzdem, ich sollte dich gleich zu deiner Mutter zurückbringen.«

»Aber es ist erst sechs Uhr! Wir würden sie nur aufwecken«, erklärte der kleine Schelm listig.

»Du bist mir einer! Also gut, du hast gewonnen, ein Kakao auf den Schrecken«, gab sie wider besseres Wissen nach und verdrängte kurz die Gewissensbisse, weil sich Niki nur ihretwegen geschnitten hatte. »Danach bringe ich dich aber sofort zu deiner Mutter«, verkündete sie laut, als wollte sie ihre Schuld damit übertönen.

Als sie die Milch aus dem Kühlschrank holte, kreischte Niki auf: »Uiii, guck mal die Spur! Du hast ganz blutige Füße!«

Sie hatte nichts gespürt, als sie in Strümpfen durch das Scherbenmeer gewatet war, um Niki aufzuheben. Wie auf Kommando setzten erst jetzt die Schmerzen ein. Sie ließ sich auf den Boden plumpsen, zog die Socken aus und begutachtete die Bescherung. Der linke Fuß sah übler als der rechte aus. Niki brachte ihr Verbandskasten und Spiegel. Julie blieb nichts anderes übrig, als sich nun selber zu verarzten. Mit einem dicken Polsterverband und einer Gewichtsverlagerung auf die Zehenspitzen konnte sie sogar laufen. Es fühlte sich an, wie auf Wolken zu gehen, nur mit Schmerzen. Im Grunde hatte sie diese auch verdient, sie hätte Klaras wundervolle Sammlung aus der Vitrine niemals zerstören dürfen. Und weil sie sich nicht unter Kontrolle gehabt hatte, hatte sich Niki verletzt. Die Scham färbte ihre Wangen rot.

»Soll ich den Kakao machen?«, bot Niki an.

»Nein, es geht prima mit den Verbänden«, versicherte Julie und humpelte zum Herd.

»Du bist ein echter Indianer«, sagte Niki ernst, und Julie freute sich wie verrückt über sein Lob.

Anschließend schlürften sie ihren heißen Kakao und futterten zum Trost die Keksdose leer. Mit angefeuchtetem Zeigefinger pickte Niki die letzten Krümel vom Teller.

»Wirklich lecker! Ein prima Frühstück«, versicherte ihm Julie.

Niki strahlte.

»Wie geht es deiner Hand?«

»Ist nix«, winkte Niki ab. »Und deinen Füßen?«

»Auch nix«, erwiderte Julie und kicherte. Erlebte sie gerade so etwas wie einen Schokoladenschock? So viel Kakao mit Plätzchen wie in der letzten halben Stunde hatte sie noch nie verdrückt. Vielleicht war auch der kleine Niki ihre Droge. Sie lauschte seinem unermüdlichen Plappern, seinen Geschichten von zu Hause, seinem Großvater, der ganz viel Magen-Aua habe, weshalb er gaaanz oft Schnaps trinken müsse, damit er nicht sooo viel herumfurze. »Aber Oma Josefi sagt, das liegt nur am Schnaps. Wenn Opa weniger trinken würde, müsste er auch weniger pupsen. Pupst du auch?«

»Jeder pupst«, antwortete Julie ehrlich. Sie erinnerte sich gut an Janniks ersten Pups in ihrem Beisein, Marke verbrannter Gummi. »Eine Ehe ist erst eine richtige Ehe, wenn man vor dem Partner ungestraft einen fahren lassen darf«, hatte sich Jannik verteidigt. Er nannte es die Rosenhochzeit. »Warum duftet es dann nicht nach Rosen?«, hatte Julie gefragt. Die Erinnerung ließ ein Lächeln auf Julies Lippen erblühen.

»Hey, du lachst! Oma Josefi sagt, ein Tag ohne Lachen ist wie eine Wiese ohne Blumen.«

»Das ist schön«, sagte Julie verträumt und hätte geschworen, dass sie gerade den Duft von Rosen in der Nase hatte.

»Die Plätzchen sind alle«, stellte Niki ein zweites Mal fest. Offenbar spekulierte er darauf, dass Julie noch irgendwo welche versteckt hatte.

Sie musste ihn enttäuschen. »Tut mir leid. Ich glaube, wir sollten jetzt auch los.«

»Passt du denn in deine Stiefel?«

Ach herrje ... Kinder dachten immer so furchtbar praktisch. Julies eigene erwiesen sich durch den dicken Verband in der Tat als zu eng. Sie durchstöberte den Flurschrank und fand ein Paar alte Winterstiefel ihres Vaters, die sie mit reichlich Zeitungspapier ausstopfte. Unbeholfen stakste sie damit nach draußen, nur um sich gleich danach zu fragen, wie sie Niki nach Hause bringen sollte. Ihr Vater war mit seiner Limousine verunglückt; ob er einen Zweitwagen hatte, wusste sie nicht, jedenfalls parkte in der Garage nur ein älteres, olivfarbenes Motorrad mit Beiwagen. »Warte hier«, sagte Julie zu Niki. »Ich rufe uns ein Taxi.«

»Wieso denn? Ich bin auch allein hergekommen!«, entrüstete sich Niki.

»Kommt nicht infrage, ich begleite dich nach Hause. Wo wohnst du?«

»Im Vogelhaus. Ist gar nicht weit.«

Im Vogelhaus? Da fragte sie besser gar nicht erst nach. »Wie weit ist ›nicht weit‹?«, versuchte sie es anders.

»Na, eben nicht weit! Aber mit den Stiefeln kannst du nicht laufen«, lenkte Niki die Aufmerksamkeit auf das eigentliche Problem.

»Alles ist möglich, wenn man es nur richtig will. Und Spucke erledigt den Rest.« Der Spruch stammte ausnahmsweise nicht von Jannik, sondern von seiner Mutter Ilse. »Sag, hast du nicht eben noch behauptet, es sei nicht weit?«

»Mit dem Rad«, verkündete Niki und ließ ein breites Grinsen sehen.

Julie begriff. »Und wo hast du dein Rad?«

»Hinterm Haus. Ich hol es.« Er war flink zurück. »Ich zeig dir, wo die anderen Räder sind.« Er flitzte zur Garage. Dort deutete er auf eine Tür, die in einen Geräteraum mit zwei funktionstüchtigen Rädern führte.

Knapp zehn Minuten später erreichten sie ihr Ziel: ein entzückendes, efeuumranktes Siedlungshäuschen mit spitzem Giebel, grüner Tür und Klappläden. Es stand inmitten eines kleinen, eingezäunten Gartens, etwas zurückgesetzt von der Straße. Nun erklärte sich auch das »Vogelhaus«. Mindestens ein Dutzend aus Holz und Rinde gefertigte Vogelhäuschen schmückten die vordere Fassade. Auf der Eingangstür hatten sich die Heiligen Drei Könige mit Kreide verewigt, beidseitig davon lagerten säuberlich aufgestapelte Holzscheite. Alles wirkte so liebevoll gehegt und gepflegt, dass Julie ein Kloß in den Hals stieg. Dies war ein richtiges Heim. Sie freute sich, dass der kleine Niki es sein Zuhause nennen konnte.

Eine Gardine bewegte sich. Im nächsten Moment öffnete sich die Haustür und Nikis Mutter stürmte ihnen durch den Vorgarten entgegen. »Niki, wo bist du denn schon wieder gewesen?«, rief sie und stockte. »Himmel, was ist passiert?« Ihr mütterliches Adlerauge hatte sofort das Pflaster an der Hand und das Loch in der Hose ihres Sohnes erspäht.

»Nix, Mama«, antwortete Niki und versteckte seine Hand hinter dem Rücken.

»Er hat sich an Scherben geschnitten. Und es war allein meine Schuld«, erklärte Julie schnell. Ediths Blick zuckte einmal zwischen Julie und ihrem Sohn hin und her, ruhte für zwei Sekunden lang auch auf den Männerstiefeln, in denen Julie steckte, und meinte, indem sie Julie erstmals duzte: »Danke, dass du den kleinen Racker heimgebracht hast. Komm doch auf einen Kaffee mit herein.«

Alles in Julie zog sich abwehrend zusammen. Die Gabe der Hellsicht war nicht nötig, um zu erkennen, dass es bei Ediths Einladung um mehr als nur Kaffee ging. Ebenso gut hätte Edith »Wir beide müssen reden« sagen können.

Was rollte da noch auf sie zu? Die Einladung ablehnen konnte sie kaum, zumal ihr Gewissen sie weiter drückte. Sie folgte Edith durch den schmalen Flur in die Küche. Während Julie Edith knapp schilderte, wie es überhaupt zu dem Malheur hatte kommen können, und sich deshalb nochmals entschuldigte, besah sich diese Nikis Verletzung.

»Halb so wild«, erklärte sie im Anschluss. »Da sind wir beide Schlimmeres gewohnt, was, Winnetou?«

»Bekomme ich einen Kakao, Mama?«, versuchte Niki sein Glück.

»Deiner Schnute nach hattest du schon einen. Du bekommst noch eine Tasse, aber erst, nachdem du deine Hose gewechselt hast. Ab mit dir nach oben!« Sie gab ihm einen liebevollen Klaps mit.

»Meine Mutter holt ihn gleich ab. Ich muss gegen neun Uhr los«, ließ Edith Julie wissen. »Wie viel Kakao hatte Niki heute schon?«

»Zwei Tassen«, antwortete Julie verschämt.

»Aber nur zwei gaaanz kleine Becher«, stellte Niki klar, der in Unterhosen in die Küche gehopst kam, die Hose hinter sich her schleifend. Ein wehmütiges Lächeln trat auf Julies Gesicht. Niki roch so sauber nach Seife. Und nach Kind.

»Niki, die Hose …«, ermahnte ihn seine Mutter. »Er ist ein Schlawiner«, bemerkte sie lächelnd zu Julie und goss Milch in den Topf. Während sich die Milch erwärmte, löffelte Edith Kaffeepulver in den Filter.

Julie stand der Sinn eher nach einer Tasse Tee, ließ Edith aber gewähren. Sie fühlte sich heute seltsam gehemmt in ihrer Gegenwart. Edith benahm sich zwar nicht anders als sonst, dennoch umgab sie eine unbeholfene Schwerfälligkeit, als kostete sie jede Bewegung Kraft. Ein wenig zerstreut schien sie auch zu sein, da sie vergessen hatte, ihre Mütze abzunehmen. Es sah drollig aus, wie sie da in Hausanzug und Wollmütze am Herd hantierte. »Was ist mit deinen Füßen? Hast du dich ebenfalls geschnitten?«

Ertappt blickte Julie auf. Offenbar war auch sie gerade einer Musterung unterzogen worden. »Ja, ein bisschen.«

»Ich kann mir die Wunden später ansehen«, bot Edith an.

Julie, die zunächst ablehnen wollte, überraschte sich selbst: »Das wäre nett.«

Kurz darauf lernte Julie Nikis Oma Josefine kennen. Nikis unschuldig preisgegebene Erzählungen über seine Großmutter Josefi hatten Julie bereits einen ungefähren Eindruck von ihr vermittelt. Dennoch hatte sie keine wie ein Späthippie gekleidete Siebzigerin erwartet, die riesige Chandelier-Ohrringe trug und um den Hals eine Muschelkette, deren leises Geklimper Julie an ein Windspiel denken ließ. Josefine besaß eine angenehm weiche Stimme und ein Gesicht voller Lachfältchen. Aus ihren Augen sprühte die pure Lebenslust. Die eigene Tochter wirkte neben der Mutter farblos.

Josefine fing gekonnt ihren Enkel auf, der sich ihr zur Begrüßung stürmisch in die Arme warf. Niki verabschiedete sich mit Kuss und Umarmung von seiner Mutter, und bevor Julie begriff, was er vorhatte, bekam auch sie eine Umarmung und einen Kuss. Sie konnte seine feuchten Kinderlippen noch immer auf ihrer Wange spüren, als Niki längst im Wagen seiner Oma Josefi saß und mit ihr davonfuhr, ordentlich in seinem Sitz festgeschnallt.

»Und jetzt zu dir. Zieh die Stiefel aus.«

»Wie? Ach so, ja«, stammelte Julie, als sei sie eben bei verbotenen Gedanken ertappt worden.

Edith entfernte Julies durchgebluteten Verband.

»Der Schnitt an der Ferse ist tief. Das sollte meines Erachtens genäht werden.«

»Bitte, kein Arzt«, wiegelte Julie ab. »Können wir das nicht einfach ganz fest umwickeln. Bitte?«

»Gut, deine Entscheidung. Wie stark pocht die Wunde?«

»Es ist wirklich nicht schlimm«, wich Julie aus.

Edith desinfizierte die Ferse und legte einen neuen Verband an, versäumte es jedoch nicht, Julie nochmals darauf hinzuweisen: »Falls der Schnitt sich entzündet, solltest du schleunigst einen Arzt aufsuchen.«

Sie gingen zum Kaffee über. Nach dem ersten Schluck lehnte Edith sich zurück und hielt Julies Blick fest.

In der Küche war es warm und gemütlich, im alten Ofen knisterte das Feuer und über allem lag das Aroma frisch gebrühten Kaffees. Es gab keinen Grund, sich zu fürchten. Dennoch hatte Julie das untrügliche Gefühl, dass ihr Leben gleich ein weiteres Mal auf den Kopf gestellt werden würde.

Nikis Mutter zog mit einer schnellen Bewegung ihre Mütze herunter.

Julie zuckte nicht zurück. Auf einer tieferen Ebene ihres Seins hatte sie es bereits die ganze Zeit über geahnt. Aber da sie inzwischen sehr gut darin geworden war, die Dinge des Lebens zu verdrängen, die wichtigen und die unwichtigen, hatte sie Nikis Frage »Hast du Krebs?« zunächst in den letzten Winkel ihres Verstandes gepackt. Auch sie nahm nun verschämt ihre Mütze ab. Sie hatte ihre Haare aus freien Stücken abgeschnitten. Edith hingegen hatte sich ihren kahlen Schädel nicht ausgesucht.

Dies war ein Augenblick der Wahrheit, beide spürten es. »Wie ernst steht es um dich?«, fragte Julie leise.

In Ediths Augen lag eine ganze Welt des Leides, aber ihre Stimme klang fest: »Ich habe AML, akute myeloische Leukämie. Sagen wir so: Ich bin optimistischer als die Ärzte. Aber ich wollte heute mit dir über etwas anderes sprechen. Es geht um Nikis Vater.«

»Nikis Vater?«, wunderte sich Julie.

»Hat Niki dir von ihm erzählt?«

»Nein. Er hat ihn bisher nicht erwähnt.«

»Auch nicht bei seinem ersten Besuch?«

Julie schaute betreten. »Du weißt davon?«

»Natürlich.« Edith lächelte warm. »Der kleine Kobold hat sich selbst verraten. Er erklärte, die Schneckenprinzessin und er hätten ein Geheimnis.«

»Schneckenprinzessin?«, entfuhr es Julie verblüfft.

»Kinder überraschen einen andauernd, nicht wahr? Es steckt so viel Intuition in ihnen. Aber als studierte Kinderpsychologin weißt du viel mehr darüber als ich.« Edith fuhr sich mit den Fingern hinters Ohr, als wollte sie das nicht mehr vorhandene Haar zurückstreichen.

Ihre unbewusste Geste ließ Julie innerlich erbeben. Mit plötzlicher Klarheit erkannte sie das Paradox ihrer Situation. Zwei junge Frauen. Die eine mit einem kranken Körper, die andere mit einer kranken Seele. Die eine sehnte sich nach dem Leben, während es der anderen nichts mehr bedeutete.

Sie begegnete Ediths Blick. In ihr begann alles zu vibrieren, als sei sie unter Strom gesetzt worden.

»Nikis Vater«, Edith schluckte, bevor sie die Worte aussprechen konnte, »ist gestorben.«

»Oh, das tut mir sehr leid.« Julie zog es das Herz zusammen. Wenn das Schlimmste eintreten sollte, blieb Niki als Vollwaise zurück. Armer kleiner Kerl. Das Schicksal war grausam. Es nahm keine Rücksicht. Nicht auf Mütter. Nicht auf Kinder.

»Dein Vater Friedrich ist ... war Nikis Vater«, erklärte Edith nun schlicht.

Julie nahm diese Enthüllung unbewegt entgegen. Sie hatte ihr Leben, ihr Vater hatte das seine gehabt, und jetzt war er tot. Plötzlich verlangsamte sich ihr Herzschlag und eine Erkenntnis bahnte sich den Weg in ihr Bewusstsein. Aber noch hielt ihr innerer Schutzwall dem stand. Denn es gab nichts, vor dem sich Julie mehr fürchtete als vor einer neuerlichen Bürde. Einer neuen Verantwortung. Plötzlich wurden ihr die Wände zu eng, die Luft zu stickig. Sie konnte nicht mehr atmen, fiel in ihr altes Muster zurück und suchte ihr Heil in der altbewährten Methode: *Flucht*. »Ich muss gehen«, stammelte sie und stolperte aus dem Haus. Dort stieg sie aufs Rad und trat heftig in die Pedale. Ihren verletzten Fuß spürte sie nicht. Julie floh vor Ediths Blick, Ediths Fragen, Ediths Erwartungen.

Wie eine verbitterte Alte führte sie unterwegs wütende Selbstgespräche. Sie wollte doch bloß ihre Ruhe haben! War das zu viel verlangt? Litt sie nicht genug an ihrem eigenen Verlust? Sie hatte keine Kraft mehr übrig für das Leid der anderen. Weshalb musste ihr Vater ausgerechnet jetzt sterben? Alles hatte sich gegen sie verschworen. Die Lebenden und die Toten.

Ohne feste Absicht steuerte sie den Dinzinger Weiher an, um wie früher an seinem Ufer Linderung für ihre aufgewühlte Seele zu suchen.

Die letzten Meter musste sie das Rad schieben. Sie ließ es beim Bootshaus, setzte sich auf den Steg, umschlang ihre Knie und versuchte, alle Gedanken aus ihrem Kopf zu vertreiben. Es gelang ihr nur bedingt. Sie blickte aufs Wasser, das still und dunkel vor ihr lag, genauso unbewegt und unergründlich wie das Schicksal. Aus dem Schilf tauchten zwei Blesshühner auf, schwammen auf sie zu, fanden sie jedoch schnell uninteressant und gründelten lieber.

Julie beobachtete das Pärchen. Schon immer hatte es ihr Frieden gebracht, Tiere bei der Futtersuche zu beobachten. Ein Plätschern weckte ihr Interesse. Sie beugte sich vor und sah nur noch einen silbernen Schatten, der unter den schützenden Steg flitzte.

»Du hast es gut«, sagte sie leise und stellte sich vor, selbst ein Dasein als silberner Schatten im Teich zu führen. Ihre Existenz würde ausschließlich von Fressen und Fortpflanzung bestimmt, wäre frei von all dem Ballast, der das Leben der

Menschen beschwerte. Wofür das Ganze? Für die winzigen Häppchen Glück zwischendurch? Die ohnehin meist unerkannt im Hier und Jetzt untergingen, weil für den Menschen das Glück immer irgendwie erst im »Morgen« lag? Es mochte wenig geben, worin sie ihrer Großmutter Klara beipflichten würde, aber diese Aussage traf es auf den Punkt: *Das Glück ist der Luxus der anderen.*

»Ich werde nie mehr glücklich sein«, murmelte Julie und streifte die Stiefel ab. Der Anorak folgte. Darauf ließ sie sich langsam vom Steg ins Wasser gleiten. Die Blesshühner reagierten darauf wenig begeistert und verschwanden im Schilf.

Die Kälte biss Julie in die Knochen. Dennoch hielt sie mit gleichmäßigen Bewegungen auf die Mitte des Teiches zu. Sie folgte einem inneren Ruf, als hätte sie das alles schon einmal erlebt. Als sähe sie sich selbst dabei zu, wie sie in die Mitte des Teichs schwamm. Dort angekommen, ließ sie das Leben los und tauchte unter. Doch einige Sekunden später schoss sie wie ein Korken zurück an die Oberfläche, als hätte ihr jemand von unten einen Stoß versetzt. Sie startete einen neuen Versuch, und wieder schien eine unbekannte Kraft sie daran hindern zu wollen, ihrem Leben ein Ende zu setzen. Ein neuer Laut durchschnitt die Luft, das Bellen eines Hundes. Aufgeregt preschte das Tier über den Steg. *Charoú?* Jasons Hund?

In dem Augenblick stürzte sich Charoú bereits ins Wasser und paddelte wie verrückt auf Julie zu. Doch der jungen Labradorhündin gelang es kaum, den Kopf über der Oberfläche zu halten. Plötzlich war sie nicht mehr zu sehen. Ahnungsvoll war Julie ihr bereits entgegengeschwommen. Sie bekam das Tier rechtzeitig zu packen und schaffte es, Charoú irgendwie ans Ufer zu ziehen.

Charoú hatte das Abenteuer unbeschadet überstanden. Energisch schüttelte sie sich das Wasser aus dem Fell, während

Julie heftig nach Luft pumpend und vor Kälte schlotternd neben ihr im Schlamm lag. Charoú fegte bellend davon.

Kurz darauf kehrte das Tier mit Jason zurück. Der fackelte nicht lange, hob Julie auf und trug sie zum Bootshaus. Mit einem kräftigen Tritt trat er die Tür auf und bettete Julie auf den Diwan. Er griff die Decke vom Fußende und breitete sie über sie. Charoú sprang sofort zu Julie aufs Sofa und kuschelte sich eng an sie.

Jason streifte inzwischen Pullover und T-Shirt ab und reichte Julie sein körperwarmes Shirt: »Zieh deine nassen Sachen aus und schlüpf da hinein und den Pulli drüber. Ich rufe inzwischen einen Rettungswagen.« Er wandte ihr seinen nackten Rücken zu und hantierte mit dem Handy.

»Nein, bitte. Mir ist … gar nicht … kalt«, protestierte Julie mit klappernden Zähnen.

»Bist du verrückt? Du hast dir wahrscheinlich eine Lungenentzündung geholt!«

Das »Na und?« lag Julie auf der Zunge, aber sie beherrschte sich. Jason war kein Dummkopf. Nicht eine Sekunde würde er annehmen, sie sei einfach so ins Wasser gefallen.

»Nein, kein Krankenhaus«, bekräftigte Julie. Die Kälte machte ihr wenig zu schaffen, da die Scham sie in heißen Wellen überflutete. Sie war eine totale Versagerin, nicht einmal dazu fähig, sich selbst umzubringen! In Berlin hatte sie zu lange gezögert und beim ersten echten Versuch wurde sie prompt ertappt. Von einem Hund!

»Oh-oh«, machte Jason. »Du siehst richtig wütend aus. Ich glaube, ich muss dich erst einmal auf Waffen untersuchen.«

»Was?« Der Planet Humor befand sich für Julie gerade am anderen Ende der Galaxis.

»Gut, also kein Krankenwagen. Dafür hast du mich jetzt an der Backe. Beim geringsten Anzeichen von Fieber bist du fällig.« Jason machte sich sogleich am gusseisernen Bollerofen zu schaffen. Er fand Holz, Papier und Zündmaterial. Wenig später brannte ein heimeliges Feuer. Im Schrank über der kleinen Spüle stöberte er alles Nötige auf, um Tee zu kochen. Als dieser fertig war, setzte sich Julie auf und nahm die Tasse aus Jasons Händen entgegen. »Danke«, murmelte sie.

»Ebenfalls danke«, erwiderte Jason und setzte sich neben sie.

»Wofür?«, fragte Julie verdattert.

»Dass du Charoú aus dem Wasser gezogen hast. Mit ihren drei Beinen kann sie nämlich nicht schwimmen. Beim ersten und letzten Versuch im Park ging sie unter wie eine Ente aus Blei. Seither macht sie einen Riesenbogen um jede Pfütze.«

»Warum springt sie dann ... oh ...«, brach Julie die Frage ab. Erneut wallte Scham in ihr auf.

Sie spürte Jason neben sich, die angenehme Wärme, die sein gesunder Körper abstrahlte. Zehn Jahre trennten sie, aber zwischen ihnen lag mehr als dieser Altersunterschied. Für Jason bestand die Welt aus Möglichkeiten und nicht aus Hindernissen. Für ihn war sie ein sonniger Ort. Darin ähnelte er Jannik. Sie selbst hatte das Gefühl so nie gekannt; sie zauderte, sie schob alles vor sich her, sah Schwierigkeiten, wo keine waren, stand sich selbst im Weg. Erst Jannik hatte sie aus ihrer Selbstbeschränkung befreit, ihr aufgezeigt, dass man entweder jeden Stein am Wegesrand auflesen oder aber darüber hinwegsteigen konnte, um den Blick offen auf die Straße der Möglichkeiten zu richten und so die Blumen am Wegesrand zu entdecken, die Wunder der Welt, die schönen Dinge des Lebens.

Julie nippte weiter an ihrem Tee. Das Getränk wärmte sie von innen, die wohltuende Hitze des Holzofens tat ihr Übriges. Doch es war nicht die sie umhüllende Wärme, die ihr Inneres auftaute und sie dazu brachte, sich zu besinnen. Etwas war mit ihr passiert, als sie unter Wasser getaucht und nicht fähig gewesen war, loszulassen. Sie hatte den Tod einatmen wollen, die Asche und das Nichtleben. Und hatte es nicht gekonnt.

Nein, sie war noch nicht bereit zu sterben. Aber genauso wenig hatte sie eine Vorstellung von ihrem künftigen Dasein. Sie sah nur die Farbe Grau. Sie hatte Psychologie studiert, um anderen Menschen zu helfen, ihre verletzte Seele zu heilen. Dabei konnte sie nicht einmal sich selbst helfen.

Jason ließ ihrem Schweigen Raum, trank seinen Tee.

Sie schätzte es, dass er sie nicht bedrängte. Er hatte sie umsorgt und nun ließ er sie in Frieden. Trotzdem musste sie ihrem Unmut Luft machen.

»Wie hast du mich gefunden? Bist du mir etwa gefolgt?«

Jason stellte seinen Becher behutsam auf den Tisch und sah sie an. Das tiefe Blau seiner Augen fuhr Julie wie ein Schock in die Glieder. *Genauso wie Janniks!* Warum war ihr das bisher noch nicht aufgefallen? *Weil du zu sehr auf das Grau fixiert warst …*

»Wenn du unbedingt sauer sein willst, dann bitte auf Charoú. Sie hat mich hierhergejagt.«

Charoú hob sofort den Kopf. Julie streckte die Hand aus und kraulte ihr die Ohren. »Du warst das also.« Charoú nieste explosionsartig und kroch enger an sie heran. Ihr Fell war noch leicht feucht von ihrem eigenen Bad. Julie zog deshalb an der Decke und breitete sie fürsorglich über sie aus. Charoú schloss die Augen und seufzte glücklich. Diese tiefe Zufriedenheit schien sich nun auf Julie zu übertragen. Ihr Zorn war wie weggewischt und machte einer kläglichen Benommenheit Platz. Mit einem Mal fühlte sie sich unendlich erschöpft, wollte nicht mehr kämpfen, am wenigsten gegen sich selbst. Sie ließ ihre Hand locker auf Charoús Kopf liegen: »Wieso bist du überhaupt noch hier? Wolltest du heute nicht nach Berlin zurückfahren?«

»Schon, aber Edith rief mich an. Ich war noch in der Gegend. Kaum kam ich bei ihr an, da spurtete Charoú querfeldein los. Ich schnappte mir das nächstbeste Rad und bin ihr hinterher. Das Mädchen ist verflixt schnell, und das auf drei Beinen!« Er beugte sich über Julie, um kurz über Charoús Kopf zu streicheln. Dabei berührten sich ihre Hände. Julie zuckte sofort zurück, als hätte sie sich verbrannt.

Jason stand auf und schürte das Feuer nach. »Ruh dich ein wenig aus.«

»Ich bin nicht müde«, versicherte Julie ihm. Dabei konnte sie kaum mehr ihre Lider offen halten. Neben ihr schnarchte Charoú längst in allen Tonarten.

Als Julie später erwachte, hatte Jason quer durch die Hütte eine Schnur gespannt, auf der ihre Kleidung trocknete. Inklusive Höschen und Büstenhalter.

Unvermittelt wurde Julie die Intimität der Situation bewusst. Ihr Blick suchte Jason. Der junge Polizist hatte sich einen Stuhl vors Feuer gerückt, ein zweiter diente als Hocker für seine Beine. Konzentriert tippte er auf seinem Handy herum.

In dem Moment wurde er aufmerksam und schaute zu ihr herüber. Ein Leuchten zog über sein Gesicht. »Oh, du bist wach!«, rief er.

Seine unverhohlene Freude machte Julie verlegen. Irgendwo auf ihrem langen Trauerweg hatte sie verlernt, mit menschlicher Herzlichkeit umzugehen.

Jason schwang die Füße vom Stuhl, trat zu ihr und legte ihr die Hand auf die Stirn. »Kein Fieber«, stellte er fest.

Julie richtete sich auf. In der Hütte war es mollig warm, der Holzstapel neben dem Ofen zur Hälfte geschrumpft. »Wie spät ist es?«, fragte sie. *Wie lange habe ich geschlafen?*

»Gleich zwei Uhr. Hast du Hunger? Ich habe ein paar Konserven gefunden und könnte uns was kochen.«

»Nein, danke. Ich bin nicht hungrig.«

Jason wirkte darauf ein wenig enttäuscht. Vermutlich hatte er im Gegensatz zu ihr mächtig Kohldampf, überlegte Julie. Jannik konnte auch ständig essen. Was er mehr oder weniger auch tat und mit Anfang dreißig bereits ein wenig Wohlstandsspeck angesetzt hatte, den er mit viel Sport zu bekämpfen versuchte. Und viel Liebe machen … Einmal hatte er ihr glatt vorgerechnet, wie viele Kalorien ein einziger Zungenkuss verbrauchte! »Wo hast du das bloß her?«, hatte sie nach einem langen Kuss gejapst. »Aus der ›Cosmo‹«, lautete die freimütige Antwort. Es stellte sich heraus, dass Jannik mit großer Leidenschaft die Frauenzeitschriften aus seinem Wartezimmer verschlang. Was sie sofort wieder an seine leidenschaftlichen Küsse denken ließ. *O Jannik …*

Julie wandte sich rasch ab, damit Jason nicht sah, wie sie mit ihren Tränen kämpfte. Und entdeckte nun, dass Jason den Tisch bereits mit Tellern und Besteck eingedeckt hatte. Sogar Servietten lagen bereit, aus Küchenpapier gefaltet. Der perfekte Hausmann. Man konnte die Frau direkt beneiden, die ihn sich einmal schnappen würde. Hatte Jason eine Freundin? *Und was geht dich das an*, fuhr sie sich selbst in die Parade. Passend dazu knurrte ihr Magen und verhinderte weitere unwillkommene Gedanken. Im Übrigen, weshalb sollte Jason nicht für sie kochen? »Ich habe es mir anders überlegt«, sagte Julie. »Etwas zu essen wäre jetzt prima.«

Der Meinung schien auch Charoú zu sein. Essen war das Zauberwort, das sie vom Diwan hopsen ließ. Erwartungsvoll nahm sie ihren Platz vor dem Tisch ein.

Jason strahlte. »Dann lege ich mal los.«

Eine halbe Stunde später aßen sie ein undefinierbares, mit reichlich Pfeffer gewürztes Gericht aus Linsen und Bohnen. Es schmeckte Julie so gut wie selten etwas zuvor in ihrem Leben.

»Schon komisch«, meinte Jason.

»Was denn?«

»Es gibt diesen kleinen See, in dem sich eine Menge Fische tummeln. Und ein Boot. Aber ich konnte hier nirgendwo eine Angel auftreiben.«

Julie legte das Besteck sorgfältig neben ihrem Teller ab. Alles in ihr geriet in Bewegung, als sich ein weiterer Spalt im Zeitgefüge auftat. Ihr fiel ein hässlicher Streit zwischen ihrer Großmutter und ihrem Vater ein. Großmutter Klaras Stimme klang hart, aber nicht laut. Sie konnte die gemeinsten Dinge von sich geben und dennoch kultiviert klingen. Sie hatte ihrem Sohn einen Gegenstand vor die Füße geworfen. Julie meinte, sich zu erinnern, dass es sich dabei um eine zerbrochene Angelrute gehandelt hatte. »Deine Frau macht die Familie lächerlich, Friedrich. Bisher dachte ich stets, sie sei nur weltfremd, aber nun weiß ich, dass sie nicht ganz klar im Kopf ist. Ich hatte dich vor der Heirat mit ihr gewarnt.«

Angestrengt forschte Julie, was diesen Zwist ausgelöst hatte. »Vielleicht mochte meine Mutter die Fische lieber im Teich als auf dem Teller«, versuchte sie sich an einer Erklärung.

»Besser so. Ich habe noch nie geangelt. Es ist viel bequemer, sich ein tiefgefrorenes Seelachsfilet aus dem Supermarkt zu greifen, anstatt den armen Fisch selbst über den Jordan zu schicken.«

Julie durchlief ein Beben. Wenige Monate nach dem von ihr belauschten Streit war ihre Mutter gestorben.

»Was ist los?«, erkundigte sich Jason aufmerksam.

»Nichts«, murmelte Julie.

»Von nichts wird man nicht plötzlich derart bleich. O Gott, ist es das Essen? Ist dir davon schlecht?« Alarmiert beäugte er ihren fast leeren Teller.

»Nein, es ist nicht das Essen.«

»Was dann? Sag's mir. Ich bin ein guter Zuhörer.«

»Hast du etwa eine Therapiesitzung mit mir vor?«, entgegnete sie ein wenig unfair.

Jason lehnte sich zurück. »Nein. Aber vielleicht ein Gespräch unter Freunden?«

Charoú legte ihren Kopf auf Julies Knie, als wollte sie sagen: *Komm schon, du hast es mir erzählt, nun sag es auch Jason.*

Julie bearbeitete ihre Lippe und schwieg.

»Warum hast du damals Dinzing verlassen und dich nie mehr zu Hause gemeldet?«, bot ihr Jason als Einstieg an.

Julie zögerte keineswegs, weil sie nichts zu sagen hatte. Sie wusste nur nicht, wie sie aus dem Chaos ihrer Gefühle die richtige Antwort ziehen sollte.

»Ich war jung und wohl auch ein wenig melodramatisch«, gestand sie überraschend ein. »Bei uns zu Hause drehte sich alles um Kaffee. Jedes Gespräch, jeder Streit. Es machte mich wahnsinnig. Dazu die Selbstverständlichkeit meines Vaters und meiner Großmutter, dass ich diesen Wahnsinn eines Tages übernehmen sollte. Ich hatte schon Albträume, dass ich unter Kaffeebohnen wie von einer Lawine begraben würde. Darüber hinaus hatte ich auch früh meine Mutter verloren. Erst später wurde mir bewusst, dass es meine Mutter gewesen war, die alles zusammengehalten hatte. Nach ihrem Tod wuchs in mir das Gefühl, dort nicht mehr richtig zu sein, alles geriet ins Ungleichgewicht. Wenn ich mit meiner Großmutter und meinem Vater bei Tisch saß, dachte ich immer häufiger, sie seien Fremde. Fremde, die mich mit ihren Erwartungen erdrückten, mir ein anderes Leben überstülpen wollten. Dazu kam diese Atmosphäre völliger Lieblosigkeit. Zwischen ihnen gab es nichts, keine Liebe, kein Verständnis – und das übertrugen sie auf mich. Ich wollte nicht werden wie sie. Bevor ich begann, sie zu hassen, beschloss ich zu gehen. Meine Großmutter wollte sich nicht damit abfinden und mir mein Vorhaben ausreden, in Berlin zu studieren. Es gab einen letzten, hässlichen Streit. Sobald ich mein Abitur in der Tasche hatte, machte ich mich aus dem Staub.«

»Die beiden haben nie einen Versuch unternommen, dich zurückzuholen?«

»Mein Vater hat anfangs hin und wieder angerufen, aber ich blockte alles ab. Ich sagte, ich würde mich melden, und schob es immer weiter vor mir her. Mein großes Glück war es, dass ich kurz nach meiner Ankunft in Berlin Jannik kennenlernte. Mein früheres Leben verblasste, ich vermisste nichts davon. Die Zeit raste nur so dahin. Heute frage ich mich, wo diese elf Jahre geblieben sind …«

»Erzähl mir von Jannik. Das, was ihn zu deinem Jannik gemacht hat.«

Mein Jannik. Der Mann, den sie liebte und der sie geliebt hatte. Vater ihrer toten Kinder, Vater ihrer ungeborenen Kinder. Der ihr bei ihrem ersten Date erklärt hatte, er habe den schönsten Beruf der Welt. »Zahnarzt ist der schönste Beruf der Welt?«, hatte sie augenzwinkernd zurückgefragt, worauf er ihr geantwortet hatte: »Ich gebe den Menschen ihr Lächeln zurück.« Und dann hatte er ihr sein unvergleichliches Jannik-Lächeln geschenkt. Jannik, der die Zähne von Obdachlosen und Bedürftigen umsonst behandelt hatte, weil auch sie Anspruch auf ein Lächeln hatten. Jannik, der pausenlos seinen Schlüsselbund verlegte und behauptete, der stamme aus einem geheimen Paralleluniversum und versuche, dorthin zurückzukehren. Was auch auf seine Socken zutraf, die ebenfalls ein geheimes Eigenleben führten und wirklich überall auftauchten, auf dem Sofa, unter dem Sofa, auf dem Tresen, unter der Steuererklärung. Einmal sogar im Gefrierfach. Bloß nicht dort, wo sie hingehörten.

Jannik, der das Essen zelebrierte wie ein waschechter Franzose, ständig gegen überschüssige Pfunde ankämpfte und dafür die Morgen-Diät erfand: »Morgen fange ich mit der Diät an!« Jannik, der keine schlechte Laune kannte, für den das Glas stets halb voll war. Jannik, dessen liebste Redewendung »maximal verpeilt« lautete. Maximal verpeilt war die Sprechstundenhilfe, wenn sie einen Termin verschusselte, maximal verpeilt der

Patient, der ihn gebissen hatte, maximal verpeilt der Elektriker, der beim Hausbau die Lichtschalter auf der falschen Seite der Zimmertüren angebracht hatte.

Als sie versehentlich seine Lieblingstasse mit dem Star-Wars-Motiv zerbrochen hatte, hatte sie ihn gefragt, ob er sie nun auch für maximal verpeilt halte. Darauf hatte er sie in seine Arme gezogen und geflüstert: »Nein, kleiner Igel. In dich bin ich maximal verliebt.« Die Tasse hatte er wieder geklebt: »Guck mal, wie neu!« Jannik hielt jedes Problem für lösbar. *Jannik*, ihr unbesiegbarer Held. Nur gegen den Tod hatte er keine Chance gehabt.

Julies Herz klopfte wie verrückt, seit sie die geheime Kammer ihrer Erinnerungen geöffnet hatte.

Zuerst flossen die Worte nur zögerlich. Aber je länger Julie sprach, umso leichter fiel es ihr. Alles sprudelte nun aus ihr hervor. Die ungesagten Worte, die verdrängten Gefühle, der unermessliche Schmerz – als hätte es nur ein wenig Schaben an der Oberfläche gebraucht. Auch eine lang verschüttete Episode ihrer Kindheit legte sie frei, die den Streit wegen der Angelrute ergänzte.

»Unsere Familie besaß eine eigene Jagd und meine Großmutter lud traditionell einmal im Jahr eine große Gesellschaft dazu ein. Aber meine Mutter verabscheute dieses Ereignis, dieses Zelebrieren der Tötung von Tieren. Kurz vor der nächsten Einladung übergab sie die Waffensammlung meiner Familie einem Museum. Darunter befanden sich auch einige antike und sehr wertvolle Stücke. Meine Großmutter verurteilte diese Eigenmächtigkeit scharf, nannte sie eine Diebin. Kurz darauf kam es zu einem weiteren Vorfall. Er hat das Verhältnis zwischen Vater und ihr weiter zerrüttet.«

»Was ist passiert?« Jason wirkte hoch konzentriert.

Julie stocherte mit der Gabel in ihren Essensresten. »Es gab noch einen Zankapfel: die Metzgerei, die meiner

Großmutter gehörte. Großmutter hatte sie verpachtet. Aber der Pächter kam wegen Gammelfleisch ins Gerede. Während das Gesundheitsamt noch ermittelte, bildete sich eine Bürgerinitiative zur Schließung, der sich auch meine Mutter anschloss. Mein Vater forderte von meiner Großmutter nicht nur die Schließung, sondern den Verkauf. Das hatte mit irgendwelchen alten Geschichten zu tun, die sich um die früheren Besitzer der Metzgerei rankten. Er fürchtete, das negative Image könnte auf sein Unternehmen zurückfallen. Großmutter weigerte sich, wollte sich nicht von ihrem persönlichen Besitz trennen und wechselte lediglich den Pächter. Aber die lokale Presse hatte ihren Skandal: ›Die Familienfehde der Leyendeckers‹, ›Friedrich Leyendecker und die Intrigen seiner Frauen‹ und so weiter. Als das passierte, war ich erst sechs. Zu jung, um die Hintergründe oder Schlagzeilen zu verstehen.«

In Jasons Miene lag Skepsis. »Das kapiere ich nicht so ganz. Die Gesundheitsbehörde hätte doch jederzeit eine Schließung des Geschäftes veranlassen können? Warum ist das nicht geschehen?«

»Einem Gerücht nach hat meine Großmutter die Angelegenheit mit ein paar Schecks und Spenden aus der Welt geschafft. Sie glaubte stets, Geld könne alles regeln.« Julie sah ins Feuer, die zuckenden Flammen spiegelten sich in ihren Augen. »Woran ich mich gut erinnere, ist die vergiftete Atmosphäre, die danach bei uns im Haus herrschte. Es war ein ständiges Gegeneinander, kein Miteinander. Zwar hatte es zuvor bereits Spannungen zwischen Vater und meiner Großmutter gegeben. Aber die Interessen der Firma verbanden sie, auf dieser Ebene hatten sie sich bisher stets verständigen können. Damit schien es nun endgültig vorbei. Großmutter suchte förmlich den Streit. Meine Mutter wurde darüber immer schwermütiger. Ich wusste, dass sie viel weinte, auch wenn sie ihre Tränen vor mir versteckte. Mutter sehnte sich nach Frieden und Harmonie. Ich glaube, Großmutter konnte nicht verwinden, dass ihr mein Vater durch die Heirat mit meiner Mutter zunehmend entglitt, nachdem sie fünfunddreißig Jahre über ihn bestimmt hatte. Meine Mutter und ich kamen in jener Zeit oft hierher. Das Bootshaus wurde unsere Zuflucht.«

»Wie ist deine Mutter gestorben?«

Die Frage traf Julie unvorbereitet. Sie hatte sie zeitlebens verdrängt, hatte deshalb sogar Jannik belogen und behauptet, sie sei eine Waise, nur damit er sie nicht nach ihrer Mutter befragen konnte. Damit sie nie darüber sprechen musste. Damit sie die Dunkelkammer ihrer Seele niemals zu erforschen brauchte.

»Ich weiß es nicht genau«, gab sie nun zu. »Nach Mutters Tod lag ich ein halbes Jahr mit Nervenfieber im Krankenhaus. Danach war ich noch lange bei einem Psychologen in Behandlung.«

»Welche Diagnose wurde gestellt?«

»Retrograde Amnesie, ausgelöst durch ein Trauma. Ich bekam Medikamente. Aber man hatte sie zu stark dosiert. Mit acht Jahren musste ich deshalb einen Entzug machen.«

»Jesus! Ich hoffe, der Kollege wurde aus dem Verkehr gezogen?«

Julie zuckte mit den Achseln. »Keine Ahnung. Ich verstand das damals ja alles nicht. Meine Mutter war gestorben und ich war krank. Tatsächlich sehnte ich mich nach den bunten Pillen. Weil es mir mit ihnen besser ging. Deshalb habe ich mich eines Tages ins Schwesternzimmer geschlichen und alles geschluckt, was ich dort finden konnte. Daraufhin wurde ich stärker bewacht, weil man mich nun als selbstmordgefährdet einstufte. Ich erinnere mich, dass man mich einsperrte und einige Male auch fixierte.«

»Die haben dich angebunden wie einen Hund? Aber das ist verboten, das geht nur mit einer richterlichen Anordnung!«, empörte sich Jason.

»Meine Großmutter hat einmal zu mir gesagt: ›Was verboten oder erlaubt ist, bestimmt der, der am längeren Hebel sitzt.‹«

»Das ist zynisch!«

»Nein, das ist gängige Praxis.«

»Das ist auch zynisch, Julie.«

»Mag sein, aber ich habe es so erlebt.«

Jason notierte den resignierten Zug um Julies Mundwinkel. Der Pfad von der Resignation zur Depression war kurz. »Warum hat dein Vater all das zugelassen? Hast du dich das niemals gefragt?«

»Natürlich, später. Aber was hätte er tun können? Etwa gegen den Rat der Ärzte und Psychologen handeln?« Plötzlich ruckte Julies Kopf hoch, misstrauisch taxierte sie Jason. »Hör mal, was ziehst du da gerade ab? Willst du mich absichtlich aus der Reserve locken?«

Jason tat erschrocken und hob die Arme, als hätte sie »Hände hoch« gerufen.

Wie unverfroren! Jannik hatte das auch gekonnt, sie bei voller Fahrt zu stoppen. Er nannte das »ihre alte Seele kitzeln«. *Wieso »alte Seele«*, hatte sie ihn gefragt. *Weil du manchmal einen Ausdruck spazieren führst, als müsstest du allein das Leid der Welt schultern. Ich will meinen kleinen Igel aber lachen sehen*, hatte er geantwortet, sich auf sie geworfen und schamlos gekitzelt. Dass sie so kitzelig war, hatte der Schuft immer auszunutzen gewusst.

Julie ahnte nicht, dass sie gerade lächelte. Auch wenn es ihrer Vergangenheit galt, Jason freute sich sehr darüber. Denn er erkannte darin ein Zeichen, dass sich eben das Fenster in Julies Zukunft einen Spaltbreit geöffnet hatte.

Jason begann, den Tisch abzuräumen. Julie machte sofort Anstalten, ihm zu helfen. Er wollte nichts davon wissen: »Bleib auf dem Sofa und schon dich. Wie geht es dir jetzt? Ist dir heiß?«

»Ja. Aber nur, weil es hier drin inzwischen völlig überheizt ist.« Bevor Julie aufstand, vergewisserte sie sich, dass die Decke eng um ihre Hüften saß. Darauf befühlte sie ihre Unterwäsche an der Leine. Fast trocken. Gott sei Dank.

Und nun, fragte sie sich, als sie sich zurück auf den Diwan setzte. Sie kam sich ein wenig vor, als hätte sie ihre Pläne über Bord geworfen. *Ernsthaft? Welche Pläne hattest du denn*, erwachte ihr innerer Dämon. *Willst du weiter mit Geschirr schmeißen? Oder nochmals in den Weiher hüpfen? Wir können auch weiterhin vor Edith und ihrer nicht gestellten Frage davonlaufen. Hopp, hopp!* Der Dämon lachte schaurig.

Ach, halt doch dein dummes Schandmaul, befahl ihm Julie wütend. Auf diese Weise hatte sie noch nie mit ihm geredet, beleidigt kehrte er ihr den Rücken.

Nun meldete sich ihr besseres Ich zu Wort. *Der Tod ist einfach*, flüsterte es. *Leben heißt Verantwortung. Du bist nicht allein. Entscheide dich, Julie.* Vielleicht sollte sie damit beginnen, herauszufinden, wie ihre Mutter wirklich gestorben war. Ihre Großmutter wusste es. Mit ihr musste sie sprechen. Das lange Schweigen endlich brechen, das sich nach dem Tod ihrer Mutter auf die Villa gesenkt hatte. Niemand sprach mit niemandem. Außer im Streit. Sie selbst war bald nach ihrer Genesung in ein teures Internat abgeschoben worden. Die Ferien und Wochenenden verbrachte sie in Stille zu Hause. Bücher wurden ihre Freunde, der Weiher zu ihrer Zuflucht. Damals entdeckte sie die Abenteuer von Pippi Langstrumpf, dem mutterlosen Mädchen, das in der Villa Kunterbunt lebte und ein Leben in Freiheit führte. Sie wünschte sich ein Pferd und ein Äffchen wie Pippi. Weil sie beides nicht bekam, träumte sie von einem Hund als Gefährten. Der ihr ebenfalls verwehrt wurde, da sie im Internat untergebracht war. Mit elf begann Julie zu rebellieren. Sie erklärte sich zu einer Ägypterin und begann rückwärts zu laufen, weil man das angeblich in Ägypten so machte. Sie färbte ihre Haare rot, flocht sich Zöpfe wie Pippi und zerstörte mit Vorliebe das geliebte Porzellan ihrer Großmutter.

Eines Tages geschah eine Art Wunder. Sie fand eine gleichaltrige Freundin in Dinzing, Angelika. Oder vielmehr fand Geli Julie. Sie kreuzte urplötzlich in den Schulferien am Weiher auf, ließ sich von Julies abweisendem Verhalten nicht beirren und eroberte ihre Freundschaft. Geli war sehr selbstbewusst und fürchtete sich vor nichts. Nicht einmal vor Julies Großmutter. Durch Geli wurde Julie mutiger. Aber Geli zog bereits nach drei Jahren wieder weg.

Danach schloss Julie keine Freundschaften mehr, blieb lieber allein.

KAPITEL 23

Ich liebe dich, weil man mit dir so gut reden kann.

Jannik

Jason trat aus dem Bootshaus auf den Steg und wählte eine ein-
gespeicherte Nummer. »Hallo, *grand-mère*, ich bin's. Alles in
Ordnung bei dir?«

Jason musste ein wenig lauter sprechen, da im Hintergrund
Musik lief. Ein Chanson von Edith Piaf. Seine *grand-mère* liebte
ihre alten Schellackplatten.

»Was soll denn nicht in Ordnung sein?«, rief seine
Großmutter zurück, ohne den Plattenspieler leiser zu stellen.
»Wann kommst du?«

»Deshalb rufe ich an. Ich fahre erst morgen zurück. Meine
Dienststelle weiß schon Bescheid.«

»Hast du jemanden kennengelernt?« O Wunder, sie drehte
die Musik leiser. Das Thema Freundin war ein Dauerbrenner
zwischen ihnen.

»Nein, ich bin hier bei Julie. Sie braucht mich noch.«

»Himmel«, flehte es am anderen Ende. »Kannst du dir nicht einmal ein nettes, junges Mädchen anlachen? Eine, die ausschließlich Flausen im Kopf hat?«

»So wie du früher?«, zog er sie auf.

»Ha! Das habe ich nun davon, dass ich ehrlich zu dir gewesen bin. Irgendwann fliegt es einem immer um die Ohren. *Je ne regrette rien.*« Das sagte sie jedes Mal, wenn sie an ihre wilde Pariser Zeit am Nationaltheater dachte. Als sie Männer wie Frauen geliebt hatte. Bis der Tänzer Leandros in ihr Leben getreten war. Ihr gemeinsamer Pas de deux hatte beinahe vierzig Jahre gedauert, bis Leandros vor drei Jahren einem plötzlichen Herztod erlegen war.

»Na ja«, ergänzte seine Großmutter und ließ einen tiefen Seufzer hören. »Du solltest dein Leben nicht mit einer alten Frau verbringen. Ich will, dass du ausziehst, hast du verstanden?«

Jason gluckste. »Erstens bist du der jüngste Mensch, den ich kenne, und zweitens vermutlich die einzige Großmutter, die ihren Enkel auf die Straße setzen will.«

»Hör zu, mein Junge. Es ist schön, dass du dieser traurigen jungen Frau helfen möchtest. Ich weiß, dass diese Form der Verletzlichkeit sehr anziehend wirken kann. Aber bitte, verlieb dich nicht in sie.«

»Das habe ich nicht vor.«

»Das hast du das letzte Mal auch gesagt.«

Marie-Luise. Eine junge Witwe, die ihren Mann an den Krebs verloren hatte. Er war gerade achtzehn und Marie-Lu doppelt so alt wie er. Und doppelt so vernünftig. Sie hatte es beendet, bevor es richtig beginnen konnte. Seither waren drei Jahre vergangen und er hatte niemanden mehr mit nach Hause gebracht. Kein Mädchen, keine Frau. Bis er Julie getroffen hatte. »Mach dir keine Sorgen. Ich habe dazugelernt. Außerdem lohnt es sich, auf die Richtige zu warten.«

»*Mon dieu!* Wie alt bist du? Hundert?«

»Nein, das hat Großvater einmal gesagt. Über dich.«

»Willst du mich rührselig machen? Also gut, tu, was du nicht lassen kannst, *petit-fils*. Leben heißt auch leiden. Also leide! *Au revoir.*« Sie legte auf. So war seine Großmutter. Eine außergewöhnliche Frau.

Er kehrte ins Bootshaus zurück. Das Licht zog sich bereits aus der Hütte zurück. Nicht mehr lange, und der Abend würde sich auf dem Dach schlafen legen.

Julie hatte sich zwischenzeitlich angekleidet und führte ein ernstes Gespräch mit Charoú. Es ging um Mundraub. Der schokobraune Labrador saß vor ihr und lauschte mit hochgeklappten Ohren. Ab und zu bewegte sich auch seine Rute, als nehme er sich ihre Worte zu Herzen.

Jason packte die Gelegenheit beim Schopf. »Wir sollten auch noch über Charoú sprechen.«

Julie wandte ihm ihre großen, trauerumflorten Augen zu. Im Schein des Feuers schimmerten sie bernsteinfarben. Erneut rührte ihn die unbeschreibliche Traurigkeit, die er darin entdeckte. Seine Großmutter kannte seine Achillesferse nur zu gut. Aber wie schützte man sich davor, sein Herz zu verlieren? Wie schützte man sich vor der Liebe? Die Liebe war frei, sie durchdrang jede Barriere, sprang über jedes Hindernis, überwand Ignoranz und Weltanschauungen. Sie war die stärkste Kraft im Universum und er nur ein junger Mann mit dem Kopf voller Träume … *Hör auf, dir so viele Gedanken zu machen! Hier geht es nicht um dich, sondern um Julie!*

»Warum? Was ist mit Charoú?«, reagierte Julie indessen. Sie streichelte über den Kopf der Hündin. Sofort schmiegte sich das Tier eng an ihre Beine.

»Weil sie dein Hund ist?«, sagte er, als ihm im selben Atemzug ein ganzer Kronleuchter aufging. Himmel! Sie wusste es nicht mehr … Er begriff, dass er gerade einen Riesenfehler begangen hatte. *Wirklich großartig, du Hornochse!* Erst naseweis über die Liebe schwadronieren und dann nicht in Betracht ziehen, dass Julie vermutlich alles, was mit dem tödlichen Unfall ihrer Familie einherging, tief in sich verschlossen hatte. Auch, dass ihn der junge Welpe als Einziger überlebt hatte. Ihre Seele war zerbrechlich wie der Flügel eines Schmetterlings und jetzt rührte ausgerechnet er an der Wunde. Wie konnte er sich da nur herauslavieren, ohne die Frau weiter zu verschrecken? Doch für einen Rückzug war es zu spät.

Julie entgegnete nun verwundert: »Warum sagst du das?«

Jason fiel nichts Besseres ein, als mit der Wahrheit herauszurücken: »Charoú befand sich mit deiner Familie im Unfallwagen. Sie wurde schwer verletzt. Tierretter nahmen sie mit und kümmerten sich darum, dass ihr Bein operiert wurde. Danach holte ich sie zu mir. Ich wollte sie dir zweimal zurückbringen, aber ...« Er hielt inne, weil ihn Julies Blässe erschreckte.

Aber Julie bewahrte Ruhe. Etwas in ihr rückte an seinen Platz, alles fügte sich zu einem stimmigen Bild zusammen. Von Janniks letztem Post-it über die kleine Hundefigur im Überraschungsei bis hin zum Kontoauszug und dem fehlenden Geld aus Janniks Börse. Er hatte ihr den Welpen gekauft!

Sie kniete sich neben Charoú und schlang ihre Arme um Janniks letztes Geschenk. Wenigstens das hatte das Schicksal ihr gelassen. »Danke, Jannik«, flüsterte sie und drückte ihre Wange an den warmen Hundeleib. Sie nahm Charoús Geruch in sich auf, spürte, wie ihr Herz im Rhythmus des Lebens schlug, beständig und stark wie ein Versprechen. Sie würden unzertrennlich sein. Die Farbe kehrte in ihr Gesicht zurück und sie lächelte.

Jason stieß die Luft aus, die er zwischenzeitlich angehalten hatte. Er hatte schon überlegt, ob er sich vielleicht selbst in den Weiher stürzen sollte.

»Bring mich nach Hause«, bat Julie.

Sie verließen das Bootshaus. Jason verschloss die gewaltsam geöffnete Tür, so gut es ging.

»Das ist jetzt nicht wahr«, meinte Julie perplex, als sie Jasons Gefährt entdeckte. »Du bist mit Nikis Fahrrad hier?«

Jason grinste. »Frag mein Kinn. Beim Strampeln bin ich mit den Knien dauernd dagegen gestoßen.« Einladend zeigte er auf den niedrigen Sattel. »Nimm Platz, ich schiebe.«

»Ich kann laufen«, erklärte Julie.

»In den Stiefeln und mit der Schnittwunde? Wir sollten Edith oder Richard anrufen und um Hilfe bitten«, schlug Jason vor.

»Nein, bitte, wenn es dir nichts ausmacht, möchte ich lieber nicht, dass …« Julie brach beschämt ab.

»Kein Problem, ich schieb dich gerne. Es ist ja nicht weit.«

Dennoch benötigten sie für den Heimweg eine gute Stunde. Es dunkelte bereits, als sie vor der Villa anlangten. Julie sperrte die Tür auf und im Nu war Charoú im Haus abgetaucht.

»Untreue Seele!« Jason schmunzelte. *Was für ein außergewöhnlicher Hund!* Ein jähes, überschwängliches Gefühl durchrieselte ihn. Noch mehr davon und er würde schweben. »Also, Julie, ich mach dir jetzt noch schnell einen Tee. Damit setzt du dich brav aufs Sofa und ruhst dich weiter aus. Ich düse inzwischen kurz zu Edith rüber, bringe ihr Nikis Fahrrad und komme mit meinem Wagen und Charoús Sachen wieder zurück.«

Als Jason Ediths Namen erwähnte, fiel Julie ihr unrühmliches Verhalten vom Vormittag ein. »Bitte richte Edith aus, es täte mir leid, dass ich so überstürzt aufgebrochen bin. Sag ihr, ich würde mich morgen bei ihr melden.«

Aus dem Wohnzimmer klang Bellen, gefolgt von einem erschrockenen Jaulen.

Julie fuhr herum, alle Farbe wich aus ihrem Gesicht. Das hatte sie völlig vergessen. *Die Scherben ihrer Zerstörungsorgie! Charoú!*

Hastig stolperte sie davon. »Was ist los?«, rief Jason alarmiert. »Oje«, stieß er hervor, als er auf die Bescherung im Wohnzimmer stieß. *Scherben des Zorns.* Nicht des Glücks.

Julie kniete bereits bei Charoú. Der Labrador wirkte ein wenig bedröppelt, aber es war ihm nichts weiter geschehen. Offenbar hatte Charoú nur neugierig an der ersten Scherbe geschnüffelt und sich erschrocken, weil sich diese als ziemlich spitz erwiesen hatte.

»Ich kümmere mich darum«, übernahm Jason die Regie. »Wo sind Schaufel und Besen?«

Julie schaffte das Gewünschte herbei. Bei ihrer Rückkehr hielt Jason einen blau glitzernden Stein zwischen Daumen und Zeigefinger: »Guck mal! Den hab ich zwischen den Scherben gefunden. Ist der echt?«

»Vermutlich. Der steckte in einem Schmuck-Ei. Irgendwo in dieser Bescherung sind noch mehr davon.«

»Prima, dann fegen wir das hier nur schnell zusammen und filtern die Diamanten später raus«, schlug Jason vor. Anschließend breiteten sie eine Decke über dem Haufen aus. Jason schärfte Charoú ein, sich von dieser Ecke fernzuhalten, und machte sich auf den Weg.

Eine halbe Stunde später läutete es an der Haustür. Charoú, die es sich auf der Couch zu Julies Füßen gemütlich gemacht hatte, als sei dies seit jeher ihr angestammter Platz, sprang auf und rannte bellend zur Tür. Julie folgte ihr, öffnete die Tür und fand sich unvermittelt Arndt Schumacher gegenüber. Er hatte Blumen mitgebracht. Langstielige Rosen. Charoú bellte unverdrossen weiter.

»Was machst du hier, Arndt?«, fragte Julie unangenehm berührt.

»Grüß dich, Julie. Es ist Sonntag. Wir waren zum Essen verabredet. Wo kommt der Hund her?«

»Wir waren zum Essen verabredet? Hatte ich das nicht abgelehnt? Schhh, Charoú. Platz.« Charoú setzte sich hechelnd hin, aber so, dass Arndt nicht an ihr vorbeikam, falls er ins Haus wollte.

»Ich hatte gehofft, du hättest es dir anders überlegt. Komm schon, Julie. Um der alten Zeiten willen.« Er reichte ihr den Strauß und lächelte charmant. »Es gibt in Dinzing seit Neuestem einen Italiener. Ich habe deine Vorliebe für Pizza nicht vergessen.«

Sie roch sein Aftershave und mochte es nicht. Zu aufdringlich, genauso wie Arndt und seine Blumen.

»Nein, heute geht es nicht. Ich erwarte gleich noch Besuch. Guten Abend, Arndt.« Julie wunderte sich selbst, wie fest und sicher ihre Stimme klang.

Wie sie Arndts Gesichtsausdruck entnahm, wunderte auch er sich. Sie stellte sich vor, wie er zuvor sorgfältig seine Kleidung ausgewählt, sich selbstgefällig im Spiegel betrachtet und geglaubt hatte, bei ihr leichtes Spiel zu haben. *Wie in alten Zeiten …*

Sie wollte die Tür schließen, aber Charoú schoss unvermittelt in Richtung Einfahrt davon. Jason kehrte zurück.

»Ah, das ist dann wohl dein Besuch«, kommentierte Arndt verkniffen. Er blickte Jason entgegen wie einem Rivalen.

Vielleicht war es nicht richtig, so zu empfinden, aber Julie fühlte eine seltsame Genugtuung. Es zauberte ein Lächeln in ihr Gesicht. »Hallo, Jason«, hieß sie ihn willkommen. Aus dem Augenwinkel bemerkte sie Arndts missbilligendes Stirnrunzeln. Ihn hatte sie weitaus weniger freundlich empfangen.

Jason trug eine Schultertasche, dazu zwei herrlich duftende Pizzaschachteln und einen kleineren Behälter. Julie legte den Strauß im Eingang ab und nahm die Essensfracht entgegen.

»Möchtest du mich dem jungen Mann nicht vorstellen, Julie?«, meldete sich Arndt durchaus provokant zu Wort.

Julie tauschte einen raschen Blick mit Jason.

»Hi, ich bin Jason Samuel. Julies Freund aus Berlin«, kam er ihr zuvor. Höflich streckte er Arndt die Hand entgegen. Arndt zögerte und taxierte Jason, als fände er seine schlimmsten Befürchtungen bestätigt.

Jason zog die Hand zurück und unternahm einen weiteren Versuch, das Eis zu brechen. »Wow! Schicker Schlitten.« Er nickte zu Arndts silbergrauem Porsche in der Auffahrt. »Ist das etwa ein Targa aus den Sechzigern?«

»Ja, einer der ersten. Von vierundsechzig.«

»Ist sicher aufwendig, den instand zu halten.«

»Das meiste mache ich selbst«, erklärte Arndt nicht ohne Stolz. »Viel schwieriger ist es, die passenden Ersatzteile dafür aufzutreiben. Ich bin übrigens Julies Freund und Anwalt, Arndt Schumacher. Julie und ich sind heute zum Abendessen verabredet.«

»Schön für Sie«, erwiderte Jason neutral, während Julie neben ihm laufend Unmut funkte. Aber es war nicht an ihm, die Situation zu klären. Das musste Julie übernehmen.

Und das tat sie. »Tut mir leid, Arndt, aber heute geht es wirklich nicht. Du siehst ja, dass ich Besuch habe. Komm herein, Jason. Tschüss, Arndt.«

Schon schlug die Tür vor einem verdutzten Arndt Schumacher zu.

»Tschüss? *Tschüss?*«, murmelte er erbost. Nie zuvor war er von ihr derart brüskiert worden. Und er hatte extra Rosen besorgt! Ausgerechnet Julie, von der er es am wenigsten erwartet hätte. *Spielt allen die Trauernde vor und holt sich dann diesen jungen Fatzke ins Haus!*

Das würde er sich nicht gefallen lassen.

Kapitel 24

Ich liebe dich, weil du den schönsten Bauchnabel der Welt hast.

Jannik

Jason klebte ein garstiger Anwaltswitz auf der Zunge. Aber er hielt sich zurück. Wenn Julie mit ihm über Arndt sprechen wollte, musste sie das Thema selbst anschneiden.

Er zeigte auf die Schachteln und den Behälter: »Ich hoffe, du magst Pizza. Zur Sicherheit habe ich noch einen Salat mitgebracht. Obwohl du nicht aussiehst, als würdest du dich von Salat ernähren.«

»Wie sehe ich denn aus?«, tappte sie in die elefantengroße Falle.

»Als ob du dich gar nicht ernährst.«

»Du bist ein echter Schuft«, rutschte es Julie heraus.

Auch Charoú wurde versorgt; sofort erfüllte geräuschvolles Schlabbern die Küche.

»Ich entschuldige mich für die Manieren *deines* Hundes«, flachste Jason, während sie zusahen, wie Charoú ihr Futter verschlang.

»Mein Hund«, flüsterte Julie gerührt.

Jason klappte die Schachteldeckeln hoch: »Ich habe eine vegetarische Pizza und eine Speciale di casa mit allem. Bereits luxus-vorgeschnitten. Besteck oder Finger?« Jason hob zwei mitgelieferte Servietten hoch.

»Finger«, entschied Julie spontan.

Charoú stupste sie in die Seite. Ihr leerer Alunapf glänzte wie frisch poliert, ihre großen braunen Augen bettelten um mehr.

Jason schritt ein. »Nix da. Du hast genug. Aber Julie hat noch was für dich.« Jason holte einen Ochsenziemer von der Länge seines Unterarms aus der mitgebrachten Hundetasche und reichte ihn Julie über den Küchentresen. »Damit ist unser Vielfraß eine Weile beschäftigt und wir können in Ruhe unsere Pizzen genießen.« Sie stießen mit Mineralwasser aus dem Kühlschrank an.

Während des Essens erklärte Jason Julie alles, was sie über Charoú wissen musste. Ihre Ernährung, ihre Gassi-Zeiten und ihre kleinen Eigenheiten und Vorlieben. Charoú gehorchte bei »Sitz!« und »Bleib!«, und warf sich bei der Frage »Wie macht der brave Hund?« sofort flach auf den Boden. Zur Belohnung gab es dann ein Leckerli. Jason händigte Julie Charoús Heimtierausweis mit der Nummer ihres implantierten Chips und den Impfdaten aus. »Sie ist knapp elf Monate alt. Such dir hier in der Nähe einen Tierarzt. Die Narbe am Bein ist gut verheilt, aber unser Berliner Tierarzt empfahl eine regelmäßige Kontrolle.«

»Darum werde ich mich gleich nächste Woche kümmern.«

Jason hatte seine Pizza speciale bereits vollständig verputzt, während Julie noch vor der ersten Hälfte saß. Sie schob ihm ihren Teller zu: »Hier, nimm. Ich schaff die Pizza eh nicht. Außerdem haben wir noch den Salat …«, meinte sie vielsagend.

»Aber nur ein Stück!«, versicherte Jason und langte zu. »Lecker, die vegetarische«, erklärte er mampfend, spülte mit Wasser nach und säuberte sich die Finger mit der Serviette.

Charoú hatte den Ochsenziemer nur kurz an beiden Enden bearbeitet. Das genügte, um ihn gründlich einzusabbern. Danach ließ sie ihn liegen, denn dieses Leckerli gehörte ihr nun sicher. Das Menschenfutter roch einfach zu unwiderstehlich.

Zwischenzeitlich schob Jason Charoús Kopf das gefühlt zehnte Mal vom Tresen fort: »Lass dich bloß nicht von ihrem Bettelblick einwickeln, Julie. Sie ist ein Labrador. Die haben ständig Hunger. Das liegt an einem Gendefekt, der sie kein Sättigungsgefühl empfinden lässt.«

»Sprichst du von dir oder von Charoú?«, neckte Julie und bot ihm ein weiteres Stück Pizza an.

Jason streckte bereits die Hand danach aus. »Erwischt!« Er grinste unbekümmert und deutete auf den Salat. »Möchtest du ihn?«

»Nein. Meine Freundin Maxima sagt, Salat isst man besser nur bis sechs Uhr nachmittags.«

Jason zog die Schale heran, spießte ein Salatblatt auf und hielt es hoch. »Aha. Und wie lautet die Pointe?«

»Er gärt nachts im Magen.«

Jason beäugte den Salat, als könnte der jeden Moment ein unanständiges Geräusch von sich geben. Mit einem jungenhaften Achselzucken machte er sich auch an den Salat. »Glaubst du, das ist der Grund, weshalb Kühe sieben Mägen haben?«, erkundigte er sich weiter.

»Keine Ahnung«, antwortete Julie wahrheitsgemäß. »Kühe sind nicht mein Spezialgebiet. Aber ich weiß eine Menge über Fische.« Unbeabsichtigt war sie damit herausgeplatzt.

»Interessant.« Jason biss sofort an. »Was sollte ich über diese Spezies wissen, außer, dass die meisten gut schmecken?«

»Hör mal, denkst du eigentlich nur ans Essen?«

»Auch«, bekannte Jason und blinzelte frech. *Los, Julie, komm weiter aus dir heraus …*

Aber Julie steckte noch zu sehr in ihrem Schneckenhaus fest, um auf seine leichte Tonart einzugehen.

»Vielleicht ein anderes Mal«, trat sie den Rückzug an und tätschelte Charoús Kopf. Charoú bedeutete neutrales Terrain. Die Hündin hatte sofort die Seiten gewechselt, als Jason anfing, das Grünzeug zu futtern. Sie machte sich ganz lang und starrte Julie den Rest ihrer Pizza vom Teller.

»Das ist ihr Hypnosetrick. Du kannst ihr ein kleines Stück vom trockenen Rand geben«, meinte Jason darauf.

»Oh, es funktioniert.«

»Was?«

»Die Hypnose«, antwortete Julie und reichte Charoú ein Stück vom Pizzarand.

Eine Gesprächspause entstand. Jason griff nach dem Mineralwasser, aber die Flasche war leer. Julie reagierte nicht. Sie hatte wieder diesen nach innen gerichteten Blick, der ihm inzwischen mehrfach aufgefallen war. Ihre Melancholie berührte ihn, sie sah so verloren aus, dass sich sein Herz zusammenzog. Nein, er war nicht ihr Therapeut. Genau genommen war er nur ein kleiner Psychologiestudent, der es nicht schaffte, professionelle Distanz zu wahren. Das konnte ja noch heiter werden … Er ließ den restlichen Salat stehen und erhob sich. »Dann werde ich mich mal in Richtung Heimat aufmachen.«

Julie erwachte aus ihrer Starre. »Du fährst noch heute Nacht nach Berlin zurück?« Jason durfte sie jetzt nicht verlassen! Er hatte es geschafft, eine Art Wohlfühlblase um sie herum zu spinnen. Sobald er in seinen Wagen stieg, würde diese Blase zerplatzen! Sie fühlte sich wohl in Jasons Nähe. Er steckte so voller Zuversicht und positiver Energie, dass sie sogar an Jannik und an ihre Kleinen denken konnte, ohne dass sich ihr Mund sofort mit bitterer Asche füllte. Vielleicht, weil Jason ihrem Mann in vielem ähnlich war. Jannik und er hätten sich ausgezeichnet verstanden. Sie hätten Freunde werden können, in einem anderen Leben.

Julies Ton ließ Jason aufhorchen. Was, wenn sie ihn bat, sie mit nach Berlin zu nehmen? In seinen Augen wäre das für Julie ein Rückschritt. Ihre Vergangenheit wirkte zu stark in Berlin, sie musste sich ihre Gegenwart hier an diesem Ort zurückerobern und nirgendwo sonst. Ganz davon abgesehen, dass ihm seine *grand-mère* tüchtig einheizen würde, sollte er mit Julie im Schlepptau wieder bei ihr auftauchen.

»Und Charoú?«, fragte Julie leise.

Vor Erleichterung hätte Jason beinahe geprustet. »Sie bleibt natürlich hier bei dir. Ich hole noch rasch ihr Schlafkissen aus dem Kofferraum.«

»Musst du morgen denn schon wieder arbeiten?« Julie hielt ihn ein weiteres Mal zurück.

»Nein, ich habe mir einen Tag Urlaub genommen. Wegen dringender familiärer Angelegenheiten …«

»Gut. Dann habe ich wegen Charoú einen besseren Vorschlag.«

Der Labrador saß zwischen ihr und Jason und bewegte den Kopf, als folgte er einem Ping-Pong-Spiel.

»Und der wäre?«

»Du bleibst heute hier und fährst erst morgen zurück. Du kannst in einem der Gästezimmer übernachten.«

Jason blieb. Auf Julies Geheiß fuhr er den Wagen in die Garage und kehrte mit seinem Reisegepäck ins Haus zurück. Charoús Kissen wurde im Flur neben Julies Schlafzimmertür platziert.

Den restlichen Abend verplauderten Julie und Jason bei einer Flasche Rotwein. »Woher stammt der Name Charoú?«, erkundigte sich Julie.

»Aus dem Griechischen. Er bedeutet so viel wie ›die Glückliche‹. Meine Großmutter hatte die Idee dazu.«

Julies Augen wurden groß und glänzend. *Charoú, die Glückliche.* Weil sie überlebt hatte.

Jason wappnete sich bereits für Julies Tränen. Aber sie schluckte lediglich. »Charoú ist sehr schön, es klingt fast wie Musik.«

Sie redeten über dies und das, über ihre Arbeit und das Studium, neutrale Themen. Jason freute sich über Julies Interesse an seinem Studium. Er selbst hielt sich mit Fragen zurück, behandelte Julie wie ein rohes Ei. Sie steckte noch irgendwo zwischen den Trauerphasen zwei und drei fest, zwischen aufbrechenden, wutgesteuerten Emotionen und der beginnenden Auseinandersetzung mit ihrem Verlust.

»Warum hast du dich dafür entschieden, Polizist zu werden?«, fragte Julie beim zweiten Glas Wein.

»Das hat, ähnlich wie bei dir, mit meiner Familie zu tun. Soweit ich es verstanden habe, wünschte sich dein Vater, dass du in seine Fußstapfen trittst. Mein Vater ist bei der Polizei. Er ist der anständigste und loyalste Mensch, den ich kenne. Ich wollte ihm schon als Kind nacheifern. Und irgendjemand muss den Job schließlich machen. Wer soll die Mörder aufspüren, die Pädophilen, die Vergewaltiger und die Tierquäler?«, sagte er mit Blick auf Charoú. »Jüngst las ich in einem Buch, Frieden sei die höchste Evolutionsstufe des Menschen. Leider wird es immer Menschen geben, die böse sein wollen. Die eigentliche Gefahr dabei sind nicht die Dummen, sondern die Schlauen.«

»Deshalb studierst du Psychologie und Sozialphilosophie?«

»Ja, ich möchte wissen, wie das Böse entsteht. Wenn man das weiß, kann man es auch bekämpfen. Menschen werden nicht böse geboren, sie werden dazu verführt. Es fasziniert sie, denn das Böse hat Macht. Und es ist oft trügerisch: Es lächelt dir ins Gesicht, während es gleichzeitig seine Pläne gegen dich schmiedet.«

»Du könntest auch Lehrer werden«, bemerkte Julie.

»Entschuldige, doziere ich zu viel?« Jason lächelte.

»Nein, ich mag deine Leidenschaft und deinen Ansatz.«

Ihr Lob kitzelte noch mehr aus Jason heraus. »Mir wäre eine Welt ohne Schurken auch lieber. Aber das ist eine fantastische Utopie. Die Welt ist, wie sie ist, und nicht, wie wir sie uns wünschen. Es wird immer Gute und Böse geben, Genies und Bruchpiloten. Menschen, die nach mehr streben, Menschen, die sich mit weniger begnügen. Menschen, die dafür leben, anderen zu helfen, und Menschen, die genau diese Hilfe brauchen. Meine Großmutter drückt es auf ihre Weise aus: Die eigentliche Freiheit liegt in der Ungleichheit.«

»Deine Großmutter ist in ihrem Leben viel gereist, oder?«

»Ja, sie ist in der ganzen Welt herumgekommen. Aber sie sagt selbst, sie habe das Reisen erst nach Beendigung ihrer Karriere entdeckt. Zuvor sei sie nur auf Tournee gewesen.«

»Sie war Balletttänzerin, oder? Ich sah die Bilder in ihrem Haus.«

»Lass sie das bloß nicht hören«, warnte Jason sie mit seinem herrlich schiefen Grinsen. »Eine Tänzerin bleibt immer eine Tänzerin. Großmutter ist eine Primaballerina Assoluta.«

Solange er zur Schule gegangen sei, erzählte Jason, habe seine *grand-mère* ihn in den Ferien überallhin mitgenommen.

Julie war erstmals mit Jannik über die Grenzen Europas hinausgekommen. Nach Tauchurlauben in Ägypten und Tunesien hatte sie ihre dreiwöchige Hochzeitsreise dann bis ins ferne Neuseeland geführt.

Als es Schlafenszeit wurde, ignorierte Charoú ihr Kissen und trottete frech hinter Julie ins Schlafzimmer. Mit einem eleganten Satz landete sie auf dem Bett. Sie drehte sich dreimal im Kreis, warf sich nieder, rollte sich auf den Rücken und streckte ihre Beine in die Luft. Einen glücklichen Seufzer später war sie bereits eingeschlafen, während Julie noch überlegte, wie sie Charoú wieder aus ihrem Bett bekommen sollte. Wie es aussah, gar nicht …

Jason tauchte plötzlich neben ihr auf.

»Keine Sorge«, sagte er. »Sie besteht nicht auf einer Gutenachtgeschichte. Aber ansonsten ist Charoú genauso wie ein Kind.«

Mehrmals wurde Julie in der Nacht wach, lauschte kurz Charoús friedlichen Atemgeräuschen und glitt sofort wieder zurück in den Schlaf. Es war die erste Nacht seit dem Unfall, in der sie nicht von Albträumen heimgesucht wurde.

Als sie das nächste Mal die Augen aufschlug, sickerte bereits Tageslicht durch die Vorhänge. Charoú lag immer noch zu ihren Füßen, als hätte sie sich die Nacht über kein einziges Mal bewegt. Aber nun rappelte sie sich hoch, schüttelte sich kurz und stupste Julie an. Der alte Wecker auf dem Nachttisch zeigte kurz nach neun Uhr an. Schon so spät? Julie schwang die Beine aus dem Bett und hüpfte unter die Dusche.

Zehn Minuten später betrat sie die Küche. Jason hantierte am Herd, seine Haare glänzten feucht und um die Hüften trug er eine Küchenschürze gebunden.

»Guten Morgen, gut geschlafen?«, rief er und schwenkte die Pfanne. »Es gibt Eier mit Speck!«

Nicht nur das! Es lockten frische Backwaren, Aufschnitt, Käse und Obstsalat. Zwischen die Köstlichkeiten hatte Jason eine Vase mit Arndts Rosen platziert. Zum ersten Mal seit Monaten bekam Julie richtig Appetit, als sie das von Jason auf-getischte Fünf-Sterne-Mahl sah. Ein Sonntagsfrühstück am Montag.

»Wo hast du das alles her?«, staunte Julie, als Jason die Hälfte des lecker duftenden Pfanneninhalts auf ihren Teller kippte.

»Zum einen sind dein Kühlschrank und deine Vorratskammer gut gefüllt, zum anderen gibt es Geschäfte, die diese Dinge verkaufen. Eines davon nennt sich Bäckerei«, erklärte Jason bierernst und schaufelte sich den Rest der Speckeier auf den Teller. »Guten Hunger!«, wünschte er mit erhobenem Kochlöffel.

»Du warst schon beim Bäcker?«

»Yep. Ich war auch bereits joggen. Ich mag den frühen Morgen. Er ist wie ein Reset und gibt mir das Gefühl, dass alles möglich ist.«

Julie fragte sich, ob dies auch eine Aufforderung an sie war, auf den Reset-Knopf zu drücken.

»Wo kommt das Glas Himbeermarmelade her? Sie sieht selbst gemacht aus.«

»Von Edith. Sie hat sie mir gestern mitgegeben.«

»Für das Frühstück?«, fragte Julie perplex. *Das war doch gar nicht geplant!*

»Für zu Hause«, antwortete Jason und sah sie an, als seien ihre Gedanken kein Geheimnis.

Psychologen sollten sich nicht mit Psychologen anfreunden, dachte Julie verschnupft.

»Schmeckt es nicht?«

»Was?«

»Das Ei mit Speck?«

»Doch, doch. Es ist hervorragend.«

»Du hast es noch gar nicht versucht.«

»Oh.« Julie schob sich schnell eine Portion Ei in den Mund, keineswegs verlegen, wie sie es vielleicht vor einigen Tagen noch gewesen wäre. Sie kaute noch, als es an der Tür klingelte. Charoú schoss sofort bellend davon.

Dieses Mal stand Richard Lanz vor der Tür.

Himmel, fuhr es Julie durch den Kopf. *Gestern Arndt, heute Richard … und in der Küche sitzt Jason.* Sie kam sich fast vor wie eine Femme fatale.

Richard schaute ziemlich schief drein, als Julie ihn in die Küche führte. Sein Blick erfasste die leere Flasche Rotwein, die benutzten Gläser neben der Spüle, das opulente Frühstück, den Rosenstrauß. Und mittendrin ein properer Jason, der mit der umgebundenen Schürze aussah wie eine Hausfrau aus den Fünfzigern … Dabei hatte er bereits aufgeatmet, als er Jasons Auto nicht in der Auffahrt hatte stehen sehen.

Damn! Das hast du jetzt davon, wenn du einmal spontan bist, Richard, grollte er sich selbst.

Er war tags zuvor bei Edith gewesen, als Jason mit Nikis Rad dort aufgetaucht war und erzählt hatte, er habe die entlaufene Charoú am Dinzinger Weiher gefunden, wo er auch auf Julie getroffen sei. Er würde sich um sie kümmern. Und genau dieser Satz hatte in ihm eine Unruhe ausgelöst, die er nicht mehr unter Kontrolle brachte. Vielleicht war auch die Fantasie ein wenig mit ihm durchgegangen. Weil ihm nicht mehr aus dem Kopf wollte, was er gerne an einen blinden Fleck seines Gewissens verbannt hätte: sein eigenes, unrühmliches Verhalten nach Cathys Tod … Es fuchste ihn ungemein, dass der junge Mann die Nacht bei Julie in der Villa verbracht hatte. Verdammt, und dafür hatte er extra die Baubesprechung am Morgen verschoben … Aus Ungewissheit war Gewissheit geworden, und das, fand er, war definitiv ein schlechter Tausch.

Andererseits, was ging es ihn an? Julie war erwachsen, sie konnte tun und lassen, wonach ihr das Herz stand. Und wenn eine Nacht mit Jason ihr gegen die Trauer half, war er der Letzte, der Julie deshalb verurteilen wollte.

Er selbst hatte damals nichts unversucht gelassen, um diesem bitteren, alles Licht verschluckenden Gefühl wenigstens für eine kurze Zeit zu entfliehen. Frauen, Alkohol, Medikamente. Therapiesitzungen. Seither waren ihm Psychologen suspekt. Die Seelenklempner hatten ihm null geholfen.

Jason sprang bei seinem Eintreten auf. »Hi, guten Morgen, Richard. Trinkst du einen Kaffee mit uns mit?«, bot er an.

Was war er? Der Hausherr? *Asshole* … Richard lächelte freundlich, bedankte sich für die Einladung und nahm Platz.

»Caffè Americano, Espresso, Cappuccino?«, erkundigte sich Jason wie ein Barista, während er Wasser nachfüllte. Die Frage an sich war harmlos, Jasons forschender Blick hingegen war es nicht.

Plötzlich fühlte sich Richard unbehaglich. Edith hatte Jasons Studium erwähnt, er gehörte demnach auch zur Spezies Seelenklempner. Versuchte das Bürschchen etwa gerade, ihn zu analysieren? *Na, dann zieh dich mal warm an* … Richard lehnte sich zurück und verschränkte die Arme. »Americano, bitte.«

Auch Julie spürte die jähe atmosphärische Veränderung, konnte sich allerdings keinen Reim darauf machen. Wo war die Leichtigkeit hin? Sie erkundigte sich nach dem Naheliegenden: »Was führt Sie hierher, Richard? Unser Termin ist doch erst morgen. Oder habe ich da was verwechselt?«

»Nein, haben Sie nicht. Ich wollte nur kurz vorbeischauen. Edith bat mich darum.« Die Lüge glitt von seinen Lippen, als hätte er sie sich zuvor zurechtgelegt. Weshalb log er? Warum zog er Edith da mit hinein?

»Das ist nett von Edith«, meinte Jason, der Richard den gewünschten Americano servierte.

F… you! Innerlich schüttelte Richard den Kopf, verstand sich selbst nicht mehr. Woher kam dieser kalte weiße Zorn? Es war eine ganz miese Idee gewesen, hierherzukommen. Er sollte wieder gehen. Sofort. Er nahm einen vorsichtigen Schluck aus der Tasse, lobte: »Hervorragend«, setzte nochmals an und erhob

sich. »Danke für den Kaffee. Bis morgen um neun Uhr, Julie.«
Sprach's und marschierte aus der Küche.

»Was war das denn jetzt?«, fragte sie verwundert.

»Keine Ahnung.« Jason zuckte in aller Unschuld die
Achseln. Er wandte sich ab, damit Julie das feine Lächeln, das
seine Lippen umspielte, nicht sehen konnte. Er wusste, was
Jannik zu Richard gesagt hätte: *Maximal verpeilt.*

Gegen halb zwölf machte sich Jason auf den Rückweg nach
Berlin. »Bitte nicht wundern, dass ich mich nicht großartig von
Charoú verabschiede. Es ist besser für sie. Ich weiß, sie ist bei
dir in guten Händen.« Er holte seinen Wagen aus der Garage,
rollte winkend an ihr vorbei und bog von der Auffahrt auf die
Straße ein.

Julie wartete, bis Jasons Auto nicht mehr zu sehen war.

Nicht eine Sekunde kam ihr in den Sinn, dass sie mit ihm
hätte zurückfahren können. Charoú saß dicht neben ihr und
sah zu ihr auf.

»Ja, da sind wir nun, wir zwei beide«, sagte Julie zu ihr.
»Komm, gehen wir rein. Es gibt ein Leckerli.«

TEIL 2

KAPITEL 25

VERGANGENHEIT

Etwas wie ein geregeltes Familienleben suchte man im Hause Obermaier vergebens. Die täglichen Mahlzeiten bildeten die Ausnahme. Sie waren Großvater und Vater heilig und wurden gemeinsam eingenommen. Das oberste Gebot hierbei: Pünktlichkeit.

Das Mittagessen hatte um zwölf Uhr auf dem Tisch zu stehen, um sechs das Abendbrot. Wer sich auch nur um eine Minute verspätete, durfte mit leerem Magen zu Bett gehen.

Die wöchentliche Speisefolge blieb dabei ewig gleich; Klara konnte sie im Schlaf herunterbeten. Jeden Tag kam Fleisch oder Wurst auf den Tisch, selbst am Freitag, wenn in den meisten Haushalten Fisch gereicht wurde. Die Obermaiers konnten es sich schließlich leisten. Im Wechsel gab es sonntags entweder Rinderbraten oder Schweinshaxe. Die Woche begann mit Gehacktem, einen Tag später folgte Presssack, der Mittwoch war Wursttag, donnerstags stand Eintopf auf dem Herd und am Freitag wurde bekanntlich geschlachtet, weshalb die Reste der Schlachtplatte am Samstag verspeist wurden. Eine besondere

Vorliebe hegte der Vater für seinen Rettich, gewürzt auf bayerische Art mit Essig, Salz und Pfeffer, das Ganze noch reichlich garniert mit Zwiebeln aus dem Garten. Im Hause Obermaier wurde deshalb viel gefurzt.

Klara verabscheute die gemeinsamen Essen. Die Geräusche der geschlürften Suppe, die ungenierte Fressgier, das Pulen mit den Fingern nach Essensresten im Mund. Allein beim Anblick ihres Vaters, wie er seine gelben Zähne in eine Schweinshaxe grub, sodass Lippen und Bart vor Fett triefen, stülpte sich ihr der Magen um. Fleisch, Fleisch, Fleisch. Die Religion ihrer Familie.

Immer häufiger erschien sie deshalb absichtlich zu spät. Sie bekam dann zwar kein Essen, ersparte sich aber das eklige Spektakel und konnte sich in ihre Dachkammer zurückziehen. Ihr Vater sprach ohnehin kaum mit ihr, und auf die Frotzeleien ihrer Brüder verzichtete sie gerne.

Aber der Geruch von Blut und Tod verfolgte sie bis in ihr Zimmer. Darum liebte sie den Weiher so sehr. An seinem Ufer konnte sie alles vergessen, die Lungen tief mit Luft füllen, ihren Atem wiederfinden. Zu Hause drohte sie immer mehr zu ersticken.

***

»Alles Gute zum Geburtstag«, sagte Friedrich und überreichte Flora ein hübsch verpacktes Päckchen.

»O Friedrich«, hauchte Flora. Sie zog an der Schleife, die sich sogleich löste, und wickelte das Papier ab. Darunter kam eine Schmuckschachtel zum Vorschein. Flora sah Friedrich mit großen Augen an, die Wangen vor Aufregung gerötet.

»Los, mach es auf«, zappelte Friedrich.

Flora klappte den Deckel hoch. Vor ihr lag eine Kette mit einem Anhänger, geformt wie eine winzige Rosenblüte.

»Wie wunderhübsch!«, rief Flora verzaubert und berührte den Anhänger mit ihrem Zeigefinger.

»So hübsch wie du, meine Rose«, sagte Friedrich mit einem Gesicht wie ein Sonnenstrahl. »Dreh sie um. Ich habe sie für uns gravieren lassen.«

»O Friedrich«, seufzte Flora abermals beim Anblick der beiden ineinander verschlungenen *F*.

»Für Friedrich und Flora.« Friedrich lächelte stolz, nahm die Kette und legte sie Flora um den zarten Hals. »Für immer vereint«, sagte er. Sie küssten sich.

Klara senkte das Fernglas, das sie ihrem Großvater entwendet hatte. Im Grunde benötigte sie es gar nicht. Sie hatte eine ziemliche Fertigkeit im Anschleichen entwickelt und sich auch heute bis auf zehn Meter an das Paar herangerobbt.

Die beiden waren ohnehin vollkommen mit sich selbst beschäftigt und hätten es vermutlich nicht einmal bemerkt, wenn die Dinzinger Blaskapelle neben ihnen aufgespielt hätte. Doch das Fernglas ermöglichte es ihr, die Details der Kette genauer in Augenschein zu nehmen. In Klaras Magen rumorte es, etwas tief Verborgenes regte sich in ihr – als erwache ein schlafendes Ungeheuer und öffne sein rotes Auge.

Erstmals seit Beginn ihrer Schwärmerei für Friedrich genügte es ihr nicht mehr, sich an Floras Stelle zu wünschen. *Sie* wollte Friedrichs Freundin sein. Sie wollte, dass Friedrich *ihr* diese Kette um den Hals legte. Sie wollte, dass aus *ihrem* Traum Wirklichkeit wurde.

Tief in Klara wuchs ein Schatten heran, das böse Gespenst der Eifersucht. Und es schmiedete Pläne.

Kapitel 26

Gegenwart

Ich liebe dich, weil du immer das Richtige tust.

Jannik

»Schön, dass du da bist«, begrüßte Edith Julie herzlich, als sie ihr am nächsten Morgen die Tür öffnete. Wie eine alte Freundin schloss sie ihren Besuch erst einmal fest in die Arme.

»Entschuldige, dass ich gestern einfach weggelaufen bin«, begann Julie kleinlaut.

»Warum? Auf den Schock hin wäre ich das an deiner Stelle auch. Wir sind Menschen«, winkte Edith großzügig ab.

Niki kam just die Treppe herabgehüpft und stürzte sich sofort auf Charoú, die ihm entgegensprang. Ein wirbelndes Knäuel aus Kind und Hund füllte den Flur.

»Kinder und Hunde«, seufzte Edith. »Was für Seelenpflaster!« Sie schlängelten sich an den zweien vorbei. »In der Kita ist Läusealarm, sie haben alle Kinder am Morgen wieder heimgeschickt«, erklärte Edith. »Gehen wir ins Wohnzimmer. Ich habe mir gerade einen Tee gekocht. Eine Mischung meiner Mutter. Möchtest du auch einen?«

»Sehr gerne.«

Julie war nach wie vor befangen, als sie etwas später in den heißen Becher pustete. Wie sollte sie das Gespräch beginnen? Oder würde Edith das übernehmen? Schließlich raffte sie ihren gesamten Mut zusammen. »Wie geht es dir?«, erkundigte sie sich zaghaft.

»Na ja, man sieht es, oder?« Edith fuhr sich über den kahlen Schädel. Dennoch lächelte sie, als sie weitersprach: »Ich habe bereits zwei Chemotherapien hinter mir. Nächsten Monat beginnt die dritte. Langsam fürchte ich mich mehr vor der Therapie als vor dem Krebs. Aber wie du es dir schon gedacht hast, wollte ich mit dir nicht über meine Krankheit sprechen.« Ediths Augen wanderten nach draußen, wo ihr Sohn nun mit Charoú durch den Garten tollte.

Julie folgte ihrem Blick. *Niki.* Der Sohn ihres Vaters. Und Edith wollte, dass sie sich um ihn kümmerte, falls …

Nicht Edith weinte. Julie war es, der die Tränen aus den Augen strömten. Vieles löste sich. Das Gespenst der Zukunft verlor seinen Schrecken. Sie hatte einen kleinen Halbbruder. Eine Verantwortung, der sie sich nicht entziehen konnte und auch gar nicht wollte. Auch, weil ihm ihr Herz längst zugeflogen war. Aber Niki brauchte vor allem eins: seine Mutter.

»Du wirst nicht sterben!«, beschwor sie Edith.

Am nächsten Tag fuhr Julie mit Richard nach Rosenheim und trat ihr Erbe offiziell an.

***

»Ich bin sehr froh, dass Sie es sich nun doch anders überlegt haben«, sagte Richard Lanz zu Julie, als er sie abholte. Seine Augen leuchteten.

Richards unverhohlene Freude beschämte Julie. Vielleicht war es egoistisch von ihr gewesen, keinen Gedanken daran zu verschwenden, welche Folgen ihr Entschluss gegen die Erbschaft für andere nach sich ziehen würde. Ihretwegen machte sich die gesamte Leyendecker-Belegschaft Sorgen um die Zukunft. Die einzige Entschuldigung, die sie vorbringen konnte, war, dass sie nicht um dieses Erbe gebeten hatte. Als sie nun den Erbschein in den Händen hielt, fühlte sie, dass sie das Richtige getan hatte. Und um den Faden nicht abreißen zu lassen, bat sie Richard, sie zu ihrer Großmutter Klara ins Pflegeheim zu begleiten. Es gab vieles aus der Vergangenheit, auf das ihr nur die Großmutter eine Antwort geben konnte.

»Bitte seien Sie nicht allzu enttäuscht, falls heute ein normales Gespräch mit ihr nicht möglich ist«, warnte Richard sie während der Fahrt vor.

»Dessen bin ich mir bewusst. Ich habe Großmutter auf der Beerdigung erlebt. An meinem Geburtstag hingegen schien sie bei relativ klarem Verstand zu sein. Auch wenn mir das Motiv ihres Auftritts nach wie vor schleierhaft ist. Es wird ihr wohl kaum um die Geschenkübergabe gegangen sein.«

Julie spähte durch die Seitenscheibe, ohne die vorbeiziehende Landschaft wahrzunehmen. Der kürzlich gefallene Schnee hatte sich gegen das einsetzende milde Wetter nicht behaupten können und war längst dahingeschmolzen. Ab und zu kam ein kleines Dorf in Sicht, aber mehrheitlich führte ihr Weg über sanfte Hügel, durch Wälder und vorbei an riesigen Weideflächen. Aber Julie hatte kein Auge für die ländliche Idylle.

Richard warf ihr einen schnellen Blick zu. »Ich denke, das Ganze ist Konrad Schumachers Idee gewesen.«

»Wie kommen Sie darauf?«

»Ich glaube, dieser Besuch sollte einem besonderen Zweck dienen.« Richard legte eine kurze Pause ein, nicht länger als ein Atemzug. »Um Ihnen und einer größeren Gesellschaft vorzuführen, auf welch vertrautem Fuß er mit Ihrer Großmutter steht.«

»Aber was verspricht er sich davon? Er besitzt doch bereits das Stimmrecht für ihre Anteile.«

Richard fasste das Lenkrad fester. »Eben. Damit am Ende keiner auf die Idee kommt, er könnte sich die Unterschrift auf der Vollmacht von Klara Leyendecker erschlichen haben.«

Julie stieß hörbar Luft aus. »Sie zweifeln tatsächlich seine ehrlichen Absichten an?«

Julie registrierte, wie Richard Lanz die Kiefer fest aufeinanderpresste, bevor er zu einer Antwort ansetzte. »Ja, das tue ich inzwischen durchaus.«

Unwillig schüttelte sie den Kopf. Sie hatte sich eben erst entschieden, ihr Erbe anzutreten. Von nun an trug sie die Verantwortung für hundertachtzig Menschen. Die damit verbundenen Pflichten würden künftig ihr Leben bestimmen. Es sollte ein Neuanfang sein, und aus diesem Grund musste sie heute mit ihrer Großmutter sprechen. Klara war neunzig und schwer krank. Es war an ihr, den ersten Schritt zu tun und den alten Zwist zu begraben, das lange Schweigen zwischen ihnen endlich zu brechen. Sie wollte keine neuen Konflikte heraufbeschwören. Falls Richards Verdacht jedoch zutreffen sollte … Nein, sie wollte es nicht glauben. Egal, wie schlau Konrad Schumacher es angestellt hätte, ihre Großmutter war schlauer. Wenn sie Schumacher ihre Anteile übertragen hatte, dann hatte sie dafür ihre Gründe gehabt.

Richard spürte, wie viel Unbehagen ihr seine Bemerkung bereitete. War er vorschnell gewesen? »Hören Sie nicht auf mich. Vielleicht täusche ich mich ja«, schwächte er seinen Einwand ab. »Lassen Sie uns Ihre Großmutter besuchen. Und wer weiß, am Ende löst sich alles in Wohlgefallen auf. Übrigens, was ist denn in dem Päckchen gewesen?«

»In welchem Päckchen?«

»Dem Geschenk Ihrer Großmutter?«

»Oh«, machte Julie. »Ich habe bisher nicht nachgesehen.« Sie würde sich bei Klara für ein ungeöffnetes Geschenk bedanken müssen. Vorausgesetzt, sie würde ihre Großmutter bei klarem Verstand antreffen …

***

Die Pflegeeinrichtung im Rosenheimer Südosten mit dem blumigen Namen »Alpenrose« erwies sich als ein nüchterner Betonkomplex in Modulbauweise. Viel Glas, viel Stahl, viel Grau.

Hier sollte ihre Großmutter untergebracht sein? Es fröstelte Julie beinahe, als sie auf dem Parkplatz aus dem Wagen stieg. In ihrer Vorstellung hatte sie eine klassizistische Villa mit Kurpark erwartet. Diese klinische Umgebung passte nicht zu ihrer Großmutter Klara, die zeitlebens einen Hang zum Exquisiten gehabt hatte.

»Mir sagt dieser Bau auch nicht sonderlich zu«, versicherte ihr Richard, der ihren Blick richtig deutete. »Beim Essen heißt es: Das Auge isst mit. Ich behaupte gerne, die Seele wohnt mit. Als Architekt sollte man nicht ausschließlich die Funktionalität im Auge haben, sondern auch, dass man für Menschen baut. Allerdings genießt diese Einrichtung einen erstklassigen Ruf, was die Versorgung ihrer Pfleglinge betrifft. Ihre Großmutter befindet sich hier also in den besten Händen.«

Kurz nachdem sie sich beim Empfang gemeldet hatten, steuerte sofort eine gepflegte Dame in mittleren Jahren auf sie zu. »Grüß Gott. Ich bin Doktor Leopoldine Gerg, die Leiterin dieser Einrichtung«, stellte sie sich ihnen vor. Sie schenkte Richard Lanz ein freundliches Nicken. »Ich glaube, wir sind uns schon einmal begegnet.«

»Ja, das war Anfang des Jahres. Darf ich Ihnen Frau Julie Bredow vorstellen? Wir besuchen heute ihre Großmutter, Klara Leyendecker.«

»Wie schön, Sie auch einmal kennenzulernen, Frau Bredow. Ihre Großmutter hat sehr nett über Sie gesprochen.«

Julie lächelte unverbindlich und ließ sich nicht anmerken, dass sie die Bemerkung von Dr. Gerg für eine höfliche Floskel hielt, die sie vermutlich für jeden Verwandten parat hatte.

»Ich möchte Ihnen gerne noch mein Beileid aussprechen. Der Tod Ihres Vaters ist ein herber Verlust für uns alle. Wir sind uns einige Male begegnet. Es hat mich sehr getroffen, als ich von seinem tödlichen Unfall erfahren habe.«

Julie bedankte sich und Frau Dr. Gerg verabschiedete sich zum nächsten Termin.

Etwas später betraten Julie und Richard Klaras Zimmer. Eine Pflegerin öffnete ihnen von innen die Tür, informierte sie knapp, Frau Leyendecker habe heute keinen guten Tag, und huschte davon.

Julies Großmutter saß vollkommen starr im Rollstuhl, über die Knie eine Decke gebreitet. Nichts deutete darauf hin, dass sie ihre Besucher bemerkt, geschweige denn erkannt hatte.

Nach dem Auftritt ihrer Großmutter am Sonntag, bei dem sie beinahe zu alter Form aufgelaufen war, erschütterte Julie Klaras heutiger Zustand. Sie bewegte sich auf ihre Großmutter zu, beugte sich hinab und sagte laut: »Hallo, Großmutter! Ich bin es, Julie.« Sie griff nach Klaras Hand. Keine Reaktion, bis auf ein vages Flackern der Augen. Oder bildete sie sich das lediglich ein? Die Pupillen ihrer Großmutter waren stark erweitert. Hatte sie wieder Medikamente genommen? Julie sah sich nach einem Medikamentenschälchen um, konnte aber nirgendwo eines entdecken.

Der kleine Balkon ging auf eine überschaubare Grünanlage hinaus. Kein Kurpark, aber immerhin ein wenig Natur. Das schöne Wetter hatte zahlreiche Senioren ins Freie gelockt, manche gingen eine Runde spazieren, andere wurden im Rollstuhl von Pflegekräften begleitet. Im Großen und Ganzen ein friedliches Bild. Aber viel zu still. Julie vermisste den üblichen Lärm und Betrieb eines Parks: das Kreischen spielender Kinder, das Bellen von Hunden, Jugendliche, die Frisbees warfen, Familien, die auf Decken picknickten, Jogger und Radfahrer. Das normale Leben in seiner gesamten dissonanten Bandbreite.

Auf seine Weise wirkte das Zimmer auf Julie genauso still wie der Park. Sie entdeckte nur wenige persönliche Dinge ihrer Großmutter wie die Jugendfotografie ihres Sohnes auf der Kommode und den samtbezogenen Sessel im Louis-quinze-Stil, in dem Klara früher im Esszimmer Hof gehalten hatte. In der kargen Nüchternheit des Zimmers wirkte er wie ein Fremdkörper.

Julie war nicht darauf vorbereitet, wie traurig sie der Anblick ihrer Großmutter stimmen würde. Sie passte ebenso wenig hierher wie der opulente Sessel. An ihrem Geburtstag hatte sie noch geglaubt, Klara befände sich auf dem Weg der Besserung. Doch ihre jetzige Verfassung beunruhigte sie. Lag der Grund für ihren Zustand an den Schmerzen und den Medikamenten? Oder hatte sich Klara Leyendecker aufgegeben und vegetierte in diesem Raum ihrem Tod entgegen?

Was waren denn das für Gedanken? Es musste doch gar nicht so weit kommen! Sie hatte nicht nur die Verantwortung für hundertachtzig Mitarbeiter, sondern auch für ihre alte Großmutter! Klaras Versäumnisse in der Kindheit, ihre unnachgiebige Härte, ihr letzter, erbitterter Streit. All das verblasste jetzt vor der Endgültigkeit des Todes. Und hatte nicht auch sie Fehler begangen? War sie nicht ohne ein Wort des Abschieds verschwunden, hatte nie wieder etwas von sich hören lassen? Zeitlebens hatte sie ihrem Vater vorgeworfen, dass er sie nach dem Tod der Mutter allein gelassen und in ein Internat abgeschoben hatte. Dabei war sie nicht besser als er. Sie saß im gleichen Glashaus, hatte sich genauso in ihren Kummer vergraben wie ihr Vater damals. Hatte ihre Schwiegermutter Ilse und ihre Freunde aus ihrem Leben ausgeschlossen. Für eine Aussöhnung mit ihrem Vater war es nun zu spät. Aber ihre Großmutter lebte noch.

»Wie schnell könnten wir in der Villa einen patientengerechten Raum einrichten?«, wandte sie sich spontan an Richard.

»Sie möchten Ihre Großmutter nach Hause holen?«

»Ja, das will ich«, bestätigte Julie und klang, als besiegele sie einen Pakt.

»Ich fürchte, das wird nicht so einfach werden.«

»Warum? Wir räumen das Gesellschaftszimmer neben der Bibliothek aus, kaufen ein Krankenhausbett und stellen eine Pflegerin ein.«

»Ich bremse Sie ungern aus, Julie. Leider ist es aber so, dass Sie diese Entscheidung nicht ohne Rücksprache treffen können. Wie Sie wissen, hat Ihre Großmutter Konrad Schumacher alle Vollmachten übertragen, inklusive einer Patientenverfügung.«

»Aber ich bin ihre Enkelin und er ist nicht mit ihr verwandt!«, rief Julie enttäuscht, verstand aber, dass sie solche Abmachungen berücksichtigen musste. Dennoch wollte sie alle Möglichkeiten ausschöpfen. »Lassen Sie uns das mit der Klinikleiterin besprechen.«

»Jetzt sofort?«

»Warum nicht? Könnten Sie bei ihr bitte wegen eines Termins vorfühlen? Ich möchte noch ein wenig mit meiner Großmutter alleine sein.«

Richard verließ das Zimmer, während Julie den Rollstuhl ihrer Großmutter vor das Balkonfenster schob, den grünen Sessel neben sie rückte und begann, ihr von ihrem Leben in Berlin zu erzählen. Auch wenn der Geist ihrer Großmutter abwesend zu sein schien, war es durchaus möglich, dass Klara ihre Worte verstehen konnte.

Unvermittelt krallte sich die Hand ihrer Großmutter in ihren Arm: »Wir sind verflucht! Alle verflucht! Das Feuer, das Feuer … es kommt mich holen.« Sie heulte schaurig auf. Unmittelbar darauf erschlaffte Klara wieder und ihr Kopf sackte auf die Brust.

Julie fürchtete bereits das Schlimmste, als ihre Großmutter einen beinahe kindlichen Seufzer ausstieß, gefolgt von: »Es brennt. Heiß, so heiß …«

Julie holte ein Glas Wasser. »Großmutter? Möchtest du einen Schluck Wasser?«

Da bäumte sich Klara auf, und mit einer Kraft, die man ihrem mageren Körper niemals zugetraut hätte, schlug sie Julie das Glas aus der Hand. Es regnete Wasser und Splitter, als es an der marmornen Fensterbank zerschellte.

Julie rollte ihre Großmutter sofort aus der Gefahrenzone.

Was für eine Bescherung! Ein Glassplitter hatte Klara im Gesicht getroffen, auf ihrer Wange bildeten sich Blutstropfen. Weitere Scherben hatten sich in der Wolldecke auf ihrem Schoß verfangen. Julie schlug die Enden vorsichtig zusammen und legte sie beiseite. Sie fand Desinfektionsmittel und Pflaster im Bad und versorgte Klaras kleine Gesichtswunde. Reglos wie eine Gliederpuppe ließ diese alles mit sich geschehen. Julie wünschte sich ihre alte streitbare Großmutter zurück. Das war doch kein Leben!

Von einer Putzkraft beschaffte sie sich Besen und Schaufel und machte sich daran, die Bescherung zu beseitigen. Dies war schon der zweite Scherbenhaufen innerhalb von achtundvierzig Stunden. Falls Scherben Glück brachten, müsste ihr Konto ins Plus geschwenkt sein … Sie war noch bei der Arbeit, als hinter ihr die Tür aufging.

»Was ist denn hier passiert?«, ertönte eine Stimme vorwurfsvoll. Eindeutig nicht Richard Lanz.

Julie wirbelte herum und sah sich Konrad Schumacher gegenüber. »Nichts. Es ist lediglich ein Glas zu Bruch gegangen.«

Der Anwalt trat näher. »Was ist mit Klaras Gesicht? Und wieso in Gottes Namen zittert sie so?« In der Tat hatte Klara Leyendecker begonnen, am ganzen Leib zu beben.

Julie berührte ihre Schulter. »Sie hat einen kleinen Splitter abbekommen.«

»Aha.« Schumacher besetzte den zweiten Stuhl und warf einen prüfenden Blick ins Zimmer. Julie stieß auch dieses Verhalten auf. Was glaubte der Mann? Dass sie heimlich in den Schränken ihrer Großmutter herumwühlte? Ihr Gedanke schien gar nicht so weit hergeholt zu sein.

»Versteh mich jetzt bitte nicht falsch, Julie. Es ist schön, dass du deine Großmutter besuchst, und du kannst das selbstverständlich auch jederzeit tun. Ich würde nur gerne vorher von dir darüber informiert werden.«

»Wie bitte? Ich soll *dich* vorher um Erlaubnis bitten, wenn ich *meine* Großmutter sehen möchte?« In Julie kochte Zorn hoch.

Konrad Schumacher schlug die Beine übereinander, eine Demonstration überlegener Ruhe. »Schau, ich war all die Jahre für deine Großmutter da. Mir geht es lediglich darum, was das Beste für Klara ist. Dein Besuch scheint sie sehr aufzuwühlen. Du kannst es mir ruhig verraten. Hat sie das Glas nach dir geworfen?«

»Was? Wie kommst du darauf?« Julie wollte etwas Scharfes erwidern, als sich die Tür abermals öffnete und Richard eintrat.

»Oh, guten Tag, Konrad. Das ging aber schnell.«

Der Anwalt runzelte die Stirn: »Grüß Sie, Richard. Ich hatte mich schon gefragt, wo Sie sind. Wie war der Termin beim Nachlassgericht?«

»Er wurde abgesagt.«

»Abgesagt? Wieso denn abgesagt?« Schumacher wirkte erstmals irritiert.

Julie machte einen Schritt nach vorne und stellte sich neben Richard. Fast streiften sich ihre Hände. »*Ich* habe den Termin heute abgesagt, Konrad«, bekannte sie mit einem Lächeln. Es schmeckte süß wie Zucker.

»Darf man erfahren, warum?«

»Er ist nicht mehr nötig. Ich werde mein Erbe annehmen.«

Julie hätte sich gerne an Konrad Schumachers Ausdruck ergötzt. Aber eines musste man dem langjährigen Anwalt der Leyendecker Kaffeemanufaktur lassen: Er hatte sich erstklassig im Griff.

Schumacher erhob sich und zupfte die Ärmel seines dunklen Mantels zurecht: »Ich hoffe, du weißt, was du da tust, Julie. Dir fehlt jegliche Erfahrung, um eine Firma zu leiten. Aber selbstverständlich stehe ich dir jederzeit mit meiner Expertise zur Verfügung.«

»Danke, ich weiß dein Angebot sehr zu schätzen, *Onkel* Konrad. Aber mit Richard Lanz als Geschäftsführer habe ich bereits einen erfahrenen Berater an meiner Seite. Ich möchte dich noch darüber in Kenntnis setzen, dass ich meine Großmutter nach Hause in die Villa holen werde. Dagegen hast du sicher nichts einzuwenden.«

Ein zuckender Wangenmuskel verriet Schumacher. Julie hatte ihn mit ihrem unerwarteten Ansinnen getroffen.

Er holte zum Gegenschlag aus. »Ich habe durchaus Bedenken! Diese Einrichtung genießt, genauso wie Doktor Gerg, ihre Leiterin, einen erstklassigen Ruf über die Grenzen Bayerns hinaus, Julie. Deine Großmutter wird hier bestens versorgt und kann rund um die Uhr auf hervorragend geschultes Fachpersonal zugreifen. Diese Betreuung könntest du für sie zu Hause niemals gewährleisten.« Er hörte sich an, als zitiere er aus einem Werbeprospekt für das Haus Alpenrose.

»Ich stelle keinesfalls infrage, dass Großmutter hier gut versorgt wird, *Onkel* Konrad. Aber für mich ist es offensichtlich, dass sie sich hier nicht besonders wohlfühlt.«

»Du warst elf Jahre fort, Julie. In dieser Zeit hast du dich kein einziges Mal bei deiner Familie gemeldet und zu deiner Großmutter hattest du ohnehin nie ein gutes Verhältnis. Warum glaubst ausgerechnet du, jetzt zu wissen, was deine Großmutter gerne möchte?«, entgegnete Schumacher im Ton milder Herablassung.

Richard stieß Konrads Verhalten auf. »Heißt das, Sie verweigern Julies Wunsch Ihre Zustimmung?«

»Ich halte Julies Ansinnen durchaus für lobenswert«, wich Schumacher aus. »Darum geht es aber gerade nicht, Richard. Für mich zählt allein das Wohl Klara Leyendeckers. Das bedeutet zu entscheiden, was das Beste für sie ist. Klara hat sich auf eigenen Wunsch in diese Einrichtung begeben. Und solange sie diesen nicht selbst widerruft, kann ich Julies Bitte nicht unterstützen. So leid es mir tut.« Er lächelte unverbindlich.

Wie herbeibestellt klopfte es. Die schüchterne Krankenschwester von vorhin stand in der Tür. Dr. Schumacher ergriff die Gelegenheit, die Diskussion damit zu beenden. »Bevor es hier noch enger wird, empfehle ich mich. Auf Wiedersehen.«

»Ich müsste dann …«, begann die Krankenschwester und zog sich Einmalhandschuhe über.

»Gehen wir in die Cafeteria und unterhalten uns dort weiter. In einer halben Stunde können wir mit Doktor Gerg sprechen«, erklärte Richard mit einem Blick auf seine Uhr.

Julie verabschiedete sich von ihrer Großmutter, nicht ohne ihr vorher zu versichern, dass sie eine Lösung finden würden.

Ihre Großmutter zitterte nicht mehr, aber ihre Augen bewegten sich unruhig und ihr Mund formte ein ›O‹, als wollte sie ihr etwas mitteilen. Julie beugte sich tiefer herab.

Unvermittelt stand die Krankenschwester hinter ihr und räusperte sich zaghaft. »Ich müsste dann …«

»Kann die auch noch was anderes sagen?«, machte sich Julie draußen Luft. Aber eigentlich galt ihr Ärger Konrad Schumacher. Auf dem Weg zur Cafeteria fiel ihr etwas ein. »Als Konrad vorhin kam, sagten Sie zu ihm ›Das ging ja schnell‹. Wie war das gemeint?«

Richard senkte die Stimme: »Ich glaube, jemand von hier hat ihn angerufen und über unseren Besuch verständigt.«

»Wie bitte? Warum sollte Konrad die Besuche von Klara überwachen wollen?«

»Keine Ahnung!«, gab Richard zu. »Auch wenn ich einen Verdacht habe, fehlen mir dennoch die Beweise.«

Julie kräuselte die Stirn. »Vorhin im Wagen meinten Sie, Konrad könnte sich die Unterschrift meiner Großmutter auf der Vollmacht erschlichen haben. Ich weiß zwar nicht, wie Konrad das gegen ihren Willen bewerkstelligt haben soll. Aber inzwischen traue ich ihm das zu.«

Das folgende Gespräch mit der Klinikleiterin erwies sich als wenig fruchtbar. Dr. Gerg bestätigte die rechtliche Lage und erklärte, ihr seien damit die Hände gebunden. Schlimmer, nicht der Wunsch der Großmutter sei ausschlaggebend, sondern die Einwilligung durch Dr. Schumacher als kürzlich bestelltem Vormund der Großmutter.

»Was würde geschehen, wenn ich meine Großmutter ohne Doktor Schumachers Einwilligung trotzdem mitnehmen würde?«, erkundigte sich Julie.

»Ohne seine Zustimmung machen Sie sich damit leider strafbar«, antwortete Dr. Gerg und lächelte sie entschuldigend an. »Es käme einer Entführung gleich und ich wäre gezwungen, die Polizei einzuschalten. Allerdings steht Ihnen der Rechtsweg offen, Frau Leyendecker. Als nächste Verwandte der Patientin könnten Sie versuchen, die Vormundschaft für sich einzuklagen. Die Gerichte sind allerdings überlastet und es kann ewig dauern, bis das Gericht zu einer Entscheidung kommt. Wir hatten erst kürzlich einen ähnlich gelagerten Fall.«

»Was ist passiert?«

»Der Patient starb, bevor das Gericht zu einer Entscheidung gelangt war.«

Zutiefst frustriert trat Julie mit Richard die Rückfahrt an. Sie hatte sich für das Leben entschieden und stellte nun fest, dass es nur aus Hindernissen bestand.

Richard schwieg, versunken in eigene Grübeleien. Julie wurde das Gefühl nicht los, dass er ihr Wesentliches vorenthielt. Etwas wie den ersten Faden eines verworrenen Knäuels, an dem sie nur zu ziehen brauchte, um die Dinge nach und nach zu entwirren.

Richard setzte sie vor der Villa ab. »Bleibt es bei Ihrer Zusage, morgen an unserer Betriebsversammlung in der Manufaktur teilzunehmen?«

»Natürlich. Neun Uhr, sagten Sie? Ich werde da sein«, bekräftigte Julie ihren Entschluss mit mehr Sicherheit, als sie in diesem Moment empfand. Morgen begann ihr neues Leben. Morgen würde sie den Platz ihres Vaters einnehmen. So würden es zumindest die Mitarbeiter sehen: Eine neue Leyendecker-Generation übernahm das Kommando auf der Brücke.

»Kann ich Charoú eigentlich mit ins Büro nehmen?«, fiel ihr als letzte Frage ein.

»Natürlich«, lächelte Richard. »Sie sind die Chefin.«

KAPITEL 27

Ich liebe dich, weil du mich auch ohne rosarote Brille liebst.

Jannik

Das Erste, was Julie in den Sinn kam, als sie die Tür hinter sich schloss, war das Geburtstagsgeschenk ihrer Großmutter. Wo hatte sie es bloß hingetan?

»Sag, bist du auch ein Spürhund?«, wandte sich Julie an Charoú, die sofort antrabte. »Such Klaras Geschenk!«, forderte sie sie auf. Aber Charoú fand nur den Weg zu ihrem Fressnapf.

»Schlauer Hund«, lobte Julie dennoch und füllte Charoús Napf. Sie wollte sich eben einen Tee aufgießen, als das Telefon klingelte.

»Hättest du kurz Zeit, Julie?« Edith war am Apparat. »Niki möchte dir gerne etwas sagen, aber nicht am Telefon.«

»Natürlich, kommt gerne her.«

Eine Viertelstunde später öffnete sie den beiden die Tür. »'tschuldigung«, hauchte Niki mit hängendem Kopf, sobald Edith ihn vor Julie geschoben hatte.

Der Fünfjährige wirkte wie der letzte arme Sünder. Julie musste ein Schmunzeln unterdrücken. »Wofür denn, Niki?«

»Ich hab den Baum kaputt gemacht«, wisperte er. Charoú hockte neben ihm und leckte über seine Finger.

»Welcher Baum soll das gewesen sein?«, wunderte sich Julie.

»Der von Großmutter Klara.« Der Kleine starrte weiter auf seine Füße.

Verständnislos erhoffte sich Julie Aufklärung durch Edith.

Die reichte Niki seinen Rucksack. Charoús Kopf folgte der Bewegung höchst interessiert.

Niki holte ein Bild von der Größe einer Fotografie hervor. Es steckte in einem schmalen Holzrahmen, das Deckglas fehlte. Eine Ecke des Rahmens war wohl abgebrochen und anscheinend wieder angeklebt worden. Das würde zumindest den leicht beißenden Geruch erklären, der Julie in die Nase stieg.

Niki streckte Julie das Bild entgegen. Es war die hübsche Bleistiftzeichnung eines Baumes vor dem Hintergrund der Alpen. Julie stutzte. Sah der Baum darauf nicht aus wie die Kastanie hinter der Villa? Genauso hatte sie sie immer vor sich gehabt, wenn sie aus ihrem Kinderzimmerfenster in den Garten blickte.

»Niki …«, erinnerte ihn seine Mutter. »Hast du nicht etwas vergessen?«

»Oh!« Niki kramte nochmals im Rucksack, es raschelte und darauf streckte er Julie Geschenkpapier entgegen. Rot-grün kariert und seinem Zustand nach ein Fall für den Papierkorb. »Ist auch deins.«

Julie ging ein Licht auf. Das Geschenk ihrer Großmutter! Darum hatte sie vergeblich danach gesucht. Weil Niki es am Samstag mitgenommen hatte …

»Ich wollte es bloß schütteln und hören, was drin ist. Da ist es runtergefallen und es hat gaaanz fürchterlich gescheppert. Ich hab's ausgepackt, um es zu reparieren. Groooßes Indianerehrenwort«, sprudelte Niki hervor. »Und dann hat Mami mich erwischt«, gestand er mit kindlicher Ehrlichkeit.

Julie und Edith tauschten einen Mutterblick. »Das ganze Haus hat nach dem Kleber gerochen«, erklärte Edith mit einem Zwinkern.

Für Julie galt es nun, Niki von der Armesünderbank zu holen und ihm sein bezauberndes Jungenlächeln zurückzu-geben. Sie ging vor ihm auf die Knie. »Hör zu, Niki. Du musst dich nicht fürchten, wenn dir etwas herunterfällt. Mir passiert das oft. Deshalb bin ich auch ganz gut im Reparieren.«

»Hast du Kleber?«, fragte Niki.

»Sicher«, antwortete Julie. »Und wenn du magst, suchen wir zusammen einen neuen Rahmen aus.«

»Au ja!« Niki strahlte.

»Aber nicht mehr heute«, mahnte Edith. »Du musst jetzt zur Schwimmstunde.«

Als die beiden weg waren, schlüpfte Julie in ihren Anorak, lief mit der Zeichnung in den Garten und stellte sich vor den Baum. Ihre Großmutter hatte die Kastanie im Spätsommer gemalt, wenn sie die ersten Blätter verlor. Julie trat etwas zurück, um die Berglinie auf der Zeichnung mit den dahinterliegenden Alpen zu vergleichen. Es passte.

Warum, fragte sich Julie nun, schenkte ihre Großmutter ihr ausgerechnet diese Zeichnung? Wusste sie, welche Bedeutung dieser Baum für sie und ihre Mutter besessen hatte? Oder war es lediglich ein Verlegenheitsgeschenk, das Einzige, was sie gerade zur Hand hatte, um nicht ohne ein Präsent auf der Geburtstagsfeier zu erscheinen?

Charoú hatte sich einen Ast geschnappt und legte ihn ihr vor die Füße. Das lenkte sie vorerst von ihren Grübeleien ab. »Wirst du denn niemals müde?«, rief Julie lachend, nachdem sie den Stock ungefähr das zehnte Mal von sich geschleudert hatte. »Auf, ich brauche jetzt einen Tee und du bekommst einen Knochen.«

Der Besuch bei ihrer Großmutter und ihr rätselhaftes Geschenk hatten Julie in eine melancholische Stimmung versetzt. Während sie nach dem verschollenen Testament gesucht hatte, war sie auf alte Familienalben gestoßen. Sie erinnerte sich, dass sie kurz nach ihrem Abitur noch darin gestöbert hatte, mit einem ähnlichen Gefühl wie heute, als trüge sie bereits den Abschied in sich. Wenige Wochen später hatte sie Dinzing in Richtung Berlin verlassen.

Sie setzte sich mit den alten Alben auf die Couch. Um die Zeit ihrer Geburt waren Handys gerade erst erfunden worden und an Kamerafunktionen war noch nicht zu denken gewesen. Ihr Vater hatte es ohnehin zeitlebens vorgezogen, seine Aufnahmen mit seiner Kamera zu schießen. »Fotos«, pflegte er zu sagen, »sind kleine Kunstwerke. Eine gute Aufnahme bildet nicht nur den Augenblick ab, sondern muss vor allem eine Seele haben. Heutzutage wird wahllos auf alles draufgehalten, Bilder verkommen damit zu einer Nichtigkeit. Früher war ein Foto noch etwas Besonderes, heute ist es Massenware.«

Als Jugendliche hielt Julie ihren Vater deshalb für konservativ. Heute war sie ihm dankbar für die wunderschönen Bilder, mit denen er seine Frau und sein Kind festgehalten hatte. Julie blätterte durch die Alben mit Hunderten von Seelenfotos. Sie sahen darauf so glücklich aus. Glück, das sie nicht hatten festhalten können.

Auch von ihrer eigenen Familie hatten zahlreiche Fotos existiert. Jannik, der stolze Vater, hatte pausenlos mit seinem Smartphone Bilder der Zwillinge geschossen, heruntergeladen und digital bearbeitet. Im Ergebnis waren wunderschöne Fotobücher entstanden. Julie fragte sich, was aus den Familienalben geworden war, die sie mit ihrem gesamten Besitz im Haus zurückgelassen hatte. Vermutlich hatten die neuen Besitzer des Hauses alles entsorgt – weil sie ihre eigenen Seelenbilder besaßen.

Sie bereute es nun, derart kopflos gehandelt zu haben. Aber damals hatte es sich für sie richtig angefühlt. *Jede Dummheit ist sinnvoll, wenn man sie aus Überzeugung begeht.* Das hatte Jannik einmal zu ihr gesagt. Sie klappte das Album zu und rang die aufsteigenden Tränen nieder. Wenn sie jetzt weinte, würde sie lange nicht mehr damit aufhören können. Vielleicht wurde es Zeit, stärker als ihre Tränen zu sein. Vielleicht wurde es Zeit, keine kopflosen Entscheidungen mehr zu treffen.

Charoú hatte sich wie selbstverständlich neben ihr auf dem Sofa ausgebreitet. Sie rückte an Julie heran, legte die Schnauze auf ihren Schoß und seufzte herzerweichend.

»Mein Seelenfell«, murmelte Julie und schmiegte ihre Wange an Charoú. Unfassbar, wie schnell sie sich an das Tier gewöhnt hatte. Als sei Charoú von jeher ein Teil von ihr gewesen. Die Hündin entspannte sich unter ihren Händen, genauso wie Julie selbst. »Weißt du, du bist besser als jedes Yoga«, murmelte sie.

Sie zog die Zeichnung ihrer Großmutter auf dem Tisch näher heran. Sie wurde das nagende Gefühl nicht los, dass ihre Großmutter damit eine Absicht verfolgt hatte. Klara hatte darauf die Melancholie des Herbstanfangs perfekt eingefangen. *Ein Seelenbild* … Julie bildete sich ein, die Zweige sanft im Wind schaukeln zu sehen, während die fallenden Blätter ihr eine Botschaft zuraunten.

»Was willst du mir mit deinem Geschenk sagen, Großmutter?«, flüsterte Julie zurück.

KAPITEL 28

Ich liebe dich, weil du mit mir jede Morgen-Diät machst.

Jannik

»Bereit?«, fragte Richard Julie am nächsten Morgen und hielt ihr die Eingangstür der Leyendecker Kaffeemanufaktur auf. Sein Lächeln war offen und freundlich. Ein Lächeln, das Mut zusprach, eines, das sagte: *Ich bin für dich da.*

»Bereit«, entgegnete Julie entschlossen und trat in den hohen Empfangsraum. In den zwölf Jahren ihrer Abwesenheit hatte sich hier einiges verändert. Der moderne Glastresen und die junge, schick zurechtgemachte Empfangsdame dahinter standen in einem herben Kontrast zum Charakter des hanseatischen Kontors, den das Gebäude aus Backstein und die holzgetäfelten Wände ausstrahlten. Der intensive Geruch nach Kaffee hingegen war derselbe wie früher. Er haftete ihrer gesamten Kindheit an und hatte sie in ihr Erwachsenenleben begleitet.

»Hier bin ich, Vater«, flüsterte sie so leise, dass Richard es nicht hören konnte.

»Wie gefällt es Ihnen?«, fragte Richard mit dem Eifer eines kleinen Jungen. »Wir haben die alten Maschinen aufgearbeitet und hier aufstellen lassen, um die Firmengeschichte zu dokumentieren.« Stolz führte er sie herum. Fotografien an den Wänden zeigten die Mitarbeiter bei den verschiedensten Produktionsabläufen. Einige vergilbte Aufnahmen zeugten von den Anfängen der Leyendecker Kaffeemanufaktur. Auch die Gründerfamilie war abgebildet, der erste Friedrich Leyendecker nebst Frau Adelheid und den beiden Kindern. Kurz studierte Julie das Foto, fahndete nach seiner Seele. Die Eheleute saßen steif beieinander, als gehörten sie nicht zusammen und seien nur zufällig auf dasselbe Bild geraten, hinter ihnen standen der Sohn und die Tochter. Alle vier trugen Sonntagsstaat, die Männer Stresemann mit Vatermörderkragen und Melone, die Frau im Gerüschten mit großem Hut. Mit gesetzten Mienen blickten sie in die Kamera. Zu dieser Zeit war ein Foto eine ernste Angelegenheit und Lachen nicht erwünscht. Warum eigentlich, fragte sich Julie. Sie konnte sich denken, was Jannik geantwortet hätte: wegen der schlechten Zähne. *Ach, Jannik, du fehlst mir so ...* Er besaß dieses wunderbare Talent, allem die Schwere zu nehmen, ohne oberflächlich zu sein. Sie konnte heute noch seine Stimme hören: *Nichts ist hässlich, Julie, wenn man ihm mit einem Lächeln begegnet.*

O Gott, reiß dich zusammen! Schnell widmete sie sich dem abgebildeten Sohn Friedrich, ihrem Großvater, damals noch in seinen frühen Zwanzigern. Die Ähnlichkeit mit ihrem eigenen Vater war verblüffend. Der junge Mann blickte ohne Scheu in die Kamera. Was dachte er im Moment der Aufnahme? Dass er einmal alles erben würde? Dass er die Pflichtaufnahme schnell hinter sich bringen wollte, um sich interessanteren Dingen zu widmen? Julie setzte die Besichtigung fort.

In einer Ecke standen mehrere mit Kaffeebohnen gefüllte Leinensäcke, dekorativ angeordnet und mit Sortennamen und

Herkunftsland beschriftet. Charoú beschnüffelte jeden Sack ausgiebig. Ihr Schwanz wedelte im Dauerbetrieb. Sie schien sich für die exotischen Gerüche durchaus begeistern zu können. Im Gegensatz zu Julie, die im Laufe ihrer Jugend eine regelrechte Abscheu dagegen entwickelt hatte und seit dem fünfzehnten Lebensjahr fast nur noch Tee trank. Von ihrer jetzigen Warte aus betrachtet, war es eine Rebellion gegen das ihr vorbestimmte Leben gewesen.

Ihr Vater hatte erwartet, dass sie die Manufaktur übernehmen würde, und kein Verständnis dafür gezeigt, dass sie lieber Psychologie studieren wollte als Betriebswirtschaft. Ihre Großmutter hatte Arndt Schumacher für einen patenten jungen Mann gehalten und sie dazu gedrängt, mit ihm auszugehen. Ihr Vater und die Großmutter kreisten wie Satelliten um das Produkt Kaffee. Nicht sie besaßen das Unternehmen, das Unternehmen besaß sie. Und dieser Besitz machte sie alles andere als glücklich.

So wollte sie nicht werden, so wollte sie nicht leben. Mit der Zeit manifestierte sich ihre Abneigung gegen Kaffee derart, dass ihr schon vom Geruch übel wurde. Und nun stand sie hier, die vierte Generation, umgeben von den Zeugnissen dreier Generationen Leyendeckers vor ihr. *Seiner Familie kann man nicht entkommen*, hörte Julie die flüsternde Stimme ihrer Großmutter Klara.

Früheres Wissen stieg in ihr empor, als sie sich den alten Maschinen näherte. Das Leyendecker'sche Qualitätsgeheimnis machte aus, dass die Kaffeebohne zwar vorgeschält und vorsortiert bei ihnen im Werk ankam, allerdings noch mit dem schützenden Pergamenthäutchen. Das bewahrte die Bohne vor Beschädigung. Die Kaffeekirsche wurde im jeweiligen Herkunftsland lediglich von der äußeren Schale und dem Fruchtfleisch befreit, die restliche Aufarbeitung und Sortierung erfolgte erst in der Dinzinger Manufaktur. Früher war per Hand geschält worden, aber längst hatten Maschinen diese Aufgabe übernommen. Julie näherte sich einem Trommelröster der ersten Generation. Die Leyendecker Kaffeemanufaktur war ihrer Tradition seither treu geblieben und röstete besonders schonend in kleinen Mengen.

Hinter sich spürte Julie, wie ihr die Augen der jungen Empfangsdame auf Schritt und Tritt folgten. Sie würde sich heute noch vielen Blicken aussetzen müssen und jeder würde sich das Gleiche fragen wie sie selbst: Konnte sie den Erwartungen gerecht werden?

Julie hatte für ihren ersten Tag in der Firma ihre Kleidung sorgfältig ausgewählt. Es war eine Weile her, dass sie sich über derlei Äußerlichkeiten Gedanken hatte machen müssen. Bis auf den dunklen Hosenanzug, den sie bereits auf der Beerdigung getragen hatte, verfügte sie über nichts Passendes. Deshalb stand demnächst eine Shoppingtour nach Rosenheim an. Sie musste ihren Kleiderschrank neu bestücken, der lediglich die Sachen enthielt, die sie in ihrer Jugend getragen hatte. Am Ende hatte sie sich für die klassische Variante entschieden: Jeans, eine weiße Bluse und darüber den dunklen Anzugblazer. Ein Outfit, in dem sie sich wohlfühlte. Auf ihre Mütze hatte sie verzichtet. So sah sie aus, sie war, wie sie war. Ihr Entschluss, sich zu ihrer Verantwortung zu bekennen, brachte auch innere Stärke mit sich.

Sie ging auf die Empfangsdame zu und stellte sich vor. »Guten Morgen. Ich bin Julie Bredow, die Tochter von Friedrich Leyendecker.«

***

Am Ende dieses ereignisreichen Tages lud Richard Lanz Julie zum Essen in ein italienisches Restaurant ein. Dieses Mal nahm

Julie gerne an. Sie bestellten Pizza und Spaghetti alle vongole. Dazu tranken sie den Wein des Hauses.

Charoú, die sie begleiten durfte, verfolgte jede Bewegung des Kellners wie ein unsichtbarer Gast, der verzweifelt versucht, eine Bestellung aufzugeben.

»Sollen wir vielleicht heute Abend das Thema Firma ausklammern?«, schlug Richard gleich zu Beginn vor.

»Einverstanden«, seufzte Julie, der es von den vielen Gesprächen und Eindrücken in den Ohren summte. Dennoch hatte sie der Tag weniger mitgenommen, als sie ursprünglich befürchtet hatte. *Was hast du geglaubt? Dass dir der Geist deines Vaters erscheint? Hast du seinen Leitspruch vergessen? »Zaudern erledigt nichts, Zupacken zählt!«* Vielleicht hatte sie zu lange gezaudert, die Dinge laufen lassen und vergessen, wie gut es tat, aktiv zu sein. Etwas zu bewegen.

»Und was halten Sie davon, wenn wir uns duzen?«, schlug sie nun von sich aus vor.

»Gerne, Julie«, antwortete Richard schlicht. »Edith verriet mir, du wüsstest inzwischen über ihre Krankheit Bescheid.«

»Das Leben ist nicht fair«, erwiderte Julie leise. Woraufhin ihr Gespräch kurz ins Stocken geriet. Weil es keine geeigneten Worte gab, um ihre gefühlte Hilflosigkeit auszudrücken. Charoú nutzte die Pause, um sich in Erinnerung zu bringen, und so wandten sie sich anderen Themen zu.

»Woher stammst du genau?«, fragte Julie und bedankte sich beim Kellner, der nach den leckeren Bruschette ihre Hauptgerichte brachte.

»Ich bin auf einer Farm in Montana aufgewachsen, nicht weit von der Grenze zu Kanada. Mein Dad züchtete Bisons.«

»Wann hast du entschieden, Architekt zu werden?«

»Früh. Mein Dad war ursprünglich Schreiner und handwerklich sehr geschickt, er konnte einfach alles reparieren. Etwas wegzuwerfen hielt er für eine Sünde. Nachdem ein Blizzard unsere Scheune weggerissen hatte, baute er mit eigenen Händen eine neue. Ich war damals acht oder neun und half ihm. Dad war mein Held und ich wollte ihm nacheifern. Das Erste, was ich ganz allein baute, war eine Hundehütte für Murphy und Joy.« Richard lächelte wehmütig. »Vater starb, kurz bevor ich meinen Abschluss an der Uni machte. Sein Herz hörte einfach auf zu schlagen.«

»Das tut mir sehr leid für dich. Und deine Mutter?«

»Oh, sie lebt noch immer auf der Farm. Mit meinem jüngeren Bruder Mark, seiner Frau und zwei Enkeln. Es geht ihr gut. Sie hat seit einigen Jahren einen neuen Begleiter gefunden, mit dem sie ab und an ausgeht. Mutter liebt Musik. Meine Neffen spielen hervorragend Klavier und Geige. Das Talent haben sie von ihrer Urgroßmutter geerbt. Sie war früher bei den New Yorker Philharmonikern.«

Die Zeit verging wie im Flug.

»Ist das Tiramisu nicht hervorragend?«, schwärmte Richard und leerte sein Schälchen. »Ich glaube, ich bin so ungeniert und bestelle mir noch eins.« Er winkte dem Kellner.

Das versetzte Julie einen unerwarteten Stich. Jannik war genauso ein Schlemmer gewesen, und wenn ihm etwas schmeckte, bestellte er sich oft noch eine Portion. Das wiederum führte zu unerwünschten Nebenwirkungen wie Pölsterchen. Julie ertappte sich dabei, wie sie auf Richards Hüften schielte.

Sie hatte den Inhalt ihres eigenen Schüsselchens ebenfalls weggeputzt. Erstaunlich! Eine Süßspeise mit Kaffeegeschmack. Und einen Espresso obendrein. Noch vor zwei Wochen hätte sie dies niemals für möglich gehalten. Und es schmeckte ihr! Ein paar Pfunde mehr würden ihr ohnehin nicht schaden, wie Jason ihr erst kürzlich durch die Blume zu verstehen gegeben hatte.

Der zweite Nachtisch kam. »Möchtest du auch noch etwas?«, bot ihr Richard an und tauchte den Löffel in das cremige Dessert.

»Danke, nein. Übrigens … Du hattest doch gefragt, was mir meine Großmutter geschenkt hat. Es ist ein selbst gezeichnetes Bild.« Sie schilderte ihm die Episode mit Niki.

»Niki ist wirklich unbezahlbar«, meinte Richard schmunzelnd. »Er hat ständig diese verrückten Ideen. Und man muss höllisch aufpassen, was man zu ihm sagt. Er nimmt alles wörtlich und vergisst nichts. Weißt du, warum seine Haare so wild sprießen?«

»Ich weiß nur, dass manche Kinder sich ungern die Haare schneiden lassen.«

»Es ist zum Teil meine Schuld, dass er aussieht wie Struwwelpeter. Edith und ich nennen es das Brokkoli-Gate.«

»Brokkoli-Gate? Wie Watergate?«

»Yep. Edith achtet sehr darauf, dass Niki ausreichend Gemüse isst. Aber der kleine Strolch hasst Brokkoli. Also sagte ich einmal zu ihm, ich würde einen Löffel für ihn mitessen, wenn er auch einen isst. Als Edith in der Chemo die Haare ausfielen, verkündete er, er würde seine Haare für sie mitwachsen lassen.«

»Ach, er ist wirklich zum Niederknien.« Sie lächelten beide.

»Um zum Geschenk deiner Großmutter zurückzukommen: Was war denn auf dem Bild?«, erkundigte sich Richard.

»Ein Baum, die Kastanie in unserem Garten. Sie muss ihn schon vor einiger Zeit gezeichnet haben. Ich mochte diesen Baum immer gern. Als ich ein Kind war, hing eine Schaukel daran.«

»Also war es ein persönliches Geschenk. Das ist doch nett von ihr, oder?«

»Ja.« Julie zögerte. Sie überlegte, ob sie Richard ins Vertrauen ziehen sollte. Aber was hatte sie zu bieten außer einer vagen Ahnung?

»Was ist? Woran denkst du?« Richard musterte sie aufmerksam.

265

Julie ließ ihre Bedenken zu. »Dieses Geschenk ... Irgendwie habe ich seither das Gefühl, dass mehr dahintersteckt als eine nette Geste.«

»Der Baum soll dir etwas sagen?«, mutmaßte Richard prompt.

»Hört sich seltsam an, ich weiß.« Julie lächelte unsicher.

»An Gefühlen ist nichts seltsam, Julie«, erklärte Richard ernst. »Vor den Wissenschaften konnten wir uns nur auf unsere Intuition verlassen. Soll ich mir die Zeichnung einmal ansehen?«

»Gerne.«

Richard zahlte, steckte die Rechnung ein und erklärte verschmitzt, er würde sie von der Steuer absetzen.

Sie fuhren zur Villa, nahmen sich aber zuvor noch die Zeit für eine kleine Abendrunde mit Charoú.

Zurück im Haus schaltete Julie in der Küche alle Lichter ein und zeigte Richard Klaras Zeichnung.

»Aber die ist großartig! Deine Großmutter ist wirklich talentiert. Das sieht man auch an ihren anderen Werken.«

»Welchen anderen Werken?«

»Weißt du das nicht? Die Pferdestudien hier an den Wänden stammen alle von ihr.«

»Nein, zu meiner Zeit gab es die noch nicht. Weißt du, wer die Umbauten in der Villa veranlasst hat?«

»Dein Vater. Ich habe sie umgesetzt.«

»Und Großmutter?«

»Anfänglich gab es ein paar ... *difficulties*. Aber Friedrich war fest zu einigen Änderungen entschlossen.«

Julie drang nicht weiter in das Thema ein. Auch die *difficulties* zwischen Mutter und Sohn gehörten nun der Vergangenheit an. Sie musste daran denken, was es für ihre Großmutter Klara bedeutete, das eigene Kind überlebt zu haben. Fühlte sie denselben hohlen Schmerz wie sie? Die bittere Asche in ihrem Mund? Das Dunkle in jedem Licht?

»Was hat denn Charoú da?«, fragte Richard unvermittelt. Charoú hockte auf dem Boden. Zwischen den Pfoten hielt sie ein Stück buntes Papier und bearbeitete es hingebungsvoll.

»Oh, das ist Geschenkpapier. Großmutters Bild war darin eingewickelt.« Julie entwand es der empörten Charoú.

Sie wollte das Teil bereits im Müll entsorgen, als ihr etwas daran auffiel. Sie faltete das vollgesabberte Papierknäuel auseinander, strich es glatt und betrachtete seine Rückseite. Ein größeres Stück fehlte. Auf dem verbliebenen Rest konnte Julie zwei in Sütterlinschrift aufgemalte Buchstaben erkennen: »HI«, entzifferte sie.

Richard beugte sich interessiert darüber. »Hat das eine Bedeutung?«

»Wir brauchen den Rest davon«, sagte Julie bestimmt und sah sich auf dem Küchenboden um. »Charoú, wo ist das Papier?«, ermunterte sie die Hündin zur Suche. Charoú sprang ins Wohnzimmer davon und Julie bemerkte gerade noch, wie sie auf dem Teppich nach etwas schnappte. »O Gott, bitte nicht auffressen!«, rief sie erschrocken.

Richard kam angelaufen und winkte geistesgegenwärtig mit einem Hundeknochen. »Hier, Charoú, hol ihn dir!«

Charoú ließ sich das nicht zweimal sagen, spuckte das Papier aus und stürzte sich auf den Knochen.

Julie hob den zurückeroberten Fetzen auf, faltete ihn auseinander und platzierte ihn wie ein Puzzlestück neben den anderen auf den Tresen. Trotz Charoús Sabberei gelang es, darauf drei weitere Buchstaben zu entziffern.

»HILFE«, las Richard laut vor. »Da hast du deine Botschaft, Julie.«

Julie wurde ganz flau im Magen. »Mein Gott«, klagte sie. »Ich hatte recht! Sie ruft mich zu Hilfe! Wir müssen Großmutter sofort aus dem Heim herausholen!«

Julie nahm das Geschenkpapier und strebte zur Tür, als ihr auffiel, dass Richard ihr nicht folgte. »Kommst du nicht mit?«

»Jetzt sofort?«

»Natürlich! Wer weiß, was die ihr da noch alles verabreichen! Das ist keine Demenz, die haben eine wehrlose alte Frau einfach nur sediert!«, ereiferte sich Julie.

Richard, der zwar seinen eigenen Verdacht bestätigt fand, äußerte seine Bedenken. »Ich weiß nicht, wie sinnvoll das wäre, Julie. Wir bekommen Schwierigkeiten, wenn wir da mitten in der Nacht auftauchen.«

Julie runzelte die Stirn. »Das ist mir klar. Aber sie ist meine Großmutter und sie hat mich um Hilfe gebeten. Wenn du dich vor Schwierigkeiten fürchtest, bleib hier. Ich rufe mir ein Taxi.«

Damn! Sie kann ja richtig Zähne zeigen, schoss es Richard durch den Kopf. Er empfand dabei eine geradezu absurde Befriedigung. »Darum geht es nicht, Julie«, entgegnete er, um Besonnenheit bemüht. »Ich bin kein Jurist, aber ich denke an das, was Doktor Gerg in unserem Gespräch sagte. Und das war ziemlich eindeutig. Deine Großmutter hat sich freiwillig in die Obhut des Pflegeheims begeben. Und sie hat Konrad Schumacher zu ihrem Bevollmächtigten ernannt. Solange sie beides nicht widerruft ...« Er ließ den Satz offen.

Julie ergänzte für ihn: »... könnte man uns wegen Entführung belangen. Das ist doch verrückt!« Sie marschierte einmal in der Küche auf und ab und hielt dann vor Richard: »Was schlägst du vor?«

»Uns vorher mit einem Rechtsanwalt zu beraten.«

»Geht's noch?«, platzte sie heraus. »Während wir die Rechtslage erläutern, werden meiner Großmutter weiter Medikamente eingeflößt, die ihr Gehirn zersetzen. Das ist genau das, was Konrad Schumacher will! Damit er die Geschäfte für sie führen kann! So lange werde ich nicht warten.« Julie griff zum Telefon.

»Was tust du?«

»Ich rufe Jason an. Als Polizist wird er wissen, wie man bei Gefahr für Leib und Leben vorgeht.«

Aber auch Jason erwies sich in diesem Fall als Enttäuschung. Nachdem ihm Julie die Lage geschildert hatte, riet er dringend von ihrem Vorhaben ab und empfahl stattdessen, sich einen richterlichen Beschluss zu besorgen.

»Aber hier ist doch eindeutig Gefahr in Verzug! Da ist sofortiges Handeln erlaubt«, wandte Julie erregt ein.

»Ja, vielleicht für die Polizei in einem Fernsehkrimi«, erwiderte Jason ruhig. »Im wahren Leben läuft das anders. Noch einmal: Wenn ihr euch Zutritt zum Heim verschafft und Klara Leyendecker ohne Wissen der Heimleitung und ohne Einwilligung von diesem Doktor Schumacher mitnehmt, wird das als Freiheitsberaubung eingestuft.«

»Was? Ich glaub's einfach nicht«, rief Julie schrill. Fassungslos sah sie zu Richard, der alles per Lautsprecher mithörte.

»Es wird noch härter«, ertönte Jason aus dem Apparat. »Ihr begeht auch Hausfriedensbruch. Damit kann die Heimleitung ein Besuchsverbot gegen euch erwirken. Selbst wenn ihr im Nachhinein beweisen könntet, dass ihr aus Sorge um das Wohl von Klara Leyendecker gehandelt habt, kann man euch neben unbefugtem Betreten auch Selbstjustiz vorwerfen. Gerade bei Letzterem werden Staatsanwaltschaft und Richter richtig unangenehm. So bedauerlich es ist und so sehr ich verstehen kann, dass du deine Großmutter da rausholen willst, Julie, rate ich dir dringend, den Rechtsweg einzuhalten. Alles andere schadet eurer Sache. Kontaktiert morgen früh einen Anwalt und erstattet Anzeige gegen das Pflegeheim.«

»Warum nicht gegen Doktor Schumacher?«

»Weil ihr außer einem vagen Verdacht keine Beweise gegen ihn habt.«

»Aber er allein profitiert von Großmutters Zustand! Zählt das nichts? Und ich habe einen Beweis, dass meine Großmutter misshandelt wird!«

»Ein hingekritzeltes Wort auf einem Stück Papier? Tut mir leid, das zu sagen, Julie. Aber das ist wenig aussagekräftig.«

»Danke, du warst sehr hilfreich«, schnaubte Julie enttäuscht und beendete das Gespräch.

Darauf fixierte sie Richard aus schmalen Augen, als wollte sie ihn vermessen. Vielleicht maß sie ja seinen Mut.

»*Damn!*«, entfuhr es Richard, der ihre stille Botschaft verstanden hatte. »Du willst es trotzdem tun?«

Statt zu antworten, griff sie nach seinem Autoschlüssel.

»Und die Konsequenzen? Hast du keine Angst?«

Sie schaute ihn an und er versank fast in der Tiefe ihres bernsteinfarbenen Blicks. Die Augen einer Wölfin.

»Ich«, erklärte Julie betont, »habe bereits alles verloren. Wovor sollte ich mich noch fürchten?«

Kapitel 29

Ich liebe dich, weil du für mich jeden Tag heller machst.

Jannik

Wie so häufig stand das Glück nicht auf der Seite der Guten.

Am Ende landeten Richard und Julie auf der Rosenheimer Polizeiwache und verbrachten den Rest der Nacht in getrennten Zellen.

Gegen zehn ließ man sie laufen.

Richard und Julie hatten nun eine Anzeige der Klinik am Hals. Ihrerseits erstatteten sie Anzeige gegen die Pflegeeinrichtung. Ausgerechnet Julie handelte sich noch eine Strafanzeige wegen Widerstandes gegen die Staatsgewalt ein, da sie sich geweigert hatte, den Anweisungen der herbeigerufenen Streife Folge zu leisten. Als der Beamte sie am Arm gefasst hatte, hatte sie sich mit einem Schrei losgerissen, worauf sie vom zweiten Polizisten gepackt wurde. Richard war ihr sofort zu Hilfe geeilt. Die kleine Rangelei bescherte ihnen prompt die Freifahrt zur Polizeistation.

Als sie aus der Wache traten, sogen sie erst einmal frische Luft in ihre Lungen. »Geht es dir gut?«, erkundigte sich Richard.

»Ja, das war … eine interessante Erfahrung. Anders als in meiner Kindheit.«

Richard riss die Augen auf. »Was? Du wurdest als Kind eingesperrt?«

»Einige Male. Meine Großmutter wusste sich vermutlich damals nicht anders zu helfen. Ich war nach dem Tod meiner Mutter sehr rebellisch und lief immer wieder von zu Hause fort.«

Sie schritten die Stufen hinab. »Es tut mir leid«, entschuldigte sich Julie nun.

»Was denn? Ich fand das äußerst belebend. Ein echtes *adventure*.« Richard lächelte spitzbübisch. »Das war nicht die erste Nacht, die ich auf einer Wache verbracht habe«, legte er ebenfalls ein überraschendes Geständnis ab.

Julie blieb stehen. »Weshalb? Was hattest du angestellt?«

»Sagen wir so: Ich war eine Zeit lang auch recht … rebellisch.« *Nach dem Tod meiner Frau. Als ich die Orientierung verlor. Als ich mich verlor.* Er blinzelte. Weil ihm eben erst bewusst geworden war, dass er durch Julies Gegenwart einen Teil von sich selbst wiedergefunden hatte. Jenen Richard, der er vor langer Zeit gewesen war. Den Richard, der zu leben gewusst hatte, der vor Übermut schäumte und oftmals auch zu törichten Dingen neigte. Der es liebte, im Auto lauthals zu singen, zu Rock-'n'-Roll-Musik zu tanzen und auch schon mal voll bekleidet in einen See zu springen. Und der mit einer Frau nachts Großmütter stehlen ging … das Leben spüren wollte, mit all seinen Verrücktheiten.

Julie beließ es dabei, drang nicht weiter in ihn. Vielleicht ahnte sie längst die stille Verwandtschaft ihrer verwundeten Seelen. Für eine Sekunde tauchten ihre Augen ineinander, verzagt und unsicher, noch nicht dazu bereit, die eigene Verletzlichkeit preiszugeben.

»Und was machen wir jetzt?«, überbrückte Richard den fragilen Schlüsselmoment. »Zwei Taxis rufen, uns zu Hause eine Dusche genehmigen und danach ab in die Firma?«

»Nein«, entschied Julie. »Wir gehen frühstücken. Und denken nach.«

Richard deutete ihre Gemütslage richtig. »Nein, oder?«, entfuhr es ihm nicht ohne Bewunderung. »Du willst es nochmals versuchen?«

»Was bleibt uns anderes übrig? Ich habe deine und Jasons Warnung in den Wind geschlagen und dadurch die Lage für Großmutter nur verschlimmert. Die Klinikleiterin wird Konrad längst über unsere nächtliche Aktion in Kenntnis gesetzt haben. Er steht nun unter Handlungsdruck. Wir können den Rechtsweg nicht abwarten. Aber das nächste Mal werden wir planvoller vorgehen.«

»Du hast dir bereits etwas ausgedacht?« Richard konnte seine Neugier kaum zügeln.

Sie betraten eine Bäckerei, setzten sich in den hinteren Teil des Cafés und bestellten das Frühstück des Hauses. Während sie warteten, erläuterte Julie ihren Plan.

Die Vorbereitungen nahmen den restlichen Tag in Anspruch. Sie telefonierten, trafen sich mit verschiedenen Leuten. Alle, die sie um Hilfe baten, sagten ihnen ausnahmslos ihre Unterstützung zu. Dieser Gemeinschaftssinn berührte Julie und zeigte einmal mehr, was wirklich im Leben zählte. Nicht der Besitz, nicht das Geld, das ewige Streben nach dem Mehr. Die größte Währung war die Menschlichkeit, und davon hatten die Dinzinger reichlich zu geben.

Gegen halb zehn Uhr abends schlich sich ein dreißigköpfiger Trupp im Schutz der Dunkelheit so nah wie möglich an

273

die Klinik heran und baute sich davor auf. Schlag Viertel vor zehn gab der Kapellmeister das Zeichen, und die Dinzinger Blaskapelle intonierte mit voller Lautstärke einen Marsch, der selbst noch den letzten Tauben aus dem Bett gejagt hätte. In Rosenheim war man zwar an dergleichen Folklore gewöhnt, aber nicht zu so später Stunde. Im gesamten Gebäude gingen die Lichter an, Fenster wurden geöffnet, Senioren steckten die Köpfe heraus. Zweifelsohne betrachtete die Mehrheit der Patienten die musikalische Einlage als willkommene Abwechslung in der Eintönigkeit ihres Alltags, denn im Nu wurde kräftig mitgewippt und mitgeklatscht.

Und während vorne die Kapelle aufspielte, stiegen Richard und Julie mithilfe einer stabilen Leiter und eines Dinzinger Schlossers, dessen Frau ebenfalls in der Leyendecker Kaffeemanufaktur arbeitete, sowie Gelis Mann Severin über den Balkon bei Klara Leyendecker ein und entführten die alte Dame kurzerhand mittels einer mitgebrachten Bahre.

Die gesamte Entführung aus dem Serail hatte kaum zehn Minuten in Anspruch genommen. Vorne spielten die dreißig Mann der Blaskapelle munter weiter und erwehrten sich der herbeieilenden Pfleger und Nachtschwestern durch pure Masse und Lautstärke.

Als der herbeigerufene Streifenwagen nach zwölf Minuten eintraf, hatten sich die Verschwörer längst in alle Winde zerstreut.

∗∗∗

Aufgebracht stürmte Konrad Schumacher am nächsten Morgen in Richards Büro. »Wo sind Julie und Klara Leyendecker?«, bellte er.

Ihm folgte Arndt, der ungleich ruhiger auftrat als sein Vater, als gehe ihn das Geschehen nichts weiter an.

»Auch einen schönen guten Morgen, die Herren«, emp-fing Richard die beiden Schumachers unverschämt freundlich. Charoú hingegen zeigte ihre Abneigung offen und knurrte den Besuch unter dem Schreibtisch hervor an. Richard hatte kurz-fristig ihre Betreuung übernommen, da Julie für eine Weile von der Bildfläche verschwinden musste. »Um Ihre Frage zu beantworten: Es geht Sie nichts an, wo sich die beiden aufhal-ten«, erklärte er auf seinem Stuhl wippend. Er machte keinen Hehl daraus, wie sehr er die Situation genoss. Nichts bereitete mehr Vergnügen, als schlechten Menschen ein Schnippchen zu schlagen.

Klara Leyendecker befand sich in Sicherheit, Julie war bei ihr. Dr. Bleymandel, Ediths Hausarzt, hatte die alte Dame noch in der Nacht untersucht und ihr Blut abgenommen. Die Proben befanden sich bereits auf dem Weg in ein Rosenheimer Labor. Spätestens in achtundvierzig Stunden würden die Ergebnisse vorliegen. Sie brauchten Beweise, um diesen Kampf schnell zu gewinnen. Ihre beste Hoffnung bestand darin, dass es für Klara Leyendecker noch nicht zu spät war und sie sich vollständig von der Medikamentenvergiftung erholen würde, um gegen die bei-den Schumachers aussagen zu können. Fürs Erste waren Julie und ihre Großmutter im Gästezimmer bei Geli und Severin Sailer untergekommen.

»War es das?« Richard erhob sich und hielt die Tür auf. »Dann würde ich euch bitten, mein Büro zu verlassen. Ich habe zu arbeiten.«

»Das wirst du bereuen, du Erbschleicher. Ich habe Beziehungen, das wird ein Nachspiel haben!«, drohte Schumacher senior.

»Ganz sicher wird es das«, entgegnete Richard gleich-mütig. »Und unterdessen habt ihr beide Hausverbot im gesam-ten Unternehmen. Hiermit«, Richard ergriff ein vorbereitetes Dokument vom Schreibtisch und präsentierte es ihnen, »habt ihr es schriftlich. Unterschrieben von der Eigentümerin und Mehrheitseignerin der Kaffeemanufaktur, Julie Bredow.« Er winkte Ambrosius Hofanger und einem weiteren Mitarbeiter zu, die sich wie zuvor verabredet vor der Glastür bereithielten, um den ungebetenen Besuch hinauszubegleiten.

Nun wurde es hässlich. Konrad Schumacher kannte ein paar Ausdrücke, für die Richard im Amerikanischen auf Anhieb keine Entsprechung einfiel.

Arndt fasste seinen Vater am Arm. »Beruhige dich. Gehen wir.«

Eine Stunde später wurde Richard eine Vorladung zugestellt. »Das ging ja flott«, murmelte er.

Richard kontaktierte erneut seinen Bekannten, der ihm schon mit der Auskunft zur Ablehnungsfrist bei Erbschaften ausgeholfen hatte.

»Ich benötige einen Anwalt«, sagte er und schilderte ihm die Angelegenheit. Worauf dieser erklärte: »Es handelt sich hier um einen Fall von Strafrecht. Das sollte besser mein Partner in der Kanzlei übernehmen.«

Aber das war nur der erste Schlag der Schumachers. Der nächste ließ nicht lange auf sich warten.

KAPITEL 30

Ich liebe dich, weil du meinen Männerschnupfen ernst nimmst.

Jannik

»Wie geht es Klara?«, fragte Geli, als sie vom Einkaufen heimkehrte. Sie schob ihren Achtmonatsbauch vor sich her wie eine
Kugel, und so manches Mal beobachtete Julie ihre Freundin
dabei, wie sie zärtlich über ihn strich, als fühlte sie bereits das
Köpfchen ihres Babys in der Hand. Längst freute sie sich mit
ihr, verspürte beim Anblick von Gelis Schwangerschaft nicht
mehr den Drang, davonlaufen zu müssen, um nicht an die
eigene erinnert zu werden.

Sie nahm Geli den Korb ab und half ihr beim Verstauen
der Lebensmittel. »Großmutter ist vorhin das erste Mal kurz
aufgewacht.«

»Hat sie dich erkannt?«

»Ich weiß es nicht. Sie ist sofort wieder eingeschlafen.«

»Wann schaut Doktor Bleymandel noch mal nach ihr?«

»Heute Abend nach Praxisschluss. So lange hält der Tropf
vor, der sie mit Flüssigkeit versorgt. Er sagte, wenn sie bis

Mittag nicht von allein aufgewacht ist, sollten wir versuchen, sie zu wecken und ihr ein wenig Suppe anbieten.«

»Das mit der Suppe hat er mir schon aufgetragen, als er heute Morgen hier war. Ich habe alles für eine kräftige Brühe besorgt.« Geli hielt ein Suppenhuhn hoch. »Es ist schön, dich wiederzuhaben«, sagte sie spontan. »Ich habe dich vermisst, Julie.«

Es lag so viel Gefühl in ihrer Stimme und in ihrem Ausdruck, dass Julie davon ganz verlegen wurde. »Ich gehe dann mal wieder zu ihr hoch«, sagte sie. Auf der Treppe machte sie nochmals kehrt, steckte den Kopf kurz in die Küche und erklärte erstickt: »Ich hab dich auch vermisst.« Darauf verschwand sie schnell.

Auch wenn sie sich sonst vor nichts mehr fürchten mochte, sich gegenüber anderen zu öffnen und ihre Gefühle zuzulassen, verlangte ihr nach wie vor große Überwindung ab. Als koste sie jedes Wort eine Träne. Lange hatte die Trauer ihr Leben bestimmt, den Umgang mit ihren Empfindungen musste sie völlig neu lernen. Sich an die eigenen Emotionen herantasten, die sie zu lange verleugnet hatte.

Während das juristische Nachspiel Gestalt annahm, Anwälte kontaktiert, die Staatsanwaltschaft eingeschaltet und Anklage sowie Verteidigungsschriften formuliert wurden, kam Klara Leyendecker langsam wieder zu sich.

Gegen ein Uhr mittags betrat Julie mit einer Tasse dampfender Hühnerbrühe das Krankenzimmer. Sie überlegte noch, ob sie ihre Großmutter wirklich aus dem Schlaf holen sollte, als diese von selbst die Augen aufschlug. Klara wirkte zwar verwirrt und verstand weder, wo sie war, noch erkannte sie ihre Enkelin, aber sie ließ sich bereitwillig einige Löffel Suppe einflößen. Um sie wenig später zum Teil wieder zu erbrechen. Julie säuberte sie. Der Anblick ihres ausgezehrten Körpers war schwer zu ertragen, genauso wie ihre von Hämatomen übersäten Arme und Beine.

Julie betupfte sie mit der Salbe, die Dr. Bleymandel dagelassen hatte. Ihre Großmutter schlief während der Behandlung ein.

Als der Arzt am Abend ein weiteres Mal nach ihr sah und ihren Herzschlag prüfte, ging ein jähes Zucken durch Klaras abgemagerten Körper. Sie erwachte und stierte wild um sich. »Wer sind Sie? Gehen Sie weg«, keuchte sie. Sie begann jämmerlich zu weinen, fuchtelte mit den knochigen Armen und nässte sich ein. Für Julie war es bestürzend, ihre Großmutter in diesem beklagenswerten Zustand zu erleben. Dr. Bleymandel unterstützte Julie dabei, Klaras Bettwäsche und Nachthemd zu wechseln. Wenig später glitt die Kranke erneut in einen unruhigen Schlaf.

Der Arzt zeigte sich dennoch zuversichtlich. »Altes Eisen rostet nicht«, beruhigte er Julie. In ihm vereinten sich Gelassenheit, Zuversicht und Kompetenz, was vermutlich mehr zur Heilung eines Patienten beitrug als jede Medizin. Stets trat er korrekt gekleidet im Anzug mit Krawatte auf und schleppte dabei einen dickbauchigen Arztkoffer mit, der aussah, als entstamme er den Zeiten, als die Dampfschifffahrt noch florierte. Er hatte die Siebzig bereits überschritten und praktizierte weiter, da er bisher keinen geeigneten Nachfolger für seine Landarztpraxis finden konnte. Als Edith ihn angerufen und um Hilfe gebeten hatte, hatte Dr. Bleymandel keine Sekunde gezögert und lediglich gefragt: »Wohin soll ich kommen?«

Nach der Untersuchung gesellte sich Dr. Bleymandel in der Küche noch zu den Sailers, echauffierte sich über die üblen Machenschaften sogenannter Kollegen, die wehrlose alte Menschen mit Medikamenten vollpumpten, und schlug Severins Angebot auf ein »kleines Stamperl« nicht aus.

»Aber bloß eins, ich muss noch fahren«, seufzte er.

Als Severin die Flasche auf den Tisch stellte, rief Dr. Bleymandel: »Sapperlot! Das Teufelsgebräu von Ediths Vater! Das knallt jeden Wurm aus dem Darm. Prost!«

Es blieb nicht bei dem einen Glas.

Julie verabschiedete sich bereits nach kurzer Zeit zurück zu ihrer Großmutter.

Am nächsten Morgen regte sich Klara erneut. Als sie die Augen öffnete, fand sich in ihrem Blick weiterhin erschreckende Leere. Aber zum ersten Mal gab sie eine Kostprobe ihres unbeugsamen Willens. Sie weigerte sich, liegen zu bleiben, und Julie hatte ihre liebe Not, sie im Bett zu halten. Sie stopfte Klara zwei Kissen in den Rücken, damit sie wenigstens aufrecht sitzen konnte. Wenige Minuten später sank ihr Kopf erneut auf die Brust.

Dr. Bleymandel fuhr am frühen Abend mit dem Taxi vor. Da sich das eine Glas am Abend zuvor munter vermehrt hatte, hatte er seinen Wagen über Nacht bei den Sailers stehen gelassen.

Der Arzt brachte den frischen Geruch nach guter alter Kernseife und allerbeste Laune mit. »Dann wollen wir mal nach unserem tapferen Mädchen sehen«, erklärte er nach der Desinfektion seiner Hände. Julie hatte mehrfach Temperatur und Blutdruck gemessen. Dr. Bleymandel kontrollierte die Daten, fand sie hervorragend, maß nochmals den Blutdruck, murmelte ein weiteres »Hervorragend«, tauschte die leere Infusionsflasche mit der Glukoselösung aus und verabreichte seiner Patientin die tägliche Thrombosespritze.

Julies Großmutter, die bisher alles reglos über sich hatte ergehen lassen, zuckte, blinzelte und fragte: »Wo bin ich?« Ihre Stimme mochte brüchig sein, ihr Blick trüb, aber es lag erkennbar Bewusstsein darin. Sie versuchte erneut, sich aufzurichten. Julie stützte ihren Rücken. Klara blieb dabei völlig auf Dr. Bleymandel fixiert. Ihre Augen verengten sich zu schmalen Schlitzen, während sie angestrengt nach Worten rang: »Ich kenne dich ... Quacksalber. Du bist ... der Bleymandel«, keuchte sie.

Dr. Bleymandel vollführte einen altmodischen Diener. »Stets zu Ihren Diensten, Gnädigste«, sagte er. »Willkommen zurück.« Verschmitzt zwinkerte er Julie zu. »Wie ich sagte, ganz das alte Mädchen. Mit Haaren auf den Zähnen.«

Klara war seinem Blick gefolgt. »Julie?«, staunte sie, als traute sie sich selbst nicht. Ihre Augen glänzten feucht und ihre magere Hand irrte suchend über die Decke. Julie griff nach ihr, drückte sie. Erschüttert bemerkte sie, dass nun Tränen Klaras zerfurchte Wangen nässten.

»Sie freut sich«, äußerte Dr. Bleymandel gerührt.

Von diesem Tag an erholte sich Klara Leyendecker zusehends. Manches Mal schien es Julie sogar, als gehe es ihr von Stunde zu Stunde besser. Dann wieder erlitt sie Rückfälle in geistige Verwirrtheit. Klara kämpfte mit Kopfschmerzattacken und großer Übelkeit, Begleiterscheinungen, die der Medikamentenentzug auslöste. Gerade das wiederholte Erbrechen machte ihr zu schaffen, es kostete ihren ohnehin ausgezehrten Körper enorm Kraft. Sie war ungeduldig und grollte ihrer kränkelnden Konstitution, wollte ihre neunzig Jahre nicht wahrhaben.

Mit Klaras zunehmender Genesung bekamen es ihre Betreuer auch zunehmend mit ihrem herrischen Wesen zu tun. Nach wenigen Tagen bestand sie darauf, dass man den Katheter entfernte. »Diese unwürdige Kette, die Menschen ans Bett fesselt!«, erregte sie sich.

Julie seufzte.

Inzwischen lag auch das Laborergebnis vor. Es bestätigte den Verdacht einer systematischen Verabreichung von Benzodiazepinen. Dr. Bleymandel bot sich ungefragt an, vor Gericht als Zeuge in dieser Sache auszusagen. Dabei war er sich der Tatsache voll bewusst, dass er sich durch die unerlaubte Entnahme der Blutproben selbst Schwierigkeiten einhandeln würde.

Erst am Anfang der zweiten Woche, seit Julie und Klara bei Severin und Geli Unterschlupf gefunden hatten, wagte es Richard, sie dort aufzusuchen. Zuvor war er in der Villa gewesen, um auf Julies Bitte hin einige Kleidungsstücke ihrer Großmutter herauszusuchen. Sie selbst durfte sich nach Lust und Laune aus Gelis Schrank bedienen.

Während der Fahrt achtete er im Rückspiegel auf etwaige Verfolger. Er traute den Schumachers zu, einen Privatdetektiv engagiert und auf ihn angesetzt zu haben. Inzwischen hatte Konrad Schumacher erreicht, dass ein polizeilicher Fahndungsaufruf nach Julie und ihrer Großmutter ergangen war – mit der Begründung, Klara Schumacher bedürfe dringend medizinischer Behandlung. Richard hatte Julie bereits telefonisch darüber in Kenntnis gesetzt.

Im Hause der Sailers wurde er von Dr. Bleymandel und Anwalt Olaf Peterbein erwartet, dem er mit Julies Zustimmung das Mandat in der Angelegenheit übertragen hatte.

Bleymandel begrüßte Peterbein mit den Worten: »Sieh mal an, der kleine Olaf. Wo sind deine Pickel geblieben?«

Peterbein überspielte den kurzen Ausflug in ferne Teenagertage geschäftsmäßig. »Die Anklage steht und fällt mit der Aussage von Klara Leyendecker«, betonte er gleich zu Beginn. »Wann kann ich mit ihr sprechen?«, fragte er die Runde, der sich auch Severin angeschlossen hatte. Geli wachte derweil bei Klara.

»Das kann ich nicht mit Gewissheit sagen. Sie erholt sich zwar vielversprechend, aber von einer Genesung ist Klara Leyendecker noch weit entfernt«, gab Dr. Bleymandel seine Einschätzung ab. »Die Einnahme von Benzodiazepinen ist in der Praxis auf maximal vier Wochen beschränkt. Klara Leyendecker wurde jedoch über einen längeren Zeitraum damit sediert, was eine hochgradige Abhängigkeit zur Folge hatte. Zieht man das Alter der Patientin in Betracht, kann ein Entzug oder eine Ausschleichung, wie wir Mediziner es nennen, ein halbes Jahr in Anspruch nehmen. Darüber hinaus kommt es bei diesen Patienten in der Anfangsphase zu starken Rebound-Phänomenen. Frau Leyendecker ist extrem unruhig, hat geistige Aussetzer, bricht mitten im Satz ab und erkennt zuweilen ihre Enkeltochter nicht. Die verabreichten Psychopharmaka wirken sich dazu auch amnesisch aus, sprich, die Erinnerung für die Zeit der Anwendungsdauer geht teilweise bis ganz verloren.«

Das ohnehin lange Gesicht des Anwalts wurde noch länger. »Das ist eine denkbar schlechte Ausgangslage«, meinte Peterbein betrübt. »Kommt es zur Verhandlung und einer Aussage Frau Leyendeckers vor Gericht, darf kein Zweifel an ihrer geistigen Gesundheit bestehen. Ansonsten wird es schwierig, das Gericht davon zu überzeugen, Konrad Schumacher die Vormundschaft wieder abzusprechen. Die Gegenseite wird einen Gutachter heranziehen, dessen Aufgabe es sein wird, Zweifel an der vollen geistigen Gesundheit Klara Leyendeckers zu wecken.«

»Aber die Schumachers sind doch erst schuld an ihrem Zustand! Sie haben dafür gesorgt, dass sie in der Klinik permanent sediert wird!«, empörte sich Julie.

»Leider müssen wir das eine vom anderen trennen, Frau Bredow. In dieser Sache sind inzwischen mehrere Verfahren anhängig.« Der Anwalt kramte in dem Stapel Akten, den er mitgebracht hatte, und zog eine beschriftete Mappe hervor. »Lassen Sie uns kurz auf die Verfahren eingehen. Sie beide«, sein Blick wechselte von Julie zu Richard, »haben gegen die Klinik und Pflegeeinrichtung Alpenrose, vertreten durch die Geschäftsführerin Doktor Leopoldine Gerg, Anzeige erstattet wegen Misshandlung einer Schutzbefohlenen. Die Klinik wiederum, vertreten durch die zuvor Genannte, hat Gegenanzeige erstattet wegen Hausfriedensbruch, Ruhestörung und Verleumdung. Des Weiteren ist eine Anzeige von Doktor Schumacher gegen Sie beide anhängig, ebenso eine Strafanzeige der Bundesrepublik Deutschland gegen die Person Frau Julie Bredow wegen Widerstandes gegen die Staatsgewalt und des begründeten Verdachts, eine wehrlose Frau gegen ihren Willen aus einer medizinischen Einrichtung entführt zu haben.«

»*Damn!* Die bringen eine alte Frau fast um und wir sind die Kriminellen«, sagte Richard laut.

»Es geht hier um Gesetze und deren Anwendung. Um Beweise und Fakten. Nicht um edle Motive, Herr Lanz.«

»Wenn wir den Rechtsweg eingehalten hätten, dann wäre meine Großmutter womöglich längst tot!«, ereiferte sich Julie.

»Möglich«, entgegnete der Anwalt ungerührt. »Aber das haben nicht Sie zu entscheiden. Sie haben eigenmächtig gehandelt und damit in die Kompetenz des Rechtsstaats eingegriffen.«

Julie knirschte mit den Zähnen, Richard blies die Backen auf. »Schnapszeit. Severin, walte deines Amtes«, kam es von Dr. Bleymandel.

Einen Sapperlot später fragte Julie Olaf Peterbein: »Mit welchen Konsequenzen habe ich zu rechnen?«

»Falls das Gericht zu der Entscheidung gelangt, Ihre Großmutter sei weiterhin nicht imstande, selbstständig kognitiv basierte Entscheidungen zu treffen, wird man Sie wegen Freiheitsberaubung belangen. Das Gesetz sieht hier eine Gefängnisstrafe von bis zu fünf Jahren vor. Aber mir sind minderschwere Fälle bekannt, bei denen die Angeklagten mit einer Geldstrafe davongekommen sind.«

»Und was bedeutet ›minderschwerer Fall‹?«

»In Ihrem Fall ist das der enge verwandtschaftliche Grad zum Opfer. Zudem würde ich auf seelischen Ausnahmezustand plädieren, da Sie gerade erst Ihren Vater beerdigt haben, und dass Ihre Furcht, nun auch die Großmutter zu verlieren, Sie zu dieser Tat getrieben hat.«

»Prima«, sagte Julie leichthin. »Mit einer Geldstrafe kann ich leben.«

»Sie gelten dann als vorbestraft«, wies der Anwalt sie darauf hin.

»Nun mach mal halblang, Olaf«, griff Dr. Bleymandel ein. »Du musst nicht jeden Paragrafen durchkauen. Wir sollten besser eine Strategie festlegen. Klara Leyendecker ist ein zähes Luder, nichts für ungut, Julie.« Er tätschelte ihre Hand und zwinkerte ihr so schelmisch zu, dass Julie gar nicht anders konnte, als sein Lächeln zu erwidern. »Trotz ihres gegenwärtigen Zustands«, fuhr der alte Arzt fort, »bin ich davon überzeugt, dass Klara bald wieder auf dem Damm sein wird. Wenn ich eines über Klara Leyendecker weiß, dann das, dass sie niemals aufgibt. Die Schumachers sollten sich lieber warm anziehen, denn Klara wird ihnen das letzte Hemd ausziehen.«

**

Zwei Tage später fuhr Klara mitten in der Nacht in ihrem Bett auf und röchelte: »Er hat mich gestoßen. Mein Gott, er hat mich gestoßen!«

Julie, für Minuten in ihrem Sessel eingedöst, schreckte hoch. Sie wähnte Klara in einem Albtraum. Nicht der erste in diesen bewegten Tagen und Nächten. Sie knipste die Nachttischlampe an. »Beruhige dich, Großmutter. Du hattest nur einen bösen Traum.« Julie nahm ihre Hand und fühlte ihren Puls. Er ging rasend schnell, genauso wie Klaras Atem.

Die klammerte sich an Julie, jedes Wort ein keuchender Atemzug: »Kein Traum! Hör mir zu! Er hat mich gestoßen!«

Julie sank neben ihr auf die Bettkante. Eine böse Ahnung griff nach ihrem Herzen. »Wer, Großmutter? Wer hat dich gestoßen?«

»Arndt! Es war Arndt! Er hat mich die Treppe hinuntergestoßen!«

285

KAPITEL 31

Ich liebe dich, weil du so ehrlich bist.

Jannik

Wahrheit besitzt eine eigene Kraft.

Es mochte eine Weile gedauert haben, bis sie ihren Weg ans Licht gefunden hatte. Aber plötzlich konnten alle sie klar vor sich sehen. Bis auf Olaf Peterbein. Bei ihm war der Zweifel berufsbedingt.

»Frau Leyendecker behauptet also, bei ihrem Treppensturz handelte es sich um keinen Unfall, sondern um eine bewusst herbeigeführte Tat durch Arndt Schumacher?«, formulierte er den Sachverhalt gewohnt nüchtern.

»Genau das hat sie gesagt«, beteuerte Julie.

»Das ist eine schwerwiegende Anschuldigung«, erklärte Peterbein und rückte seine Brille zurecht.

Julie warf dem gleichfalls anwesenden Richard einen ziemlich genervten Seitenblick zu. Schon bei ihrer ersten Begegnung hatte der Anwalt sie auf eine harte Geduldsprobe gestellt.

»Das ist uns durchaus bewusst«, antwortete sie. »Aber meine Großmutter schwört, dass es die Wahrheit ist, und sie ist bereit, diese Aussage vor jedem Richter zu wiederholen.«

»Und Frau Leyendecker und Herr Schumacher hielten sich zum Zeitpunkt des Vorfalls allein in der Villa auf?«, setzte er die Befragung fort.

»Ja. Wie ich eben bereits ausführte.«

»Damit hätten wir hier den klassischen Fall von Aussage gegen Aussage«, gab Peterbein den Advocatus Diaboli.

»Soll das heißen, die Aussage meiner Großmutter hätte vor Gericht wenig Gewicht?«

»Exakt!« Olaf Peterbein ließ jedoch erstmals ein Lächeln aufblitzen. Julie hatte bereits angenommen, ihm fehlten die entsprechenden Gesichtsmuskeln.

»Dennoch«, Peterbein hob den Finger wie ein Dozent, »ist es ein brauchbares Mosaikstück, das ich in meine Beweisführung einfließen lassen kann. Wir müssen nicht glaubhaft beweisen, dass Klara Leyendecker durch Arndt Schumacher die Treppe hinuntergestoßen wurde. Es genügt, ein überzeugendes Motiv herauszuarbeiten, weshalb er das getan haben könnte. Sofern ich erkennen kann, erfolgte der Sturz ihrer Großmutter zu einem erstaunlich günstigen Zeitpunkt für die Schumachers, nämlich wenige Tage, nachdem Frau Leyendecker Arndt Schumachers Vater das Stimmrecht für ihre Anteile übertragen hatte. Die Behauptung ihrer Großmutter verschafft mir die Möglichkeit, den Druck auf die Gegenseite allein dadurch zu erhöhen, dass ich eine Tötungsabsicht andeute.« Peterbein schien höchst erfreut über die Wendung, die sein Fall gerade genommen hatte.

Vermutlich muss man Anwalt sein, um einer Tötungsabsicht einen Vorteil abzugewinnen, überlegte Julie betroffen.

»Hat Ihre Großmutter noch etwas gesagt? Jedes kleinste Detail ist in diesem Fall wichtig, um einen eventuellen

Tathergang rekonstruieren zu können«, führte der Anwalt weiter aus.

»Das ist leider alles, woran sich Großmutter im Moment erinnern kann.«

Der Anwalt verabschiedete sich alsbald wieder und Julie widmete sich eine Zeit lang Charoú, die Richard mitgebracht hatte.

Über zwei Wochen lebten sie und ihre Großmutter mittlerweile bei Severin und Geli. Julies Tage waren von morgens bis abends ausgefüllt. Sie versorgte ihre Großmutter und unterstützte ihre im achten Monat schwangere Freundin im Haushalt, sie las Post und Dokumente, die ihr Richard entweder selbst oder via Severin zukommen ließ, damit sie über die Belange der Firma auf dem Laufenden blieb. Auch führte sie lange Telefonate mit Edith, die sich nun doch ins Krankenhaus hatte begeben müssen, da sich ihr Zustand trotz der eben erst erfolgten Chemo plötzlich verschlechtert hatte. Edith fühlte sich zu schwach, um sich und Niki selbstständig zu versorgen.

»Ich möchte vor allem nicht, dass Niki mich in diesem Zustand sieht«, gestand sie mit einer Stimme, die vermuten ließ, dass sie weinte. Und so war Niki zu seinen Großeltern Josefine und August umgesiedelt.

Julie litt darunter, sich nicht um Edith und Niki kümmern zu können. Sie hatte erwogen, Edith im Krankenhaus zu besuchen. Aber alle hatten ihr davon abgeraten, einschließlich Edith selbst. Wegen des Fahndungsaufrufs bestand ein zu hohes Risiko, dass man sie dort aufgriff und sie nicht mehr zu ihrer Großmutter zurückkehren konnte. Selbstverständlich hatte Niki nach ihr gefragt. Damit der aufgeweckte Fünfjährige sich nicht verplappern konnte, hatte Edith ihm erzählt, Julie sei verreist. Wenigstens einmal pro Tag telefonierte Julie auch mit Richard, und Jason ließ jeden zweiten Tag von sich hören. Trotzdem fiel ihr bald die Decke auf den Kopf. Sie vermisste es, nach draußen zu gehen, vermisste Niki, vermisste Edith, vermisste die Spaziergänge mit Charoú. Vermisste ihre Freiheit.

In einem Moment der Selbstreflexion stellte Julie überraschend fest, dass ihr neues Leben sie derart in Beschlag nahm, dass sie erstmals das Gefühl hatte, als würde sich ihre Brust weiten, um Platz für Neues zu schaffen. Es bedeutete keineswegs das Schwinden ihres Schmerzes, aber er ließ ihr nun mehr Luft zum Atmen. Sie wurde gebraucht. Sie hatte Verantwortung. Und das schenkte ihr Frieden.

KAPITEL 32

Ich liebe dich, weil du auch allein einen Nagel in die
Wand schlagen kannst.

Jannik

»Lass mich in Ruhe! Geh weg!«, wehrte sich ihre Großmutter, als Julie die Decke für die täglichen Übungen zur Stärkung ihrer Muskeln zurückschlug.

»Du hast gehört, was Doktor Bleymandel gesagt hat. Du musst diese Übungen machen, Großmutter. Damit dein Körper wieder zu Kräften kommt«, erwiderte Julie friedlich. *Und täglich grüßt das Murmeltier ...* Sie focht diesen Kampf mit Klara jeden Tag neu aus.

»Du hättest mich sterben lassen sollen«, klagte Klara.

Diese Töne waren allerdings neu. »Großmutter, was redest du denn da!«, rief Julie erschrocken.

»Ach, hör doch auf, dir und mir etwas vorzumachen. Mein Körper ist ein Gefängnis. Ich komme da nicht mehr raus.«

»Wenn du dich der Physiotherapie verweigerst, ganz sicher.«

Dr. Bleymandel hatte einen Rollator für seine Patientin organisiert, aber bisher weigerte sich Klara standhaft, ihn zu benutzen. Ihr schlecht verheilter Beckenbruch schmerzte sie bei jeder Bewegung. Zwar hatte Klara an Julies Arm inzwischen erste Gehversuche absolviert, aber es ging ihr alles viel zu langsam. Und das hatte einen gewaltigen Einfluss auf ihre Laune.

Doch es gab auch Positives zu berichten. Klaras Magen hatte sich wieder an feste Nahrung gewöhnt und die Migräneanfälle schwächten sich ab. Als nach wie vor schlimm erwiesen sich weiterhin die Nächte, wenn Klara von wirren Albträumen heimgesucht wurde. Schweißgebadet schrie sie ihre Qual laut heraus und fuchtelte mit den Armen, als erwehre sie sich unsichtbarer Dämonen. Und immer wieder bezichtigte sie sich dabei einer Schuld, für die sie Buße tun müsse. Es dauerte oft lange, bis sie zurück in einen halbwegs ruhigen Schlaf fand. Julie saß an ihrer Seite und las ihr nächtelang aus einem zerlesenen Gedichtband von Lord Byron vor, den ihre Großmutter zeitlebens verehrt hatte.

»Ich fühle mich nicht gut. Lass mich schlafen«, spielte Klara nun ihren Trumpf aus. Damit kam sie meist durch. Aber Julie hatte mittlerweile das Verhandeln gelernt.

»Gut, dann verschieben wir die Übungen in den Nachmittag. Während du dich ausruhst, kümmere ich mich inzwischen um das Mittagessen. Melde dich, wenn du etwas brauchst.« Julie deutete zum Nachttisch, auf dem eine Kuhglocke kurzzeitig das Babyfon ersetzt hatte, das Klara gestern versehentlich heruntergestoßen hatte, und verließ das Zimmer.

***

Richard hatte einen Scheißvormittag hinter sich.

Es hatte mit einem aufgeregten Bauleiter begonnen, der ihm berichtete, in der Nacht hätten Vandalen auf ihrer

Baustelle gewütet. Wände waren beschmiert, Kabelleitungen durchtrennt und die Wasserhähne aufgedreht worden. Er war daraufhin sofort zur Baustelle geeilt. Der angerichtete Schaden war zwar zu beheben, bedeutete aber eine erneute Verzögerung der Fertigstellung. Auf dem Rückweg hatte ihn dann ein hartnäckiger Reporter des Bayernkurier abgefangen, der bereits mehrmals schriftlich und telefonisch darum gebeten hatte, ihm ein Interview mit Julie Bredow zu vermitteln. Kaum hatte er den Mann abgewimmelt und sich einen Kaffee im Büro eingeschenkt, erfolgte die interne Nachfrage seines Röstmeisters Ambrosius Hofanger, der die Lieferung von zwölf Tonnen Kaffeebohnen ihrer Kooperative in Guatemala anmahnte. Was zunächst nur wie eine Verspätung der Spedition Bernlocher aussah, stellte sich schnell als ein Irrtum heraus: Laut Sachbearbeiter läge kein Lieferauftrag ab Hamburg Hafen vor und auch in Antwerpen wusste man nichts von einer Lieferung für die Leyendecker Kaffeemanufaktur. Richards nächstes Telefonat galt dem zuständigen Geschäftsführer in Guatemala. Der gab sich höchst erstaunt, habe doch Richard selbst den Auftrag kurzfristig storniert. »*What?*«, fuhr Richard aus seinem Stuhl. »Ich habe nichts storniert! Schicken Sie mir sofort den Stornoauftrag her. Ich muss wissen, wer das unterschrieben hat.«

»Es gibt nichts Schriftliches dazu, Mr Lanz. Sie riefen an und sprachen mit meinem Stellvertreter. Ehrlich gesagt haben wir uns auch gewundert. Aber Sie erklärten, dies sei als Freundschaftsdienst für unsere jahrelange gute Partnerschaft zu verstehen, da ihre Firma zahlungsunfähig sei. Wir würden kein Geld für unsere zwölf Tonnen erhalten. Ihr Chef, Friedrich Leyendecker, habe die Insolvenz verschleppt, was nun durch seinen Tod unvermeidlich zutage treten würde.«

»Hören Sie, Señor Martinez. Der Auftrag gilt selbstverständlich nach wie vor. Wir können bezahlen! Bringen Sie unsere Ware bitte sofort auf den Weg.«

Ahnungsvoll hatte Richard darauf alle Lieferanten in Übersee durchtelefoniert. Manche holte er deshalb sogar aus dem Bett. Wie zuvor von Señor Martinez wurde ihm überall eine gleichlautende Auskunft erteilt. Jemand hatte die Aufträge kurzfristig storniert, keine neue Ware war auf dem Weg. Eine Katastrophe! Ihre Auftragsbücher waren voll, ihr Kaffeelager leerte sich rapide und die neue Ware aus Südamerika würde frühestens in zwei Wochen eintreffen – die übliche Frachtdauer. In wenigen Tagen stünden sie ohne Rohstoff da, das bedeutete keine Produktion, kein Verkauf, keine Einnahmen. Der Kaffeemarkt war stark umkämpft, eventuell verlören sie sogar einen Teil ihrer Firmenkunden! Er musste zusehen, dass er an der Kaffeebörse sofort Bohnen innerhalb Europas auftrieb. Mehrere Tonnen Kaffeekirschen per Luftfracht einzufliegen, sprengte seinen finanziellen Rahmen. Dann wäre an der Bohne nichts verdient. Er hatte bereits den Hörer wieder am Ohr, als ihm ein Einschreiben hereingereicht wurde. Es stammte von ihrer Hausbank. Darin wurde der Kaffeemanufaktur der Fünf-Millionen-Kredit für ihren Neubau zum Ende des Monats gekündigt. Als Begründung diente der vage Satz: »Wir haben Kenntnis von Ihren Zahlungsschwierigkeiten erhalten und behalten uns rechtliche Schritte gegen Sie vor ...«

Richard kontaktierte sofort die Bank in Rosenheim und verlangte, den Direktor zu sprechen. Der ließ sich entweder verleugnen oder befand sich tatsächlich in einem Meeting. Die Sekretärin bot ihm ersatzweise den stellvertretenden Direktor, Herrn Schumacher, an. Richard wollte eigentlich nicht mit Arndt sprechen, weil niemand sonst als er und sein Vater hinter dieser schlau eingefädelten Intrige stecken konnten. Aber er war zu wütend, um die Gelegenheit verstreichen zu lassen, Arndt anzubrüllen.

Hinterher ging es ihm keinen Deut besser. In seinem Magen rumorte es, als hätte er eine Schüssel rohes Sauerkraut verdrückt. Ihm graute davor, Julie von den neuesten Entwicklungen berichten zu müssen. Insgeheim hatte er gehofft, ihr das Lächeln zurückzugeben. Stattdessen hatte er ihr einen Mühlstein um den Hals gelegt, eine Kette gewebt aus Sorgen, die soeben um ein weiteres Glied gewachsen war.

»Was ist los?«, fragte Julie, als Richard gegen Mittag die Wohnzimmertür der Sailers schloss. Er hatte Julie um ein Gespräch unter vier Augen gebeten. Nun klärte er sie über die neuesten Geschehnisse auf, sprach von den stornierten Aufträgen und seinen bisher vergeblichen Versuchen, anderweitig rasch Rohware aufzutreiben. Zuletzt gab er ihr den Brief der Bank zu lesen.

»Die Bank kündigt unseren Kredit? Wie kann das sein? Wir bedienen die Raten doch pünktlich!«, rief Julie mit einer steilen Falte auf der Stirn.

»Arndt Schumacher behauptet, die Bank habe einen glaubhaften Hinweis erhalten, die Leyendecker Kaffeemanufaktur sei insolvent und verschleppe die Insolvenz seit geraumer Zeit.«

»Die kündigen uns mit sofortiger Wirkung, ohne überhaupt mit uns zu sprechen? Haben die das Recht dazu?«

»Das haben sie leider. Insolvenzverschleppung ist strafbar. Es hat ein gravierendes strafrechtliches und haftungsrechtliches Ausmaß. Wir müssen mit einer zeitnahen Prüfung rechnen.«

»Wie schlimm steht es wirklich?« Julie wünschte, sie hätte dem Banktermin mit den Schumachers und Richard Lanz mehr Interesse entgegengebracht. Aber sie hatte ihn damals einfach nur absolvieren wollen, ohne die Dimension des Ganzen zu erfassen.

»Das mit dem Kredit haben wir bisher gut im Griff gehabt, da die Produktion und die Umsätze auf dem normalen Level weiterliefen. Durch den Lieferengpass wird uns nun vermutlich ein halber Monat Umsatz durch die Lappen gehen, das ist immerhin eine gute Million. Schwerwiegender ist, dass die Bank die restlichen fünfhunderttausend Euro auf unserem Kreditkonto eingefroren hat. Dieses Geld hatten wir als Überbrückung eingeplant, um die fälligen Kreditraten bis zur Eröffnung der Kaffee-Erlebniswelt zu bedienen. Wir hatten alles genau durchgerechnet: Ab Inbetriebnahme der Kaffee-Erlebniswelt würde der monatlich kalkulierte Mietumsatz für Geschäfte und Gastronomie die Kreditrate tragen.«

»Das heißt, wir haben keinen Spielraum?«

»Nein«, antwortete Richard ohne Zögern. »Wir hatten beim Neubau mit unerwarteten Schwierigkeiten zu kämpfen und die Behörden machten es uns durch ständig neue Auflagen auch nicht einfacher. Friedrich hat alle unsere Rücklagen hineingesteckt.«

»Und wenn wir Land verkaufen? Soviel ich weiß, besitzen wir etliche Hektar.«

»Dein Vater wollte das ursprünglich nicht. Und es würde auch wenig bringen. Es ist kein Bauland.«

»Dann beleihen wir die Villa!«

»Das wurde sie bereits. Wie auch ein Teil der Firmengebäude. Die Bank hat sich hier im Falle einer Insolvenz den ersten Rang gesichert. Wir können natürlich mit einer anderen Bank sprechen. Die Frage ist nur, wie lange es dauert, bis die Schumachers auch dort das Insolvenz-Gerücht streuen.«

»Warum zerstört Konrad Schumacher das Lebenswerk meines Vaters?«, sagte Julie niedergeschmettert.

»Aus Gier? Aus Rache? Weil er es kann?«

»Was können wir tun?« Julie schwankte zwischen Verzweiflung und Kampfeswillen.

»Wir müssen dringend Bares auftreiben. Die Schumachers haben ganze Arbeit geleistet und sämtliche Lieferanten über unsere angeblichen Zahlungsschwierigkeiten informiert. Sie verlangen nun von uns Vorauskasse. Du hast nicht zufällig noch einen Rembrandt im Tresor?«, versuchte er sich an einem Scherz.

Beschämt dachte Julie an die Sammlung ihrer Großmutter, die sie mutwillig zerstört hatte. Angeblich besaß sie einen Wert von zweihundertfünfzigtausend Euro. Die hätten sie jetzt gut gebrauchen können. Wie viel die rosa Diamanten und der Saphir wohl wert waren? Was sollte sie tun? Was hätte Pippilotta Viktualia Efraimstochter Langstrumpf in dieser Situation getan? Ihren Vater, den König von Taka-Tuka-Land, um Hilfe gebeten?

»Ich klemme mich jetzt wieder hinters Telefon und versuche weiter, Kaffeerohware aufzutreiben.« Richard erhob sich. Obwohl er wusste, dass er nichts für die Taten der Schumachers konnte, fühlte er sich dennoch verantwortlich. Julie sah so verloren aus. Er wollte etwas Tröstliches sagen, aber ihm fielen nur Banalitäten ein.

»Wir sind ein Traditionsunternehmen. Ein guter Ruf muss doch heutzutage noch mehr wert sein als ein boshaft in die Welt gesetztes Gerücht.« Und dann rutschte es ihm doch heraus: »Es tut mir leid, Julie.«

Sie schaute ihn an, als hätte sie kurzzeitig seine Anwesenheit vergessen. Ihr Blick schärfte sich. Er entdeckte darin den gleichen entschiedenen Ausdruck wie vor nicht allzu langer Zeit, als sie verkündet hatte, ihre Großmutter aus dem Heim holen zu wollen.

»Ich weiß, Richard, aber das ändert nichts. Was wir brauchen, ist eine Strategie gegen die Machenschaften der Schumachers«, überraschte sie ihn. »Bisher sind uns die beiden immer einen Schritt voraus. Die Frage ist: Womit könnten sie uns noch schaden? Und was hätte mein Vater in dieser Situation getan?« *Was kann ich, Julie, tun?*

Richard setzte sich wieder. Ein Gedanke, mit dem er seit dem Morgen schwanger ging, verschaffte sich nun Gehör. »Die Schumachers könnten den Neubau sabotieren!« Er schilderte Julie die Vorgänge in der Nacht.

»Gut, dann sorgen wir dafür, dass die Baustelle ab sofort nach Feierabend bewacht wird. Bitte organisiere das. Was ist mit den Baubehörden? Könnte Konrad hier Einfluss nehmen?«

»Schwer zu beurteilen. Kürzlich im Büro drohte er mit seinen Beziehungen. Aber ich kenne die Leute vom Bauamt, die sind in Ordnung und machen nur ihren Job. Ich denke, Konrads Anspielung galt der Rosenheimer Bank.«

Julie nickte, in Gedanken weiterhin damit beschäftigt, was ihr Vater an ihrer Stelle getan hätte. Plötzlich hatte sie eine Eingebung: »Wenn die Schumachers Gerüchte streuen können, dann können wir das auch.«

»Woran denkst du?«, fragte Richard, der sofort Feuer fing.

»Wie wäre es mit einem Interview? Sagtest du nicht, der Bayernkurier sei schon mehrmals an dich herangetreten?«

Richards Stimmung hob sich schlagartig, er spielte bereits die Möglichkeiten durch. »Genial! Ich rufe den Mann gleich an.«

Da das Treffen unter konspirativen Bedingungen stattfinden musste, entwarf Richard vorneweg einen Plan. Als Ort schlug er den Besprechungsraum des Unternehmens vor. Julie sollte bei Einbruch der Dunkelheit über den Lieferanteneingang eingeschleust werden.

Der Redakteur vom Bayernkurier nahm Richards Anruf geradezu enthusiastisch entgegen. Am liebsten hätte er sich sofort mit Julie getroffen und ließ sich von ihm nur schwer auf den Abend vertrösten.

»Das wäre geschafft«, erklärte Richard und legte das Smartphone vor sich auf den Tisch. Einige Sekunden starrte er es an, bis das Display dunkel wurde. Dann hob er den Kopf. In seiner Stimme klang ein Zögern mit, als wollte er Julie nicht zu nahe treten: »Möchtest du, dass wir vorher alles ein wenig durchspielen? Die möglichen Fragen, die auf dich zukommen?«

»Nein, das ist nicht nötig«, entschied Julie. »Es ist klar, welche Richtung das Gespräch nehmen wird. Außerdem wirst du beim Interview neben mir sitzen. Und vergiss vor allem eines nicht: Im Gegensatz zu den Schumachers haben wir die Wahrheit auf unserer Seite.«

KAPITEL 33

Ich liebe dich, weil du klüger bist als ich.

Jannik

Das Interview erwies sich als voller Erfolg.

Richard und Julie konnten alles darin unterbringen, was sie zu sagen hatten. Für Richard allerdings hatte das Zeitungsfoto, das ihn gemeinsam mit Julie Bredow zeigte, ein kleines Nachspiel. Er bekam Besuch von zwei Polizeibeamten, die ihn aufforderten, ihnen Julies derzeitigen Aufenthaltsort zu nennen. Aber im Grunde handelte es sich nur um einen Akt von Kraftmeierei. Die staatlichen Organe konnten nicht mehr als nachfragen und verabschiedeten sich alsbald wieder. Und die neue Anzeige wegen Behinderung der Justiz konnte Richard durchaus verschmerzen. Auch wenn er nichts von den Schumachers dazu hörte, konnte er ihren Zorn selbst über die Distanz spüren. Josefine hatte recht. Alles schwingt. Auch Gefühle. Er stellte sich vor, dass die Aura der Schumachers durch das Interview eine empfindliche Delle erlitten hatte.

***

Klara las den Zeitungsbericht und erklärte Julie gegenüber: »Ich möchte aussagen.«

»Fühlst du dich denn schon dafür bereit? Es bedeutet eine große Strapaze.«

»Hör auf, dich um mich zu sorgen. Ich will es so. Du kannst dich nicht ewig mit mir hier einsperren.«

»Aber es sind erst fünf Wochen. Du ...«

»Es sind *schon* fünf Wochen! Mir geht es gut. Aber ich muss hier raus. Wenn ich noch länger diese Wände anstarren muss, garantiere ich für nichts. Hol mir diesen Olaf Schlaumeier her.«

Julie verkniff sich jede weitere Bemerkung und rief Peterbein an. »Meine Großmutter ist bereit für eine Aussage.«

»Ich habe eben den Artikel im Bayernkurier gelesen«, erwiderte der. »Ausgezeichnet. Das hat mich auf eine Idee gebracht. Um Ihrer Großmutter möglichst wenig zuzumuten, könnten wir ihre Aussage per Video aufzeichnen. Ich bespreche das mit dem zuständigen Staatsanwalt. Falls unser Vorschlag auf Akzeptanz stößt, würde ich alles in die Wege leiten. Ich möchte nicht zu viele Erwartungen wecken, Frau Bredow. Aber wenn der Auftritt Ihrer Großmutter überzeugt, stehen unsere Chancen gut, dass der Fahndungsaufruf zurückgenommen wird. Damit erhielten Sie Ihre Bewegungsfreiheit zurück.«

Gegen Mittag gab Peterbein durch, der Staatsanwalt habe seine Zustimmung erteilt. Endlich eine gute Nachricht. Julie nutzte die kleine Entspannung der Lage, um ihrer Großmutter die Frage zu stellen, die sie beschäftigte, seit sie davon Kenntnis hatte: »Was hat dich dazu bewogen, eine Vollmacht über deine Firmenanteile auf Konrad Schumacher auszustellen?«

Klaras Schultern sackten herab. »Das war keine Glanzleistung«, gestand sie ein. »Und der Grund ist banal. Im Dezember rief bei uns ein junger Mann an. Ich verstand, dass es in dem Gespräch um dich ging, aber dein Vater wollte partout nicht damit herausrücken. Wir stritten. Nicht lange davor hatte ich von seinem Sohn mit Edith Karolus erfahren. Darauf sagte ich ihm, wenn er sich nicht darum kümmere, dich nach Hause zu holen, dann würde ich meine Firmenanteile an Konrad Schumacher übertragen. Ich wusste, das würde deinen Vater maßlos ärgern.«

Am folgenden Tag fuhr der Anwalt mit einem Mitarbeiter der Kanzlei vor. Während die Aufzeichnungsgeräte installiert wurden, ging Olaf Peterbein mit seiner Klientin Klara Leyendecker ihre Aussage durch. Julie hatte auch Dr. Bleymandel zum Termin hinzugebeten, um der Patientin im Falle eines Falles beizustehen.

Aber Klara ging es ausgezeichnet. Sie hatte am Morgen mit Julies Hilfe geduscht und sich von ihr frisieren und ein dezentes Make-up aus Gelis Fundus auftragen lassen. Geli nutzte anschließend die Gelegenheit, indem sie die schwach protestierende Julie auf einen Stuhl drückte und ihrer Struwwelpeter-Frisur eine ordentliche Fasson verpasste. »Deine Nicht-Eitelkeit in allen Ehren, Freundin«, Geli schwenkte die Schere, »aber diese Stoppeln bringen mich zum Weinen. Da kannst du gleich ein Vogelnest aufsetzen. Der Schnitt ersetzt zwar nicht den Friseur, aber für den Hausgebrauch genügt es. Vorerst. Und sobald ich keine Zelte mehr tragen muss und mein Nilpferdbaby losgeworden bin, gehen wir beide mal richtig shoppen! Hach, Frühlingsklamotten!« Geli seufzte sehnsuchtsvoll.

Als Dr. Bleymandel und der Anwalt eintrafen, thronte Klara bereits im Chanelkostüm auf ihrem Stuhl. Die Tatsache, endlich aktiv gegen die Schumachers vorgehen zu können, beflügelte die alte Dame, zauberte ihr Farbe ins Gesicht und Angriffslust in die Augen.

Und sie machte ihre Sache großartig. Die Kamera musste zwischendurch nicht einmal angehalten werden. Klara begann mit ihren Personalien, nannte das Datum der Aufnahme und hielt zur Verifizierung die aktuelle Tageszeitung in die Kamera. Sie erklärte, sie selbst habe ihre Enkelin wiederholt gebeten, sie aus dem Pflegeheim Alpenrose zu holen, erstmalig anlässlich der Feier zu ihrem dreißigsten Geburtstag und erneut am Tag ihres Besuchs in der Alpenrose im Beisein von Richard Lanz. Sie beschuldigte das Pflegeheim, sie mit zu hoch dosierter Medikation sediert zu haben, und die Schumachers, ihr Vertrauen missbraucht zu haben.

»Hiermit widerrufe ich, Klara Leyendecker, geborene Obermaier, im Vollbesitz meiner geistigen Kräfte meine Vollmacht, durch die ich Doktor Konrad Schumacher mein Stimmrecht an den Firmenanteilen der Leyendecker Kaffeemanufaktur übertragen habe. Ebenso widerrufe ich die ihm erteilte Patientenverfügung.«

Zuletzt trug sie ihre Anschuldigung gegen Arndt Schumacher vor. Er sei es gewesen, der sie am Abend des 8. Dezember des Vorjahres heimtückisch die Treppe in der Villa hinabgestoßen habe. Bei diesem Sturz habe sie multiple Knochenbrüche erlitten, die sie bis heute in den Rollstuhl zwingen würden.

Im Anschluss sahen sie sich die Aufzeichnung gemeinsam nochmals an, übermittelten die digitalen Daten an die Staatsanwaltschaft und fühlten sich wie Sieger. Olaf Peterbein dämpfte die Erwartungen. »Der Staatsanwalt hat mir zwar zugesichert, dass er sich die Aussage von Klara Leyendecker ansehen würde, aber seine Reaktion ist völlig offen.«

Dr. Bleymandel schlug vor, dass sie sich nun alle einen Sapperlot verdient hätten. Er hatte auch nichts dagegen einzuwenden, dass sich Klara ebenfalls ein Gläschen gönnte.

Drei bange Tage warteten sie. Dann meldete sich Olaf Peterbein mit der Nachricht, der Staatsanwalt habe sich den Film angesehen und schlage nun ein persönliches Treffen mit Klara Leyendecker vor. Mit Rücksicht auf ihr Alter und ihren Gesundheitszustand würde er sie an ihrem derzeitigen Aufenthaltsort aufsuchen.

»Seine Rücksicht kann er sich sonst wohin stecken«, erklärte Klara gewohnt direkt. »Ich werde mit ihm in seinem Büro sprechen.«

Gesagt, getan. Klara bewirkte zwar nicht die erhoffte Anklage gegen die Schumachers, aber die sofortige Einstellung des Fahndungsaufrufs. Damit konnte sich Julie nach all den Wochen der Einschränkungen endlich wieder frei bewegen. Ein unbeschreibliches Gefühl, als würde sie schweben.

Gleich am folgenden Morgen siedelten sie und ihre Großmutter in die Villa über. Julie hatte Klara bereits den Grund für die leere Vitrine eingestanden. Aber diese verkniff sich dazu jede Bemerkung.

Dr. Bleymandel hatte für eine Pflegekraft gesorgt, die Julie unter der Woche unterstützte, am Wochenende übernahm dies ein mobiler Pflegedienst. Sie stellten auch wieder eine Haushälterin halbtags ein, eine patente, jung gebliebene Rentnerin, die zuvor zwei Jahrzehnte in der Betriebskantine bei Leyendecker gearbeitet hatte und »weder Lust auf Kreuzfahrten noch auf Häkeln« verspürte, wie sie Julie beim Einstellungsgespräch erklärte.

Doch Julies erster Weg führte sie zu Edith, die ihre Krise überwunden und das Krankenhaus längst wieder verlassen hatte. Die letzte Lumbalpunktion ihres Rückenmarks gab Anlass für Hoffnung. Geli, deren Niederkunft nun kurz bevorstand, begleitete sie. Auch Charoú war mit von der Partie.

Niki führte sie sofort ins Wohnzimmer, wo Josefine eine Art indisches Picknick organisiert hatte. Es duftete nach frischem

Naan, Curry und Kurkuma. Nicht nur die Speisen verströmten einen exotischen Duft, auch Josefine in Tunika und Haremshose umgab ein Hauch von Indien, und ihre Arm- und Ohrringe klimperten bei jeder ihrer Bewegungen. Edith sah dem Treiben von der Couch aus zu.

»Guck mal!«, rief Niki und streckte seine Zunge heraus. Sie war orangerot.

»Ich hoffe, ihr habt Appetit mitgebracht?«, rief Josefine. »Es gibt indisches Curry, Aloo Gobi, Biryani, Malai Kofta und Reis. Alles vegan.«

»Da lasse ich mich nicht lange bitten«, frohlockte Geli und langte ungeniert zu.

Edith sah besser aus, als Julie erwartet hatte. Sie hatte wieder Farbe im Gesicht und schien auch Appetit zu haben. Sie fragte sich, wie viel Ediths Entschluss dazu beitrug, sich keiner weiteren Chemotherapie mehr zu unterziehen.

»Mein Körper sagt mir, dass er das nicht mehr will. Ich gebe dem Leben eine Chance, nicht der Therapie«, erklärte Edith ihrem Besuch bestimmt. Josefine nickte dazu, unterstützte sichtlich die Entscheidung ihrer Tochter.

Es wurde ein richtig netter Nachmittag unter Freundinnen. Ein Stück Normalität.

Plötzlich legte Geli ihr Naan fort, mit dem sie die Soße aufgetunkt hatte, und verkündete: »Ich glaube, ich platze gleich.«

»Du hast auch gaaanz viel gegessen«, meinte Niki unschuldig, der sich mit Charoú auf dem Teppich fläzte.

Josefine schaltete sofort. »Das Baby kommt«, sagte sie, worauf wirklich etwas platzte. Gelis Fruchtblase.

»Mann«, staunte Niki. »Das ist aber eine Menge Pipi!«

Am nächsten Morgen tat die kleine Eva ihren ersten Schrei. Die stolzen Eltern Geli und Severin baten Julie noch am selben Tag, die Patenschaft für ihre Tochter zu übernehmen. Julie vergoss die ersten Freudentränen, seit das Dunkel vor zehn Monaten Einzug in ihr Dasein gehalten hatte. Dieses unerwartete Wunder des Lebens entzündete ein kleines Licht in ihr. Und es leuchtete jedes Mal auf und gewann an Stärke, sobald sie in das Gesicht der süßen Eva blickte.

KAPITEL 34

Ich liebe dich, weil du das schönste Lächeln der Welt hast.

Jannik

Die Rücknahme des Fahndungsaufrufs gestattete Julie, sich nun wieder offen den Belangen der Firma zuzuwenden. Mit ihrer Freiheit hatte sie einen kleinen Sieg errungen, die Probleme waren damit nicht gelöst. Der Vandalismus auf der Baustelle und die erforderliche Schadensbeseitigung, der gekündigte Kredit, das Gerücht der Insolvenzverschleppung und der dadurch geschädigte Ruf, Lieferanten, die sich deshalb querstellten und Vorauskasse verlangten – all das türmte sich vor Julie auf und warf seinen langen Schatten. Die Firma brauchte dringend Geld.

Richard saß ihr im Büro ihres Vaters gegenüber. »Wir müssen mit den Mitarbeitern reden«, erklärte er ernst. »Wenn es beim momentanen Stand bleibt und wir keinen weiteren Kontokorrentkredit erhalten, können wir nur noch bis Mai die regulären Gehälter ausbezahlen.«

»Ich werde keine Mitarbeiter entlassen.«

»Nein, das wollte ich damit auch nicht vorschlagen.«

»Was dann?«

»Ich dachte an eine Stundung der Gehälter. Angenommen, jeder unserer hundertachtzig Mitarbeiter stundet uns für diesen Monat die Hälfte seines Gehalts. Wir gewännen dadurch knapp vierhunderttausend Euro und …«

»Ich weiß nicht«, unterbrach ihn Julie mit unüberhörbarer Skepsis. »Das ist irgendwie, als würde man ein Loch mit einem Loch stopfen.«

»Nicht direkt. Mit diesem Geld könnten wir für die dringend benötigte Rohware entsprechend in Vorauskasse gehen. Wir müssen die Produktion mit allen Mitteln am Laufen halten. Ohne Umsätze sind wir im nächsten Monat tatsächlich zahlungsunfähig. In dem Fall wird aus dem Insolvenzgerücht eine Tatsache. Deshalb dürfen wir jetzt auch keine Angestellten entlassen. Das wäre ein fatales Signal.«

»Was ist mit denjenigen Mitarbeitern, die sich eine Abtretung nicht leisten können, weil sie selbst Kredite bedienen müssen?«

»Sehen wir erst einmal, wie viele es sind, und dann finden wir auch hier eine Lösung. Ich habe ein bisschen Geld auf dem Konto, sechzigtausend, und ich könnte darüber hinaus meine Wohnung in Rosenheim verkaufen.«

»Das würdest du tun?«

»Warum nicht? Als Geschäftsführer einer insolventen GmbH hafte ich ohnehin mit meinem privaten Vermögen. Da stecke ich mein Geld lieber gleich ins Unternehmen und sorge dafür, dass es erst gar nicht so weit kommt. Lass uns eine Betriebsversammlung einberufen und mit den Mitarbeitern sprechen.«

Die Zusammenkunft und die folgende Diskussion zeigten Julie erneut, wie sehr die Mitarbeiter der Kaffeemanufaktur eine eingeschworene Gemeinschaft bildeten. Bis auf wenige

Ausnahmen, die aus verschiedensten Gründen auf jeden Euro angewiesen waren, wurde der Stundung zugestimmt. Darüber hinaus rief Röstmeister Ambrosius Hofanger die handwerklich geschickten Mitarbeiter auf, sich bei ihm zu melden. Er schlug vor, mit ihnen am Wochenende auf der Baustelle anzurücken, um die durch Vandalismus entstandenen Schäden zu beseitigen. Es kamen über vierzig Personen zusammen. Drei Generationen lang hatte die Familie Leyendecker auf das Vertrauenskonto ihrer Mitarbeiter eingezahlt und für sie gesorgt. Nun erntete Julie die Dividende.

Als sie nach der Versammlung an Richards Seite die Werkshalle verließ, setzte sie ihre Schritte fest und sicher, getragen von einer neuen, inneren Stärke.

KAPITEL 35

Ich liebe dich, weil du immer nach vorne schaust.

Jannik

»Da bist du ja endlich! Wir müssen reden«, eröffnete Klara Julie am folgenden Samstagmittag. Sie saß aufrecht im Bett.

»Möchtest du nicht vorher etwas essen?« Julie zeigte auf das mitgebrachte Tablett. »Es gibt Lachs mit Reis und Gemüse.«

Klara winkte ungeduldig ab. »Später.«

»Später ist das Essen kalt.«

»Das macht nichts, ob kalt oder warm. Ich schmecke eh nichts. Aber gib den Tee her.«

Kein »Bitte«. Julie störte sich nicht daran. So war ihre Großmutter.

»Herrgott, immer noch die Schnabeltasse?«, rümpfte diese die Nase und stellte sie nach einem Schluck fort. »Los, setz dich zu mir.«

»Ist dir wieder etwas eingefallen?«

»Nein. Ich muss mit dir über Vergangenes reden. Ich habe grauenhafte Dinge zu verantworten und vielleicht ...«, sie klopfte auf die Zudecke, unter der sich ihre Gestalt mit den nutzlosen Beinen kaum abzeichnete, »gehört das zu meiner verdienten Strafe. Ich muss leiden, weil ich andere habe leiden lassen.«

»Wovon sprichst du? Von meiner Mutter?« Julie stockte der Atem. Würde sie endlich mehr über die Umstände ihres Todes erfahren?

»Nein«, enttäuschte Klara sie sofort. »Was ich zu verantworten habe, liegt viel weiter zurück. Ich war damals noch sehr jung. Ein Kind.« Klara fixierte einen Punkt über Julies Kopf. Julie verfolgte, wie sich ihr Blick eintrübte und die Unterlippe heftig zu beben begann. Sie befürchtete bereits einen neuerlichen Aussetzer.

Aber Klara kehrte zurück, ihre Augen suchten die Enkeltochter. »Hör zu. Ich schwärmte schon mit zwölf Jahren für deinen Großvater. Friedrich war zu dieser Zeit nur wenige Jahre älter als ich, aber er liebte eine andere. Ihr Name lautete Flora. Du erinnerst mich manchmal an sie.« Klara hob die blaugeäderte Hand und strich Julie über das nachwachsende Haar. Eine ungewohnt zärtliche Geste der Großmutter, die Julie deshalb umso mehr anrührte.

»Friedrich und Flora trafen sich häufig am Dinzinger Weiher. Ich beobachtete die beiden dort. Ihren ersten Kuss, ihre junge Liebe. Oh, wie ich Flora um ihr Glück mit Friedrich beneidete! Aber ich war nur eine unscheinbare Göre mit Hasenzähnen. Ich wurde deswegen gehänselt und besaß keine Freunde. Der gut aussehende Kaffee-Erbe Friedrich hingegen wurde von allen gemocht und die Mädchen auf der Schule himmelten ihn an. Einer wie er würde eine wie mich nicht zweimal ansehen. Insofern war ich davon überzeugt, dass er nicht einmal meinen Namen kannte. Aber ich hatte mich in ihm geirrt. Denn Friedrich erwies sich als ein richtig netter Junge. Einmal half er mir nach einem Fahrradunfall und hinterher hat er mich in der Schule stets freundlich gegrüßt.

Aus meiner anfänglichen Schwärmerei für Friedrich wurde bald Besessenheit. Er besetzte jeden meiner Gedanken. Ich legte mich mit seinem Namen auf den Lippen schlafen und wachte am Morgen mit ihm auf. Wenn ich ihn einen Tag lang nicht zu sehen bekam, verging ich vor Sehnsucht. Ich liebte Friedrich mit jeder Faser meines Seins, und deshalb begann ich die Frau, der sein Herz gehörte, zu hassen. Flora war so, wie ich niemals sein würde. Alles an ihr leuchtete. Ihr Lächeln, ihre Haut, ihr langes, rotes Haar, das sie umgab wie ein sprühender Wasserfall. Sie sah aus wie die Fee aus dem Wasserschloss. Und sie spielte Geige wie eine Göttin. Wer hat, dem wird gegeben. Da mein Vater nichts davon erfahren durfte, kratzte ich heimlich mein Erspartes zusammen, um bei ihr zu Hause Unterricht zu nehmen, alles in der Hoffnung, dort Friedrich zu begegnen. Einige Male geschah dies auch. Natürlich lernte ich so auch Floras Familie, ihre Eltern und die kleine Schwester Leah kennen. Floras Vater Jakob betrieb die örtliche Zahnarztpraxis, ihre Mutter Ruth unterrichtete an der Grundschule. Als mir durch ein Missgeschick ein Vorderzahn abgebrochen war, brachte Floras Vater das in Ordnung und sagte, er schenke einem hübschen Mädchen sein hübsches Lächeln zurück.«

Erschöpft machte Klara eine kleine Pause. Ihre Stimme senkte sich zu einem Flüstern, als würde sie jedes weitere Wort mehr Kraft kosten als das vorherige. »Niemand, außer meiner Mutter, hat mich je so nett behandelt, wie es Flora und ihre Eltern getan haben. Sie waren gute Menschen. Und ich habe es ihnen schlecht vergolten.« Zutiefst Beunruhigendes spiegelte sich auf ihrem totenblassen Gesicht wider.

Julies Magen hob sich, als befände sie sich im freien Fall. Das Unaussprechliche lag über Klaras Bericht wie eine zweite

Tonspur. »Himmel, Großmutter, was hast du getan?«, fragte sie gepresst.

»Damals konnte ich nicht auf Friedrich hoffen. Er blieb für mich unerreichbar. Er liebte Flora, und niemand konnte ihn davon abbringen. Aber dann änderten sich die Zeiten. Hitler kam an die Macht, mein Vater wurde Bürgermeister, und plötzlich schien alles möglich. Denn Flora war Jüdin.«

»O Gott, Großmutter, was hast du bloß getan?«, wiederholte Julie erstickt.

»Ich habe nach den Sternen gegriffen und dafür eine ganze Familie in den Tod geschickt.«

Um Julies Herz legte sich eine eiserne Klammer. Sie hatte auf die Lebensbeichte ihrer Großmutter gehofft, doch nun fürchtete sie sich vor jedem weiteren Satz.

Klara fuhr mit brüchiger Stimme fort: »Mein Vater und Großvater waren Antisemiten. Bei Tisch wurde ständig auf die Juden geschimpft. An allem seien sie schuld. Am verlorenen Krieg, der Revolution, der Wirtschaftskrise und der Inflation, an der verlorenen Ehre und der verlotterten Jugend sowieso. Als Hitler 1933 Reichskanzler wurde, war ich dreizehn Jahre alt, und nichts interessierte mich weniger als Politik. Wie viel sich tatsächlich geändert hatte, begriff ich erst durch die von mir belauschten Gespräche zwischen Friedrich und Flora. Flora verlor immer öfter ihr Lachen. Ihre Mutter durfte nicht mehr als Lehrerin arbeiten, ihrem Vater wurde die kassenärztliche Zulassung entzogen. Im Frühjahr 1936 machten Flora und Friedrich ihren Abschluss. Friedrich wurde an der Münchner Universität zum Studium zugelassen, Flora hingegen erhielt eine Absage von der Musikakademie. Darauf hörte ich Friedrich zum ersten Mal über Heirat sprechen. Als seine Frau sei sie geschützt. Flora warf Friedrich Naivität vor. Erstaunt verfolgte ich ihren ersten echten Streit. In jenem Sommer 1936 ging Friedrich nach Berlin. Er war als Langstreckenläufer in die deutsche Olympiamannschaft berufen worden. Erst nach seiner Rückkehr begegnete ich ihm wieder. Eine Weile schien es, als hätten Friedrich und Flora sich als Paar getrennt. Erst im November 1936 erwischte ich die zwei wieder gemeinsam am Teich. Sie waren vorsichtiger als früher, nicht mehr so unbekümmert, und zogen sich nun öfters in das Bootshaus zurück. Das machte es für mich sogar einfacher, ihre Gespräche zu bespitzeln. Ich bohrte ein kleines Loch in die Rückwand, hörte ihrem Liebesgeflüster zu und ihren wachsenden Sorgen. Eines Tages wurde ich Zeuge, wie Friedrich um Floras Hand anhielt.«

Klara hielt inne und schloss kurz die Augen, als schockiere sie dieser Moment heute noch genauso wie damals. »Flora erwies sich als die Vernünftigere der beiden. Ich kann ihre Antwort noch heute hören: ›Ach, Friedrich, wie nobel von dir. Aber dein Vater wird uns niemals seine Zustimmung geben. Du weißt, warum.‹«

KAPITEL 36

VERGANGENHEIT

»Du wolltest mich sprechen, Sohn?«, empfing ihn sein Vater, ohne vom Schreibtisch aufzusehen. »Ich hoffe doch, es geht schnell, Junge. Ich habe noch einige wichtige Dokumente gegenzuzeichnen und Wilhelm Schumacher ...«, sein Vater konsultierte kurz die goldene Taschenuhr an seiner Weste, »wird in Kürze eintreffen.«

Friedrich, der Sohn und Erbe, war es gewohnt, zwischen wichtige Dokumente und notarielle Termine gequetscht zu werden. »Keine Sorge, Vater. Ich werde dich nicht lange aufhalten«, erwiderte er knapp. »Du musst lediglich meiner Heirat mit Flora Rosenbaum zustimmen.«

Damit errang er nun doch die Aufmerksamkeit seines Vaters. Irritiert ließ Friedrich senior von seinem Dokument ab. Er musterte seinen Junior, als frage er sich, ob dieser noch ganz bei Sinnen sei.

Der junge Friedrich straffte sich und verkündete mit von der Liebe beflügeltem Mut: »Ich möchte Flora Rosenbaum zur Frau nehmen.«

»Du willst heiraten? Die Tochter vom Zahnarzt? Eine *Jüdin*? Was für eine närrische Idee! Zumal du erst achtzehn bist!«

»Ich werde im nächsten Monat neunzehn! Und ja, ich will Flora heiraten. Ich liebe sie.«

Die Augen des Vaters verengten sich. »Hast du sie etwa geschwängert? Dann gibt es …«

»Nein, ich habe sie nicht geschwängert! Verdammt!«, fiel ihm Friedrich ins Wort. Der erleichterte Gesichtsausdruck seines Vaters ärgerte ihn maßlos. »Ich liebe sie und will sie deshalb heiraten«, beharrte er. Eigentümlicherweise überkam ihn gerade selbst das Gefühl, sich wie ein kleiner Junge anzuhören.

»Herrgott, was für ein Unfug! Was weißt du schon in deinem Alter von der Liebe.« Sein Vater tauchte den Füllfederhalter ins Tintenfass und zog die nächste Dokumentenmappe heran. Das Signal, dass er das Gespräch für beendet erachtete.

Friedrich fühlte sich zu Recht nicht ernst genommen. »Ich werde Flora mit oder ohne deine Erlaubnis heiraten, Vater.«

»Nur zu! Du bist nicht volljährig und ohne meine Zustimmung wird euch in der Gegend niemand trauen. Ganz davon abgesehen wäre es nach den neuen Gesetzen Rassenschande! Willst du uns alle in Gefahr bringen?«

»Dann gehen Flora und ich von hier fort.«

»Mach dich nicht lächerlich, Sohn! Du bist Student im ersten Jahr und ohne mich mittellos. Wer bezahlt dein Studium? Den schicken kleinen Sportwagen, mit dem du durch die Gegend kurvst? Du könntest dir nicht einmal das Benzin leisten. Wovon wollt ihr beide leben? Von der Luft?«

»Ich kann arbeiten.«

»Das muss ich auch. Und jetzt raus hier. Ich habe für deine Flausen wirklich keine Zeit.«

»Komme ich ungelegen?«, fragte Dr. Schumacher von der Tür aus und streifte den Regen von seiner Melone.

315

»Natürlich nicht, Wilhelm. Pünktlich wie die Maurer. Komm herein«, bat ihn Leyendecker senior in sein Büro.

»Mein Vater behandelt mich wie einen kleinen Jungen«, beklagte sich Friedrich später bei Flora. Sie lagen nebeneinander auf dem Steg und hielten sich an den Händen. Noch am Morgen hatte die Sonne geschienen. Doch seit dem Mittag ballten sich am Horizont immer mehr dunkle Wolkenmassen zusammen und die Luft wurde zunehmend schwerer und drückender. Friedrich fand, das Wetter passe ausgezeichnet zu seiner trüben Stimmung.

»Ich hatte dich gewarnt«, sagte Flora. »Wenn man vorhat, eine Dummheit zu begehen, sollte man sie zuvor besser nicht ankündigen.«

»Himmel, bist du abgeklärt.« Friedrich rollte sich auf den Bauch.

»Nein, ich bin vernünftig. Einer von uns beiden muss es schließlich sein.«

»Hast du denn inzwischen mit deinem Vater über uns gesprochen?«

»Nein. Wie du weißt, hat er derzeit völlig andere Sorgen als eine verliebte Tochter. Neuerdings spricht er vom Auswandern.«

»Was? Wohin?« Friedrich richtete sich auf.

»Nach Amerika. Sein älterer Bruder lebt in Boston. Am liebsten würde er noch heute aus Deutschland fortgehen. Aber meine Mutter ist strikt dagegen. Sie haben erst gestern deswegen gestritten. Meine Mutter hat sogar geweint. So habe ich meine Eltern noch nie erlebt. Sie gehen sonst immer sehr liebevoll miteinander um. Meine kleine Schwester Leah war danach völlig verstört. Ich musste sie lange trösten.«

Friedrich seufzte, beugte sich herab und strich mit den Lippen zärtlich über Floras Schläfe. »Was sind das nur für Zeiten? Manchmal glaube ich, die Menschen verlieren ihren Verstand.« Er streckte sich lang neben ihr aus, seine Hüfte berührte die ihre, und betrachtete den Himmel, der sich immer bedrohlicher auf sie herabsenkte.

Flora drückte seine Hand, schwieg. Dafür sprachen ihre Gedanken umso lauter. Friedrich wusste, dass sie gerade an ihre Eltern dachte, an ihre Mutter Ruth, die ihre Anstellung bereits verloren hatte, und ihren Vater Jakob, dem ohne kassenärztliche Zulassung die Patienten wegblieben. Laut Floras Vater war dies nicht das Ende der Schikanen gegen die deutsche jüdische Bevölkerung, sondern erst der Beginn. Er rechnete damit, dass allen jüdischen Ärzten demnächst auch die Approbation entzogen werden würde. Das bedeutete Berufsverbot.

Friedrich setzte sich abrupt auf. »Lass uns durchbrennen!«

»Wohin?« Flora blieb reglos liegen.

»Du nimmst mich auch nicht ernst«, beklagte sich Friedrich. »Was hältst du von Amerika?«

Friedrich blinzelte. »Was jetzt? Rein in die Kartoffeln, raus aus den Kartoffeln?«

»Das sagt mein Vater auch oft.«

»Weil es ein deutsches Sprichwort ist.«

»Keine Ahnung. Vater erzählte, er kenne es als Soldat aus dem Krieg. Die Offiziere schickten die Soldaten kreuz und quer und schon mal auf den Kartoffelacker, um sie daraufhin wieder zurückzupfeifen, damit sie die Erdäpfel nicht zerstampften.«

»Mein Vater war nicht im Krieg. Als Unternehmer galt er als unentbehrlich.«

»Ja, die Welt braucht Kaffee.«

»Besser als Waffen«, konterte Friedrich.

»Auf jeden Fall ist es eine böse Ironie, dass mein Vater für das Kaiserreich gekämpft hat, dafür mit dem Eisernen Kreuz ausgezeichnet worden ist und nun als Jude diffamiert wird.«

»Vielleicht ist Amerika gar keine so schlechte Idee«, erklärte Friedrich, der gedanklich noch rechtzeitig die Kurve bekommen hatte.

Kapitel 37

Gegenwart

Ich liebe dich, weil du so unerschütterlich bist.

Jannik

»Ich«, sagte Klara zu Julie, »verstand damals nur eins: Wenn Friedrich nach Amerika ginge, würde ich ihn für immer verlieren. Also suchte ich nach einer Lösung.«

»Was denn für eine Lösung?« Julie war ganz elend zumute. Die Ereignisse lagen über siebzig Jahre zurück und die Schicksale hatten sich vor langer Zeit erfüllt. Aber Verantwortung verjährt nie. Julie drängte es aufzuspringen, zum Teich zu rennen und Friedrich und Flora zu warnen. Zu real erschien ihr dieses junge verliebte Paar, dessen Tragik sich erfüllte, weil sie sich in einer Zeit begegnet waren, als die Menschen einem braunen Irrwahn erlagen.

»Flora war der Grund, warum Friedrich fortgehen wollte. Also musste ich dafür sorgen, dass es diesen Grund nicht mehr gab.«

Angesichts der Ungeheuerlichkeit, die diese Worte bedingten, verschlug es Julie die Sprache. In ihrem Kopf jagten sich die Gedanken, wirbelten an ihrem Verstand vorbei, und eine entsetzliche Kälte griff nach ihr, als schlüge erneut das Wasser des Teichs über ihr zusammen.

Klara sagte etwas. Aber Julie reagierte nicht, ihre Welt hatte sich kurzzeitig in einem Rauschen aufgelöst. Klara berührte Julies Arm, wiederholte ihre Worte: »Ich brauche meine Handtasche von der Kommode, Julie.«

Julie holte sie, ihre Bewegungen steif wie ein Automat.

Klara kippte den Inhalt der Tasche aufs Bett. Sie stülpte das Innenfutter nach außen, griff in einen Spalt und holte eine Fotografie hervor. »Hier. Die trage ich immer bei mir. Ich besaß noch mehr Fotos von den beiden, aber nach dem Krieg habe ich sie alle verbrannt.«

Klaras Hand zitterte, als sie der Enkelin die Aufnahme reichte. Das Porträt eines hübschen Paares, das in die Kamera lachte. *Friedrich und Flora.* Ihr Großvater und seine große Liebe.

»Sie sehen so glücklich aus«, flüsterte Julie. Ihr Finger fuhr über die beiden jungen Gesichter und verhielt kurz an Floras Hals mit einer hübschen Rosenkette.

»Das waren sie. Ich ertrug ihr Glück nicht. Ich wollte deinen Großvater für mich«, bekannte ihre Großmutter schlicht.

Julie fühlte, wie sich das Netz aus Schuld und Entsetzen stetig enger um sie spannte und ihr die Luft abschnürte. »Was hast du getan, Großmutter?«, flüsterte sie nunmehr zum dritten Mal seit Beginn des Gesprächs.

»Ich habe Flora und ihre Familie an die Nazis verraten. Dazu musste ich nicht weit gehen. Mein Vater war Bürgermeister von Dinzing.«

»Die Rosenbaums sind nicht nach Amerika emigriert?«

»Nein. Floras Vater Jakob wollte fort, aber ihre Mutter Ruth weigerte sich lange Zeit standhaft. Ende September 1938

319

trat das ein, was Floras Vater befürchtet hatte: Die Nazis entzogen den jüdischen Ärzten die Approbation und erteilten ihnen damit Berufsverbot. Das stimmte Floras Mutter schließlich um. Seit 1936 war es aber sehr viel schwieriger geworden, sich die nötigen Papiere und Visa zu verschaffen. Es fehlte der Familie vor allem an Geld. Die Nazis ließen sich die Ausreiseerlaubnis vergolden. Später erfuhr ich, dass Friedrich half, indem er seinem Vater Geld aus dem Tresor entwendete und damit die Beamten bestach. Ich zerbrach mir inzwischen den Kopf, wie ich Friedrich an der Ausreise hindern konnte. Da kam mir eine Idee. Ich verfasste einen anonymen Brief an Friedrichs Vater, entlarvte den Sohn als Dieb und beschrieb die Ausreisepläne. Leider ist mein Brief nie in seine Hände gelangt. Wie ich später erfuhr, war dies einer Intrige Wilhelm Schumachers geschuldet. Schumacher bestach damals regelmäßig die Chefsekretärin von Friedrichs Vater. Sie informierte ihn über alle geschäftlichen Belange und unterschlug auch meinen anonymen Brief.«

»Welches Interesse«, fragte Julie verwundert, »hätte Wilhelm Schumacher denn daran gehabt, dass der Firmenerbe Friedrich von der Bildfläche verschwand? Und wie kannst du das überhaupt alles so genau wissen?«

»Durch meinen späteren Schwager Wolfgang, Wilhelm Schumachers Sohn. Er war mit Friedrichs jüngerer Schwester Helga verlobt, sie heirateten im Jahr darauf. Schumacher senior rechnete sich aus, sollte der Leyendecker-Erbe Friedrich mit seinem Vater brechen und nach Amerika verschwinden, würden die gemeinsamen Kinder seines Sohnes mit Helga Leyendecker die Kaffeemanufaktur irgendwann erben. Wie so oft hatte das Leben andere Pläne als jene, die sich Väter ausdachten. Die Ehe blieb kinderlos. Helga starb mit fünfundzwanzig an Tuberkulose und Wolfgang kehrte als seelischer Krüppel aus dem Krieg zurück. Erst Jahre später heiratete er erneut. Wolfgang war mir zeitlebens treu ergeben, und nach dem Tod seines Vaters verriet er mir, was er über dessen Umtriebe in Erfahrung gebracht hatte. Er fand auch meinen anonymen Brief in Wilhelms Nachlass und zeigte ihn mir, ohne zu ahnen, dass ich es gewesen war, die ihn vor Jahren verfasst hatte.

Nachdem mein Brief damals ohne jede Wirkung blieb, war ich am Ende meines Lateins angelangt. Dann aber kam mir der Zufall zu Hilfe. Auf dem Schulweg lief mir Leah, Floras achtjährige Schwester, über den Weg. Die Kleine verriet mir völlig arglos, dass sie vorhatten, demnächst alle zu verreisen. Nach der Schule fuhr ich zum Weiher, in der Hoffnung, Friedrich und Flora würden sich dort treffen. Aber sie tauchten nicht auf. Mit Beginn der Dämmerung kehrte ich pünktlich zum Abendbrot heim. Mein Vater und meine Brüder waren glänzender Laune. Nach dem Essen legten sie ihre SA-Uniformen an und verabschiedeten sich nach Rosenheim.

Mich trieb es zum Haus der Rosenbaums. Unterwegs begegnete ich einer Rotte SA-Männer, die grölend und mit brennenden Fackeln durch Dinzing marschierten. Es lag bereits den ganzen Tag eine seltsame Unruhe über unserer kleinen Stadt. Aber alle meine Gedanken kreisten um Friedrich. Gegenüber dem Haus der Rosenbaums bezog ich Position. Nach wie vor grübelte ich darüber nach, wie ich Friedrich von der Abreise mit Flora abhalten konnte. Ich kannte ja nicht einmal das genaue Datum. Plötzlich hielt ein Lieferwagen der Leyendecker Kaffeemanufaktur vor dem Haus der Eltern. Am Steuer saß Friedrich. Gleich darauf trat die gesamte Familie Rosenbaum mit Koffern aus dem Haus, kletterte in den Wagen und Friedrich gab Gas.

Da stand ich nun mit meinem Fahrrad und dachte, alles sei aus und vorbei, ich würde Friedrich nie mehr wiedersehen.

Verzweifelt und tränenblind stieg ich aufs Rad und trat in die Pedale, als wollte ich bis ans Ende der Welt. Stattdessen fand ich mich erneut am Dinzinger Weiher wieder. Und entdeckte Licht im Bootshaus. Der Teufel war auf meiner Seite: Friedrich hatte Floras Familie dorthin gebracht.«

KAPITEL 38

VERGANGENHEIT

»Ich verstehe das nicht«, klagte Floras Mutter Ruth. »Warum diese überstürzte Flucht?« Sie saß auf ihrem Koffer und sah sich argwöhnisch im Bootshaus um.

»Friedrich hat uns das doch erklärt, Neschama, meine Seele«, sagte Jakob Rosenbaum geduldig.

»Es handelt sich wirklich nur um eine reine Vorsichtsmaßnahme, Frau Rosenbaum«, suchte auch Friedrich, Floras Mutter zu beschwichtigen. »Vielleicht erweist sich ja das Gerücht über die Aktionen gegen die jüdische Bevölkerung als falsch.«

»Es sind doch nur noch drei Tage bis zu unserer Abreise, Mutter«, sprang ihm Flora bei. »So lange können wir hierbleiben. Schau, Friedrich hat uns einen Karton Vorräte gepackt und Leah hat es sich bereits auf dem Diwan gemütlich gemacht.«

»Ach, ich habe es gleich gesagt, es bringt Unglück, ausgerechnet am zwölften November zu verreisen. An einem Sabbat! Habe ich das nicht gesagt, Jakob?«

»Ja, das hast du, Neschama.«

»Und jetzt habe ich in der Eile auch noch vergessen, meine Menora einzupacken! Ich habe sie von meiner Großmutter. Das bringt Unglück, ich weiß es! Unser Zug wird entgleisen, unser Schiff wird untergehen!« Ruth schlug die Hände vors Gesicht und schluchzte laut auf.

Jakob nahm seine Frau in die Arme und murmelte jüdische Koseworte.

Friedrich nahm Flora zur Seite. »Wenn möglich, bleibt tagsüber im Bootshaus. Löscht das Licht, sobald ich weg bin.«

»Du bleibst nicht hier?«

»Nein, ich muss gleich zurück. Ich habe mir den Wagen nur für eine Stunde vom Werkmeister ausgeliehen. Er benötigt ihn für die Auslieferung. Morgen und übermorgen werde ich ganz normal die Universität besuchen. Seitdem das Geld aus dem Tresor verschwunden ist, ist mein Vater misstrauisch genug. Vor dem zwölften November werden wir uns deshalb nicht mehr sehen. Hör zu, Flora, kleine Planänderung: Ich hole euch Samstag schon um zwei Uhr früh ab. Wir steigen nicht in den Zug von München nach Hamburg, sondern fahren mit dem Firmenlieferwagen bis nach Hamburg durch. Der Werkmeister ist eingeweiht, er wird den Diebstahl des Fahrzeugs erst am Sonntag melden, wenn wir längst sicher auf dem Schiff sind.«

»Er wird uns nicht verraten?«

»Nein, er ist ebenfalls Jude. Alles wird gut, Flora. Gegen die Liebe ist das Böse machtlos. Am Sonntag befinden wir uns schon auf dem Weg nach New York.«

Kapitel 39

Gegenwart

Ich liebe dich, weil du so mitfühlend bist.

Jannik

»Am folgenden Tag«, nahm Klara ihre Erzählung wieder auf, »begriff ich, warum Friedrich die Familie Rosenbaum im Bootshaus einquartiert hatte. Denn in dieser Nacht fanden in ganz Deutschland die Novemberpogrome statt. Synagogen und jüdische Geschäfte wurden geplündert und angezündet, Juden gejagt und ermordet. Der Mob tobte. Deshalb waren mein Vater und meine Brüder nach Rosenheim gefahren. Um sich an der Nacht der Schande zu beteiligen. Friedrich musste irgendwie im Vorfeld davon Kenntnis erhalten haben und hatte die Rosenbaums kurzerhand aus der Schusslinie geholt und im Bootshaus einquartiert.

Beim Mittagessen rühmten sich mein Vater und meine Brüder ihrer Taten. Ich hörte nur mit halbem Ohr zu. Aber als Manfred rief, die Juden gehörten nicht zu Deutschland, man müsse diese Schmarotzer alle rauswerfen, traf es mich wie ein Blitz. Plötzlich lag die Lösung offen vor mir. Ich kannte das Versteck einer jüdischen Familie! Wenn ich die Rosenbaums sofort aus dem Land werfen lassen würde, dann würde Friedrich am Samstag das Bootshaus leer vorfinden. Ich war so berauscht von meiner Idee, dass ich gleich noch am Tisch damit herausplatzte. Dadurch errang ich endlich die Anerkennung meines Vaters, nach der ich mich zeitlebens gesehnt hatte. Er lobte mich als sein patentes Mädel, als wahrhaft aufrechte Deutsche, die dem Führer zur Ehre gereichte. Zum ersten Mal fühlte ich mich wertvoll. Was danach geschah, war schrecklich. Anstatt die Familie Rosenbaum aus dem Land zu werfen, brannte Vater das Bootshaus nieder.«

Vor Julies Augen wirbelten schwarze Punkte, sie atmete kalte Asche. »Du hast Flora und ihre Familie in den Tod geschickt«, krächzte sie und erkannte ihre eigene Stimme nicht wieder.

»Das habe ich. Es ist die Schuld meines Lebens. Und ich bereue es bis heute. Aber zunächst verdrängte ich die Familie aus meinen Gedanken. Denn aus meinem Traum wurde unverhofft Wirklichkeit. Nachdem es Flora nicht mehr gab, wandte sich Friedrich mir zu. Erst Jahre später sollte ich begreifen, dass mein Vater hier die Hände im Spiel gehabt hatte. Aber damals war ich wie benebelt von meinem Glück. Friedrich und ich heirateten im Sommer 1939. Wochen später brach Deutschland den Krieg mit Polen vom Zaun. Friedrich meldete sich sofort freiwillig als Soldat. Aber sein Vater verhinderte seine Einberufung. Die beiden stritten viel, eigentlich fortwährend. Auch Friedrich und ich stritten. Wie zuvor meinem Vater konnte ich ihm nie etwas recht machen. Er trauerte um Flora und trank zu viel. Den Weg in mein Schlafzimmer fand er selten und nur, wenn er so betrunken war, dass er kaum mehr stehen konnte. Ich hätte gerne ein Kind gehabt. Es klappte erst im letzten Kriegsjahr.

Nach dem Krieg verließ mich Friedrich mehr oder weniger. Sein Vater starb Ende 1945 an einem Herzinfarkt, seine Mutter folgte ihm wenig später nach. Friedrich stürzte sich in die Arbeit, baute die Firma wieder auf und unternahm ausgedehnte Reisen nach Südamerika, um neue Kaffeeplantagen zu erschließen. Wir kommunizierten nur noch über die Belange der Firma. Ich besaß ein Talent für Zahlen und die nötige Härte, um Mitarbeiter zu führen. Als Friedrich das erkannte, überließ er mir immer häufiger die Geschäfte und verschwand oft für Monate nach Übersee. Ich arrangierte mich. Zwar besaß ich Friedrichs Liebe nicht, aber ich hatte meinen Jungen und das Geschäft. Ich war jetzt eine reiche Frau und lebte in einer vornehmen Villa. Ich widmete mich der Wohltätigkeit und erkaufte mir mit meinem Geld Anerkennung.«

»Also ist das Gerücht wahr. Ihr wart Nazis, du und deine Familie.«

Klara leugnete es nicht. »Ich habe nach dem Krieg eine Menge Geld in die Hand genommen, um die Gerüchte unter der Decke zu halten. Schlecht fürs Geschäft. Mein Großvater verschied noch 1938, meine Brüder fielen beide in Russland und Vater fing sich in den letzten Kriegstagen im Volkssturm eine Kugel der Amerikaner ein. Ich erbte die Metzgerei.«

»Und du?«, fragte Julie kalt. »Du warst doch auch eine waschechte Nationalsozialistin.«

»Mir war Politik völlig schnurz, solange ich selbst nicht darunter zu leiden hatte. Ich hasste Flora, weil sie mir Friedrichs Liebe stahl, nicht, weil sie Jüdin war.« Klara verhielt kurz, bevor sie ihr zweites Geständnis ablegte: »Aus demselben Grund hasste ich auch deine Mutter Helena. Weil sie mir die Liebe meines Sohnes stahl.«

Julie erstickte beinahe an ihren Gefühlen. Ein Sturm tobte in ihrem Inneren. Sie wollte wütende Blitze schleudern, tosend über die Welt hinwegfegen und die Blätter von den Bäumen reißen. Sie wollte schreien, bis es kein Schweigen mehr gab. Bis die Stille endete.

Da spürte sie die Hand ihrer Großmutter auf ihrer: »Verzeih mir«, flüsterte sie.

Julie riss ihre Hand fort. Die Berührung brannte wie das Feuer, das Flora und ihre Familie vernichtet hatte.

Ihre Großmutter wimmerte, gab kleine, erbarmungswürdige Laute von sich.

»Verzeihen?«, murmelte Julie mit rauer Stimme. Sie blickte ihre Großmutter an und war blind für ihre Tränen. »Im Moment kann ich nicht einmal deine Nähe ertragen.«

Sie floh aus dem Raum.

KAPITEL 40

Ich liebe dich, weil du so verlässlich bist. Und vernünftig.

Jannik

Julie konnte jetzt nicht allein sein. Sie rief Edith an.

»Komm her, meine Mutter ist auch gerade da«, sagte die sofort.

Julie schnappte sich Charoú und machte sich zu Fuß auf den Weg. Die frische Luft tat ihr gut. Das Gespräch mit ihrer Großmutter glühte in ihr nach wie der heiße Atem eines Feuers.

Schon in Ediths Flur umfingen Julie alle Wohlgerüche des Orients. Josefine hatte sie mitgebracht. Barfuß, in einem leuchtend orangefarbenen Sari und mit einem aufgemalten Bindi auf der Stirn empfing sie Julie an der Tür. »Namaste, Julie«, grüßte sie, tauchte ihren Daumen in eine kleine Schüssel und malte auch Julie ein Bindi auf die Stirn. Die leichte Berührung durchrieselte Julie wie ein warmer Sommerregen. Als würde ein Schatten von ihr gleiten.

»Ich führe gerade eine Reinigung durch«, erklärte Josefine. »Du könntest auch eine gebrauchen. Deine Aura vibriert wie eine Musiksaite. Zieh deine Schuhe aus. Auch die Strümpfe.«

Während Niki sofort mit Charoú im Garten verschwand, folgte Julie Josefine ins Wohnzimmer. Kerzen brannten und mehreren im Raum verteilten Schalen entstieg duftender Rauch. In der Mitte des Raumes waren um einen kleinen Buddha verschiedene Bergkristalle arrangiert. Dort auf dem Boden saß Edith im Schneidersitz auf einer Decke. Julie nahm ihr gegenüber Platz.

»Wir beginnen mit Atemübungen«, sagte Josefine.

Das kannte Julie bereits von ihren Yogastunden, die stets mit Meditation anfingen und endeten. Aber so intensiv wie mit Josefine hatte sie es noch nie erlebt. Sie spürte ihrem Atem nach, ließ ihn durch sich hindurchfließen. Neue Energie flutete ihre Adern, als atme sie Licht. Der pulsierende Strom in ihrem Inneren, den ihre Großmutter in Gang gesetzt hatte, versiegte. Josefine stand auf, nahm eine Klangschale, entlockte ihr wohlklingende Töne und sang Worte in einer unbekannten Sprache. Dabei umkreiste sie die beiden jüngeren Frauen.

Ob sie dadurch gereinigt wurde oder ihre Aura Heilung erfuhr, konnte Julie hinterher nicht sagen. Aber sie fühlte neue Zuversicht, als erwache sie nach einer albtraumhaften Nacht in ihrem Bett und die Sonne würde durchs Fenster scheinen, die Vögel zwitschern und das ganze Haus nach Frischgebackenem riechen.

Im selben Augenblick, als Josefine die Kerzen ausblies und die Klangschale wegstellte, stürmte Niki mit Charoú zurück ins Wohnzimmer.

»Guckt mal!«, rief Niki und zeigte auf sich und Charoú. Beide trugen ebenfalls ein Bindi auf der Stirn.

»Man darf nichts stehen lassen.« Josefine lachte und ging, um die Schüssel mit der Farbe einzusammeln.

Niki erhielt einen Kakao, Charoú schlabberte Wasser, die Erwachsenen bedienten sich am Kräutertee und für alle gab es Plätzchen.

»Die Kekse in der Villa hast du gebacken!«, rief Julie, nachdem sie einen gekostet hatte.

»Ja, seit meiner Diagnose backe ich viel«, antwortete Edith lächelnd.

»Teig naschen ist gut für die Aura«, ergänzte Josefine. »Alles, was uns wohltut, kräftigt unsere Seele. Wir sollten viel mehr Dinge tun, die uns Spaß und Freude bereiten. Auf unser Herz hören und nicht auf das, was die Leute reden. Konventionen und Regeln trennen uns vom Glück.«

»Bekomme ich noch ein Glückscookie?« Nikis Hand fuhr zielstrebig zum Teller.

»O du göttliches Kind!«, schmunzelte Josefine.

Einen Kakao und mehrere Glückscookies später bettelte Niki: »Darf Charoú mit auf mein Zimmer?« Er erhielt die Erlaubnis dazu.

»Und nun erzähl uns, was du auf dem Herzen hast«, wandte sich Josefine Julie zu.

Mit den beiden Frauen das Geständnis ihrer Großmutter zu teilen tat Julie mindestens so gut wie zuvor Josefines Reinigung.

Edith war erschüttert. »Dieses Wissen ist in der Tat schwer zu ertragen.«

»Und es ist noch nicht zu Ende, Julie«, erklärte Josefine. »Die Beichte deiner Großmutter ist auch eine Form der Reinigung. Sie mag die Katharsis für sich vollzogen haben. Aber viele Fragen bleiben.«

Julie nickte. »Das ist mir bewusst. Ich musste allerdings den Raum verlassen. Ich hatte in ihrer Nähe das Gefühl, als sei ich in eine Schraubzwinge geraten.«

»Deine Großmutter weiß, dass sie großes Unrecht begangen hat. Sie bereut. Das ist ein guter Anfang. Sprich mit ihr, Julie.«

***

»Ihre Großmutter hat mehrmals nach Ihnen gefragt, Frau Bredow. Herr Lanz hat auch angerufen. Und ein junger Herr aus Berlin, Jason Samuel«, informierte sie die Haushälterin, als Julie in die Villa zurückkehrte.

»Danke, Frau Hofer.« Julie leinte Charoú ab und schlüpfte aus ihren Stiefeln.

»Ich habe Gemüsesuppe für sie gekocht. Und Brot gebacken.«

»Es duftet wirklich wunderbar.«

»Ich mache dann Feierabend. Bis Montag, Frau Bredow. Ein schönes Wochenende wünsche ich Ihnen.«

»Danke, Ihnen auch.« Julie ging in die Küche und füllte Charoús Napf. Hungrig schnitt sie das noch ofenwarme Brot an und knusperte die herrliche Kruste. Sie rührte mit dem Kochlöffel in der Suppe und fischte sich ein Stück Karotte heraus. Trank ein Glas Wasser. Trödelte herum. Wartete darauf, dass sich ein Riss in der Zeit auftat, durch den sie schlüpfen konnte. Egal, wohin, Hauptsache ganz weit weg von ihrer Großmutter. Lange Jahre hatte sie mit ihren Fragen gelebt und hatte sich Antworten gewünscht. Nun fürchtete sie sich davor.

Seit einer Woche wohnten sie inzwischen gemeinsam in der Villa. Klara hatte sich gegen Julies Vorschlag ausgesprochen, für sie das Gesellschaftszimmer im Erdgeschoss zu einem Schlafraum umzugestalten. Sie wollte zurück in ihre eigenen Räumlichkeiten im ersten Stock, in denen sie beinahe siebzig Jahre ihres Lebens zugebracht hatte.

Julie hatte geglaubt, es könnte dieses Mal funktionieren, sie und ihre Großmutter zusammen unter einem Dach. Warum zerstörte ihre Großmutter die neue Harmonie? Was bezweckte sie mit ihrem Geständnis? Wenn sie nur ihr Gewissen hatte erleichtern wollen, warum hatte sie sich dann nicht an Pfarrer Brauchitsch gewandt? Weshalb belastete sie sie damit? Julie wurde von frischer Wut gepackt, und genau dieser Zorn trug sie in Klaras Schlafraum.

»Wie ist meine Mutter gestorben?«, rief sie, kaum dass sie die Tür aufgerissen hatte.

Klara saß genauso aufrecht im Bett wie am Morgen, als hätte sie sich seither nicht bewegt. Sie sah schlecht aus, die Haut dünn und wächsern wie Pergament.

»Setz dich zu mir, Julie«, bat sie leise.

»Danke, ich ziehe es vor zu stehen!«

»Wie du möchtest. Helena ist ertrunken. Im Dinzinger Weiher«, erklärte Klara daraufhin ruhig.

»Was?« Julies Beine gaben jäh unter ihr nach. Sie taumelte, stolperte gegen die Wand.

»Es kam nie heraus, ob es ein Unfall gewesen ist oder ob sie es vorsätzlich getan hat«, fuhr Klara fort.

Alles Blut wich aus Julies Gesicht, ein heftiger Schmerz zog an ihrer Brust. »Warum ... sollte sich meine Mutter selbst töten?«, stammelte sie.

»Nach der Totgeburt deines Bruders litt deine Mutter an schweren Depressionen.«

»Aber davon weiß ich nichts!«

»Natürlich nicht. Du warst erst sieben Jahre alt. Du bist damals bei ihr gewesen. Wir fanden dich völlig verstört und durchnässt auf dem Steg. Du standest unter Schock und kamst in die Klinik.«

Julie konnte sich an jenen furchtbaren Tag nicht erinnern und auch nicht an die Monate davor. Alles war wie ausgelöscht.

Sie wusste nur eines: Es musste ein Unfall gewesen sein. Ihre Mutter hatte sie geliebt und hätte sie niemals allein auf dem Steg zurückgelassen!

Vieles ergab nun einen Sinn. Ihr langer Aufenthalt in der Klinik, die blinden Flecken in ihrer Kindheit. Darum wollte sie immer fort von Dinzing und niemals zurückkehren. Sie war vor der Wahrheit geflohen! Wenn es ihr nur gelänge, den dunklen Vorhang beiseitezuziehen, der sie von ihren Erinnerungen trennte …

»Es tut mir leid«, flüsterte ihre Großmutter.

Julie sammelte sich. »Jetzt, da es zu spät ist, tut es dir leid«, wies sie sie unversöhnlich in ihre Schranken.

»Du musst mir nicht verzeihen, Julie. Deshalb habe ich es dir nicht erzählt. Ich möchte nur nicht, dass sich die Geschichte wiederholt.«

»Was denn für eine Geschichte?«

»Ich sah, wie deine Mutter unter der Totgeburt litt. Sie hörte auf zu leben, noch bevor sie starb. Ich erkenne die gleiche unauslöschliche Traurigkeit in deinen Augen.«

»Seit wann bist du eine Expertin für Gefühle?« Alte Wunden brachen auf. Julie wollte Klara verletzen, den eigenen Schmerz spiegeln.

»So ist es recht! Wirf mir die Bälle ins Gesicht. Das habe ich verdient. Auge um Auge. Deine Mutter hatte sich auch ihr Haar abrasiert, weißt du.«

Julie zuckte zusammen. Als hätte sie einer der imaginären Bälle getroffen, mit denen sie auf ihre Großmutter zielte. Sie hatte nach Antworten verlangt und nun wogen diese genauso schwer wie ihre Fragen.

»Warum hast du mir verschwiegen, wie schlimm es um die Manufaktur steht? Ich hätte helfen können.«

Der Themenwechsel kam abrupt und war doch so bezeichnend für ihre Großmutter. Für Julie war dies das Ventil, das sie jetzt brauchte.

»Die Firma, immer nur die Firma!«, brach es aus ihr heraus. »Ohne sie hätten wir glücklich sein können.«

»Ich habe Durst«, sagte ihre Großmutter. Lenkte das Gespräch, brach die Welle.

Julie fand zurück zu ihrem Atem. »Natürlich.« Sie schenkte ihrer Großmutter aus der bereitstehenden Karaffe ein und verfolgte, wie sie das Glas leerte. Mit kleinen Schlucken und geschlossenen Augen.

Klara öffnete die Lider, ihr Blick suchte Julie. »Als Kind«, murmelte sie kaum hörbar, »wurde ich geliebt. Dann starb meine Mutter, und ich vergaß, wie sich Liebe anfühlt. Ich glaubte, deinen Großvater zu lieben, dabei wollte ich ihn nur besitzen. Ich habe in meinem Leben alles falsch gemacht. So lass mich jetzt wenigstens etwas gutmachen. Geh in mein Ankleidezimmer, Julie. Im Schuhschrank befindet sich ein versteckter Tresor. Bring mir daraus die Schatulle und die Papiere.« Sie beschrieb ihrer Enkelin den Öffnungsmechanismus.

Wenig später hielt Klara ein kunstvoll geschnitztes Kästchen in den Händen. Sie hob den Deckel. Auf rotem Satin gebettet ruhte darin ein Osterei aus Elfenbein. »Nimm es und mach das Schmuck-Ei auf, Julie.«

Sein Inneres barg eine mit rosa Diamanten verzierte Henne, die einen leuchtenden Saphir aus einem Nest pickte. Das Ei glich aufs Haar jenem, das Julie kürzlich zerstört hatte. Verblüfft starrte sie auf die Kostbarkeit.

»Das ist das echte Fabergé-Ei. Sein Wert beträgt mindestens eine Million Euro. Unter den Papieren findest du das Zertifikat seiner Provenienz, dazu die notarielle Besitzurkunde für die Metzgerei in der Innenstadt«, erklärte Klara. »Ei und Gebäude gehören dir. Ich habe dir beides schon vor Jahren überschrieben. Konrad Schumacher hat keinen Zugriff darauf. Bei den heutigen Grundstückspreisen dürfte das Haus mit dem großen Garten zwei Millionen wert sein. Verkaufe alles und bediene den Kredit.«

KAPITEL 41

Ich liebe dich, weil du auch den Regen liebst.

Jannik

Erstmalig machte Julie die Erfahrung, dass Besitz Probleme lösen konnte. Sie rief Richard an. Die Abwicklung nahm zwei Monate in Anspruch. Das Fabergé-Ei wurde bei Sotheby's in London auf Echtheit geprüft, genauso wie die Besitzverhältnisse. Klara hatte es nach dem Krieg rechtmäßig erworben. Ein russischer Sammler ersteigerte das Ei für 1,8 Millionen Euro und überließ es dem im Bau befindlichen Fabergé-Museum in Sankt Petersburg. Die Metzgerei mit Wohnhaus kaufte eine örtliche Immobiliengesellschaft, die auf dem Grundstück zwei Dutzend Wohnungen plante.

Mit dem erzielten Erlös zahlten Julie und Richard die Hälfte des Kredites zurück, halbierten die Raten und tilgten die Grundschuld von der Villa. Selbstverständlich erhielt auch die Belegschaft ihren gestundeten Lohn zurück. Am Ende blieb noch genug Geld übrig, um einen Plan zu verwirklichen, der Julie seit einigen Wochen durch den Kopf spukte und zunehmend Gestalt annahm. Aber zuvor platzte eine weitere Bombe: Arndt Schumacher wurde verhaftet!

Julie erfuhr davon an einem verregneten Freitag, als sie eben von der ersten Bauchtanzstunde ihres Lebens heimkehrte. Josefine hatte sie dazu überredet, weil »Tanzen den Kopf frei macht«. Gleich die Aufwärmübungen hatten ihr gezeigt, wie sehr sie ihren Körper vernachlässigt hatte. Jahrelang hatte sie regelmäßig Yoga betrieben und jetzt konnte sie mit den Fingerspitzen nicht einmal mehr den Boden berühren. »Du bist ein Brett«, hatte Fatima, die Leiterin des Kurses, gesagt. »Aber ich mache aus dir einen biegsamen Zweig.«

Julie tat nun wirklich alles weh, aber auf eine angenehme Weise. Morgen würde es weniger angenehm sein, hatte ihr Josefine unverblümt prophezeit. Aber das war es Julie allemal wert. Tatsächlich tat es ihr gut, sich auf diese Weise zu spüren. Die neue Erfahrung glühte in ihr nach und in ihrem Blut summte es, als hätten sich die orientalischen Klänge unter ihrer Haut eingenistet.

Von Charoú wurde sie gewohnt stürmisch begrüßt. Nach ihrer abendlichen Gassi-Runde freute sich Julie nun auf eine schöne heiße Tasse Tee und einen ruhigen Abend.

Sie trocknete eben Charoú ab, als Jason anrief. Eine knappe Stunde später trafen er und Richard bei Julie ein und überbrachten ihr die Nachricht von Arndts Verhaftung. Die Anklage lautete auf Mord und versuchten Mord.

Jason hatte den Stein mit einem Verdacht ins Rollen gebracht.

»Was hat dich darauf gebracht?«, fragte Julie, noch völlig schockiert von der Wendung der Ereignisse. Sie saßen gemeinsam im Wohnzimmer.

»Der Treppensturz deiner Großmutter. Falls Arndt wirklich versucht hat, sie aus Habgier zu töten, wäre ihm noch mehr zuzutrauen. Dein Vater starb bei einem Autounfall, Julie. Arndt, unser Porschefan, kennt sich bekanntlich mit Fahrzeugen aus. Was, fragte ich mich, wenn er den Wagen manipuliert hätte? Darum habe ich eine nochmalige Untersuchung angeregt. Und das war auch nur möglich, weil du bisher einer Verschrottung nicht zugestimmt hast.«

»Aber das von der Staatsanwaltschaft beauftragte Gutachten lautete auf Unfall mit Todesfolge wegen überhöhter Geschwindigkeit!«, wandte Julie ein.

»Korrekt. Und hätte es sich hierbei nicht um denselben Gutachter gehandelt, der bereits zuvor wegen einer Unregelmäßigkeit aufgefallen ist, wäre die Angelegenheit wohl für immer ad acta gelegt worden.«

Julie spürte Säure in ihrem Magen. Ihr Jugendfreund hatte womöglich ihren Vater getötet?! »Was ist mit Konrad? Hat er davon gewusst?«

»Momentan ist noch nichts erwiesen. Es fanden Hausdurchsuchungen statt, auch in der Kanzlei. Konrad Schumacher wurde bereits verhört, ist aber nicht in Gewahrsam. Das ist alles, was ich weiß.«

»Ich muss es Großmutter mitteilen«, murmelte Julie mehr für sich. Sie rang nach wie vor um Fassung.

»Eine gute Nachricht habe ich, Julie.« Jason reichte ihr einen Zettel. »Das ist die neue Adresse von deiner Schwiegermutter Ilse Bredow. Die Telefonnummer steht auch drauf.«

»Danke.« In den letzten Wochen, als sie das Haus der Sailers nicht verlassen konnte, hatte Julie viel Zeit zum Nachdenken gefunden. Auch über ihr eigenes Verhalten. Zeitlebens hatte sie ihre Großmutter wegen ihrer Gefühllosigkeit verurteilt und ihrem Vater vorgeworfen, dass er sich nicht um sie gekümmert und sie in ein Internat abgeschoben hätte. Aber worin unterschied sie sich von ihnen? Sie hatte Janniks Mutter nach dem

Tod ihres einzigen Sohnes und der Enkelkinder im Stich gelassen. War ohne ein Wort verschwunden. Als gehörte der Schmerz ihr allein.

Als sie vor einigen Tagen erstmals die Nummer ihrer Schwiegermutter gewählt hatte, um ihren Fehler wiedergutzumachen und sie um Verzeihung zu bitten, musste sie feststellen, dass es den Anschluss nicht mehr gab. Ein Mobiltelefon besaß Ilse Bredow nicht. Also hatte sie Jason um Hilfe gebeten.

Sie würde Ilse morgen anrufen. Nein, nicht morgen. *Heute!*
»Entschuldigt mich kurz. Nehmt euch doch etwas zu trinken. Ihr wisst ja, wo alles zu finden ist.«

Sie entfernte sich für das Telefonat.

Ilse erkannte sofort ihre Stimme. »Mensch, Kindchen!«, rief sie laut. »Wo hast du die ganze Zeit gesteckt? Ich hab so oft an dich gedacht. Geht es dir gut?«

Julie entschuldigte sich, aber Ilse ließ sie kaum zu Wort kommen. »Geschenkt. Wo bist du denn? Ich möchte dich sehen!«

Julie erklärte es ihr.

»In Bayern? Das macht nix«, rief Ilse. »Gib mir die Adresse. Wir kommen gleich morgen, wenn es recht ist.«

Ein kleines Lächeln stahl sich auf Julies Gesicht. Ja, so war ihre Schwiegermutter, sie redete nicht lange um den Brei herum, sondern schuf Tatsachen.

»Ich freue mich, Ilse.«

Julie legte auf und biss sich auf die Lippe. So fest, dass es wehtat. Sie brauchte diese kleine Selbstbestrafung. Ilse war ihr so offen und freundlich begegnet. Noch nicht einmal ansatzweise vorwurfsvoll. Und sie hatte sich vorher einen solchen Kopf gemacht! Was hatte sie nicht alles antizipiert? Vielleicht sollte sie damit beginnen, weniger voreingenommen zu denken … Sie hatte zu viele Barrieren um sich herum errichtet, die

340

ihr den Blick auf das Wesentliche verstellten. Nur die Vorurteile ragten wie Leuchttürme daraus hervor.

Das führte zu ihrem nächsten Entschluss. Sollte sie nicht mit Jason über die Lebensbeichte ihrer Großmutter sprechen? Das Wissen um Klaras Schuld lag wie ein dunkles Echo über jeder ihrer Begegnungen. Sie konnte sie nicht ansehen, ohne sofort zu denken: *Sie ist ein schlechter Mensch. Und ich bin ihre Enkelin. Wie viel von ihr steckt in mir? Wer bin ich?* Als würde ihr der Kontakt zu sich selbst entgleiten. Seit Klaras Eingeständnis fühlte es sich an, als würde sie auf Treibsand wandeln. Und nun kam noch der Schock wegen Arndt dazu. Schon einmal, im Bootshaus, hatte Jason ihr helfen können, Ordnung in ihre aufgewühlten Gedanken zu bringen. Plötzlich drängte es sie, seinen Rat einzuholen. Kein Zaudern mehr, kein Verschieben mehr auf morgen. Probleme waren noch geduldiger als das Schicksal. Sie verschwanden nicht am nächsten Tag. Sie wuchsen und potenzierten sich.

Richard schaute irritiert, als sie ihn bat, sie mit Jason allein zu lassen. Kurz sanken seine Schultern ein, aber er korrigierte seine Haltung sofort.

»Ich rufe dich morgen an«, verabschiedete ihn Julie und schenkte ihm ein versöhnliches Lächeln. Sie konnte jetzt keine Rücksicht auf seine Gefühle nehmen, so lange ihre eigenen im Chaos trieben.

Sie erzählte Jason alles. In der Aufmerksamkeit, mit der er ihr zuhörte, lag auch eine tiefe Ruhe. »Ich verstehe dich, Julie: Du fragst dich, ob deine Großmutter ihr geistiges Erbe an dich weitergegeben hat und ob du ihre Schuld jemals büßen kannst. Ist die Schuld unserer Vorfahren unsere Erbsünde? Und ist es möglich, diese zu büßen? Vor Jahren führte ich ein ähnliches Gespräch mit meinem Großvater Leandros. Er zeigte mir das Konzentrationslager Ravensbrück, in dem seine Mutter und Schwester umkamen. Meine Frage beantwortete er mit einer

Gegenfrage: ›Wenn uns die geschichtlichen Ereignisse wie eine unaufhaltsame Strömung treiben, sind wir dann noch für unsere Taten verantwortlich?‹«

Julie ließ seine Sätze wirken. »Also sind wir alle als Gemeinschaft verantwortlich, aber jeder Einzelne genauso als Teil dieser Gemeinschaft?«

»Ich denke, ja. Aber du musst für nichts büßen, Julie. Du kannst die Vergangenheit nicht ändern. Aber du kannst Verantwortung für die Zukunft tragen.«

Wieder dachte Julie eine Weile nach. »Es fällt mir schwer, Klara zu vergeben.«

»Niemand zwingt dich dazu, Julie. Es heißt, Liebe sei die Antwort auf alles. Aber dazu gehört auch die Selbstliebe. Wir verschwenden viel zu viel Energie darauf, die Erwartungen unseres Umfelds zu erfüllen. Wir verbiegen uns, weil wir für unsere guten Taten gelobt und von unserem Gott geliebt werden wollen. Wenn du deiner Großmutter nur mit gemischten Gefühlen gegenübertreten kannst, dann nimm es für dich an, wie es ist. Im Leben bleiben immer lose Enden. Du musst nicht mit deiner Großmutter Frieden schließen, Julie, sondern mit dir selbst.«

***

Ein loses Ende verknüpfte sich am nächsten Tag.

Julie stand vor der Haustür, als ein Mercedes-Oldtimer in der Auffahrt hielt. Die Beifahrertür ging auf und Ilse Bredow stieg aus. Am Steuer saß ein Mann, den Julie auch an seiner getüpfelten Fliege wiedererkannte: Oskar Plaschke, der Gerichtsvollzieher!

Aber zuerst zog Ilse Bredow sie fest in ihre Arme. Gebettet an die nachgiebige Brust ihrer Schwiegermutter konnte Julie nicht anders, als zu weinen. Auch Ilse vergoss Tränen. Und dann staunte Julie nicht schlecht, als ihr Ilse Herrn Plaschke als ihren Verlobten vorstellte!

»Janniks Fische haben uns zusammengebracht. Ich habe ja immer gedacht, wozu braucht der Junge unbedingt Fische. Schwimmen den ganzen Tag im Kreis und sagen nix. Und jetzt ...« Sie strahlte ihren Oskar an. Der stand ein wenig verlegen neben ihr, die langen Arme hinter dem Rücken verschränkt.

Julie bat die beiden ins Haus. Ilse schlug die Hände zusammen: »Gott, das ist ja ein halbes Schloss!«

Bei Kaffee und Ilses selbst gebackenem Rosinenzopf tauschten sie sich über die vergangenen Monate aus. Eine schöne Überraschung erlebte Julie, als ihr Oskar ihren Laptop überreichte. »Ich konnte ihn vor der Versteigerung bewahren«, erklärte er und zupfte an seiner Fliege.

»Wir haben dir noch mehr mitgebracht«, sagte Ilse verschmitzt. »Hol doch mal die Sachen aus dem Kofferraum, Karlchen.«

Er kam ihrer Bitte sogleich nach. »Er ist ein Schatz, ein echter Goldfisch!« Ilse zwinkerte Julie zu. »Ehrlich, ich weiß nicht, was ich ohne ihn gemacht hätte. Ich muss mich bei dir bedanken.«

»Bei mir? Wofür?«

»Na, du hast ihn mir doch mit dem Aquarium geschickt!«

Oskar kam mit einem vollgepackten Karton zurück, kehrte um und deponierte einen zweiten daneben. Charoú beschnüffelte beide interessiert.

»Was ist das alles?«, fragte Julie verwundert.

»Deine persönlichen Sachen, Kind! Den Rest hab ich bei Karlchen im Keller eingelagert. Karl hat sogar Janniks Klavier repariert.«

Julie sah in die Kartons. Und entdeckte alles, was ihrem Herzen lieb und teuer war. Die Zeichnungen ihrer Kinder. Die Familienalben. Den Traumbrief. Die Schachtel mit Janniks

Liebesbotschaften. Die kleine Kreidetafel aus der Küche mit seiner letzten Nachricht und ihr ›Villa Kunterbunt‹-Schild – die Zeugnisse ihrer glücklichen Vergangenheit. Es sprengte ihr die Brust.

»Entschuldigt mich einen Moment.«

Sie hastete in die Küche, stürmte an der Haushälterin vorbei, schloss sich in die Speisekammer ein und schrie sich die Seele aus dem Leib. Danach ging es ihr besser. Charoú fühlte sich ausgesperrt und kratzte an der Tür.

Julie öffnete, nickte Frau Hofer im Hinausgehen hoheitsvoll zu und begab sich zurück ins Wohnzimmer. Charoú trottete hinter ihr her.

Ilse und Oskar saßen auf dem Sofa einträchtig nebeneinander und übergingen die Episode, als hätte sie nicht stattgefunden. Ilse tätschelte lediglich vielsagend Julies Hand.

Die beiden blieben bis Montag zum Frühstück und lernten natürlich auch Julies Großmutter kennen. Klara und Ilse hatten auf Anhieb einen Draht zueinander. Julies Schwiegermutter fand Freude daran, die alte Dame zu umsorgen.

Erst am Montagmittag sah Julie Richard wieder. Ein weiteres loses Ende, das sie selbst zu verantworten hatte. Himmel, sie hatte völlig verschwitzt, ihn anzurufen! Zu sehr hatten das Wochenende und das Wiedersehen mit Ilse sie vereinnahmt. Wenn sie nicht gerade Zeit mit ihrer Schwiegermutter verbrachte, stöberte sie in den beiden Kartons. Sie blätterte in den Alben, betrachtete die Zeichnungen ihrer Kinder und las Janniks Botschaften. All dies, ohne sich nochmals in der Speisekammer einsperren zu müssen. Nächste Woche jährte sich der erste Todestag ihrer Lieben. Sie sehnte sich so sehr nach ihnen, dass sie nicht mehr an sie hatte denken wollen. Sie wollte sich nicht an das fröhliche Geplapper ihrer Zwillinge erinnern, nicht an Janniks 3627 Gründe für »Ich liebe dich«. Nicht an Bens ewig triefende Rotznase, nicht an Sofias tausend Fragen.

Nicht an die Abende mit Jannik bei einem Glas Rotwein, wenn die Kinder glücklich in ihren Betten schlummerten. Sie hatte eine Million Erinnerungen durch Schmerz ersetzt. Jetzt ließ sie die Erinnerungen zurück in ihr Leben fließen. Auch wenn ihr Herz gebrochen war, so schlug es dennoch weiter.

Aber nun hatte sie ein schlechtes Gewissen wegen Richard. Als sie in der Firma eintraf, machte sie sich unverzüglich auf in sein Büro. Dass er verstimmt war, sah sie ihm sofort an, auch wenn er es zunächst vor ihr zu verbergen suchte.

Aber seine Frage verriet ihn: »Was macht Jason?«

»Er ist noch am Freitagabend weiter nach München gefahren. Sein Freund Stephen aus Kalifornien ist dort zu Besuch. Er sagte, sie würden den Bären tanzen lassen.«

»Aha«, brummte Richard und blätterte in den Papieren auf seinem Schreibtisch. Es sah so aus, als wüsste er gerade nicht, was er sonst mit seinen Händen anstellen sollte.

»Wie läuft es auf der Baustelle?« Julie setzte sich.

Richard sprang sofort darauf an, froh, sich auf neutralem Gebiet zu bewegen: »Prima, wir machen große Fortschritte. Es spricht alles dafür, dass wir den geplanten Eröffnungstermin halten können. Oh, und Olaf Peterbein möchte dich dringend sprechen. Er rief eben bei mir an, da er dich zu Hause nicht erreichen konnte.«

»Gibt es denn etwas Neues?«

»Das wollte er nur mit dir besprechen.«

»Ich rufe ihn gleich zurück.« Julie begab sich in ihr eigenes Büro und wählte die Nummer der Kanzlei.

»Es gibt gute Neuigkeiten, Frau Bredow«, eröffnete ihr Peterbein. »Die Staatsanwaltschaft hat mich vor einer Stunde darüber in Kenntnis gesetzt, dass bei der Durchsuchung der Kanzlei von Doktor Konrad Schumacher Unterlagen gefunden wurden, die Sie betreffen.«

»Was denn für Unterlagen?«

»Nun, das Wichtigste dürfte das Testament sein, das Ihr Vater hinterlassen hat. Herr Lanz erwähnte mir gegenüber, dass es ursprünglich als verschollen galt. Da ich eine Mandatsvollmacht besitze, hat mir die Staatsanwaltschaft vorab eine Kopie zugemailt. Ich kann sie Ihnen gleich vorbeibringen. Über die Firmenmail möchte ich das nicht senden, außer Sie erteilten mir hierzu die Freigabe.«

»Mir wäre es auch lieber, Sie brächten es persönlich vorbei, Herr Peterbein.«

»Gut, erwarten Sie mich in der nächsten Stunde. Da wäre noch etwas. Das Testament betrifft neben Ihnen auch Frau Karolus und ihren Sohn Nikolaus.«

»Wurde Frau Karolus schon informiert?«

»Das kann ich Ihnen nicht sagen, die Staatsanwaltschaft hat nichts Entsprechendes erwähnt.«

»Gut, wir sehen uns dann hier.«

Julie rief sofort Edith an. »Gute Nachrichten, Edith! Das Testament meines Vaters ist aufgetaucht. Ich weiß zwar noch nicht, was drinsteht, aber mein Anwalt sagt, du und dein Sohn wärt darin namentlich erwähnt. Er bringt es mir gegen zehn in die Firma. Möchtest du vielleicht herkommen? Dann könnten wir das Testament gemeinsam lesen.«

»Ich bin gerade mitten beim Backen. Komm du doch später bei uns vorbei.«

Enthusiasmus klang anders. Nachdenklich kehrte Julie zu Richard zurück und unterrichtete ihn über die neuesten Entwicklungen und Ediths Reaktion.

»Das passt zu Edith«, befand Richard und fuhr sich durch den dunklen Schopf. Erstmals bemerkte Julie, dass sich darin bereits einige graue Fäden verirrt hatten. Ihre Blicke begegneten einander, hielten sich eine Ewigkeitssekunde lang fest. Dann senkten beide rasch die Augen, als sei eine offene Frage zwischen sie getreten.

»Vermutlich«, sagte Richard mit einer Stimme, in der sich Humor und Staunen mischten, »gibt es auf diesem Planeten nur zwei Menschen, die sich nicht über ein großes Erbe freuen. Und rein zufällig sind mir beide Damen persönlich bekannt.«

Kapitel 42

Ich liebe dich, weil du so gut zuhören kannst.

Jannik

»Das ist ja ein richtiges Kunstwerk!«, staunte Julie über die drei-stöckige Schokoladentorte auf dem Küchentresen. Sie war mit Zuckerperlen, Smarties und Marshmallows dekoriert.

»Niki wird morgen sechs«, erklärte Edith und arrangierte zuoberst sechs kleine Kerzen. »Er hat seine Freunde eingeladen und ein Mädchen, Luna. Ich glaube, sie ist seine Freundin. Er spricht seit Tagen nur von ihr.« Edith lächelte versonnen. Sie sah besser aus als zuletzt. Ihr Haar spross wieder und sie hatte etwas an Gewicht gewonnen. Julie sagte es ihr.

»Ja, mir geht es gut. Mutter hatte recht. Die Furcht vor der nächsten Chemotherapie hat mich kränker gemacht als der Krebs selbst. Die Chemo hat mir bisher nicht erkennbar geholfen. Ich versuche jetzt eine andere, sanftere Therapie. Ich kämpfe weiter gegen den Krebs, aber auf meine Art.«

Sie füllte den Wasserkessel. »Du trinkst doch einen Tee mit mir?«

»Natürlich, sehr gerne.«

Während der Tee zog, holte Julie den Umschlag mit dem handschriftlichen Testament aus ihrer Handtasche und legte ihn auf den Tisch. Edith zögerte. Ihr Blick flackerte, als sie Julie ansah. »Ich glaube, ich kann das nicht lesen. Sag du mir, was drinsteht«, bat sie.

»Mein Vater erkennt Niki als seinen Sohn an«, berichtete Julie sanft. »Er hat ihm und mir die Kaffeemanufaktur zu gleichen Teilen vererbt.«

Edith blinzelte, ihre Augen verirrten sich zur Schokotorte auf der Arbeitsplatte. Sie stand auf, trug sie in den kleinen Vorratsraum, kehrte zurück und murmelte: »Er ist doch noch so klein ...«

Niemand konnte Ediths Gedankengang besser nachvollziehen als Julie. »Ich weiß, es ist eine große Bürde. Aber Niki ist mein kleiner Bruder. Ich helfe ihm, sie zu tragen, wenn es so weit ist.«

Edith wirkte ein wenig verloren, wie jemand, der gerne etwas loswerden wollte, jedoch seinem Gegenüber nicht zu nahe treten wollte. Sie schob den Teller mit den Plätzchen umher, die sie zum Tee serviert hatte.

»Weißt du«, begann sie, »das mit deinem Vater und mir, das war ... kompliziert. Ich war zwanzig Jahre jünger und seine Angestellte. Wir wollten unsere Gefühle füreinander lange Zeit nicht wahrhaben. Keiner wagte den ersten Schritt. Und dann ist es am Ende eines langen Tages doch passiert, es hat uns beide einfach mitgerissen. Am nächsten Morgen haben wir so getan, als sei nichts geschehen. Wir agierten wie unbeholfene Teenager. Dann passierte es wieder. Am Morgen danach das gleiche Spiel. Wir siezten uns, begegneten uns mit ausgesuchter Höflichkeit.« Edith blies in ihren Tee, gab einen zweiten Löffel Zucker hinzu, lächelte verlegen. »Gott, möchtest du das überhaupt hören? Immerhin geht es um deinen Vater.«

Julie nickte heftig. »O doch. Mein Vater und ich haben elf Jahre keinen Kontakt gehabt. Ich fände es schön, wenn sich wenigstens einige Lücken schließen würden.«

»Zwei Jahre ging das so zwischen ihm und mir. Dann wurde ich mit Niki schwanger. Das erste Kind mit vierzig! Ich war völlig durch den Wind und verschwieg es Friedrich, weil ich nicht wollte, dass er sich in irgendeiner Weise mir gegenüber verpflichtet fühlte. Als es schließlich nicht mehr zu übersehen war, schrieb ich ihm, dass es mein Kind sei und ich allein für es sorgen könne. Und kündigte. Ich war stolz. Aber ich hatte Niki. Er hatte niemanden. Nur die Firma und eine Mutter, mit der er sich ständig zankte.«

»Ihr habt nicht miteinander gesprochen?«

Edith blinzelte betreten. »Das Schweigen fiel uns leichter. Mit meinem Brief hatte ich ihn verletzt. Ich bereute meine Zeilen schon am nächsten Tag. Ich habe ihn mitten in der Schwangerschaft aus einer Stimmung heraus verfasst. Keine Ahnung, was ich erwartet hatte. Vielleicht, dass Friedrich den Brief ignoriert und mich zur Rede stellt. Stattdessen hat er meinen Wunsch respektiert. Es ist schwierig, ein geschriebenes Wort zurückzunehmen … Zu Nikis Geburt sandte mir dein Vater eine komplette Babyausstattung. Natürlich nur vom Feinsten. Ich habe alles postwendend zurückgeschickt. Stolz ist ein dummes Gefühl, es verstellt den Blick. Ich habe nur an mich gedacht. Nicht an Niki.«

Ein Beben durchlief Edith und sie wandte sich kurz zum Kühlschrank, an dem ein paar von Nikis Zeichnungen hingen. Auch ein Porträt des Schneckenkönigs.

Julie hätte jetzt gerne nachgefragt, was Josefine zum Verhalten ihrer Tochter gesagt hatte. Andererseits wollte sie

Ediths Redefluss nicht unterbrechen. Edith erriet ihre Gedanken ohnehin.

»Meine Mutter hat natürlich versucht, auf mich einzuwirken. Aber verbohrt wie ich war, verbat ich mir jegliche Einmischung. Kurz vor Nikis viertem Geburtstag erhielt ich meine Krebsdiagnose. Ich fiel in einen Abgrund aus Angst. Was würde aus Niki werden, wenn ich starb? Kurz darauf stand Friedrich tatsächlich mit einem Strauß Rosen vor der Tür und sagte mir all die wundervollen Dinge, die er mir vor Nikis Geburt hätte sagen sollen. Er tat den ersten Schritt, und ich schickte ihn dafür weg. Ich redete mir ein, er sei nur gekommen, weil Josefine mit ihm über meine Erkrankung gesprochen hatte. Ich war so verrückt vor Angst, dass ich nicht mehr klar denken konnte. Damals betete ich viel und ging zweimal die Woche in die Kirche. Ich habe sogar den Versuch unternommen, meine Mutter aus meinem Leben auszuschließen. Aber du kennst sie ja, das klappte nicht. Eher wäre es mir gelungen, unter Wasser eine Kerze zu entzünden. Tatsächlich weiß ich nicht, was ich in dieser Zeit ohne meine Mutter gemacht hätte.«

»Aber sie hatte gar nicht mit meinem Vater gesprochen, richtig?«

»Nein, das hatte sie nicht. Mutter ist kein Mensch, der etwas hinter dem Rücken eines anderen tun würde. Sie glaubt, man muss dem Schicksal seinen Lauf lassen. Sie nennt es Urvertrauen.« Edith legte beide Hände um ihren Teebecher, lächelte verloren. »Friedrich schrieb mir einen langen Brief. Ich las seine Worte und konnte plötzlich klarsehen. Die ganze Zeit hatte ich mich im Nebel meiner verletzten Gefühle verirrt, war blind für die Liebe gewesen. Ich rief Friedrich an und ließ ihn wieder in mein Leben. Wir gingen es langsam an, auch wegen Niki. Aber für Niki schien es das Normalste der Welt zu sein, plötzlich einen Vater zu haben. Friedrich wollte mich heiraten, aber ich wollte erst den Krebs besiegen. Ich glaubte, wenn ich mir diesen Meilenstein setzte, würde ich gesund werden.« Edith lächelte erneut, diesmal kläglich, ihre Augen schimmerten feucht. »Man sollte nichts hinausschieben. Das Schicksal ist kein Tauschgeschäft. Es lässt sich nicht überlisten.«

KAPITEL 43

Ich liebe dich, weil du dich jeder Herausforderung stellst.

Jannik

In den folgenden Monaten kam Julie kaum zum Durchatmen, ihr neues Leben hatte sie fest im Griff. Sie arbeitete sich immer tiefer in die Belange des Unternehmens ein, nahm an Sitzungen teil, besichtigte regelmäßig die Baustelle und ging mit Richard auf eine kleine Rundreise, um die wichtigsten Kunden der Kaffeemanufaktur kennenzulernen. Ausgleich fand sie bei ihren Freundinnen Edith, Geli und Josefine und wenn sie Niki und ihre kleine Patentochter Eva traf, deren mitreißende Lebensfreude sie zum Lächeln brachte. Natürlich trugen auch Charoús Gesellschaft und die täglichen Spaziergänge zu ihrem Wohlbefinden bei. Sie setzte den Bauchtanzkurs fort und hatte wieder mit Yoga angefangen. Mit Maxima hatte sie nun auch endlich telefoniert und sich für die lange Funkstille entschuldigt. Maxima machte es ihr mit ihrer unkomplizierten Art einfach. Sie kannten sich seit bald neun Jahren und knüpften sofort an die alte Vertrautheit an. Seitdem telefonierten sie mindestens zweimal die Woche. Darüber hinaus stand in Kürze eine Reise nach Berlin an, Ilse und Oskar feierten Hochzeit. Sie würde Jason und seine *grand-mère* in der Hauptstadt besuchen sowie Maxima und einige weitere alte Freunde wiedersehen. Sie freute sich darauf. Vor allem aber würde sie endlich ihre Lieben auf dem Friedhof aufsuchen. Sie würde ihr Grab mit Tränen tränken, aber sich nicht mehr davor fürchten davorzustehen. Ihr Tod war real. Kein Schmerz und keine Trauer würden sie zu ihr zurückbringen. Sie hatte es akzeptiert.

Und sie sprach sich nochmals mit ihrer Großmutter aus. Ein herzliches, von Liebe geprägtes Miteinander, wie es zwischen Großeltern und Enkeln zu erwarten war, würde es nie werden. Aber auch Klara versuchte, lose Enden aufzunehmen und neu zu verknüpfen. Sie bemühte sich aufrichtig um ein gutes Verhältnis zu ihrer Enkeltochter und lud Edith und Niki wenige Tage nach Bekanntwerden des Testaments zu sich ein. Bei diesem Treffen bat sie Edith für ihr vergangenes Verhalten um Verzeihung. Und sie bot Niki an, dass er sie künftig »Oma« nennen dürfe, und schenkte ihm bei der Gelegenheit ein Kaffeelexikon. »Du weißt doch, was Kaffee ist?«, fragte sie ihn.

Niki antwortete mit einer Ernsthaftigkeit, die alle Anwesenden zum Schmunzeln brachte: »Natürlich! Kaffee ist der Kakao der Erwachsenen. Wenn ich groß bin, trinke ich so viel Kaffee, wie ich will!«

Julie war das neue Harmoniebedürfnis ihrer Großmutter fast schon unheimlich. So kam es ihr entgegen, dass Klara weiterhin ein ziemlich feudales Selbstverständnis pflegte und »Bitte« und »Danke« in ihrem Wortschatz nach wie vor eine untergeordnete Rolle spielten.

Auch juristisch tat sich einiges. Der Mordverdacht gegen Arndt Schumacher hatte sich zwischenzeitlich erhärtet. Im Zuge der Ermittlungen kam überdies heraus, dass er ein Verhältnis mit Dr. Leopoldine Gerg, der Leiterin der Pflegeeinrichtung

Alpenrose, unterhielt. Mit ihrer Hilfe war Julies Großmutter während ihres dortigen Aufenthalts ruhiggestellt worden, sodass weder Julies Vater noch Edith und Richard bei ihren Besuchen Verdacht schöpften und die Diagnose Demenz nicht infrage stellten. Der Fahrzeuggutachter wurde ebenfalls aus dem Verkehr gezogen. Weitere Recherchen hatten ergeben, dass seine demente Mutter in der Alpenrose untergebracht war. Von seinem Gehalt hätte sich der Sohn diese exklusive Pflegeeinrichtung niemals leisten können. Dr. Gerg, Arndts Geliebte, hatte ihm deshalb ein unwiderstehliches Angebot unterbreitet.

Konrad Schumacher hingegen wurde vollständig entlastet. Er war nicht in den tödlichen Unfall von Friedrich Leyendecker involviert und hatte auch keinen Anteil am Plan seines Sohnes, Julies Großmutter mit Medikamenten in die Demenz zu treiben.

Für eine Anklage wegen des Treppenstoßes reichten trotz der Aussage von Klara Leyendecker die Beweise gegen Arndt Schumacher nicht aus. Julie trug schwer an Arndts Taten. Einst, als junges Mädchen, hatte sie kurzzeitig geglaubt, sie sei in ihn verliebt, und sogar eine gemeinsame Zukunft in Betracht gezogen. »Mir ist sein Verhalten unbegreiflich«, meinte sie bedrückt zu Jason, der sie über die neuesten Entwicklungen in Kenntnis setzte.

»Arndt Schumacher ist von blindwütigem Ehrgeiz zerfressen. Vermutlich hat er Rachepläne geschmiedet, seit dein Vater Richard Lanz ins Unternehmen geholt hat. Als deine Großmutter seinem Vater Konrad die Vollmachten erteilte, sah er seine Chance endlich gekommen. Sein Versuch, Klara aus dem Weg zu räumen, misslang. Darum verfiel er auf die Idee mit den Medikamenten. Er tötete deinen Vater und ließ sein Testament verschwinden, um zunächst Niki und Edith von ihrem Erbe fernzuhalten«, fasste Jason Arndts Beweggründe für sie zusammen.

»Und ich? Welche Rolle spielte ich in seinen Plänen?« Julie weigerte sich, den Gedanken in letzter Konsequenz zuzulassen.

»Er wollte sich wieder an dich heranmachen. Stichwort: rote Rosen. Und wenn das nicht geklappt hätte, dann hättest vielleicht auch du irgendwann einen unglücklichen Unfall gehabt …«

Wenige Tage darauf wurde Julie ein Strafbefehl wegen Widerstandes gegen die Staatsgewalt zugestellt. Sie zahlte einen kleinen vierstelligen Betrag. Dr. Gerg zog die Anzeige wegen Verleumdung und Hausfriedensbruch gegen Julie und Richard zurück.

Ende September wurde Arndt Schumacher des mutmaßlichen Mordes an Friedrich Leyendecker angeklagt. Seine Geliebte sah einem getrennten Verfahren entgegen.

Der Prozess war noch in vollem Gange, als im Oktober die neue Leyendecker Kaffee-Erlebniswelt termingerecht fertiggestellt wurde. Viele helfende Hände hatten dazu beigetragen. Damit konnten die Eröffnungsfeierlichkeiten wie geplant stattfinden.

Julie begrüßte den bayerischen Ministerpräsidenten als Festredner und schnitt gemeinsam mit ihm das goldene Band durch. Seite an Seite betraten sie das Gebäude und nahmen im neuen, bis auf den letzten Stuhl besetzten Kulturzentrum Platz.

Beim feierlichen Festakt durften selbstverständlich die Dinzinger Blaskapelle und der Kinderchor, den Julies Freundin Geli leitete, nicht fehlen. An Julies linker Seite saß die Politprominenz, zu ihrer rechten Edith mit Niki, ihre Großmutter und Richard. Es war ein glücklicher Tag. Ein Tag, der zeigte, dass man alles schaffen konnte, wenn man zusammenhielt.

Am frühen Abend kamen sie alle bei Julie zu einer kleinen Nachfeier in der Villa zusammen – jene Menschen, die ihr die

Hand gereicht und sie zurück ins Leben geführt hatten: Edith und Niki, Josefine und August, Severin und Geli mit der kleinen Eva, Dr. Bleymandel, Ambrosius Hofanger mit seiner Frau Liesel und natürlich Richard Lanz. Auch Klara leistete ihnen im Wohnzimmer Gesellschaft. Sie konnte inzwischen zeitweilig ihren Rollstuhl verlassen und bewegte sich innerhalb des Hauses mit einer Krücke. Die verhasste Gehhilfe kam nur bei ihren kurzen Spaziergängen im Freien zum Einsatz. Zusätzlich gab es einen Treppenlift, den Julie noch im Mai hatte einbauen lassen.

Julie plante weitere Umbauten. Für sie stellte die Eröffnung der Kaffee-Erlebniswelt nicht den Beginn eines neuen Abschnitts dar, sondern sie sah darin einen Abschluss. Der Neubau war der Traum ihres Vaters gewesen, nicht der ihre. Die letzten Monate hatten ihr deutlich vor Augen geführt, dass die Geschäftsführung der Kaffeemanufaktur sie niemals erfüllen konnte. Dieses Leben war ihr nicht bestimmt. Sie folgte einem anderen Stern. *Heute*, nicht morgen. Sie erhob sich.

»Ich habe euch etwas mitzuteilen«, begann sie, sobald die Aufmerksamkeit aller auf sie gerichtet war. »Wie ihr wisst, habe ich in Berlin Psychologie studiert, mit dem Schwerpunkt Trauma bei Kindern. Das ist das, was ich tun möchte. Mich um traumatisierte Kinder kümmern und ihnen helfen, ihre Ängste zu überwinden. Ich habe vor, meine Dissertation zu beenden und mir hier in der Villa eine Praxis einzurichten. Die Geschäftsführung der Manufaktur überlasse ich Richard Lanz und Ambrosius Hofanger, den ich hiermit offiziell in die Geschäftsleitung berufe.« Sie nickte beiden Männern zu. »Ich hoffe, das kommt für Sie nicht zu überraschend und Sie nehmen das Angebot an, Ambrosius?«

»Natürlich, sehr gerne.« Der Röstmeister war sofort von Gratulanten umringt.

»Ich möchte auch Geschäftsführer werden!«, rief Niki laut dazwischen.

»Alles zu seiner Zeit, Junge, alles zu seiner Zeit«, lächelte Klara. Sie legte den Arm um den Jungen und zog ihn an sich. Die nächste Generation Leyendecker. Und vielleicht der erste Chef, der nicht Friedrich hieß.

EPILOG I

Ich liebe dich, weil du genau weißt, was du willst.

Jannik

Klara durfte noch miterleben, wie Julie im Jahr darauf ihre Doktorarbeit einreichte und Richard als verantwortlicher Architekt die Umbauten im Erdgeschoss der Villa abschloss.

Aus der Bibliothek wurde Julies Büro, aus dem ehemaligen Gesellschaftszimmer ein Behandlungsraum. Julie hatte konkrete Vorstellungen von ihren künftigen Arbeitsräumen. Ihr schwebte eine Art Villa Kunterbunt vor, alles sollte frisch und lebendig sein, eine Einladung für Geist und Seele. Ihre kleinen Patienten würden ihren Schreibtisch nicht zu Gesicht bekommen, stattdessen würde sie mit ihnen auf einer gemütlichen Sitzlandschaft Platz nehmen. Sie suchte Farben und Möbel und Stoffe aus und Richard setzte ihre Ideen getreulich um. Auch die Eingangshalle erfuhr nochmals eine Umgestaltung. Julie wünschte sich die Atmosphäre eines Jahrmarkts. Wenn ihre kleinen Besucher das Haus betraten, sollten sie sich nicht nur willkommen fühlen, sie wollte sie in Staunen versetzen. In der Mitte der Halle ließ sie ein kleines historisches Ponykarussell aufstellen. Der Künstler, der die vier Ponys bemalt hatte, musste einen wunderbar schrägen Humor besessen haben: Ein Pony trug eine Brille, ein anderes ein Lorgnon, eines eine Maske wie Zorro, eines schielte. Das mit der Brille sah aus wie Pippis Kleiner Onkel, weiß mit schwarzen Tupfen. Richard hatte die gut hundert Jahre alte Antiquität aufgetrieben. Wenn man es mit der Handkurbel drehte, ertönten fröhliche Melodien wie »Muss i denn zum Städtele hinaus«. Dazu gab es einen Kaugummiapparat und eine Popcornmaschine. Auch Janniks altes Klavier fand in der Halle seinen Platz, auf den Notenständer platzierte Julie seine »Ode an den Zahn«.

An den Wänden brachte sie Sofias und Bens farbenfrohe Zeichnungen an. Natürlich durfte Nikis Schneckenkönig in dieser Sammlung nicht fehlen. Als Niki sein Bild dort entdeckte, machten er und Luna sich mit Feuereifer daran, weitere Bilder für Julie zu fabrizieren. Die Wände füllten sich mit Leben.

Und sie legte sich ein großes Aquarium zu. Mit wenigen Fischen, damit diese viel Raum zum Schwimmen hatten. Charoú fand die neuen Mitbewohner höchst faszinierend. Sie saß ständig vor der Scheibe und beobachtete die Aktivitäten dahinter mit schmalen Augen. Ihr Kopf folgte den Fischen, ihre Körperhaltung wurde immer schiefer und es konnte schon mal vorkommen, dass sie dann zur Seite kippte wie ein volltrunkener Matrose. Bedröppelt kam sie wieder auf ihre drei Beine, schüttelte sich und nahm ihre vorherige Stellung wieder ein. Es gab viel zu sehen. Julie kaufte einen weichen Läufer für den Platz vorm Aquarium.

Eine Woche, bevor Julie ihre erste kleine Patientin empfing, legte sich ihre Großmutter am Abend zu Bett und wachte am nächsten Morgen nicht mehr auf. Frau Hofer fand Klara friedlich entschlafen in ihrem Bett.

Die Beerdigungsfeierlichkeiten stellten jene von Julies Vater in den Schatten. Die Kirche platzte aus allen Nähten, sogar der Bischof kam aus München angereist und erteilte Klara den Segen auf ihrem letzten Weg.

Ihrer Großmutter hätte dieser Almauftrieb gefallen, überlegte Julie, als sie am frühen Abend müde auf die Couch sank. Charoú wärmte ihre Füße. Erst vor wenigen Minuten hatte Richard Julie zu Hause abgeliefert. Wie am Tag der Beerdigung ihres Vaters war er ihr auch heute nicht von der Seite gewichen. Ihr Rettungsanker, ihr Halt. Damals hatte sie sich in die Villa geflüchtet, weil sie keine anderen Menschen in ihrer Nähe ertrug und ihren Erwartungen entkommen wollte. Dabei hatte sie nur versucht, sich selbst zu entkommen.

Heute hatte sie sich bewusst für das Alleinsein entschieden. Obwohl sie Richards Enttäuschung spürte, als sie ihn nicht mit hereingebeten hatte. Aber Julie brauchte diesen Abend für sich, um endgültig Frieden zu schließen. Mit sich und auch mit ihrer Großmutter Klara. Über ein Jahr hatten sie gemeinsam unter einem Dach verbracht. Nun war sie tot. Aber starb damit auch ihre Schuld? Konnte man Schuld mit ins Grab nehmen, sie unter kalter Erde ersticken? Nein. Denn das Wissen um Klaras Schuld lebte in ihr, Julie, weiter. Aber sie hatte nicht vor, sich in diesen schweren Umhang zu hüllen. Sie würde ihn an die Garderobe der Geschichte hängen und die Schuld der Vergangenheit gegen die Verantwortung der Gegenwart tauschen.

Glück war nicht der Luxus der anderen. Ein jeder hatte ein Anrecht darauf. Auf Wärme. Auf Licht. Auf Liebe.

Epilog II

Ich liebe dich, weil du du bist.

Jannik

In der Woche darauf lud Julie zu ihrem großen Tag in ihre Villa Kunterbunt.

»Herzlichen Glückwunsch zur Einweihung deiner Praxis«, sagte Richard, als Julie ihm die Tür öffnete. Er schwenkte eine Flasche sündhaft teuren Champagner.

»Du bist viel zu früh! Die anderen kommen erst in einer Stunde«, erwiderte Julie etwas außer Atem. Ihr Haar war noch unfrisiert und die Bluse schief zugeknöpft. Richard fand sie absolut bezaubernd.

»Soll ich gehen und in einer Stunde wiederkommen?«, schlug er nicht ganz ernst vor. Er kniete bei Charoú, die sich wie üblich zur Begrüßung vorgedrängelt hatte.

»Nein, natürlich nicht. Ich freue mich, dass du da bist. Du kannst Frau Hofer und mir gleich noch in der Küche helfen.«

»Stets zu Diensten. Aber zuerst möchte ich dir etwas geben.« Richard schwenkte nach rechts, zu Julies neuen Praxisräumen.

»Du hast hier wirklich etwas Besonderes geschaffen«, sagte er begeistert. »Architektur ist die Schwester der Psychologie. Wie wir leben, verrät viel über uns selbst. Genauso wie der von dir gewählte Beruf, jungen Menschen zu helfen, ihren Platz im Leben zu finden. Das hier bist du, Julie. Freundlich, zugewandt, mit einer offenen Seele. Die Kinder werden sich bei dir wohlfühlen.«

Vor Julies Schreibtisch in der Bibliothek holte Richard ein kleines, abgegriffenes Etui aus seiner Anzugjacke und reichte es ihr.

»Was ist das?«, fragte Julie.

»Ein Erbstück meiner Großmutter.«

Julie öffnete die kleine Schachtel und fand darin eine Kette mit einem Anhänger, der wie eine Rosenblüte geformt war. »Richard, wie zauberhaft!«, hauchte sie.

»Die Kette war Großmutters Talisman. Sie hat sie bis zu ihrem Tod nie abgenommen. Ich möchte, dass du sie bekommst. Herzlichen Glückwunsch zur neuen Praxis, Frau Doktor Bredow«, sagte Richard feierlich, und sie sah das Leuchten in seinen Augen. Seine Freude, sie glücklich zu sehen. Seinen Wunsch nach Nähe.

»Komm, ich lege sie dir um.«

Sie fühlte seine Hände im Nacken, seinen warmen Atem. Stellte sich vor, wie es wäre, wenn seine Hände ihre Schultern herabglitten, sie umfassten und zu sich herumdrehten. Wie sich ihre Blicke trafen und zu etwas Tieferem verbanden, in das gegenseitige Versprechen eintauchten, das sich nur Liebende geben konnten. Es fehlte nicht viel, und fast wäre sie der Versuchung erlegen, sich an ihn zu lehnen und in seine ruhige Stärke fallen zu lassen. Aber alles hat seine Zeit. Auch die Liebe. Julie war noch nicht bereit, ihre innere Mauer vollständig niederzureißen. Sie war noch zu sehr Kopf, nicht Herz.

Sie tat einen Schritt weg von ihm und betrachtete sich im Spiegel. Und stutzte. Die Kette löste eine Erinnerung in ihr aus. Trug nicht Flora genauso eine auf dem Foto, das ihr die Großmutter gezeigt hatte? Nein, unmöglich! Das konnte nicht dieselbe Kette sein!

»Was hast du? Du bist bleich wie der Mond«, rief Richard erschrocken.

»Richard«, schluckte Julie. »Wie hieß deine Großmutter?«

»Flora. Warum?«

Julies Beine gaben nach. Sie ließ sich auf einen Besuchersessel fallen. »Flora Rosenbaum?«, wisperte sie.

»Ja, so lautete ihr Mädchenname.«

»Mein Gott!«

»Was hast du?«

Julie erzählte es ihm. Alles. Jedes Wort ein spitzer Dorn, den sie aus ihrem Fleisch zog. »Es tut mir so leid«, schluchzte sie am Ende unter Tränen.

Richard hatte zunächst wie versteinert an der Wand gelehnt, nun löste er sich davon und ging vor Julie auf ein Knie. »Es muss dir nicht leidtun. Wir sind Enkel. Wir tragen keine Schuld. Und offenbar kannte deine Großmutter nur einen Teil der Wahrheit. Denn Flora, ihre Schwester Leah und ihre Eltern starben damals nicht beim Brand im Bootshaus, sondern sie emigrierten in die USA. Sonst gäbe es mich nicht.« Richard lächelte schief.

Julie erlag einem Impuls und legte die Hand an seine Wange. Er legte seine darüber, betrachtete sie liebevoll.

»Aber wie ist das möglich?«, flüsterte Julie.

»Ich kann es mir nur zusammenreimen. Meine Großmutter Flora übergab mir die Kette kurz vor ihrem Tod. Sie sagte, der Wohltäter ihrer Familie habe sie ihr geschenkt. Er habe eine ungeliebte Frau geheiratet, um sie und ihre Familie zu retten. Ich glaube, sie hat von deinem Großvater Friedrich gesprochen.«

»Mein Großvater ehelichte Klara, die Tochter des Nazibürgermeisters, im Austausch für das Leben der Familie Rosenbaum? Aber ... warum hat meine Großmutter nichts davon gewusst?«

Richard zuckte mit den Achseln. »Ich könnte mir vorstellen, Klaras Vater hat das gemeinsam mit Friedrichs Vater eingefädelt, zwecks Einheirat seiner Tochter in die angesehene Familie Leyendecker? Das nennt man wohl Erpressung.«

»Also haben Flora und ihre Familie den Krieg überlebt.« Julie kam erst jetzt die gesamte Tragweite dieser Neuigkeit zu Bewusstsein. Nun war sie froh, dass sie am Ende doch ihren Frieden mit Klara gemacht hatte. *Armer Großvater Friedrich*, dachte sie. Er hatte sein eigenes Lebensglück geopfert.

»Was ich weiß«, begann Richard nun die Erzählung seiner eigenen Familiengeschichte, »ist, dass die vier Rosenbaums 1938 in Boston angekommen sind. Einige Zeit lang lebten sie bei Floras Onkel. Ihr Vater Jakob praktizierte während des Krieges als Militärzahnarzt. Nach dem Krieg eröffnete er in Boston wieder eine eigene Praxis. Flora studierte Geige, ging nach New York und wurde in die dortige Philharmonie aufgenommen. 1948 heiratete sie einen aus Deutschland emigrierten Tierarzt, Benjamin Lanz. Sie bekamen einen Sohn, meinen Vater Noah. Bei einem Urlaub in Kanada lernte Vater meine Mutter Mary kennen. Ihre Familie besaß eine Farm in Montana, die die beiden übernahmen. Dort wurde ich geboren. Meine Großmutter Flora starb vor einigen Jahren, sie wurde zweiundneunzig. Den Rest der Geschichte kennst du«, schloss Richard seinen kurzen Bericht.

Julie entging nicht, dass Richard einen wesentlichen Teil ausgelassen hatte. Seine eigene Geschichte. Würde er sie ihr je erzählen? Und was war mit ihrer eigenen? Würde sie ihm diese eines Tages anvertrauen und mit ihm über den Verlust von Jannik und Ben und Sofia sprechen können? Sie musste an Edith und ihren eigenen Vater denken. Die Verletzungen, die sie sich durch das Ungesagte jahrelang zugefügt hatten. Der Schmerz formt die Seele. Besonders jener, den man sich selbst zufügt.

Jeder Mensch trug Geheimnisse mit sich herum. Kleine eitle und große drückende, wie das ihrer Großmutter. Ihre eigene Kindheit war von Schweigen überschattet gewesen. Sie musste es brechen. *Heute*. Die Worte drängten nun aus ihr hervor, strömten von ihrer Seele.

»Mein Mann Jannik und meine beiden zweijährigen Zwillinge Ben und Sofia sind bei einem Unfall gestorben. Danach wollte auch ich sterben. Ich habe es ehrlich versucht, und fast hätte ich es geschafft. Wäre mein Vater nicht umgekommen und hätte mich Jason nicht gefunden, wäre ich nicht mehr am Leben.«

»Meine Frau Cathy hatte mehrere Fehlgeburten. Sie nahm Medikamente und trank zu viel. Eines Tages erlitt sie einen Kollaps. Sie lag tagelang im Koma, wenig später starb sie an Herzversagen. Ich habe mich danach eine Weile selbst verloren und einige ziemlich verrückte Dinge getan. Später habe ich mich erinnert, dass meine Großmutter mir von einem Ort in Bayern erzählt hatte, ihrer Heimat, in der sie einst glücklich gewesen war, und so kam ich nach Dinzing.«

Sie sahen sich an, plötzlich geschah es. Sie lagen sich in den Armen und klammerten sich aneinander, als gäbe es sonst keinen Halt für sie auf der Welt. Noch fanden ihre Lippen nicht zueinander. Die Nähe des anderen war ihnen genug. Die Wärme, das Verstehen, der gespiegelte Schmerz. Ein Atem. Ein Herzschlag.

***

Julies Gäste trafen ein. Als Erstes stürmte Niki auf sie zu: »Für dich«, rief er und hielt ein flaches Päckchen hoch. Julie öffnete es. Niki hatte sich zusammen mit Charoú gezeichnet. »Für meine große Schwester«, stand in ungelenken Buchstaben darüber. Julie musste ihre Tränen wegblinzeln. Sie war dem Schicksal so dankbar für diesen kleinen Bruder.

Der Tag heute fühlte sich an, als hätte sie auf einer Wolke Platz genommen. Mit Niki und Edith hatte sie unverhofft eine Familie gefunden, sie hatte Freunde und eine erfüllende Aufgabe vor sich. Und vielleicht stand sie am Beginn von etwas weiterem Wundervollen: einer neuen Liebe.

Alle freuten sich für sie, beglückwünschten sie zu ihrer Entscheidung und fanden bewundernde Worte für die Ausgestaltung der Praxisräume.

Nach dem ersten Willkommenstrubel brauchte Julie eine Minute für sich allein und zog sich an den Rand des Geschehens zur Treppe zurück. Von dort beobachtete sie ihre Gäste: ihre Schwiegermutter Ilse, die Hand in Hand mit ihrem Mann Oskar durchs Foyer schlenderte. Niki, der seine Freundin Luna mitgebracht hatte und mit ihr das Karussell eroberte. Geli, die die kleine Eva auf das dritte Pony gesetzt hatte und festhielt, während ihr Mann Severin eifrig die Pedale des Drehmechanismus bediente. Edith, Maxima und Dr. Bleymandel, die am Buffet beieinanderstanden und sich durch die leckeren Speisen kosteten. Richard, der sich mit Ambrosius Hofanger und seiner Frau Liesel unterhielt. Frau Hofer, ihre Haushälterin und längst mütterliche Freundin, die mit Argusaugen über die Veranstaltung wachte und dafür sorgte, dass kein Glas leer blieb und kein benutzter Teller auf Janniks Klavier Flecken hinterließ.

»Du hast das Licht wiedergefunden«, sagte eine Stimme neben Julie. *Josefine.* Julie wandte sich ihr zu. Ein wenig unsicher, als sei sie gerade bei etwas Verbotenem ertappt worden.

»Du hast es verdient, glücklich zu sein, Julie. Trauer wird aus Liebe geboren. Du trittst nun aus ihrem Schatten zurück ins Licht. Ich kann sehen, wie deine Aura leuchtet. Du bist einunddreißig und hast noch viele Lebensjahre vor dir. Aber da gibt es etwas, was du zuvor noch zu tun hast.«

»Ich verstehe nicht …?«

»Du trägst noch eine Menge Groll gegen deinen verstorbenen Mann in dir. Du weißt es selbst. Hier drin.« Josefine legte Julie kurz ihre Hand aufs Herz. »Du musst nun aus dem Käfig der Trauer ausbrechen, deine Flügel ausbreiten und das Gestern loslassen.«

Auch Ilse suchte das Gespräch mit Julie.

»Ich habe mich mit ihm unterhalten. Er ist nett«, sagte sie.

Julie hatte einen Rotweinfleck auf ihrer Bluse entdeckt und blickte sich suchend nach Frau Hofer um, ob sie vielleicht eine Scheibe Zitrone für sie hätte. »Wer ist nett?«, fragte sie, in Gedanken noch beim Fleck.

»Na, dein neuer Freund!«

Nun hatte sie Julies Aufmerksamkeit. »Welcher neue Freund?«, fragte sie, jäh auf der Hut. Sie hatte in der Vergangenheit ausreichend Bekanntschaft mit Ilses Direktheit gemacht.

Als Antwort ruckte Ilses Kinn zum Popcornautomat. Richard bediente ihn. Er hatte sich eine Kochmütze aufgesetzt, den Mais gepufft und übergab eben dem ungeduldig zappelnden Niki die erste Portion, die der kleine Kavalier sofort an Luna weiterreichte.

»Richard? Aber er ist nicht mein Freund. Ich meine, er ist es schon, aber nicht auf … Also, nicht so, wie du denkst. Er …« Sie brach ab, bevor sie noch mehr ins Stottern geriet.

»Wieso denn nicht?« Ilse, die den Stein ins Rollen gebracht hatte, ließ sich nicht mehr ausbremsen, sondern gab ihm noch einen kräftigen Schubs. »Ich hätte nichts dagegen einzuwenden«, erklärte sie kräftig berlinernd. »Und ich weiß, mein Junge da oben«, sie legte den Kopf zurück und blickte kurz zur Decke, »auch nicht. Ich finde ja, er sieht gut aus, dein Richard. Ein wenig wie Denzel Washington! Vielleicht vom Teint her weniger dunkel. Hat er die Hautfarbe von seinem Vater?«

»Nein, Frau Plaschke. Mein Vater war ein jüdischer Schreiner und Farmer. Es ist meine Mutter, die die schöne Farbe in unsere Familie gebracht hat.« Unbemerkt war Richard neben sie getreten. Julie wischte betreten über den Rotweinfleck, wünschte, er würde genauso verschwinden wie Ilses letzte Bemerkung. Am liebsten hätte sie sich selbst in Luft aufgelöst, verpufft ... Was würde Richard nur von ihr denken! Dass sie hinter seinem Rücken über seine Herkunft schwatzte?

Richard lächelte unverbindlich, während Ilse von ihm zu Julie linste und mehrmals nickte, als hätte sie ein Rätsel gelöst. »Ihr seid ein schönes Paar«, erklärte sie unvermittelt. »Ich mag zwar nur eine einfache Berliner Verkäuferin sein. Aber wenn man fünfunddreißig Jahre hinter einer Supermarktkasse auf dem Buckel hat, dann lernt man eine ganze Menge über den Menschen. Und eines weiß ich gewiss: Wenn einem das Leben eine zweite Chance bietet, dann muss man sie ergreifen. Mit beiden Händen!« Sie lenkte ihren Blick zu ihrem Oskar, der gerade herzlich über einen von Dr. Bleymandels Witzen lachte. Ein letztes Nicken, dann stapfte sie auf ihren geschwollenen Beinen davon und gesellte sich zu den beiden. Oskar legte sofort den Arm um sie.

»Sie ist nett«, fand Richard. Er grinste wie ein Honigkuchenpferd.

Julies Gäste gingen. Als Letzter verabschiedete sich Richard von ihr. Julie wollte es so, auch wenn sie die Sehnsucht in seinem Blick anrührte.

Ein letztes Mal wollte sie in die Stille des Hauses eintauchen und bewusst den Kontakt zu ihrem alten Leben suchen. Jannik und sie hatten 3627 gemeinsame Gründe gefunden, warum sie einander liebten. An ihrem Hochzeitstag hatte ihr Jannik gesagt, er liebe sie, weil sie mutig sei.

Sie entzündete Kerzen im Bad, ließ die Wanne vollaufen und sich in den duftenden Schaum gleiten. Sie schloss die Augen und beschwor Janniks Bild herauf. Ja, sie war die ganze Zeit über wütend auf ihn gewesen. Er hatte sie allein zurückgelassen und ihre Kleinen mitgenommen. War gegangen ohne Abschied.

Aber es wurde nun Zeit, ihn loszulassen. Jannik gehen zu lassen und mit ihm ihre innere Wut.

»Nein, ich bin nicht mutig, Jannik. Aber ich werde es sein«, flüsterte sie unter Tränen. »Ich verzeihe dir, und ich danke dir für die schöne gemeinsame Zeit. Ich danke dir für Ben und Sofia. Kleine Engel weilen nur für kurze Zeit auf dieser Erde. Pass gut auf meine zwei Süßen auf. Ich liebe dich, wir sehen uns wieder. Aber nicht heute …« Julie rutschte langsam nach unten, tauchte unter Wasser, und als sie wieder an die Oberfläche kam, lächelte sie der Gegenwart zu. Sie konnte noch immer das Taka-Tuka-Land entdecken, Klavier spielen lernen und sich einen Esel anschaffen, einen weiteren Kastanienbaum pflanzen und eine Schaukel aufstellen. Sie hatte Pläne.

Solange es Liebe gibt, gibt es Wunder. Denn die Liebe ist das Wunder und es gehört uns. Dies war nicht das Ende, sondern ein neuer Anfang.

DANKSAGUNG UND NACHBEMERKUNG

Liebe Leserinnen und Leser, wie schön, Ihnen hier zu begegnen!

Wo beginne ich? Mit Charoú. Am Anfang eines Buches mache ich mir über die tierischen Nebendarsteller genauso ernsthafte Gedanken wie über die menschlichen Protagonisten. So entstand Charoú, die Glückliche. Haustiere bereichern unser Leben. Sie lieben uns, wie wir sind, wollen uns nicht ändern, bewerten nicht. Sie kennen keine Apps, die uns verschlanken oder Falten wegzaubern. Sie lieben uns nicht »weil«, sie lieben uns »trotzdem«. Hunden bin ich besonders verfallen. Deshalb kommen sie in allen meinen Geschichten vor. Jetzt fehlt noch ein Buch mit dem Titel »Solange es Leckerli gibt«. ☺

Und falls sich Jason in Ihr Herz geschlichen hat: Seine Geschichte wird in »Solange es Schmetterlinge gibt« und »Unter Wasser kann man nicht weinen« fortgesetzt.

Die Familie kann man sich nicht aussuchen. Meine Geschichte um Julie behandelt auch Klaras Schuld und inwieweit sie dieses geistige Erbe an ihre Enkelin weitergegeben hat. Es bleibt die Frage, ob die Schuld unserer Väter und Mütter vielleicht unsere Erbsünde ist und inwieweit wir für diese vergangenen Taten Verantwortung tragen.

Die Schuld unserer Vorfahren zu fühlen ist keine Einbildung. Die Wissenschaft kennt für dieses Phänomen einen Namen: Epigenetik. Das Wort »Gene« steckt bereits in der Vokabel »Generation«. Traumata wie Kriege, Hunger und Schicksalsschläge zeichnen unsere Seele und können auch noch an die dritte Generation weitergegeben werden. Diesen Ängsten können wir aktiv entgegenwirken. Mit einer gesunden Lebensweise, viel Bewegung an der frischen Luft, Achtsamkeit, Freude und Dankbarkeit. Damit können wir unsere guten Gene aktivieren und positiv beeinflussen. Das heißt keinesfalls, dass wir nicht auch einmal unserem Temperament nachgeben dürfen. Das mache ich auch, wir sind Menschen. Ich geh mich dann beim Sport auspowern oder futtere Schokocookies. Oder ich schreie in der Speisekammer, dass die Marmeladentöpfe hüpfen. Es ist unsere innere Haltung, die unser Glück bestimmt. Das sagt die Wissenschaft, nicht ich. Aber ich glaube genauso daran wie Josefine in diesem Buch, sehe wie Jannik das Glas immer als halb voll an und schenke mit einem Lächeln nach (Rotwein).

Nennen Sie mich gerne verrückt, aufdringlich oder naiv, aber ich bin einfach nur grundoptimistisch und glaube an das Gute. Es ist an uns, es in die Welt zu tragen. Mit guten Gedanken. Denn alles schwingt. Es ist sogar in unserem Sprachschatz enthalten. Wenn wir uns gut fühlen, so fühlen wir uns beschwingt. Freude schwingt. Angst und Hass auch. Gefühle sind Spiegel, wir stehen mit ihnen in Resonanz. Im Grunde zerstören wir die Welt auch in Gedanken. Halten wir kurz gemeinsam inne und stellen uns eine Welt ohne Krieg vor, ohne Gier und Rücksichtslosigkeit. Eine friedliche Welt, in der Liebe und Toleranz herrschen. Wer wahrhaftig liebt, kennt keine Gier, er teilt, er gibt. Wer tolerant ist, lässt den anderen, wie er ist, und zwingt ihm nichts auf, keine Meinung, keine Überzeugung, keinen Glauben. Der Philosoph Ralph Waldo

Emerson brachte es auf den Punkt: »Versuche nie, jemanden zu machen, wie du selbst bist. Du weißt es, und Gott weiß es auch, einer von deiner Sorte ist genug.«

Einen wie meinen Mann gibt es auch nur einmal. Wir haben lange aufeinander gewartet. Ich danke dir, mein Schatz, für jedes gemeinsame Jahr. Es wird von Jahr zu Jahr schöner. Das ist das Wunder der Liebe, sie ist unendlich. Ich danke meinen Kindern und Enkeln für die Freude, die ihr mir schenkt. Meinem Hund Puppi, meinem Seelenfell, meiner kleinen Muse. Du gingst, als ich die letzten Zeilen dieses Buches verfasste. Ich schließe die Augen und sehe dein liebes Gesicht. Du warst vierzehn Jahre Liebe auf vier Pfoten und bleibst für immer in meinem Herzen.

Ich danke meinen genialen Freundinnen, den Kampfleserinnen und Feierbiestern Claudi, Christine, Barbara, Heike, Waltraud, Ro, Tine, Eva, Caro, Bettina, Rami und Andrea. Danke für unsere Mädelsstammtische, die Männerwitze, den üblichen Schweinkram. Das gemeinsame Lachen. Die Kicherlawinen. Ein Wunder, dass wir noch kein Hausverbot haben … Genauso danke ich euch Mädels für euren Trost, zusammen haben wir so manche Träne geteilt.

Dem unerschütterlichen Lu danke ich, dass er mich weiter durch den digitalen Dschungel leitet; Computer bleiben für mich ein Buch mit sieben Siegeln.

Inniger Dank gilt meiner Seelenfreundin und Lektorin Myriam für ihre andauernde Geduld und Inspiration. Und für noch so vieles mehr. Du machst nicht nur meine Bücher besser, du machst mich besser. Seit bald dreißig Jahren. Schön, dass wir zusammen alt werden … Na gut, reifer.

Ich danke meiner unermüdlichen Agentin Lianne Kolf, die meinen Traum vom Schreiben wahr gemacht hat. Ich glaube, sie ist eine Fee und wohnt im Wasserschloss.

Großen Dank schulde ich auch der wunderbaren Nicole wie auch Gaby und den kreativen Köpfen ihres Teams bei meiner neuen Verlagsheimat Tinte & Feder, auf die ich immer zählen konnte. Sie machen meine Wünsche wahr. Danke für die geduldige Unterstützung 24/7. Ich sitze bei euch wie auf einer Wolke und bin glücklich. Alle in diesem Buch noch auffindbaren Schrägheiten gehen auf meine Kappe.

Und ich danke meiner lieben Mami für alles. Du bereicherst durch deine Liebe und Hingabe diese Welt. Dieses Buch ist dir gewidmet.

Mein Dank gilt selbstverständlich auch den Weltkaffeeproduzenten. Kaffee ist mein Lebenselixier.

Und ich DANKE meinen Leserinnen und Lesern. Darf ich Sie duzen? Ihr habt mich durch »Solange es Liebe gibt« begleitet und ich fühle mich euch dadurch nahe. Ich schreibe und brenne für euch, denn wo wäre ich ohne euch? Nur durch euch kann ich meinen Traum leben. Vielleicht trinken wir einmal eine Tasse Kaffee zusammen? Darüber würde ich mich sehr freuen.

Bitte bleibt gesund, glücklich, staunend und unverzagt in diesen für Seele und Körper herausfordernden Zeiten. Fühlt euch von Herzen umarmt, ich sende euch eine Trillion gute Gedanken, Licht und Liebe. Denn Liebe ist das Einzige, das diese Welt heilen kann …

Herzlichst
eure Hanni M., im Juli 2021

EDITHS SCHOKOGLÜCKSKEKSE

Man nehme:

160 g Weizenmehl
40 g Kakaopulver
1 Päckchen Backpulver
150 g Zucker
120 g weiche Butter
1 mittelgroßes Ei
1 Päckchen Vanillezucker
½ Teelöffel Salz
75 g Schokotröpfchen
1–2 Stamperl Amaretto (Zutat nur für Erwachsene)
1 Prise Liebe (für alle ☺)

Backofen vorheizen: Ober-/Unterhitze 180 °C / Heißluft 160 °C, Backblech mit Backpapier belegen.

Mehl mit Backpulver in der Rührschüssel mischen.

Bis auf die Schokotröpfchen alle übrigen Zutaten nach und nach hinzufügen.

Alles mit einem Mixer kurz auf niedrigster, dann auf höchster Stufe zu einem glatten Teig verarbeiten. Zuletzt die Schokotröpfchen und den Amaretto unterrühren.

Teig in etwa 16 gleich große Portionen teilen, zu Kugeln formen.

Mit Abstand auf das Backblech setzen.

Einschub: Mitte

Backzeit: etwa 10–12 Min.

Die Schokoglückskekse mit dem Backpapier auf einen Kuchenrost ziehen und erkalten lassen.

Lasst sie euch mit einer Tasse heißem Kakao schmecken.

Und fühlt das Glück auf der Zunge …

LITERATURQUELLEN

Hildegard von Bingen: Liber divinorum operum (»Welt und Mensch«)

Friedrich Wilhelm Nietzsche: Also sprach Zarathustra. Ein Buch für Alle und Keinen, 1. vollständige Ausgabe 1892, Erster Teil, Zarathustras Vorrede

Ralph Waldo Emerson: Essays

Hat Ihnen dieses Buch gefallen?

Möchten Sie informiert werden, wenn Hanni Münzer ihr nächstes Buch veröffentlicht? **Dann folgen Sie der Autorin auf Amazon.de!**

1) Suchen Sie auf Amazon.de oder in der Amazon App nach dem eben gelesenen Buch.
2) Klicken Sie auf den Namen **der Autorin**, um auf die Autorenseite zu gelangen.
3) Klicken Sie auf den »Folgen«-Button.

Noch schneller gelangen Sie zur Autorenseite, indem Sie diesen QR-Code mit Ihrem Smartphone oder Tablet scannen:

Wenn Sie dieses Buch auf einem Kindle eReader oder in der Kindle App lesen, wird Ihnen automatisch angeboten, **der Autorin** zu folgen, sobald Sie die letzte Seite des Buches erreicht haben.

Zeitfracht Medien GmbH
Ferdinand-Jühlke-Straße 7
99095 Erfurt, Deutschland
produktsicherheit@kolibri360.de

Druck:
CPI Druckdienstleistungen GmbH
im Auftrag der
Zeitfracht-Medien GmbH
Ein Unternehmen der Zeitfracht - Gruppe
Ferdinand-Jühlke-Str. 7
99095 Erfurt